遇見妳，聽見愛

瑪莉・卡特——著

薛慧儀——譯

MARY CARTER

A NOVEL

MY SISTER'S VOICE

EVERY LOVE LEAVES AN ECHO...

致謝

我要感謝琳恩，鼓勵我寫一本關於手語翻譯員的書。感謝雅妮教我一些小訣竅，還有泰瑞讓我使用她的故事。

我要謝謝艾文．馬歇爾，閱讀初稿與分享想法；我也要謝謝我的編輯，約翰．史高納米吉羅，他不斷支持鼓勵我，給我建議與回饋，並且與我對談。

最後，謝謝所有失聰朋友、手語翻譯員、老師、學生與這些年來我工作過的翻譯社。這本書只是虛構的小說，但他們的真實生活，卻能填滿一整棟架上滿是電子書閱讀器的書庫。獻給各位。

1

就是在這兒，在這座兄弟友愛之城❶，蘭西．吉爾斯二十八歲時第一次發現自己有個姊妹。還是雙胞胎姊妹。這當然不會是真的，一定只是個玩笑、騙局或是惡作劇。**弄得好像真有這麼一回事似的**。根本就是荒謬至極，儘管她多麼希望有人能跳出來，告訴她這一切只是胡鬧，但她今天可沒有時間玩這種遊戲。她得替男朋友艾倫買份週年禮物，接著衝去替一隻肥嘟嘟的吉娃娃以及牠患有厭食症的主人畫肖像。

雙胞胎。真好笑，哈。

這場騙局始於她的紅色郵箱。她那時原本還不打算拆信；平常她總是等到一天結束後，才會一封封拆閱信件，手邊最好還有杯紅酒，因為光是一張帳單就能讓她沮喪一整天。但這天她才剛匆匆跑下前門台階，就瞥見郵差騎著腳踏車，懷裡抱著一大袋郵件，從人行道上經過。郵差才剛經過她的屋前，兩人目光相接後，郵差立刻誇張地停下了腳踏車，用力對她揮手，彷彿她是架即將要降落的空中巴士飛機，而不是一個只有一百六十五公分高的纖瘦女孩。郵差的手指用力指著她的郵箱，然後拍拍他掛在肚子上的郵件袋，接下來又再一次用手指努力指著郵箱，還加上誇張的甩頭與傻笑，讓蘭西忍不住笑了出來。她對郵差聳聳肩，伸出雙手，裝出一副**誰知道我會這麼**

❶ the city of Brotherly Love，即為美國費城，此別名為「費城」希臘文原意。

受歡迎的模樣。

郵差眨眨眼，送給她一個飛吻，又再次指指她的郵箱。她接住這枚飛吻，假裝歡喜得要昏過去，再將吻送還給郵差。這時出現了一名不欣賞這場景的觀眾。住在隔壁的女人就站在她家前院的走道中央，雙手扠腰，瞪著郵差。那是一名穿著小號紅色浴袍的大個白人女子。郵差對蘭西揮了最後一次手，又再度用力指指郵箱。唉，好吧。要是這能讓郵差感到開心，她何不花幾秒鐘去打開郵箱？蘭西對郵差揮手道別，並對穿著紅色浴袍的女人打招呼，但只有郵差回應了她的問候。

蘭西將注意力轉到郵箱上。

郵差沒有開玩笑，郵箱裡頭真的塞滿了信。她得用兩隻手用力往外扯，原本打算一口氣將整堆信都拿出來，但她扯得太快，那一堆鬆散的信件一下子全掉了出來，從她手中滑落。信件「嘩啦」一聲全往台階掉落，她趕緊彎下身子試圖接住，彷彿寧願讓信件拖垮她的身子，也不願放棄。最後她終於接住了那堆信，擔心會浪費時間，她很快掃過信件內容。

帳單：美國電話電信，時代華納有線電視。

購物目錄：梅西百貨，童裝品牌，高立德大學[2]。

廣告：周氏中餐館，地毯清潔八折，捷飛絡[3]機油更換。

浪費時間。

蘭西把那堆信塞回郵箱，正要關上時，見到一只白色信封從那堆購物目錄中探出頭來，她差點就漏掉了這封信。她將那封信抽出來，拿在手上瞧著。

沒有寄件地址，沒有郵票，也沒有郵戳。只有她的名字印在信封上，看起來像是用某台來自侏羅紀時代的打字機用力打出來的。一封匿名信，信封口用膠帶黏得死緊，一定是來要贖金的。有那麼一瞬間，她擔心有人綁架了她的狗。她看了一眼臥室窗戶，見到她的巴格犬❹魯奇，這才鬆了一口氣。牠的鼻子緊貼在她花了好幾個小時才擦乾淨的窗戶玻璃上，口水不斷往下流，積成一灘口水湖，棕色的眼睛乞求著：**妳怎麼能丟下我離開？**她對自己的狗送出多到讓人受不了的飛吻後，這才再次將注意力轉回手上那封信。

收件人：蘭西．吉爾斯

手裡拿著那封神祕的信，她小步跑下台階，來到她停放在路邊的哈雷 Sportster 883旁，將腿跨過機車，舒適地在特地訂製的真皮座位上暫歇。重型機車上擦得發亮的亮紅色與暗金色鍍鉻金屬板面，如同遊戲屋中的哈哈鏡，映出她拉長的倒影。她的情緒舒緩下來，全身湧起一股平靜。只要一騎上機車，她就覺得自己又辣又充滿自信，每個女人都該有這種感覺。有時候她真希望自己能找出方法，一天二十四小時都待在機車上。

---

❷ Gallaudet University。

❸ Jiffy Lube，北美汽車快速保養連鎖店。

❹ Puggle，為八哥犬與米格魯犬混種。

她賣出第一幅抽象畫之後便買下了這輛機車。那幅畫裡有來自四面八方的手，以慢動作呈現，如同萬花筒，買主是賓州啟聰學校。蘭西還是小女孩時，一直十分渴望去那裡就讀，現在至少她的一部分在那兒了，就掛在牆上，提醒失聰的孩子們，他們可以想當任何人、達到任何成就、做一切想做的事，除了聽不到之外。那幅畫賣出很好的價錢，讓她心花怒放，同時也有些罪惡感，彷彿這一切不過是僥倖。她很快就買下這輛哈雷，就怕萬一他們後悔把錢要回去。艾倫說這證明了她可以不用再為寵物和主人畫肖像，而能只專心在她想畫的東西上。但即使她好運賣掉了那幅畫，她那些其他不是肖像畫的作品，卻不願與人分享。她還沒準備好。況且，她也很喜歡自己的工作。她不得不承認，她通常喜歡寵物更甚於主人，即使大部分的寵物主人，人並不壞。

她將注意力轉回手上這封信。她將信口撕開，用手指拆開信。信封劃傷了她的手指，在她細嫩的肌膚上割出一條細細的紅線。一滴血冒了出來，滲到了信封上。她猛地抽回手，同時一張白紙如同逃脫的犯人從信封裡溜了出來，飄落到地面。

蘭西跳下車，追著那張往人行道掉落的紙，結果信紙就正好停在她面前，讓她方才的舉動像個白痴。一陣微風吹拂，將紙張吹得飄了起來，在氣流中盤旋，就像一張迷你魔毯。**快許個願，**蘭西心裡這麼想。她在紙跌落地面之前伸手捉住。大費周章的一封信，裡頭最好是好消息。

妳有一個雙胞胎姊妹，她名叫孟妮卡。

去班傑明書店，看看那張櫥窗裡的海報。

蘭西抬頭往街上看，深信郵差一定就站在附近，對她眨眼並大笑。但郵差不在。他已經走完了這條街，小郵車就停在人行道中央，肚前的郵件袋改揹到了肩後，隨著他每一次大步邁出，郵件袋便會滑進他的大腿間。她也沒看到穿浴袍的女人。就蘭西所知，那個女人一天只會出門一次，光一個眼神就能讓那些政府公務員知難而退。

妳有一個雙胞胎姊妹……

羅伯特，一定是她最好的朋友，羅伯特搞的鬼，他老是無可救藥地想找樂子。或者也可能是艾倫，他大概知道她會出門去買週年禮物，所以給了一個很明顯的暗示，說他想要的禮物是書。班傑明書店就在舊城區，她正巧提過要去那兒購物。但艾倫知道她通常傍晚才會收信，這樣一來，他的「暗示」便會來得太晚。不，一定是羅伯特搞的鬼，他是演員，也是喜劇家。她應該傳簡訊給他，說：**雙胞胎真是個差勁玩笑，哈哈**。她等一會兒再傳，她得馬上出發了。她把信塞進外套，戴上安全帽。要是再遲到，她的第一位客戶絕對會殺了她，這樣算算，她只剩下不到兩個小時能去買禮物給艾倫。

她要到何時才能學會不要把事情都拖到最後一刻才做？她應該早起去購物的，她真該這麼做。但艾倫把她拉回床上，用身體把她裹得像繭一樣，說：「妳就是我的禮物。」他們做了愛，接著在她意識到之前，已經過了中午，而她還是得去買禮物給他。在一起六年，絕對值得慶祝，而且她知道艾倫一定也會為她準備禮物；他說不定早就買好了。至少，她可以把這封奇怪的信——若真只是個普通惡作劇——說給艾倫聽聽，這種事可不常發生。

✣

蘭西終於到達舊城區，她盡可能將機車停在有遮蔭的地方。天氣簡直熱爆了，現在不過是六月，而且還是月初，但氣溫已經隨著每秒過去不斷上升。舊城區的磚造建築如熱水瓶般將熱氣留住，對喜歡觸摸的人而言，溫暖又令人舒心。蘭西喜歡觸摸東西。她停了下來，把臉頰貼在最近的一面牆上，班傑明．法蘭克林曾在這面牆後焚膏繼晷，埋首國事。磚塊貼在臉上有些癢癢的，但磚頭上的溫暖讓人覺得可靠友善。蘭西有股衝動，想全身脫得精光，整個人就這樣貼在磚牆上，像是一隻竿子上的蛞蝓。但她沒有這麼做，而是繼續往前走。

她深愛這座城市。她深愛這裡的義大利市集，她在這兒度過數不清的週六上午，頂著大太陽在街道上閒晃，尋找香料與各種拍賣。她深愛裝滿滑溜炒洋蔥的起司鐵板牛排堡，她深愛位於全世界最古老衛理公會教堂旁的狗兒專屬公園，她也深愛自由鐘（哪天要是人潮擁擠，她一定會去敲響那座鐘，要艾倫大喊「晚餐時間到了」然後迅速開溜）；她深愛滿是原造城鎮小屋的艾福瑞斯小巷，她每次去到那兒，總會挑一間不同的屋子，假裝自己就是屋主，想像每天回到那棟屋子裡的情景。

她深愛瑞丁室內綜合市集與船屋夜景；她深愛第三街，每週二，像她這樣的藝術家會在街上叫賣自製的商品器具，小酌幾杯；而儘管這座城市的暴力事件張狂，就像常常在她指甲底下堆積成塊的油彩，她也不會費盡力氣擦去這城市所有的髒污沙塵；她深愛這座城市的不完美，以及近乎波西米亞的風情。這是她的城市：大到足以迷失自己，卻又小到最後總能被找回來。今天則是例外。

今天，一切都顯得有些脫節，她彷彿是輛軋軋作響脫離軌道的火車。

天氣太熱，她太匆忙，根本不知道要買什麼給艾倫，而接下來四小時內她最不想見到的人就是西麗亞·雪曼與她的吉娃娃法蘭克。那可憐的小東西渾身胖嘟嘟，的確讓人憂心，如同見到過胖的亞洲人，但這並不能讓西麗亞為自己的行為脫罪——她居然讓那可憐的小傢伙吃素。一如往常，蘭西裝了一小袋培根在身上，這是法蘭克願意乖乖靜坐四個小時背後的祕密。肉直接就進了法蘭克的肚子，接著就在西麗亞迷惑不解的狀態下，這隻狗常常會乖乖坐好，在蘭西作畫過程中，眼神夢幻迷濛地直盯著她瞧。她真希望能對西麗亞也這麼做。老天，她今天就是沒心情，而且鐵定也沒時間去參與那場無聊的騙局，但艾倫喜歡看書，所以送書給他其實也不壞，而且她也不想錯過一場大笑話，她才不要，這是她會前往班傑明書店的唯一理由。

往前走了幾步，蘭西停下腳步欣賞種在人行道上一對新生小樹旁的各式花朵與菊花。兩名女子跪在泥土上，動作一致地用手上的小鏟子鏟土；這動作看起來很有宣洩作用。蘭西想問她能不能也鏟一鏟那些土，但最後也只是想想。兩人將小鏟子拋到一旁，從托盤上拿起下一簇花，極有效率地將種在方正小花盆裡的花叢放入土裡。兩人將花簇圍繞著新生小樹種下，花瓣們彷彿手牽著手，圍成一圈唱著歌兒玩遊戲。蘭西想，這兩個女人本身就像花朵：她們綁成馬尾巴的金色與深褐色頭髮是花瓣，頭上色彩斑斕的頭巾是花的子房，背部的曲線則是花莖。兩人相對跪著，看起來就像鏡子的倒影，彷彿就像雙胞胎——

蘭西繼續往前走，她加快了腳步，呼吸變得有些急促，心跳開始加速。她想要跑步，或是騎著她的重型機車在高速公路上盡情奔馳，她需要某種狂野的舉動來釋放這些能量。

一個雙胞胎姊妹。

她絕對不會讓羅伯特得逞，以為成功作弄了她。

一個雙胞胎姊妹。

他是怎麼想到的？他正好在演一齣雙胞胎的戲劇嗎？說不定就是這樣。

羅伯特把她當成實驗品，研究她會作何反應，最有可能的原因是羅伯特想要報復，因為有次她為了要完成一系列失聰藝術家作品，要他站著讓她畫肖像。羅伯特說她把他的鼻子畫得太大，雙眼畫得太寬。自從六年前那場失聰專業人士歡樂時光聚會後，他倆一直是好友。**這傢伙**的玩笑真差勁。蘭西笑了出來，然後搖搖頭。好吧，他成功了。她還不會立刻就傳簡訊給他；她會晚一點再這麼做，讓那傢伙以為她真的中計了。

過去這些年來她可是把羅伯特整慘了。有一次她把自己的一位失聰朋友葛雷格介紹給他，他倆之前從未見過面。在兩人相遇前，她才告訴羅伯特，對方聽得見，而且對手語一無所知。她對葛雷格也如法炮製。接下來她立刻讓兩人獨處，跑到角落觀察。那場景簡直太令人捧腹！兩個失聰的男人一面說話一面比手劃腳，想要讀懂對方的唇語。最後兩人終於放棄，在接下來的十分鐘改用手寫紙條的方式來溝通。計謀得逞了！蘭西這輩子從沒笑得這麼開心過。那兩人最終也發現了她的惡作劇。這幾年來她惡整羅伯特許多次，這不過是其中一次。所以，她願意讓羅伯特有機會也整整自己。

松木街上的古董店家推開店門，將琳琅滿目的商品擱在門口，讓店門維持半開。蘭西以藝術家的眼光欣賞這些物品。一顆小孩頭大小的淺棕色石頭，兩側濺滿綠色油漆的熨斗，最後一家古董店敞開的大門底下則堆滿了一疊折起來的**費城詢問報**。

對蘭西而言，路過的行人也同樣有趣。儘管酷暑難當，費城居民與遊客仍在街上蹓躂，四處行走。推著嬰兒車的母親，手牽著手一同散步的情侶，一起坐在長凳上的老人家，年輕女孩們穿著露出胳臂大腿的夏裝，讓人遐思所剩無幾，一路被穿著鬆垮短褲的男孩尾隨。夏天到了。還不到中午，街角的冰淇淋飲料店人潮便已經排到了店門外。

再過去就是班傑明書店了。蘭西看了一眼手錶，她只剩下不到四十分鐘，就要出現在西麗亞·雪曼家裡。她得盯著那女人彷彿剛吞了一整顆檸檬的臭臉整整四個小時。自從蘭西直接開口問西麗亞為何要將這隻吉娃娃命名為法蘭克後，這女人的臉就一直是這樣。蘭西一直很困擾，不明白人們為何如此容易因為直接切入重點的問題而惱羞成怒。她提問題並不是想傷害他們，只是想知道（到現在她仍然很想知道）西麗亞為何將這隻小雜種命名為法蘭克。也許這就是這可憐的小東西總是吃太撐的原因，她搞不清楚自己的性別，因為這隻狗明明是母的，西麗亞卻老是喜歡用粉紅色的領帶結與萊茵石盛裝打扮（淹沒）牠。

蘭西站在班傑明書店的入口，正要把門推開踏進店裡時，見到一張貼在櫥窗上的海報。那一瞬間蘭西腦袋裡一片空白，只感覺到耳朵裡傳來輕微的嗡嗡聲。她往前走了一步。那張海報是一張作家簽書會的廣告。蘭西皺起眉頭，讀著海報上的標題。

靈魂的建築師。

艾倫就是建築師，多少算是。其實他是一般的工程承包商，但他在大學主修建築。蘭西當然知道這本書可能根本與建築無關。聽力正常的人總喜歡在字面上玩遊戲，就像失聰人士會在手語裡作文章。平常她根本不會想拿起這本書來看看。蘭西不常看書，但她真想看書時，喜歡埋首在傳記堆裡。無可否認地，她喜歡第一手閱讀別人不可告人的祕密，因為這些祕密讓她自己的祕密顯得比較討人喜歡。這個世界少不了八卦。這本書看起來像是某種幫助自我成長的胡說鬼話，但這並不重要。重要的是，並且讓蘭西定在原地的，是在海報上的那個女人，亦即這本書的作者——那女人有張蘭西的臉。

兩張臉還是有些許不同。海報上女人的頭髮剪成波浪狀，頭髮圍繞著整張臉蛋，這女騙子臉上還掛著眼鏡。時髦的綠色鏡框，鏡架上還閃著鑽石。她的微笑彷彿在嘲弄蘭西，露出的牙齒比蘭西的牙齒稍微整齊、潔白些。從那女騙子身上穿戴的襯衫與珠寶，蘭西知道她不像自己，會常常去逛二手慈善商店。但毫無疑問的，那是她的臉。有人偷走了她的臉。

蘭西將手壓在玻璃上，往裡頭瞧著那本書上的名字。孟妮卡．包曼。她沒聽過這個名字。蘭西試圖回想自己是否曾剪過那樣的髮型、擁有過那樣的眼鏡。沒有。是不是有人（是羅伯特嗎？）從蘭西的網站偷走了她的相片，再用影像繪圖軟體處理過她的臉？或是孟妮卡．包曼本人醜到無法將自己的大頭照放在書封面上？

她一定要查個水落石出。一旦她捉到了那個偷臉賊，她會考慮要那人付出點代價。這可不是因為蘭西貪心，而是因為要是這位孟妮卡．包曼想四處炫耀她的臉，那絕對得花點錢。不過她要的不會太多，而且不管是誰，多少都會有些受寵若驚吧？

別人常說蘭西很美。她纖細的身材一如少女，而除了一頭濃密黑髮外，她那神祕的基因庫賜給她一對冰藍色的眼眸，所以她有個外號叫冰美人。失聰人士會使用特別的手語名字[5]來標示自己，而蘭西的名字手語是字母「L」，是風流動的手勢。這個手語名字是山頂育幼院的院長瑪格麗特．哈瑞斯給她起的。

妳就像陣風。瑪格麗特總是這樣說。**妳只要脾氣一來，所有東西都遭殃**。蘭西那時還是小女孩，想要比較可愛的手語名字，像是她臉頰酒渦上的那個「L」字母，但瑪格麗特一介紹風的手語，她的手語名字便從此定型。蘭西成年後的第一件事，就是更換自己的手語名字，但這一次不是換成她酒渦上的「L」，她仍保留「L」這個字母，並加上了「繪畫」的手語。許多失聰朋友仍喚她冰美人，但她內心深處一點都不覺得這像她的名字，像是偷用而已——一如此刻，她覺得自己的臉被偷用了。

她再次盯著那張海報，用意志力希望海報能消失。但海報依舊在那兒。一定有什麼可以解釋的原因。譬如這是地方上的最相似臉孔比賽？蘭西並不是什麼地方上的有名人物，不過上星期她的相片出現在報紙上，宣告她即將會有一場藝術展。一定是有人見了那篇文章，上網搜尋，然後從她的網站上把她的臉剪貼下來。

❺在失聰文化與手語系統中，手語名字（sign name）是專指某人而使用的手語符號，就像名字一樣。手語名字必須同時被名字使用者與失聰團體所認同，方能確保沒有其他人使用同樣的手語名字，或此手語有其他不同意思。在沒有自己的手語名字之前，是以手指在空中拼寫的方式表達自己的名字。

就是這樣。這位作者在報紙上見過蕾西的相片，然後大起膽子偷走她的臉。也許羅伯特並沒有一手規劃這場惡作劇，也許他只是在警告她這場騙局。

因為毫無疑問的，這就是她的臉。也許有一大堆女人長得有點像蘭西，在某方面與她相似，但絕對不會連那冰藍色的眼眸、鼻子的弧度、顴骨的高度、下巴的弧度與酒渦的深度都相似到分毫不差。除了蘭西左臉頰上的一顆小雀斑，讓她覺得自己挺惹人憐愛。海報上的女子臉上沒有那顆雀斑。

這整件事簡直到了可笑的地步，她絕對不會放過那個人。這才不是有人意外地長得與她十分相似，這根本就是她的臉，只是髮型不同，戴上了眼鏡。她該傳個簡訊給艾倫。

她從皮包裡匆忙拿出黑莓機，盯著螢幕。她該怎麼說？

艾倫。班傑明書店，我的臉就在櫥窗裡。

艾倫，我寫了一本暢銷書！

艾倫，我出名了。

艾倫，我戴上眼鏡、換上波浪髮型，挺好看。

艾倫，我有一個雙胞胎姊妹——

那個字眼猛地從腦海竄出，一股冷顫從蘭西腹部湧起，當場令她四肢動彈不得。這是第一次，她覺得這一切並不是玩笑。有人把手放在她的肩上，蘭西嚇了一大跳，以為有人攻擊她。人們永遠、永遠都不應該像這樣悄悄從背後靠近別人，若他們不是什麼強盜想搶劫，一定會被修理得很慘。她猛地轉過身子，見到離自己不過幾公分遠的地方，有張蓄著小鬍子的嘴巴飛快地開闔著。

猜字遊戲開始了。這人不是說：

「妳挪走了巴黎。」

就是：

「妳弄髒了狐狸。」

或是：

「妳弄髒了玻璃。」[6]

她很快就知道了答案。那人染著菸黃的手指，就指著蘭西雙手剛緊貼著的地方。蘭西轉過身，見到她在那張海報兩側各留下一個手指張得大開的掌印。如鬼魅般的雙手，夾著她被偷去的那張臉蛋。這時那張小鬍子嘴唇停了下來。那人靠了過來，看看那張海報，又看看蘭西，然後臉上出現了微笑。而這一次，當那雙嘴唇再度開闔時，速度變慢了，足以讓蘭西辨認出「愛死了妳的著作」與「我很抱歉」。她還沒來得及說話，那人便搭上了她的肩，逕自把她拖進書店裡。

一進入書店，那人便把她推到書店中央的一張桌子前，桌上用《靈魂的建築師》堆成一座書屋。桌子旁則是另外一張海報。桌上還有一瓶礦泉水，以及三支整齊排好的麥克筆，那人看了一眼麥克筆，又看看她，彷彿在揣測蘭西是否喜歡他準備的這些東西。接著他又開始講起話，指著預告作家簽書會的牌子。他皺起眉，看著手錶。蘭西想，她看到他說「太吵了」，但從她得到的

[6] 蘭西聽不見，僅能讀對方唇語猜測出可能句子，中譯時則以中文近似音取代原文句子。

上下文來判斷，他說的應該是「太早了」。蘭西微笑，一面搖頭，一面指著作者名字。**我不是她，她不是我**。他聽懂了嗎？他抄起一支筆，連同一本書一起塞給她。看來他是聽不懂。即使蘭西十分渴望去簽那本書，但她連動都沒有動一下。若是包曼想要偷她的臉，她也可以偷包曼的簽名。她會寫出奇形怪狀的筆跡，痛快毀掉這個名字，再寫上：**我的書爛透了！！！愛你的孟妮卡．包曼**。

但蘭西沒有這麼做。她再次搖搖頭，指著書上的那張臉。**你看不出來，我是這樁偷臉案的受害者嗎？**不，他還是不懂。他再次推開書，臉色變得嚴肅。儘管蘭西知道自己會為此付出代價，但她還是一把搶過麥克筆和書，胡亂在書封上亂畫一通。她把書還給書店店員時，臉上出現的燦爛微笑，可是遠遠把店員給比了下去。除了波浪鬈髮與時髦眼鏡外，真實生活的她與書上那個女騙子之間，又有了其他明顯的差異。真實生活中的她，嘴唇上方乾乾淨淨沒有鬍鬚，頭上還有看不見的光圈，而那本書上的女騙子，唇上不但掛著兩撇粗厚的翹八字鬍，頭上還有一對粗壯的惡魔尖角，一副洋洋自得的模樣。

2

在叫過她：

A：聖蹟

B：神奇

或是

C：神經

之後，書店經理便匆忙離開了，但蘭西卻文風不動。她動彈不得，雙腿重如樹幹，樹根埋在了地板裡。她多麼希望自己的雙手是靈活的觸手，而不是笨拙的樹枝。她想當場發作，用觸手捲起每一本海報上的書，狠狠用力掐死封面上那個女人。她想看著那些書本的每一塊殘骸摔落地面。她身體裡的每一根神經末梢都激動不已。她像是被電流電傻了，彷彿又再次回到莫頓馬場。

蘭西那年十歲，和育幼院的孩子們出外踏青遊玩。孩子們興奮地聚集在一起，裝妥馬鞍的馬兒圍繞著他們。孩子們和馬兒都在甩著馬尾巴，抬起馬蹄，準備兜兜風。每一個孩子的眼睛都離不開這些美麗的巨大動物，除了蘭西。她的眼睛盡情觀賞著馬場柵欄上誘人的銀色金屬線，那線拉得十分緊，在午後陽光下閃著微光。

馬場其中一名員工一定發現了她在看什麼，因為他走了過來，靠近她身旁。太近了，那些人總是靠得太近，以至於她只能見到兩片不斷旋轉的巨大嘴唇。那人吐出氣息濃烈的咖啡與薄荷香菸味道，他抬起雙手，在嘴旁擺了擺，再指向那神奇的金屬線。他用力伸出一隻粗厚、長滿硬繭的手指，差點就要指到她的鎖骨。

小鬼頭，不要碰，不要碰。碰了，就沒有馬可以騎，懂了沒有？蘭西，看著我。蘭西，我要妳看著我。不要碰，懂了沒有？妳有沒有在聽我說話？

她當然沒在聽。

蘭西，看著我。把妳的手放下。不，即使是妳那粉紅色的指尖都不行。別想，輕輕碰一下都不可以。

只要輕輕地試一下就好……

因為那會電到妳，這就是原因。那是通電的，懂了沒有？妳去碰一下，會被電到，很痛！誰說會死？沒人說會死。只是很痛、很痛。妳會受到傷害。那是禁止的。妳知道我們的烤吐司機嗎？廚房的那台烤吐司機。妳會把手指伸進烤吐司機裡嗎？好吧，妳不該那麼做的，別再那樣做。蘭西，專心聽我說話。那只是一個舉例。蘭西，夠了。若麵包卡在裡頭，去叫其他職員過來把麵包拿出來，妳不要把手指放到裡面。不行，叉子也不行。用叉子這主意糟透了。不，我不需要看那道疤痕。好吧，我看到了。妳還想要添上其他疤痕嗎？蘭西，夠了。要是碰了，就沒有馬可以騎，懂了沒有？

蘭西最靠近柵欄的地方，放著三大捆乾草，她伸展了一下手指，眼睛裡看到的、腦袋裡所想的，只有那微微震動著的神奇金屬線。若她爬上那些乾草堆，再踮起腳尖，就能伸手摸到了。那些人正在將孩子們一個一個抱上馬，沒人注意到她。只有一次機會的時候，最好全力以赴。所以蘭西並沒有只把粉紅色手指的指尖放上金屬線——若那些人之前就能讓她滿足好奇心的話。蘭西雙手用力握住了那條金屬線。

茲————劈啪！茲————。

她的大腦喊著放手，但她的手仍頑強地緊握不放。儘管因為電擊驚嚇萬分，而且感受到疼痛（當然！），她卻雀躍不已。**茲————**。有誰想得到，她能承受這樣的電擊與驚嚇，一陣**茲————**之後，還能活下來？即使在一名員工使勁將她移開許久之後，她仍能感覺到那種刺痛麻木從四肢與腹部尖銳竄出。想也知道，她那天沒騎上什麼馬。連只有一條腿的凱莉・賽樂都騎上了馬去兜風。

十八年後，她人在班傑明書店裡，站在一本她從未寫過的書旁，感覺那股**茲————**又回到身體裡。過了良久，她才發現自己的黑莓機在震動。她將黑莓機拿了出來，看著上頭的訊息。

我簡直等不及今晚的到來。我愛妳。XOXOXO[7]。

附註：苦瓜臉沒刁難妳吧？

苦瓜臉是艾倫對西麗亞・雪曼的暱稱。老天，她站在這兒有多久了？現在幾點了？她應該在十分鐘內到達雪曼家的。從這兒過去至少要二十分鐘，若加上注意交通號誌或速限，要四十分鐘。上星期她遲到五分鐘，就只有五分鐘，西麗亞就拿起屋子裡多得讓人匪夷所思的每一個時鐘，指著上頭的時針，訓了她至少十五分鐘，彷彿把蘭西當成小孩子。

❼ XO等於kiss and hug，即親吻與擁抱。

蘭西又盯著那張海報瞧。

作家簽書會是下午六點，她與艾倫的晚餐是七點。就算她現在趕去雪曼家，能在五點前完成今天的肖像畫已經算幸運，這表示她得衝回家，淋浴更衣，再及時回到班傑明書店，才能趕上簽書會。晚餐可以晚一點，晚一點就好。蘭西再次拿起書，翻到書衣摺頁，在那兒她又見到了自己的臉。摺頁上沒有多少介紹，只說了孟妮卡．包曼與她的男友喬，住在波士頓，並且也養了一隻巴格犬，名喚史魯奇。

她受夠了。現在蘭西明白自己完全被愚弄了。這女人連她的狗都要偷，只是稍微改了狗的名字。蘭西在自己的網站上提過魯奇嗎？她當然有提過，因為那時採訪者問她是否有養寵物。她抬起頭，眼神快速掃過書店，半信半疑地認為自己隨時會瞧見艾倫或羅伯特躲在書架後，看著他倆設計的騙局照腳本上演。

但還有另外一個情況，那就是這並不是一場騙局。若真是如此，那書本上這女人便是個瘋子，而且這個女瘋子見到蘭西出現在簽書會時，絕對會大吃一驚。說不定蘭西會把魯奇帶來。她會把魯奇帶來，就坐在前排，然後——

蘭西需要手語翻譯員。在她替書店那堆書的其中一本封面上畫了鬼臉後，書店可不會為她提供手語翻譯員。即使書店願意付錢去請，在這麼倉促的時間內，也很難及時找到。但她現在沒時間想這麼多，她得趕去西麗亞那兒。

她的重型機車上有一張違規停車罰單。這實在不公平，計時器上的時間不過超過停車時間五分鐘而已。她被罰了七十五塊美金。蘭西把罰單揉成一團往後扔，然後一腳跨過機車。她看著那張躺在地上的皺巴巴罰單。艾倫一定會殺了她。蘭西伸出一隻腳，想用腳把罰單蹭回來。還差幾公分。要是她沒拿到這張罰單會怎麼辦？要是有人嫉妒她擁有這輛亮紅與暗金色系的哈雷重型機車，在蘭西見到這張罰單之前，就把罰單拿走，揉成一團後扔到水溝的話，該怎麼辦？

蘭西發動車子上路。直到這時，「雙胞胎」這個字眼才又回過頭來繼續奚落她，這個字在她眼前漸漸消失，又漸漸出現，隨著一部古早以前的青箭牌口香糖廣告，不斷折磨她。在那部廣告裡，有兩個一模一樣的金髮女孩，面帶微笑地同步嚼著口香糖，下巴上上下下咬個不停。

雙胞胎。最令人火大的，是這並非完全不可能。這念頭讓人十分不快，蘭西得強迫自己不再去想，這樣她才能以平常習慣的車速專心在車陣間穿梭。若騎得夠快，她希望自己能藉此冷靜下來。她騎出市區，飛車經過船屋，感覺著風吹在臉上、兩腿間引擎的震動，以及緊握著的機車把手。

幾分鐘後她強迫自己減速，今天她絕對不需要再多一張超速罰單。

雙胞胎。同時出生的兩個人。孿生姊妹。

不，這怎麼可能。一定是有人用軟體處理過她的臉，還偷用了她的巴格犬名字。但報紙上關於蘭西的報導，上星期才登出，而她的網站上也沒有像海報上那樣的特寫照，別人是如何偷得她的臉？在更往下思考這一切是否皆是某種陰謀之前，她騎到了通往西麗亞家的車道出口。

蘭西跳下機車時，發現苦瓜臉小姐正在窗戶後偷窺，她拿著的是雙筒望遠鏡嗎？這一切皆是陰謀的念頭再次浮現。也許西麗亞正是這奇怪陰謀的背後主使，想要徹底顛覆蘭西的生活；也許這一切都是為了要懲罰她之前遲到過五分鐘。西麗亞突然從窗戶後消失，很快就又出現在前門，手裡沒了望遠鏡。西麗亞非常不尋常地露出了微笑，懷裡抱著法蘭克。西麗亞抬起法蘭克的腳掌，對著蘭西揮手打招呼。蘭西並沒有揮手回應，今天不是什麼揮手打招呼的日子。蘭西近距離地仔細觀察西麗亞和法蘭克。

身為寵物與主人的肖像畫家，蘭西知道寵物和主人越看越像，是很正常的事。然而，西麗亞．雪曼若不是徹底靠人為操控，便絕對是刻意讓寵物與主人的外型看來相似。狗與主人都留著波浪的棕色鬈髮，塗上時髦的粉紅色指甲，並戴著相配的萊茵石項圈，只除了法蘭克掛著與嬌小身形完全不襯的累贅肥肉。蘭西一直用沙色來畫西麗亞的皮膚與法蘭克的毛髮，用螢光粉紅來畫一人一狗的項鍊與項圈。不論蘭西如何用力擦洗，這些油彩顏色總是會一整天都堆擠在她的指甲底下。

西麗亞對手語一竅不通，一直忙著抬起法蘭克的腳掌對她揮手，彷彿自己是個手語翻譯員。蘭西曾偷偷希望那隻狗會受夠了擺弄，回頭咬主人一口，但到目前為止，那隻小吉娃娃一直服服貼貼，而且似乎很享受這樣的羞辱。蘭西畫圖時總會試圖將那些負面情緒趕出腦海，因為她發現，若她不喜歡被畫的對象，在她的作品裡便看得出來。幸好，西麗亞．雪曼似乎並沒有注意到。事實上，她的大嗓門一直講個沒完，蘭西都替那隻狗感到難過，因為牠得乖乖聽下去。

蘭西試過好幾次，想請西麗亞別再講個沒完，卻徒勞無功。因此，她只好把西麗亞畫成嘴巴大開，心裡早已決定，要是這女人為此大發雷霆，她可以不收費。四小時並不算一下子就過了，但蘭西最終還是進入專心作畫的狀態，而且失望地發現時間已經結束了。這一次的作畫，必須先等油彩乾透之後才能繼續，若運氣不錯，下一回應該就能將這幅畫完成。

蘭西放下畫筆，對西麗亞打了個手勢，表示自己畫完了。西麗亞看了看自己的手錶，然後在手錶上敲了敲，想問她下星期要怎麼約。蘭西抬起一隻手，搖了搖頭。距離藝術展不到兩個星期，這表示蘭西下星期會一直忙著準備這個展覽，她不知道已經告訴過西麗亞幾百次了。她將手劃過自己的脖子——「別說了！」她可沒精力寫長篇大論來解釋，於是她伸手到袋子裡，拿出一張藝術展的宣傳單，再次遞給西麗亞看。

西麗亞看了一眼，往一邊縮了縮脖子，裝出用兩隻拳頭揉著眼睛的動作，然後她仰頭大笑。法蘭克似乎被笑聲嚇到，朝蘭西衝了過去，聞著她的腳跟。這是蘭西第一次抱起這隻狗，她在狗兒的鼻子上親了一下。直到這時候她才注意到項圈上的名字：法蘭。

哎唷。好吧，至少這名字比法蘭克適合多了。讀唇語常會這樣，多少有些小誤解。事實上，通常只有百分之八十的英語能靠唇語正確解讀，而且還是在一對一、照明完善的情況下。原來牠叫法蘭。蘭西拍了拍小狗，把牠放回地上。法蘭抬頭看著牠，眼神滿是乞求。**帶我回家吧！**

「對不起，」蘭西對小狗比著手語。「妳得和西麗亞在一起。」西麗亞微笑了，牙齒上露出被口紅沾到的幾處污漬。蘭西指指西麗亞的嘴，做出擦去唇膏的動作。西麗亞的微笑退去，那張苦瓜臉又重新出現。蘭西拿起袋子與機車安全帽。她伸出手想從畫架旁的小桌子上拿起車鑰匙，但鑰匙不見了。她往桌子底下找，沒有找到，於是她的眼光又迅速掃過桌子四周的古樸木頭地板。她抬頭看見西麗亞，那女人嘴巴仍然大開，口紅仍在牙齒上，手裡正晃著蘭西的車鑰匙。西麗亞另外一隻手上則拿著本手冊。蘭西伸手想拿回鑰匙，但西麗亞不但沒有把鑰匙給她，還把手上那本小冊子扔過去。

那是一本公車時刻表。「我＃妳騎車＃＃。那＃＃安全。」蘭西只抓到「騎車」和「安全」兩個字。她通常可以讀唇語讀得更好，但西麗亞的小嘴發音方式總是很奇怪，常讓她不解其意。西麗亞同時也在搖著頭，表達否定。

蘭西深呼吸一口，屏住氣，直到想拿起檯燈往西麗亞扔去的衝動退去。然後她迅速打開皮夾，拿出駕照給西麗亞看。人們對失聰人士的無知永遠讓蘭西訝異無比。別管什麼要去了解失聰文化，別管什麼聽力正常人要如何尊重失聰人士、如何在共通語言學的群體中享有共同歷史、語言與驕傲，這些都遠超過一般聽力正常的人們所能了解的範圍。他們對失聰人士的看法就是可憐、肢體受損，需要被矯正補救。蘭西以身為一位失聰女子為榮，根本就不稀罕自己是否能聽見。

每次她和那些聽力正常的人對這點起爭執時，那些人不是認為她有被害妄想，就是認為她冥頑不靈。她這兩者都不是。她並不認為自己比聽力正常的人優越，只是和他們一樣平等。她不要比那些人有更多權利，她要的只是相同的權利。她不想改變那些人過生活的方法，她只想靜靜一個人過好自己的生活。一直以來被人視為有缺陷、殘障，需要矯正補救，讓她筋疲力盡。別人總是認為，她面對的是肢體上的殘障，而不是聽力上的損失！

只因為她使用不同的語言來溝通，便認為她「比不上一般人」。認為她只能做某些事、成為某種人、擁有某些東西。她所面對到的最大阻礙，來自於人為，而不是來自於她的身體。胡亂假設是萬惡之源，是那些自稱「秉持著善意」的人將侷限隨便擱用在她身上。只因為其他人的無知，她的聰明才智與能力馬上就被視而不見。聽力正常的人就是不懂這一點！也許蘭西無法期盼那些人能夠了解他們從未體驗過的文化，裡頭蘊含細緻之美，並明白她同樣熱愛看著技巧嫻熟的手語使用者在眼前比劃出一個故事，一如聽力正常的人熱愛聽交響樂曲，但那些人至少能理解「失聰者駕駛」並不違法吧？她就不能好好過一天，不要遇到某些人說出極度貶低她人格的評語嗎？若西麗亞．雪曼在身邊的話，很明顯那是不可能的。下星期蘭西要在畫裡加上動物鬍鬚，再加上一對爪子，她指的可不是法蘭。她看著西麗亞仔細瞧著駕照。

「喔！糟了！」西麗亞說。接著她跑到窗前，推開遮陽篷，一輛拖吊車正在蘭西的重型機車面前，緩緩倒退。拖吊車駕駛正在降下吊臂，而西麗亞就只是站在那兒。蘭西用力拉開窗戶，把西麗亞推開，放聲尖叫。

3

蕾西將哈雷機車的時速飆破八十，彷彿想從拖吊車的怪手下逃脫。

拖吊車司機已經不見蹤影。見到有隻兇惡袋獾[8]從窗戶裡跳出來，騎上機車，在他那輛可惡的小卡車還沒碰到人行道地面之前便超速飛奔逃逸之後，司機說不定仍餘悸猶存。接下來要做的事：去抓一個手語翻譯員陪她去作家簽書會。艾倫可能可以，但她還沒準備好告訴他這一切，還不行，因為目前她什麼也不知道。一個好故事需要結尾，而這個故事的結尾仍懸而未知。況且，艾倫的脾氣不像蕾西，再說他也有可能不贊成她的計畫——跑去她自己的作家簽書會上埋伏，準備揭穿那個騙子。

專業手語翻譯員應該要保持中立，不會加入自己意見，也不會對其他人談論工作內容。若孟妮卡．包曼真是偷臉賊，蕾西不想要艾倫親眼目睹她會做出的反擊。她有辦法不需要手語翻譯員也能達到目的嗎？

若在群眾間，而且還有人在台上講話時，絕對不可能。蕾西與聽力正常的人一對一交談時，她可以採用數不清的方式來溝通。她一直非常願意與聽力正常的人筆談與使用手勢，而即使蕾西能夠發出聲音，並且讓對方明白，但她卻寧願不出聲，因為那會讓她回想起過去在學習說話的課堂中，太多痛苦的回憶，像是盯著鏡子瞧，或是抓著氣球，感覺她唸出字句時的震動。**摸摸我的喉嚨，ㄅㄚˋ、ㄅㄚˋ、ㄅㄚ，ㄇㄚˋ、ㄇㄚˋ、ㄇㄚ，ㄉㄚˋ、ㄉㄚˋ、ㄉㄚ，ㄏㄚˋ、ㄏㄚˋ、ㄏㄚ。不要用**

力擠壓氣球，妳就是在這麼做。手放鬆，放鬆。來摸摸我的喉嚨，手輕一點。ㄆㄚ、ㄆㄚ、ㄆㄚ。很好，說得很好。現在把手放回氣球上。不可以！那樣很刺耳！要是妳再弄破一個——

有時蕾西會哭著離開課堂，有時她則會神遊，覺得自己像是聽力正常世界裡的女王。她一直都相信言語治療師的話——她說出來的聲音真美妙，她說得有多麼清楚。那簡直太神奇了，聲音就在她的胸腔與喉嚨迴盪，移動嘴唇將這些字發出聲音，通往聽力正常帝國的關鍵就在她的舌尖上。但每當蕾西對陌生人以及餐廳裡的女侍講出她那「美妙」的字句發音時，他們卻聽不懂。沒有人在她身後拍一拍給予讚賞，也沒有黃色的微笑臉貼紙，她得到的只有空洞的凝視，完全無法理解的皺眉，以及一盤噁心的黏乎乎白色米飯❾，而不是她想要點的薯條。

有趣？是的，蕾西在說話之後，能了解那些人彼此之間的對話。她說什麼？我聽不懂，你呢？她又聾又啞。當那些人終於了解她之後，結果往往更糟。他們會大驚小怪，讓蕾西感到很丟臉，彷彿她應該獲得諾貝爾最佳清楚發音「我想要牛奶」獎。每當有人說蕾西講得真好，她總有股衝動想要學狗汪汪吠幾聲，到時不知道這些人會有何反應？她的手語也比得很好，她能比出流利的美國手語，量詞的使用無懈可擊。美國手語就是她使用的語言，她與生俱來的權利，而不是某種次級的英語替代品。

但今晚無關她身為失聰女子的身分，而是她身為蕾西．吉爾斯這個人的身分認同。這無關去

❽ 小型食肉有袋動物，大小如狗，僅存於澳洲，會攻擊家畜，食腐肉，叫聲難聽。

❾ White rice（白色米）與French fries（炸薯條）發音含糊不清時極易搞混。

驅逐對失聰人士的迷思，而是要與偷臉賊對決。為此她需要手語翻譯員。不幸地，她正好知道自己必須去找誰。

✣

凱莉．賽樂十三歲時來到山頂育幼院，一場車禍奪走了她的父母，以及她的左腿。她的父母在車禍撞擊中立即死亡，但她的左腿卻苟延殘喘，直到醫生不得不決定截肢。凱莉只在山頂育幼院待了三年，之後她有位住在阿根廷的阿姨，是個探戈舞者，就這麼突然回到美國，帶著凱莉到加州去過日子。但直到凱莉離開育幼院之前，她總是黏著蕾西不放。蕾西只不過是教了她「婊子」、「餅乾」與「女同志」的手語（都是用來在背後悄悄討論院長瑪格麗特．哈瑞斯），從此凱莉就迷上了用手指說話的祕密。

凱莉除了輪椅以外，還有一隻金屬製的義肢，常會奇妙地在半夜三更失蹤，然後出現在最不可能出現的地方，像是感恩節的餐廳桌上，還塞滿了從後院摘來的蒲公英黃色花朵與一朵朵白色絨球的種子，那些花朵從義肢的頂端伸出，如同科學怪人花瓶。蕾西曾告訴她應該吹掉那些蒲公英種子[10]，許願她的腿不要再消失了。

但不管蕾西怎麼對待凱莉，凱莉就是愛她，而且很明顯，那是一種永遠不會隨著時間而消退的愛。幾年前，凱莉找到了蕾西的下落，寄了電子郵件給她。蕾西沒有回覆，凱莉便開始使出全力轟炸她。她寄給蕾西食譜、相片、笑話、轉寄信件、電子賀卡，與無數的相簿連結，裡頭全是凱莉微笑著站在不同的佈景前，穿著同一件紫色高領上衣。蕾西最後終於大發慈悲，回信給她。

凱莉之前便一直用搜尋網站與臉書查詢所有關於蕾西的消息，並很快就恭賀她在蕾西生命中所錯過的一切：取得藝術科系碩士學位、學會騎機車與跳傘、成為失聰藝術家。凱莉極力讚美蕾西依舊美麗如昔，並不斷稱頌她們是如此幸運地生活在這個時代，科技能夠幫助像她們這樣的殘疾人士。凱莉很驕傲地宣稱她有一隻最先進的義肢，讓她首次能參加五公里休閒路跑，並追在孩子後頭跑。之後凱莉扔下最後一件驚人消息，她說不定一直在等待將這消息像炸彈一樣扔給蕾西，那就是她已經拿到了手語翻譯員的證書，還有她也住在費城郊外。若蕾西在這麼緊迫的時間內要找到手語翻譯員，而且不想付錢，看來只有去造訪這位老是纏著她不放的小跟班。

✣

「今晚妳可以當我的手語翻譯員嗎？在簽書會上。」兩人就坐在凱莉擁擠客廳裡的一張滿是花朵圖案的長沙發上。蕾西與一隻搔癢娃娃艾摩坐在一頭，凱莉坐在另外一頭，兩人中間是一個四歲的韓國小女生，每次兩人一比起手語，小女生就咯咯笑個不停。

凱莉說：「我很想幫妳，但這麼晚了，我找不到保姆，所以我得把孩子們也帶去。」

成為手語翻譯員，與得到先進義肢，並不是凱莉．賽樂從育幼院逃出後唯一做的事情。她一

⑩ 蒲公英種子呈白色絨球狀，又稱為wish flower（許願花），在西方習俗中，吹光蒲公英種子並許願，便能成真。

直忙著收養孩子，她現在有六個孩子，都是從孤兒院救出來的。其他五個孩子就在客廳外的後院玩耍。凱莉坐在長沙發上的這一頭，才能一面與蕾西聊天，一面看著那些孩子。

凱莉說：「妳聽不見真是幸運，這些小孩吵死了。」韓國小女生同意地點點頭，用手摀住耳朵。蕾西看了一眼客廳地板，上頭丟滿了玩具，而凱莉對這一片混亂似乎十分怡然自在。

「妳丈夫有幫忙照顧小孩嗎？」蕾西問。

凱莉臉上浮現微笑，同時露出某人藏有天大祕密的表情。

「我妻子出差去了，待在紐約，這週末才回來。」她一面說，臉上仍帶著微笑。蕾西點點頭，決意不要表現出任何驚愕反應，滿足凱莉一直在期盼、甚至刻意製造的效果。

「總之，還是謝謝妳。」蕾西說。

凱莉看起來很氣餒，她顯然很希望蕾西能追問她的生活近況。

「孩子們不會有問題的，他們很喜歡看書。」凱莉說。

「不用了，那本書不是給孩子看的。」蕾西說。

「班傑明書店裡有一處很棒的遊樂區，孩子們會喜歡的。」

蕾西要與孟妮卡·包曼對決的同時，有六個小鬼頭在旁興奮尖叫亂跑？還是別了。

「抱歉，這樣不行。」

「為什麼？」

「我得走了。」

蕾西正準備要站起身，凱莉這時突然伸出食指，對著蕾西搖了搖。

「妳在隱瞞什麼。」她說。

「我沒有。」蕾西說。

「妳又來了，又被我發現了。」

「發現什麼？」

「妳摸了鼻子。」

坐在長沙發上的小女生看見凱莉摸鼻子，咯咯笑了幾聲，也跟著伸手摸了摸自己的鼻子。凱莉看著蕾西，蕾西沒有跟著照做一次。

「那又怎麼樣？」蕾西說。

「妳以前也會這麼做。妳每次惹事，被瑪格麗特盤問責罵時，都會摸摸鼻子。」

「我沒有。」

「不然妳以為她為什麼總是知道妳說謊？」

許多處罰快速閃過蕾西的腦海。有一次，瑪格麗特說自己的腦袋後頭有眼睛，蕾西真的相信了。她晚上常常睡不著，想像著那些眼球就躲在瑪格麗特那頭糾結的灰髮堆中，真的很嚇人。

「妳為什麼從來都不告訴我？」

「我總要有點看穿妳的本領，不是嗎？不然妳老是利用我。」

「利用妳？」

「就是妳以前總是要我做的那些事！」

「妳可以拒絕。」

「妳總是說，若我不做，就不是妳朋友。」

「妳在哭嗎？那都已經是幾百年前的事了。」

「一切都還是老樣子，妳還是想騙我去做事，卻不告訴我，妳到底在做什麼。」

「我請妳當我的手語翻譯員，又不是要妳去搶銀行。」

「我會成為手語翻譯員，都是為了妳。」

「那妳真應該感謝我，這工作薪水不錯。」

「這和錢無關。」凱莉將她完好的那隻腿抬起放在義肢上，深呼吸一口，說：「我寫給妳好多信。」

粉紅色和藍色的小信封，蓋著加州來的郵戳，一封封飄浮在蕾西的記憶裡。

坐在長沙發上的小女生，蕾西一直很不好意思地忘了她的名字，小女生悄悄伸出小手，拍了拍她母親的膝蓋。她不知道凱莉和蕾西在說些什麼，但她知道她的母親快哭了。

蕾西覺得自己真是全世界最差勁的人。

「我知道，我很抱歉。」蕾西說。

「妳為什麼不回信？」

「我甚至沒有拆開那些信。」蕾西說。

「什麼？」凱莉問。

蕾西從長沙發上跳起，繞過客廳地上那堆玩具，來到窗前，坐在窗台上。

然後她說：「妳那時候就那樣走了，搬到充滿陽光的地方，還能擁有海灘。妳有了家人，有一個到處旅行、跳舞的好阿姨，她不會把酒瓶藏在沙發墊子底下，或是把鹽撒在餅乾裡。」

凱莉站了起來。蕾西真想告訴凱莉，她很高興凱莉有了一隻新的腿。以前，凱莉要極費力才能站起來，動作也非常沉重。有了這隻新義肢，凱莉可以優雅地站起來了。蕾西真希望自己的心地能夠好一點，但光看見凱莉，關於育幼院與瑪格麗特的記憶便全被喚起，彷彿光是回想那些日子，便幾乎要把她們帶回過去。彷彿蕾西只要眨眨眼，她又會變回小孩，回到那個房間、那張床鋪上，對著牆壁玩手影，策劃一場來得不夠快的大逃脫。

凱莉說：「我很想妳，我討厭加州，我只想和妳在一起，妳就像是我的姊妹。」

——妳有一個雙胞胎姊妹，她名叫孟妮卡——

「我得走了。」蕾西說。

「妳不想我嗎？」凱莉懇求著。她看起來就像個孩子，失落又缺乏關愛。蕾西並不想傷害凱莉，但她必須要誠實。

「不想。」她說。這是真的，但也不全然是。一開始她曾想念過凱莉，但她同時也因為凱莉擁有了海灘以及好阿姨而心生憎恨。蕾西內心深處知道自己出了問題，無論她的內在如何努力，就是無法和其他人親近。每當她靠得太近，就會開始防範設限。對她而言，這說不定只是一種幼稚的反應，但她卻不知道該如何解決。她會與艾倫在一起六年的唯一理由，是他從不對她做出要求。若他想過的是傳統生活、想要一個傳統妻子，而不是一個日子得過且過的同居女友，她知道兩人絕對不可能在一起這麼久。

「我從沒忘記過妳。」凱莉說。

「我很抱歉，但我那時必須忘了妳。妳不會再回來，而我還有自己的生活要過。」蕾西說。

「所以妳不認為我是妳的姊妹？」

蕾西不知道該怎麼說才好，因為答案是否定的。

於是她跳開了話題，說：「那隻腳很棒。」

凱莉就那樣看著蕾西，而有那麼一刻，屋裡一切動作都停了下來，即使是牆上的影子也定住不動。

「沒有。」蕾西說：「我沒有把妳當成姊妹。」

「我懂了。」凱莉說。她開始清理客廳，從地板上撿起玩具，扔進角落的大桶子裡。「講話還是這樣直接，是吧？」凱莉又補充一句。她繼續用著超高效率收拾玩具，彷彿一天會收上個十幾回。小女生匆忙跑到裝著玩具的桶子旁，拿起每一個被扔進去的玩具，細細檢視，彷彿這輩子從沒看過這些玩具，然後再扔回去。蕾西注意到，這孩子扔玩具時並不像她母親那樣動作輕柔，而是用力摔進桶子後，再偷偷往裡瞧，彷彿想看看玩具是否受到損傷，然後等著虐待下一個。

「我沒有把任何人當成家人過。妳不是，瑪格麗特不是，其他和我一起生活過的那些孩子也不是。我們只是動物園裡的動物而已。」蕾西說。

「老天。」凱莉說。

就在這時，紗門打了開來，其他五個孩子擠進客廳，三個男孩，兩個女孩。紗門還大開著，他們就已經跑過客廳，來到客廳旁的餐廳，打開通往地下室的門，消失在階梯下。蕾西很想放聲大笑——簡直就像一群公牛才剛驚慌竄逃過去——但凱莉看起來似乎沒辦法接受這個玩笑。凱莉走過去，關上玻璃滑門。

「這些孩子是我的生命。」凱莉看著那扇通往地下室的門，這麼說。

「這種日子不適合我。」蕾西說。

「蕾西是一匹孤狼。」凱莉說。

「我得走了。」蕾西說。

「那艾倫呢？妳把他當成家人嗎？」凱莉問。

「他是我男友。」

「妳沒回答問題。」

「我得走了。」

「我和妳約七點。」凱莉一面說，一面陪著蕾西走到前門。

「不用了，我會去找另外一位手語翻譯員。」蕾西說。

「妳為什麼不乾脆直接告訴我，到底發生了什麼事情？妳為什麼不讓我知道詳情？」蕾西恨透了此刻凱莉臉上的神情。她讓凱莉失望了，但她無法讓凱莉就這樣稱心如意。那時凱莉的確離開了育幼院，的確得到了一座海灘與一個好阿姨。她不用再聞到瑪格麗特的口臭或是每年都得習慣新來的孩子，或是忍受幾十個想與大家「做好朋友」的新員工，目的只是為了能在第一時間溜走。事實是，凱莉離開後，蕾西整整哭了一個星期。不是因為她想念凱莉，而是因為她被留了下來。蕾西願意放棄她的一條腿，和凱莉一起去加州，也許這樣她就會把凱莉當成姊妹那般愛著。

但現在回顧那些久遠的過去，也於事無補。

「我知道妳在計畫什麼，妳也知道我會查出來，所以妳最好直接告訴我。」凱莉說。

「手語翻譯員應該要保持中立，而不是愛管閒事。」蕾西說。

小女生跑向凱莉，手臂抱住凱莉的一條腿，在上頭拚命親個不停——蕾西想不起來那隻腿是真的、還是義肢。凱莉揉了揉小女生的頭髮。

「妳不知道妳錯過了什麼，家人就是一切。沒有了家人，我什麼也不是。」凱莉說。

✣

沒有了家人，我什麼也不是。凱莉想騙誰啊？她以前就是個討人厭的獨腳鬼眼中釘，現在也一樣。就算成了專業手語翻譯員，也不過就如此。蕾西本來並不想傷害凱莉，但她必須這麼做。若凱莉得到一點風聲，蕾西絕對藏不住關於雙胞胎與那個女騙子的祕密。現在只剩下不到三小時，就是週年晚餐了，而她甚至還沒有替艾倫準備好禮物。也許她可以畫些東西送他。就是這個。她可以在一小時內趕出些東西，抽象畫吧！她早該想到的，不管她畫什麼，艾倫都喜愛，這也是她愛艾倫的原因之一。

她要先回家，抓起晚餐要換上的衣服，再去工作室像個瘋女人似地拚命作畫，然後換上晚餐要穿的衣服，直接到班傑明書店，接著再衝回來吃晚餐。光是這樣想她就出了一身汗。

蕾西回到家裡，走過小小的前院，再繞到內院。她打開門，踏進家裡，發現艾倫在家，整個人放鬆地躺在一張扇貝椅上，那是他們去年在夏季慶典時買來的，有兩張，一人一張。她本來希望艾倫還沒有到家呢。艾倫手上拿著一罐啤酒喝著，還準備好一杯紅酒等著她。兩張椅子間的小桌上，擺著一瓶盛開的新鮮雛菊。蕾西發誓今天早上那張桌子上可沒有雛菊。

「歡迎回家，大美人。」艾倫說。

他站起身來迎接她，蕾西回了他一個倉促的吻。艾倫從她手上拿過安全帽，掛在門旁的鉤子上。

「你今天比較早到家。」蕾西用微笑掩飾她的惱怒。有個女人纏著她不放，又不是艾倫的錯。艾倫也對她報以微笑，但他的微笑比她的要燦爛一百萬倍。

「今天是特別的日子。」艾倫張開雙臂抱住蕾西，將她擁入懷裡。

蕾西不敢相信至今她仍覺得艾倫如此迷人，六年又這麼快就過了，而他們已經同居了三年，感情至今仍十分堅定，儘管她一直害怕自己會陷入太深，無法逃脫。艾倫很高，身材偏瘦，有一頭可愛的蓬鬆褐色鬈髮。她最愛他的胸肌和二頭肌，強壯又精實，總是在她需要時守在身邊。艾倫的左肩上有刺青，是他父母名字第一個字母的手語。她愛艾倫，她喜歡撫摸他的刺青，喜歡用手指揉弄他柔軟的鬈髮，喜歡他的頭髮聞起來像洋梨，偶爾又像鋸木屑。她喜歡他每次一緊張，頸側便會微微發紅。那抹紅現在又出現了，從鎖骨那兒淡淡地往頸子上湧現。她得克制自己的衝動，不去親吻他的頸子，將那抹潮紅舔去。那麼做會導致其他事情發生，但她現在沒有時間去做。艾倫為什麼這麼緊張？誰想得到，她最後居然和一個聽力正常的男人在一起？

在這段感情中，她最愛的就是放任的自由。當然，他們倆幻想過未來，但談的不是婚禮和孩子名字，而是艾倫將來想要蓋的房子，然後——他總是愛這麼開玩笑——由蕾西來上油漆。

她想在緬因州蓋座燈塔，艾倫想在波士頓蓋大房子。他提出妥協辦法：他們在波士頓的大房子可以加上角塔，說不定他們也可以在緬因州蓋棟夏季別墅。他並沒有針對婚姻或孩子對她施加壓力。若她哪天真想加入慈善機構或什麼組織，她會找一家能免費供應果凍，並附帶賓果遊戲之夜的好地方。

波士頓。蕾西想。**孟妮卡．包曼就住在波士頓。她和未婚夫喬，還有她的巴格犬史魯奇，一起住在波士頓。**

艾倫把她拉過去，與她深情擁吻。**有人偷了我的臉**。蕾西品嚐著男人的雙唇時這麼想著。**或是我有了一個雙胞胎姊妹。為什麼我不告訴他？**

因為她對這一切仍一無所知。直到她親眼見到那個女人之前，她什麼都不會知道。魯奇跑進了內院，蕾西抱起牠扭個不停的身軀，親了親牠。魯奇聞起來也像剛用過了洗髮精。

「你替魯奇洗了澡？」蕾西問。艾倫對她回以微笑，頸子紅得簡直發燙。

「今夜很特別。」這是他第二次這麼說了。

「我可能會趕不及，可以八點再吃晚餐嗎？」蕾西說。

「八點？」艾倫的表情像是意識到有哪裡不對勁。

蕾西腦海裡飛快閃過今晚行程。六點作家簽書會，誰知道之後會發生什麼事？她們很有可能會討論和解金的金額。她的臉蛋值多少錢？但願她不需要偽裝成其他人才能出席簽書會。但如果她把自己打扮得花枝招展，說不定能讓和解金的金額再提高一些。但一切要慢慢來，她要延長揭發真相的時刻，最後再對著所有讀者秀出她的臉。**看哪，我才是她。她不是我！**

「八點。」蕾西說。她把魯奇放下，走向臥室。艾倫隨後快步跟了上來，她還沒上樓，他便輕輕用手指敲了敲她的肩膀。

「怎麼了？」他的觀察力總是如此敏銳，一臉察覺不對勁的模樣。

「我要遲到了，我有些雜務要處理。」蕾西說。

「什麼樣的雜務？」

「我不能告訴你。」蕾西跑上樓，走向臥室。

她站在衣櫃前，這時艾倫又拍了拍她的肩膀，即使她早知道他人在那兒。

「什麼事？」

「什麼雜務？」

「我不能告訴你。」

「妳在開玩笑吧？我以為我們談過這點了。」艾倫說。

英語翻譯：

「我們」指的是「她」。

「這點」指的是「祕密」。

「談過了」指的是「告訴我！」

手語則是：

祕密。我。妳。結束。

翻譯：**告訴我！**

好吧，也許她與艾倫之間並沒有那麼親密，也許她以前總習慣把祕密都藏在自己心底，也許她現在仍是如此。但她回到了這個家、回到了他身邊，這還不夠嗎？她沒有說謊，也沒有在外面劈腿，或是竊取他的財產。儘管他會爭辯將他拒之於外，等同於在這段感情中竊取。但今晚不同，今夜她可以賞他些甜頭，討他歡心。

「今天是我們在一起的週年紀念日，你不能強迫我說出祕密。」她說。

這招有效。艾倫前額上因憂心而出現的紋路消失了，並再度露出微笑。她為什麼不乾脆告訴他真相？**我拿到了一封信，上頭說我有一個姊妹，還是雙胞胎，她的名字叫孟妮卡。**

那說不定會是場皆大歡喜的團圓，也說不定會開啟一場友誼，或孿生姊妹之情。艾倫仍在盯著她瞧。她應該告訴艾倫，或是她可以將外套拿過來，掏出那封信交給他。他們可以一起用電腦去搜尋孟妮卡．包曼，還有那本《靈魂的建築師》。蕾西舉起了手，她幾乎不用怎麼費力便能比出這些手語。但她心底的陰暗面又出現了，製造出那道「藩籬」、將所有祕密藏在心底、自私地不願將資訊洩漏給其他人、無法分享與不斷自憐。這是一種權力炫耀，抑或是自我懲罰？若將思想與經驗比喻為舞者，在舞台上來回跳躍，貢獻出自己的身段姿態，那麼蕾西的思想與經驗便是瘸了條腿，跛著腳的舞者，跌跌撞撞，雙腿根本不聽使喚。

「我簡直等不及了。」艾倫說。

「等不及什麼？」蕾西說。

「吃晚餐。一大盤肥死人的義大利麵，還有一大杯紅酒。」他模仿著從嘴裡吸食一條義大利麵的樣子，逗得她笑了。蕾西伸出手，觸碰男人的臉。**這是她最終一定會歸來之處**。她一面想，一面撫摸男人的臉頰。**永遠不要忘了最終的歸屬**。她收回手，艾倫伸出手再度握住，他的前額再度出現憂心的紋路，看來這次不會很快消失。

「怎麼了？」

「妳抖得像風中的葉子。[11]」他指著窗外那棵讓後院增添不少風采的巨大橡樹，雙手做出發抖的動作。手語文化中並沒有英語慣用的成語，一如失聰人士所慣用的成語，對聽力正常又不會手語的人而言，他們根本看不懂。艾倫說，他以前總會把這些失聰人士不熟知的英語慣用成語，放學後在廚房裡表演給母親看。他和蕾西在一起後，仍舊習慣這麼做，而她不忍心告訴他，其實她大部分都已經知道了。看著他稍嫌誇大的演出，像是在表演一齣迷你短劇，很有娛樂效果。大樹、葉子、風，然後是葉子如何在風中翻飛。他看起來像個傻子，卻是只屬於她的傻子。但這一次他看起來不像在開玩笑。蕾西瞧著自己的手，艾倫說得沒錯：她的確在發抖。

雙胞胎雙胞胎雙胞胎雙胞胎雙胞胎雙胞胎雙胞胎雙胞胎雙胞胎雙胞胎姊妹妹姊妹姊妹姊妹妹姊妹姊妹姊妹姊妹……

「我喝了太多咖啡。」蕾西說。她也沒告訴艾倫違規停車罰單的事情。或是西麗亞．雪曼叫

[11] 原文為：You're shaking like a leaf，意為此人發抖得很厲害。

了拖吊車來。或是她去看了凱莉。**在晚餐時**——她這麼說服自己——**我會在晚餐時告訴他這一切**。

「下次喝失聰咖啡⑫。」艾倫說。失聰咖啡是手語裡慣用的諺語，表示不含咖啡因。

「下次喝失聰咖啡。」她對他保證。

魯奇衝進臥室，擠入兩人中間，開始轉起圈圈。

「天才。」艾倫看著狗兒，說：「我們的狗真是天才。」

「別訓練過頭，小心弄巧成拙。」蕾西引用艾倫說過的話。然後她看著魯奇，嘆了口氣，說：「出去。」魯奇停下不再轉圈，開始跳上跳下。牠知道一些手語，像是：散步、坐下、工作、浴室、出去，還有餅乾。換句話說，牠知道什麼是重要的事，還有什麼是好東西。

「妳要帶魯奇去？為什麼？」艾倫問。

「牠喜歡坐吉普車兜風。」蕾西說。

她與魯奇四目相接。**你有個孿生兄弟**。她透過心靈感應這麼告訴狗兒。**牠的名字叫史魯奇**。

魯奇打了個噴嚏，猛力搖頭，然後上半身蹲下，臀部高高往後翹起。接著，牠露出牙齒，發出低狺。**沒錯，我也正是這麼覺得**。蕾西想。

⑫ 失聰咖啡：Deaf Coffee。不含咖啡因：Decaf=Decaffeinated。兩者拼音接近。

4

蕾西站在客房衣櫥前，手臂上掛著待會兒打算換穿的黑色小洋裝。基本上來說，這是艾倫的衣櫥，主臥房的大衣櫥才是歸她支配的地盤，但幾個月前，她偷渡了幾雙高跟鞋到他的衣櫥，今晚她需要其中一雙來搭配洋裝。她一件件拉開艾倫的西裝，好看清楚地板，她的高跟鞋就藏在那兒。但就在她要將最後一套西裝從眼前拉開時，她的手掃過一個口袋，指尖從某種堅硬物體的表面上滑過。在她還未能說服自己別這麼做之前，她的手已經伸進口袋，拿出一個藍色天鵝絨盒子。

不要打開。她這麼告訴自己。但她還是打開了，裡頭是一枚鑽石戒指。一克拉，方形切割鑽面，白金戒環。蕾西將盒子闔上，放回西裝口袋。然後她又拿了出來，再次打開。闔上，放回去。拿出來，又放回去。拿出來，打開。闔上。把盒子放在另外一邊的口袋。她又拿了出來，想塞進自己的口袋，但她的牛仔褲太緊了。只好又放回去。她闔上衣櫥的門，靠在衣櫥上。

老天，他一點都不了解她嗎？他一直都沒在聽嗎？她對神聖婚姻關係的看法難道表達得還不夠清楚嗎？她沒有留下足夠線索、足夠暗示讓他明白嗎？她不是一直強調他們認識的夫婦不是婚姻生活悲慘就是離婚了嗎？她不是針對名人婚姻能維持多久下過賭注嗎？她不是在週日的紐約時報訂婚版面上畫過小骷髏頭與兩根交叉的骨頭嗎？若以上皆非，那麼去年萬聖節，她扮成科學怪人的新娘，還告訴艾倫這會是他唯一一次見到她穿結婚禮服，應該也是個提示。

這就是他的頸子剛剛會發紅的原因。她實在不需要又多出一個麻煩，她現在無法處理這件事。她抓起包鞋，和那件黑色小洋裝一塊兒扔進背包裡。她不再在意洋裝是否會起皺，若她看起來像科學怪人的新娘，說不定艾倫就不會想求婚。

她不再去想這些，在屋裡靠著自動導航系統四處兜轉。她晚點會把狀況搞清楚。她還是得趕到工作室，努力趕出一幅畫送給艾倫，那幅畫的意涵會是：我愛你，但不要讓婚姻毀了這段美好關係。然後趕去書店，兩個女人廝殺一番，再回來吃晚餐。她看了看手錶，已經太晚了，她現在就得趕去班傑明書店。然後她會去工作室。她可以傳簡訊給艾倫，將晚餐延後到九點，或是十點。

蕾西把頭髮塞進艾倫的一頂建材公司棒球帽裡，戴上登山用墨鏡，藏住自己的冰藍眼眸。天氣太熱，她無法在身上再多增加其他掩飾。蕾西匆忙換上短褲、上衣，與一雙夾腳拖鞋。魯奇的腳掌對夏天發燙的人行道很敏感，所以蕾西將牠抱起，塞在自己右手臂彎裡。她走向書店時，忍不住想，帶著魯奇出門，是否是個天大錯誤。這位孟妮卡也假裝自己有隻巴格犬，所以蕾西不但無法不著痕跡地融入背景人群中，反而會被她一眼就認出來。也許這樣也不錯。也許蕾西根本就不該偽裝自己。她應該飛奔回吉普車，換上那件黑色小洋裝嗎？蕾西明白在她腹部深處的攪動不是因為害怕，而是因為為什麼孟妮卡小姐不該也嚐嚐這種滋味？蕾西明白在她腹部深處的攪動不是因為害怕，而是因為興奮。她其實非常期待能好好嚇一嚇那個女人。

她停在書店門口，深呼吸一口，看向那張海報。但她做完深呼吸後，發現那張海報不見了。櫥窗玻璃擦得乾乾淨淨，沒有指印，沒有灰塵落在海報上形成的輪廓，也沒有透明膠帶殘留的痕跡。蕾西看看自己的手錶，現在是五點五十五分。蕾西想佔個最好的位置，不要太近，也不要太遠。

是誰偷了這張偷臉賊的海報？

她匆忙走進書店，一路直走向放著麥克筆與一大疊《靈魂的建築師》蓋成書屖的那張桌子——

不見了，都不見了。桌子不見了，麥克筆不見了，擺好放在桌子旁的那張可折疊式金屬椅子不見了，書堆不見了。一定有人在捉弄她。

是艾倫。這些都是他的求婚橋段。老天，她真是蠢到家了！《靈魂的建築師》這個書名，史魯奇而不是魯奇，還能拿到她的相片，並且會使用影像編輯軟體。老天，他可真把她騙慘了！他想向她求婚，就在這裡，就在今晚。雙胞胎，她還真開始相信自己有個雙胞胎姊妹了。她拿出黑莓機，傳簡訊給艾倫。

你騙到我了，哈哈！你在哪裡？她等著艾倫回覆時，在書店閒晃著。他是不是躲在科幻小說區？還是驚悚小說區？以她對婚姻的感覺，他應該是躲在驚悚小說區沒錯。她希望這家書店沒有扔掉那張海報，或是那本假書。她想要留下那些書。這並不表示她會答應艾倫的求婚，但她得讚揚這男人的創舉。她一直以為艾倫很傳統，會準備蠟燭、香檳什麼的，然後跪下來對她求婚。

什麼？？？妳在哪裡？

科幻小說區。你呢？

蕾西，我是艾倫。發生什麼事了？

對不起，我提早到了，破壞你準備好的驚喜。快出來吧！

妳到底在說什麼？？？？

這已經有些玩得過頭了，而且他裝得實在很失敗，他最好趕快出來承認這一切。她抬起眼，發現自己正站在櫃檯前，一個年輕女孩無精打采地將書從桌子的一邊搬到另外一邊。女孩見到魯奇時，眼神瞬間發亮，她伸出雙手，像是見到了什麼新奇事物似地露出驚喜表情。

蕾西，發生什麼事了？？？

玩笑開得這麼長，實在不是艾倫的作風。蕾西從皮包裡拿出一本筆記本。

靈魂的建築師，不是七點嗎？

女孩已經變成魯奇咬著不放、沾滿一堆口水的新玩具，蕾西將筆記本遞給女孩，她把手在褲子上擦了擦，拿過筆記本。將筆記本遞來遞去，是蕾西不管到哪裡都會使用的溝通技巧，但銀行除外。那些出納員見到有人默默遞給他們紙條時，總是會反應過度。但這裡是書店，書寫被欣然接受。女孩草草地寫了些東西，將記事本遞回去。蕾西又問了另外一個問題。兩人結束對談後，那張紙上所呈現的是：

靈魂的建築師，不是七點嗎？

取消了。

為什麼？

沒禮貌！

我？

不，是作者沒禮貌！！妳的狗叫什麼名字？

魯奇。

真可愛！

謝謝。

蕾西停了停，將魯奇遞給女孩，作為誘餌。女孩接過魯奇，抱在懷裡。蕾西又開始寫了。

作者做了什麼？

拒絕簽班傑明的書，還在她自己的臉上畫上兩撇鬍子和尖角！

班傑明是誰？

書店老闆。

那位討人厭的冒失鬼「經理」居然是書店老闆？蕾西發現這天可真是處處充滿驚奇。

我們無法接受這種舉動！

我贏了這三個字浮現在蕾西腦海裡，即使她想把這念頭壓下來，但它仍不斷冒出。只是蕾西依舊並沒有十分相信女店員的說詞。

妳確定這不是玩笑？不是有人要求婚？

女孩將魯奇遞還給她，露出疑惑神情。她盯著蕾西寫出來的問題，然後又盯著蕾西瞧。

我想看那本書。

女孩聳聳肩，從身後那堆書中拿出一本，遞給蕾西。蕾西很快翻閱過整本書，的確是真有這本書。接下來她翻閱書的內容。

妳無法憑一己之力蓋屋。學習在大群體中合作——

蕾西闔上書本。孟妮卡．包曼是真有其人。她是貨真價實的偷臉賊。她知道了取消簽書會的消息，不知有何感受？她有要求解釋嗎？有否認自己做過這些事嗎？班傑明有沒有告訴她取消的原因？她有沒有問一連串問題，要求看一看書店的監視器錄影帶嗎？她會不會深入追查，進而發現到蕾西？她是不是看到了這女人有著她自己的臉，手裡還藏著一支麥克筆？

蕾西搞砸了偷襲的機會。即便她現在馬上承認，自己才是那位無禮的人，是她在書上亂畫亂塗，或許一切仍已經太遲，無法讓孟妮卡回來。孟妮卡很有可能不知道簽書會取消的原因，但她也不在乎，因為她很高興今晚可以好好休息。若她遵照自己寫出來的那些自我幫助胡說八道的廢話，她現在正在——蕾西再次翻開書頁，隨意翻到一處章節——

建造新架構

造屋的構圖常常會修正。計畫也會隨之改變。若不隨著改變，你的人生規劃會陷入泥沼，動彈不得。小地方的變化可視為一種裝飾。好的共事夥伴就像新的窗簾，或是長沙發上的新靠墊。誰不想為看膩了的舊屋子添點新奇裝飾？重大改變會很難去適應，原因也很顯而易見。重大的改變需要完全重建，重新畫一次構圖。重大改變不但耗時，也耗費金錢。但不要因此拒絕重大改變！利用這樣的改變來讓自己更加進步。反正牆都已經拆掉了，何不裝上一扇你一直想要的外推窗戶，或是能容納一整個人走進去的大衣櫃——

完全都是鬼扯。蕾西「啪」的一聲把書闔上。

蕾西？？？？

抱歉，艾倫。等會兒在馬利歐餐廳見。

剛剛是怎麼回事？

只是開玩笑。八點見，說不定八點半。

我不需要禮物，我只要妳。

接下來螢幕上便跑滿了XOXOXOXOXOXO，直到塞不下為止。

✣

蕾西與艾倫斷訊後，並沒有將黑莓機收起，她切換到「通訊錄」的螢幕，一面傳簡訊給那個男人，一面想忽視那股微弱的罪惡感。她別無選擇，只能去找另外一個男人求助。

5

蕾西的藝術工作室位於費城市中心一間倉庫裡，相對來說較能避開朝九晚五的熙攘忙碌。她與另外一位聽力正常的藝術家麥克，共同支配頂層約八十四坪的藝術創造領域。這兒有著厚實長條木板鋪成的地板、水泥牆與外露的管線。蕾西將那些管線漆成褐紫紅色，又將水泥牆漆成陰暗的灰色，雖然牆面在晚上看起來幾乎全黑，但在陽光下卻會變成銀色。麥克是雕刻家，在倉庫入口處擺了兩座巨大的扭轉設計作品，約有三公尺高。這兩件作品外觀完全一樣，如同照鏡子，只是材質不同：一座材料是鋼鐵，另外一座是漂流木。

這一對藝術家的工作時間幾乎完全不衝突，但即使兩人一起工作，也有足夠空間，不會打擾彼此。麥克先擁有這間倉庫，之前一堆藝術家拚命想和麥克一起分用這地方，他卻選中蕾西，因為她聽不見。不是因為麥克同情她——蕾西永遠都不用忍受別人對她的同情——而是因為他不斷製造出來的噪音，不會打擾到蕾西。麥克會焊接、捶打、又鑿又雕、鑽洞和鋸東西。所有這些噪音，蕾西都能泰然處之。偶爾她會感覺到震動，但她並不討厭。那感覺就像在汽車旅館裡，在那些只要投錢就會震動的床上畫畫。況且，能換得這麼廣大的空間，實在值回票價。屬於蕾西的這四十二坪左右的區域位在倉庫後端，有兩扇窗戶，望出去能見到九十五號州際公路與班富蘭克林橋。在房間中央，他們共用一個水槽與冰箱，還有幾張皮製長沙發與椅子。

頂樓比往常還要亂，因為他們兩人一直在準備個展，沒空清理。蕾西站在房間中央，知道自己該開始繪製送給艾倫的畫，但偷襲那名號稱是自己雙生姊妹女騙子的計畫受挫，加上見到訂婚戒指的挫敗，讓她無心動筆。麥克現在人不在，他們可以好好在這裡單獨相處。

她煮上一壺咖啡，羅伯特隨時都會到。他目前與費城失聰劇團所演出的舞台劇，排演的地方就在倉庫所在的這條街上。

工作室裡懸掛在高處的燈光開始規律閃動，告知有人在門外。蕾西打開門迎接羅伯特，他一路跳進來，身上仍穿著戲服：紫色與綠色相間的緊身衣、條紋緊身褲、尖端翹起的鞋子，與裝滿鈴鐺的鬆垮帽子。這種服裝穿在任何一個成年人身上，都會顯得可笑，而羅伯特兩百公分的身高，則將程度晉升到爆笑的地步。他所參與的舞台劇《聽不見的笑話！》將在下星期開演。羅伯特擁有演員那種神經質的充沛精力，隨時蓄勢待發，他馬上就在這地方到處跳來蹦去，碰觸一切他眼前見得到的事物。他一張張翻過那些素描板，將一個橡皮擦甩過她的工作台，拿起筆刷與炭筆，在粗厚的手指間摩擦。當他緩步走向靠在牆角、被一大張綠色防水布蓋住的畫堆時，蕾西溜到他身後，用力巴了一下他的帽子。

「亂摸東西。」他轉過身時，蕾西這麼說。

她領著羅伯特離開那張綠色防水布，然後指指對面，那兒有好幾張蕾西為主人與寵物畫的肖像畫正公開展示，就放在她的桌子上頭、連同畫架靠牆放著。羅伯特盡可能走近每一幅畫前，仔細端詳。

一個胖男人和鬥牛犬，兩者有著同樣下垂的下顎；一位年老女士與貴賓狗，兩者有著完全相同的一頭濃密白色鬈髮；一隻愛爾蘭塞特獵犬與一位美麗的紅髮女子。羅伯特揮手引起蕾西的注意，等到她終於往他看過去時，羅伯特嘆了口氣。

「我是哪一種狗？」他挺起胸膛，抬起下巴。

蕾西對他端詳了好幾秒。

她說：「不是狗，是大猩猩。」羅伯特彎下腰，兩隻大手在地板上挖啊挖，努力模仿大猩猩。

「別逗了。」蕾西說。

「麥克呢？」羅伯特問。

「出去了。」蕾西說。

麥克是個帥哥，蕾西老是懷疑羅伯特有點喜歡他，連艾倫似乎都嫉妒麥克。

「魯奇呢？」羅伯特問。

蕾西拍拍手，魯奇便跑過羅伯特身旁。羅伯特笑了起來，追著魯奇跑，直到他捉到魯奇為止。之後他抱著狗，在倉庫中央閒逛了一會兒，便一屁股坐在長沙發上，蕾西也跟著坐了下來。

羅伯特將手臂伸展開來，問：「看來問題不小，怎麼了？」

蕾西猶豫了。她實在很想先談談那個假扮她雙胞胎姊妹的女騙子，但那會佔用到她講述求婚這件事的時間。於是她先描述了自己如何發現那枚鑽戒。羅伯特跳了起來，給她一個大大的擁抱。然後她退了開來。

羅伯特說：「恭喜。但我以為妳不想結婚。」

蕾西說：「我寧願割斷我的喉嚨！他會毀了一切。」

「我覺得妳應該答應。」羅伯特說。

蕾西坐上了長沙發的扶手。

「今夜陪我們一起吃晚餐？」她問。

「哈哈，好笑。」羅伯特說。

「你和我和艾倫，一起吃晚餐。」蕾西重複一次。

「不行，妳自己去。」羅伯特說。

蕾西盯著自己的無名指瞧。

「拜託？求求你？」

「妳愛艾倫。」

「我知道。」

「那問題在哪裡？」

「我不想結婚。」

「妳應該嫁給失聰的男人。」

「我不要嫁給失聰的男人。我誰都不想嫁。」

「那穿成這樣的男人如何？」羅伯特語帶暗示地對她眨眨眼，但他只是在開玩笑，因為他非常滿意現任男友。

「我根本就不想結婚。」

「妳真幸運。」羅伯特說。

蕾西並不知道羅伯特仍拿著她的筆刷，直到他將筆刷拋到空中，想從背後接住，但沒接到。他彎腰撿起筆刷時，明顯不滿地咕噥了一聲。

「幸運？」

「妳可以在任何一個妳想要的州結婚，在任何一座妳喜歡的教堂裡，還能挑一個妳喜歡的牧師。」

「不要，不要，不要。」

「妳有毛病。」羅伯特說。

「沒錯。」羅伯特站直身子並看著蕾西時，她這麼說：「我就是有毛病。」她走到咖啡壺前，將馬克杯倒滿咖啡。蕾西對羅伯特揚揚眉，頭微微歪向咖啡壺的方向。他搖搖頭，表示不需要。

蕾西聳聳肩。

「鑽石很美嗎？」他問，然後伸出手，彷彿抓著一顆巨大鑽石。

「我寧願要輛新機車。」她說。

她走到一張放在畫架上、面對著長沙發的素描板前，在一邊寫上「訂婚戒指」，另外一邊則寫上「新機車」。

「妳在做什麼？」羅伯特問。

「思索。」

她在「訂婚戒指」下方寫上「離婚」，在「機車」下方寫上「性愛」。

她在「離婚」下方又寫上「肥胖」，接著在「性愛」下方寫上「又嗆又辣」。

羅伯特看了看自己突出的鮪魚肚。他與他的同居人，艾瑞克，去年已經在一場宣誓儀式⓭中成為彼此的終身伴侶。

「單身的人也會變胖。」他說。

蕾西在「肥胖」下方寫上「神經兮兮」，在「又嗆又辣」下方寫上「舒適悠閒」。

「神經兮兮？妳是在談婚姻還是大麻？」

「每個我認識的已婚女人都神經兮兮。」蕾西說。

她在「舒適悠閒」下方寫上「沉浸在戀愛中」，然後在「神經兮兮」下方寫上「愛情墳墓」。

她把麥克筆扔到地板另外一邊。兩人往後退，仔細研究這張列表。

訂婚戒指	新機車
離婚	性愛
肥胖	又嗆又辣
神經兮兮	舒適悠閒
愛情墳墓	沉浸在戀愛中

⓭ Commitment ceremony，在不承認同性戀婚姻的地方，類似「婚禮」的儀式，雙方互相承諾彼此關係，履行婚姻義務，但不被法律承認或保護。

「晚餐什麼時候？」他問。

「八點。」

「妳要怎麼辦？」

「讓他改變心意。」

「男人不喜歡被拒絕。」羅伯特說。

「那我就借你的全套衣服來穿，若我看起來像你，他就不能向我求婚了。」蕾西說。羅伯特鞠了一個躬，小秀了一段踢躂舞，扭扭捲曲的鞋尖，把蕾西逗笑了。

我有一個雙胞胎姊妹。有人偷了我的臉。把那張紙條給他看。告訴他！把那本書拿給他看！蕾西想。

羅伯特跳下長沙發，拍落褲子上的狗毛。

他說：「我得走了，快輪到我上台了。」

「謝謝你過來。」蕾西說。

「聚會在明天，妳應該過來參加。」他指的是失聰專業人士歡樂時光聚會，這群人每個月會挑一間不同酒吧聚會。

「再說吧！」蕾西說。

羅伯特指著蕾西，做出「聽力正常」的手語，但這動作不是在嘴巴的位置，而是在額頭。這是形容失聰人士表現得如同聽力正常的手語，並不是什麼讚美。

「我很忙。」蕾西說。

「妳得多參加社交活動。」羅伯特說。

「好吧！我會去。也許吧。」

「真是的，不只是婚姻而已。」羅伯特說。

「什麼？」

「妳不喜歡對任何事付出承諾，即使是和其他失聰人士喝杯小酒。」

「我說過了我會到。」

「因為妳是孤兒，因為妳沒去念失聰學校。」羅伯特的意思是，她並不屬於任何一個世界。

蕾西只是聳了聳肩。這又不是她的錯。她一直想去念賓州啟聰學校，為此她不知道和瑪格麗特爭論了多少次，每次都以失敗收場。

「傳簡訊告訴我後續發展。」羅伯特說完後，從口袋拙出一支側滑蓋全鍵盤手機。

「我會逮到她。」蕾西說。

「她是誰？」羅伯特問。

蕾西只是瞧著羅伯特，無法回答。

「沒什麼，你要上台了。」蕾西說。

羅伯特歪了歪頭，然後點點頭。他瞄了一眼手機螢幕，彷彿它能幫忙解釋這一切。

「我不知道宮廷小丑有手機。」蕾西說。

「這可是現代版，連國王都有台電漿電視。」羅伯特咧嘴笑了笑，便走了。

✣

蕾西站在街上，對面便是令人感覺舒適的義大利餐館，馬利歐餐廳，也是她和艾倫第一次約會的地方。她遇見艾倫時，還是賓州大學的一年級新生。艾倫那年大四，在詩詞課堂上就坐在她旁邊。課堂上大部分學生的焦點都放在手語翻譯員，唯有艾倫無法將目光自蕾西身上移開，特別是他看完蕾西以手語朗誦詩人佛斯特的〈未擇之路〉[14]後。之後他使盡渾身解數想約蕾西出來，但蕾西一直以來只和失聰男士們約會，所以每次艾倫約她，蕾西總是毫不留情地拒絕。

艾倫花了三個月的時間，才終於讓蕾西點頭。蕾西答應若他不要再繼續騷擾她，便可以和他共進晚餐，但就這麼一次。她舉起食指，然後自己又重複一次：就這麼一次。於是艾倫說要帶她來馬利歐餐廳。

他很熱心地想要接送她，但蕾西堅持在餐廳碰面，即使他們兩個都得從校園出發到市中心。蕾西到達時，艾倫已經在馬利歐餐廳裡等著。當蕾西帶著一位手語翻譯員出現在餐廳裡時，艾倫顯得有些訝異，但他一句話都沒多說，直接又加了一張椅子。

蕾西一開始還擔心自己帶手語翻譯員來是個天大錯誤，但一旦他們開始交談，蕾西很得意自己雇用了這位翻譯員。現在他們可以肆無忌憚地交談了。她回答了艾倫所有關於失聰文化圈子的問題，也糾正他手語是全球通用的錯誤觀念，並告訴他每個國家都有自己的手語系統。她告訴艾倫，她是失聰，不是聾子。像他們這樣的人，使用美國手語，並對於自己身為失聰人士的身分感到自豪。她再三保證，即使有機會，她也不稀罕變成一個聽力正常的人。

「像我這樣的人，基本上用美國手語來溝通。我們不認為自己是殘障，我們不要被『矯正』。我們有『屬於失聰的尊嚴』——我們不會因為聽不見而難過。失聰人士有自己獨特的歷史、語言，並且會共同爭取權利。我們有失聰詩歌、失聰藝術、失聰諺語與笑話。我們在餐桌前坐下與人交談時，會把花朵或是其他強加放在桌子中央的大型物品拿開，這樣才能看見彼此。」她透過翻譯員告訴艾倫。

艾倫這時伸出一根手指，將桌子中央的一枝玫瑰移到翻譯員面前，很有效地擋住了翻譯員的臉。蕾西笑了出來，但翻譯員可沒跟著笑。

蕾西打破了失聰人士總是「安靜」的迷思。

她說：「直到我差不多六歲前，我一直以為我的名字就是『噓，別吵。』聽力正常的人一提到聲音，敏感得像神經病。從哼歌、腳拍地板、咀嚼食物甚至呼吸，像這類事情，他們老是嫌我太吵。噓、噓、噓、噓噓噓——！我們開派對的時候，音樂的確放得很大聲。相信我，連警察都可能會被叫來。」

「我們不想被稱為是『聽障』（不想被矯正！），又聾又啞（拜託！）或是不會說話的聾子。我們可以選擇使用自己的聲音，或是也同時能夠解讀不同人的唇語，但那與我們的身分認同並無關聯。怎麼樣都好，就是不要假設我們全都是一個樣子。」

⑭ Robert Frost，美國著名詩人。此詩原名為The Road Not Taken。

在最後的結尾，她告訴艾倫，失聰人士除了聽力之外，沒有什麼做不到的事情。艾倫聽進去了每一個字。之後，翻譯員告訴蕾西，當蕾西去洗手間時，艾倫轉過頭對她說：「妳覺得現在要她嫁給我會不會太快了一點？」

蕾西從洗手間回來後，艾倫往後靠回椅子上，看著兩位女士。

「這真是我最棒的一次經驗。」他說。

翻譯員只是盯著他瞧，蕾西的叉子掉在盤子後又落到地板上。艾倫這句話並不是張嘴講的，而是用手語比出來的，而且非常流利。

蕾西轉過頭看著翻譯員。

「謝謝妳。」她說。

翻譯員點點頭，起身道別。

蕾西繼續瞪著艾倫，希望他會在她的瞪視下縮小，但是他沒有。

「這是怎麼回事？」蕾西要他解釋。

艾倫比著手語：「對不起，我從小就看父母使用手語。」

蕾西在胸前交叉手臂，說：「你的父母是失聰人士。」

「認罪。」艾倫說。

蕾西在桌上重重敲了一下，說：「你之前為什麼不告訴我？在課堂上，從我們見面的第一天！」

儘管不是什麼明文規定，但一般知道使用手語的聽力正常人士，只要在失聰人士身旁，就必須表明自己的身分，不然失聰人士可能會在他們面前進行非常私人的交談，假設四周沒有人能看得懂他們在比什麼。不表明自己的身分，是對信任的背叛。

「我之前不想說得太清楚，至少在課堂上不想。」艾倫說。

「你早就該說的。」

「別生氣，雖然妳生起氣來依然美麗。」

「這又不是在演《悲憐上帝的女兒》⑮，把我惹毛了，你也沒戲唱。」

「好吧。」

「談談你的父母。」

艾倫照做了。他的父母慈祥和藹又風趣，而且聰明穩重。

蕾西站在對街，再次看著他們第一次約會的餐廳，感覺淚水湧上了眼睛。她永遠都不會見到艾倫的父母了，他們在艾倫大一時便過世了。他的母親死於乳癌，父親則在那之後很快死於心臟病發，但艾倫相信那是因為他心碎過度。不管父親死因為何，都讓艾倫成了孤兒，就像她一樣。他說過他的父母很幸運，因為找到了真愛，就像他現在一樣。他向蕾西保證，要是他們知道他女朋友也是失聰人士，一定會高興死了。蕾西抹了抹眼睛，深呼吸一口。她很確定艾倫的雙親現在不會為了她而那麼高興了，因為她很可能不但會讓他們的兒子心碎，還將破壞眼前的一切美好。

⑮ Children of a Lesser God，一九八六年上映之美國電影，敘述一名至聾啞學校任教的男老師，愛上一名從小在學校長大，但拒絕學習唇語的年輕女子。

✣

我真的很愛他，我必須要告訴他發生了什麼事情，我必須要讓他相信我們不需要結婚。蕾西走進餐廳時這麼想著。

艾倫坐在餐廳後方的一張桌子前，他見到蕾西走過來時站起身子，身上穿的正是蕾西發現戒指的那套西裝。她努力不讓自己的視線盯著西裝口袋瞧。接著兩人親吻對方。

「你看起來真英俊。」她說。

「妳看起來真漂亮。」艾倫說。

他替蕾西拉開椅子，雖然她只想逃走，但還是坐了下來，埋頭吃起麵包棒。若她像隻母牛嚼個不停，艾倫就沒辦法開口向她求婚，所以她當下的計畫就是一直不斷吃東西。

「之前那些簡訊到底是怎麼回事？」艾倫問。

「我以為你藏在班傑明書店裡。」蕾西說。

「什麼？」

「我那時候人在班傑明書店，而且我以為你在開我玩笑。」

「我不懂。」

「我知道。今天實在很奇怪，等等我會告訴你一切，但能不能讓我先放鬆一下？」

「沒問題。」

艾倫招來一位附近的侍者，點了一瓶酒，並且要求把燈光打亮一點。餐廳要是太暗，很難用手語進行交談。艾倫看著侍者離去，然後轉過頭面對蕾西。

「我記得我們第一次約會的每一秒鐘。」他說。

蕾西迎上他的目光。

「我也是。那時你真是個混蛋。」她說。

「混蛋？」

「你早該告訴我的。」她說。

艾倫笑出聲來。

「我知道，但那天晚上我知道了妳是個什麼樣的人。若妳知道我懂手語，我可能就無法那麼深入地認識妳了。」

「但你還是不應該這麼做。」

「帶著手語翻譯員的人可是妳。」艾倫指出這一點。

蕾西笑了。

「一開始我以為妳討厭我，所以帶了朋友來，之後，我以為妳想要三人行。」他還眨了眨眼。

蕾西撕下一小片麵包，丟向艾倫。他想用嘴巴接住，儘管沒接到，但依舊魅力無窮。蕾西最好得多注意自己的心思，不然艾倫就要引誘她說出「我願意」那三個字了。

「距離上次談論我們之間的未來，也好一陣子了。」艾倫說。

「在這段關係裡，有時候你真像個女人。」蕾西一面說，一面掰下一小塊麵包。

這個笑話並沒有逗得艾倫發笑，他反而皺起眉，搖了搖頭。

蕾西對他展開燦爛微笑，說：「開玩笑而已。」

艾倫看著她的表情，似乎並不是很相信她只是在開玩笑。

這時侍者回來確認燈光是否適當，艾倫點點頭，並且道謝。

但侍者依舊留在桌邊，問：「請問兩位需要點字菜單嗎？」

艾倫看著蕾西。

「問他我是不是能把導盲巴格犬帶進餐廳？」她說。

「她只是聽不到，不是盲人，而且她閱讀完全沒問題。」艾倫說。

侍者羞紅了臉，匆忙離去。

「西麗亞．雪曼今天叫了拖吊車，因為她認為聽不見的人騎車很危險。」蕾西說。

「老天，妳一定氣壞了。」艾倫說。

「我沒殺死她，雖然我很想。」蕾西說。

侍者帶著酒回來了，他倒出酒，將酒杯遞給蕾西，彷彿想補救之前的失禮。蕾西拿過酒杯，舉到眼前，然後裝出鬥雞眼。侍者退了一步。蕾西不敢看艾倫的眼睛，不然她會無法保持一臉正經。接下來她將耳朵貼近酒杯，彷彿能聽到有東西在裡頭。侍者開始流汗了，他不斷偷瞄艾倫，但艾倫的眼神卻一直放在蕾西身上，彷彿她的行為再正常也不過。終於，蕾西將那杯酒放入乳溝裡，然後搖了搖胸部。艾倫放聲大笑起來。

侍者將酒瓶放在桌上，沒替兩人倒完酒就離開了。

因為笑個不停，艾倫拿起酒瓶倒酒時，酒瓶也一直在抖個不停。

「週年快樂。」蕾西說。

「週年快樂。」兩人碰了碰酒杯。

我愛妳。艾倫用嘴巴這麼說。

我也愛你。蕾西也用嘴巴這麼回答。

艾倫的手開始往西裝口袋伸去，這時蕾西突然舉起雙手。

艾倫停住了動作，問：「怎麼了？」

「我有東西要讓你看。」蕾西說。

「先看我的。」艾倫說。

「不行。」

蕾西伸手到手提包裡取出那本《靈魂的建築師》，書皮卻不見了。她把書交給艾倫，看著艾倫唸出書名。然後他對蕾西露出玩味笑容，開始翻閱書頁。

「這是我的週年禮物？你認為我需要幫助？」他問。

「你認為呢？」

「這是新書？」

「是。」

「封面呢？」

「封面女郎太漂亮，所以我拿掉了，不想讓你在我們的週年晚餐上，對著她狂流口水。」

「我保證她絕對沒有妳漂亮。」艾倫說。

「到時候可別嚇壞了。」

艾倫繼續翻閱書頁，蕾西緊張地看著他，祈禱他隨時會說他認為這本書根本全是胡扯。

艾倫停了下來，把書頁轉向她，說：「妳看，這段不錯。」

蕾西看了一眼標題：「建構你的未來。」

她為什麼要把這本書給他看？要是艾倫真的喜歡怎麼辦？要是他認為這女人比蕾西還要聰明怎麼辦？他可不能假裝不認為孟妮卡漂亮吧？

蕾西一把搶回書，塞回手提包裡。

「怎麼了？我說了什麼嗎？」艾倫問。

「這不是你的禮物，只是個玩笑。」蕾西說。

「我不懂。」

「失聰笑話。」蕾西說。

「請解釋。」

「這本書根本都是胡扯，你看不出來這本書都在胡說八道嗎？」蕾西說。

「妳為什麼這麼生氣？」

「你弟弟怎麼樣？」

「妳為什麼要改變話題？」

「他怎麼樣？」

「很好。」

「他還在辦離婚嗎？」

「沒錯。」

「那他怎麼會好？」

「現在到底是怎麼回事？」

「對孩子來說，一定很難接受。」

「是沒錯，我們得找時間去看看他們。」

蕾西將手伸出去，握住艾倫的手。

「讓我們永遠不要結婚。」

「什麼？」

「這樣我們就永遠都不會離婚。」

「只因為湯姆正在辦離婚？他是個工作狂，這些年來一直忽略妻子，我可不會這樣。」

「多數的婚姻都以離婚收場。」

「還沒和妳離婚，我就會先難過而死。」

「另外一個不要結婚的好理由。不結婚，就不會死。」

艾倫示意侍者過來，兩人點了餐，這次他們沒開侍者玩笑，也沒有笑聲。

事情改變得多麼快，人生完全無法預料。

過了一會兒，艾倫伸手越過桌面，握住蕾西的手。他沒有說話，就只是那樣握著她的手。他知道有事情不對勁，他並沒有逼蕾西，只是等著她告訴他。男人手掌的觸碰軟化了蕾西，消解了她整天以來胃裡的緊繃。一旦卸除了防備，便如同從繩索上滑下來，無法停止。蕾西的武裝開始支解，而她往下滑得越遠，越覺得手心熾熱。

她不想哭，甚至也不想知道自己為什麼哭。她應該要感到生氣，氣憤有人為什麼要留下那樣的一封信在她信箱裡。是誰把那封信留在信箱裡？到底是誰？孟妮卡・包曼到底是誰，這又怎麼可能發生？蕾西不想去面對這佔據了她一整天思緒的事件——即使她一直逼自己不要去想，但偷臉賊與用影像軟體修改圖片的那些念頭卻一直浮現，阻礙她的思緒。那不是她——這才是讓蕾西胃部絞痛不安的可怕念頭：那張相片不是從蕾西那兒偷來的，而是孟妮卡・包曼的相片，而這個孟妮卡・包曼就是她的雙生姊妹。蕾西終於不再假裝堅強，眼淚瞬間淌滿臉頰。艾倫握住了她的另外一隻手，他就在這兒陪著她。他總是在她需要時，陪在她身邊。

「告訴我到底怎麼了？」他說。

他把餐巾遞給蕾西，放開她的雙手。蕾西擦了擦臉，深呼吸一口，本來想伸手拿水，卻改變主意拿過酒杯，喝了口酒。

「我可能有兄弟或姊妹。」她說。

「的確是有可能。」艾倫說。

「我想找出真相。」

「為什麼？」

「為什麼不呢？我有權利知道我的出身。」

「妳之前一點都不感興趣。」

的確是如此。蕾西還是個嬰孩時，便被遺棄在山頂育幼院。她當時被裝在一個籃子裡，還是嬰兒用汽車座椅？反正無關緊要。

「妳還有事情沒有告訴我。」艾倫說。

「我要去探望瑪格麗特．哈瑞斯。」蕾西說。

「山頂育幼院的院長？」

「是的。」

「妳說過妳寧願生吃蟾蜍也不願再見到她。」

那兒有個女人有著我的臉，她不但寫書，而且還很有名，更別說她正在一點一滴地從我這兒偷走我的人生權利。她在她的書封與網站上用的是我的臉。她叫孟妮卡．包曼。萬一你本來是應該和她在一起的呢？萬一你會比愛我還要愛她呢？萬一她是我的雙胞胎姊妹呢？萬一萬一萬一？

「對不起，妳當然應該去探望瑪格麗特．哈瑞斯。妳認為她能幫妳嗎？」艾倫說。

「她一定知道什麼。」

「妳要我和妳一起去嗎？」

「我會和凱莉．賽樂一起去。」

艾倫不說話了，但蕾西知道他在想什麼。她也曾明白表示過她對凱莉．賽樂的看法。

「我認為這樣很好，我完全支持妳。」艾倫說。

「真的？」

「是啊，想知道妳來自何處、妳的家人是誰，這是很好的徵兆。我只是不希望妳受傷，妳可能什麼都找不到。」

「的確如此。」

「只要答應我一件事。」

「什麼事？」

「妳回顧完過去之後，會開始思考我們的未來。」

蕾西對艾倫微笑了，這個男人一直陪了她六年，現在還假裝口袋裡沒有戒指，只因為他能感覺到蕾西的恐懼。她對艾倫的愛永遠都不會嫌多，但她還是沒有告訴他真相。

「我答應。」她說。

蕾西在胸前畫了個十字，捏了捏艾倫的手。

一定是因為她突然覺得癢了，所以才會去碰鼻子，她這麼告訴自己。

6

「妳居然想去探望瑪格麗特，她見到妳一定樂壞了。」凱莉說。

她們兩人坐在凱莉的車子裡，開上一個半小時的車程，到瑪格麗特居住的匹茲堡郊區。凱莉一聽到要去探望瑪格麗特便馬上加入，甚至連提都沒提到要帶上她那一窩孩子，這讓蕾西又驚又喜。車內聞起來有些酸牛奶與蠟筆味，玩具散落在車子後座，就像凱莉家的客廳。**瑪格麗特見到我是會樂壞沒錯，但可不會樂太久**。蕾西這麼想著。

「她很失望妳一直沒有與她聯繫。」凱莉說。

蕾西看了她一眼。這關凱莉什麼事？她只不過在山頂育幼院待了三年，每個人就全變成了家人嗎？

與瑪格麗特一起生活的日子並不是一直那麼糟，但也沒有好到哪裡去。瑪格麗特有時會用她巨大的身軀摟住孩子，讓人消失在她滿是香水味道的曲折身軀裡，但那種溫馨親近的時刻鮮少發生。瑪格麗特的廚藝也很好，她想要表現大方時，會走進廚房為餐點多加些香料，或是在甜點上多撒些砂糖。她住在育幼院後方一間專供院長居住的小屋，哪個孩子一惹麻煩，走幾步路便能到達現場。

但瑪格麗特的情緒很不穩定，她可能上一分鐘還在微笑，下一分鐘就開始尖叫怒吼，轉眼就變臉。她同時也很嚴厲，九點就要熄燈睡覺，不管你是六歲還是十六歲。有時候她會在餅乾裡撒鹽巴，而不是撒砂糖。而一入夜，一旦孩子們熄燈後，瑪格麗特的酒瓶就會出現。

蕾西也知道，儘管如此，瑪格麗特依舊視她自己為一位母親，只是蕾西一直認為她不過是育幼院的管理人，所以她離開後根本不覺得自己應該與瑪格麗特保持聯繫。若她真想見什麼人，那也會是她的美術老師，李老師。李老師每週三來育幼院，至少持續了五年，而她總是讓蕾西覺得自己很特別，甚至感覺到被愛，並因為得到讚美與特別指導而與眾不同。李老師也非常漂亮迷人，擁有一頭大波浪黑色鬈髮，與一雙和藹的綠色眼眸。蕾西從沒見過像她如此奇特的女人，李老師又高又瘦，總是穿著飄逸的黑色長裙、白色蕾絲襯衫，再加上綠松石項鍊。蕾西後來會成為藝術家，說不定就是因為她的緣故。李老師並沒有因為蕾西聽不見，就認為她與常人不同，她甚至懂一些手語。蕾西很愛李老師，但她甚至想不起來李老師的名字。她就是李老師而已。但她最後還是離開了；每個人最終都會離開。

即使蕾西想與瑪格麗特或其他人保持聯繫，也很困難。蕾西離開後沒多久，山頂育幼院便失去經費來源。現在的公立學校已經將殘疾孩童一律轉入「健全」的正規教育體系。那都是很久以前的事情了。據凱莉說，瑪格麗特現在經營一家烘焙坊。

「我覺得我們還是應該告訴瑪格麗特，妳會跟著我一起去看她。」凱莉說。

蕾西再次希望她沒讓凱莉開車，要是她來開的話，她們現在早就到了目的地。

「我告訴過妳，我想給她一個驚喜。」蕾西說。

這裡的驚喜，蕾西指的是伏擊。

「我懂了。這不是和妳的雙生姊妹有關吧？」凱莉說。

蕾西很慶幸開車的不是自己，不然她很有可能一頭撞上什麼。她實在很想一巴掌打掉凱莉那副眉飛色舞的神情，她恨死了凱莉喜歡窺探別人隱私，更可惡的是，這正是凱莉最拿手的事。

「妳跟蹤我到班傑明書店？」蕾西問。

「沒有。我只是打電話到書店問是誰要辦簽書會，然後上網搜尋莫妮卡．包曼。我見到她的網站時，差點沒從椅子上摔下來！」

蕾西盯著窗外瞧，心想這一切都不是真的。應該是她掌握整個情況才對，她不要任何人知道有莫妮卡這個人的存在。她甚至無法解釋為什麼。這是她一個人的戰鬥，她不需要別人與她並肩作戰。

凱莉繼續說：「一開始我以為妳在對我惡作劇，弄個筆名來捉弄我。我實在是——她甚至連狗都取了筆名！還有艾倫。然後我就——等等，不對——若蕾西真是那個女人，為何又要找我去當手語翻譯員？結果我就——」

凱莉能同時比著手語與滔滔不絕講個沒完，實在令人訝異，真該有人塞條襪子到她嘴裡，再用膠帶封死。當然，她沒有在手語裡比出對話裡的「我實在是」或「然後我就——」，但蕾西能從她的嘴唇上讀出來。即使大部分的失聰者能同時開車與比手語，如同聽力正常的人能一面說話一面開車那般輕鬆，但凱莉的技術卻很笨拙，蕾西得好幾次趕忙攀住儀表板，提醒凱莉開車要看路。

有個人知道她那邪惡的雙生姊妹，說不定也不是壞事，至少她現在能問問別人的意見。蕾西告訴凱莉，她是如何發現那張海報，然後伸手到手提包內，拿出被她畫上塗鴉的書封。凱莉縱聲狂笑時，蕾西也跟著她一塊兒笑了起來。

「老天啊，就是妳害得那場簽書會被取消的。」凱莉說。

「沒錯。」

「妳看過她的網站了嗎？」

「看過了，毫無新意，只有同一張相片，和她書裡那堆內容，那些根本都是胡說八道。」

「妳這樣覺得嗎？我倒覺得還滿有啟發性的。我還在想，妳們變成朋友之後，我會參加她的講習會，拿本書請她簽名——」

「我們變成朋友之後？那瘋子偷走了我的臉。」

「或者她就是妳的雙胞胎姊妹。」

「她不是——」對自己承認這個可能性是一回事，大聲說出來所帶來的衝擊，卻是蕾西無法承受的。

「妳會變得很有名。」凱莉繼續說，無視蕾西急劇增長的恐懼。「妳一定會上遍所有新聞，還會見到麥特．勞爾[16]。妳可以幫我弄到他的簽名嗎？我一直挺欣賞他。凱蒂[17]終於離開節目時，我簡直高興死了，她老是在亂摸他。為什麼那些矮冬瓜認為她們遠比我們強？就和女人的拿破崙情結一樣，只不過是反面——」

「夠了。」

「抱歉，這實在太令人興奮了！」

「對我是夢魘。」

「妳寫電子郵件給她了嗎？」

「沒有。」

「為什麼沒有？現在就寫嘛！妳的黑莓機在哪裡？」凱莉的手往後扭，伸長了手臂在後座上到處找東西時，車子也跟著偏離了方向。

蕾西全身緊繃，直指前方說：「開車要看路！」

「我會為妳祈禱，希望她真的是妳的雙胞胎姊妹。」凱莉說。

「先祈禱我們不要出車禍吧！」蕾西說。

「孤狼蕾西。」

「閉嘴。」

「妳從不讓別人親近妳，即使是我也一樣，除非妳想要從我們身上得到什麼。」

蕾西的右手握成了拳頭，但卻藏起來沒有讓凱莉看見。她很想放聲大喊「妳這獨腳怪胎！」但她沒有這麼做。她想告訴凱莉，她愛過李老師，但她也沒這麼做。因為，第一，她記不清楚李老師是在凱莉離開前還是離開後，才來到育幼院。第二，她想把對美術老師的回憶，只保留給自己。若凱莉告訴她，李老師也曾多麼寵愛凱莉，告訴凱莉她很特別、很漂亮、有能力做任何事——蕾西絕對會立刻就把凱莉踢出正在行駛中的車子。

⓰ Matt Laucer，美國著名晨間新聞與脫口秀節目《今日秀》（The Today Show，又簡稱為Today）主持人。

⓱ 指Katie Couric。

李老師只屬於她一個人。

「我也失去了雙親，但我知道他們是誰，我知道自己的出身。」凱莉說。

「拜託妳開車就好。」蕾西說。

「妳以為我們為什麼叫妳冰美人？」凱莉繼續往下說：「妳身上總是帶有一種冷硬，只要有人想接近妳的心靈深處，就會被撞得七葷八素。妳就像一座冰山。」

蕾西看著道路上的黃線如同閃電來來回回在眼前閃過。**妳以前也叫我胡鬧公主，因為妳覺得我很有趣，因為我很勇敢。只有我不怕在晚上引起騷動，隔天早上坦然面對瑪格麗特。我很酷。又是孤狼又是冰美人。去死！**蕾西心裡這麼想。

這段高速公路兩旁延伸著一片不知名的濃密樹林。蕾西可以輕易就扯掉凱莉的假腿，用它狂揍凱莉的頭，再把她的屍體埋在樹林裡，絕對不會有人知道。

每個人都會問她：**妳聽說了嗎？妳聽說凱莉．賽樂發生什麼事了嗎？**蕾西便會指著自己的耳朵，搖搖頭說沒聽過。

沒有，我沒聽說，我怎麼可能聽得到？

凱莉這時說：「對不起，我只是很想讓妳也能有個家庭，有個姊妹。」**若我不能成為妳姊妹的話**——這句話在凱莉的指尖上無聲徘徊。凱莉愛著蕾西，但為什麼愛會是這樣的？怎麼會有一個人感覺如此強烈，另外一個人卻無動於衷？儘管蕾西剛剛才幻想殺害凱莉，並且將她的屍體埋在樹林中，但她並不討厭凱莉。只是她不愛凱莉，也不視凱莉為姊妹。她不把任何人當成姊妹。也許她只是無法承受那種愛。也許，若你沒有在很小的時候得到過那種愛，你這輩子就完了。蕾西把頭往後仰，閉上眼睛。她不在乎一路上凱莉自己一個人說個沒完沒了，只要她閉上眼，她的世界便只剩下了車子行駛在道路上的震動，以及幽長安適的寂靜。

✣

一個多小時後，凱莉轉向下個交流道出口。蕾西張開眼，看著眼前景色。這地方有種舒適宜人的小鎮風情。房屋全緊靠在一起，近到鄰居能從窗戶間將晚餐遞來遞去。這些屋子都才剛粉刷過，每一處門廊上幾乎都有花朵點綴。之後她們經過一家郵局，簡直就像郵戳那樣迷你，還看見路邊的警告標誌上寫著：「減速慢行，注意失聰兒童。」

凱莉看了蕾西一眼。

蕾西說：「我是大人了，開快點。」

凱莉笑出聲來，但車速依然很慢。

蕾西又說：「怎麼？因為他們聽不見，過馬路時就不會先看左右來車了嗎？」

「妳知道，以前我總是很怕妳，現在我卻覺得妳很好玩。」凱莉說。

「那很好。」

她們很快便轉入小鎮上一處滿布商店與餐廳的地段。凱莉瞧見一處停車位，便將車停在烘焙坊前。蕾西看著商店招牌：人間美味零嘴。

「就是這間嗎？還是妳肚子餓了？」蕾西說。

「我老是很餓，但這不是我停車的原因。」凱莉說。她看著招牌，臉上浮現一抹淡淡微笑，說：「妳想她還會在甜點裡撒鹽嗎？」

「只有一個方法能知道。」蕾西說。

兩人走近烘焙坊時，聞到一股溫暖香甜的氣味。

「我想吃長條巧克力泡芙，或是肉桂麵包。」凱莉說。

蕾西想要的則是刷上糖霜的甜甜圈與答案。

都是狗。這是蕾西一踏進烘焙坊的第一個念頭。**瑪格麗特的人生已經淪落到與狗群為伍**[18]？人類最好的朋友到處可見，不是排隊等著吃狗餅乾，就是坐在門邊，對著某種在牆上爬動的東西狂吠，或著舔著和牠們一起排隊的人類腳上的鞋子。

「這是為狗開的烘焙坊。」凱莉驚訝地喊了出來：「是妳讓她從此敵視小孩子。」她和蕾西一塊兒笑了出來。

「那時候她連讓我們養隻狗都不肯。」蕾西說。

「沒錯，妳還曾經絕食抗議。」凱莉說。

「我絕食了二十四小時，其他人全熬不過點心時間。」

凱莉做了個鬼臉，蕾西知道她並不喜歡被提及自己過去有多軟弱。

「現在妳畫狗，她餵狗。」凱莉說。

蕾西不只是寵物與主人肖像畫家而已，凱莉早就在網路上搜尋過所有與蕾西相關的消息，絕對知道這一點。蕾西的網站展示一系列的抽象畫作、風景畫與靜物寫生。凱莉只是想反擊蕾西之前用絕食抗議那件事戳她痛處。沒錯，凱莉果真不再怕她了。真可惡。

「聞起來真香，我都想吃了。」凱莉說。

「狗還是餅乾？」蕾西問。

「真好笑。」

「去吧，我不會告訴別人。」蕾西說。

「妳碰了鼻子！妳又碰鼻子了！」凱莉喊了出來。

「我才沒有。」蕾西說。

凱莉比出「說謊」的手語，然後對著蕾西搖搖手指。

回憶往事也該有個限度了。

蕾西沿著那列狗與主人的隊伍往前看，想在櫃檯後頭找到瑪格麗特，但她只見到一個將一頭淺棕色頭髮紮成馬尾的圓臉年輕女孩，與另一個有著濃密絡腮鬍的皮包骨男孩，儘管他有張娃娃臉，額頭髮線卻已經往後退。

「我去問問他們瑪格麗特在哪裡？」凱莉說。

蕾西在原處等著，很快那位圓臉女孩便指向她們右側的一處狹窄樓梯。蕾西很容易便能讀懂那女孩的唇語。

「她就住在樓上。」凱莉趕忙來到蕾西身邊開始翻譯，但蕾西已經往樓梯方向走去。

---

⑱ 原文go to the dogs亦有大不如前、落魄之意。

「在車子裡等。」她告訴凱莉。

「不要。為什麼？」凱莉說。

「這可不是什麼友善的探視。」蕾西說。

「我知道，我要和妳一起去。」凱莉說。

蕾西搶在前頭，一次踩上兩級階梯，樓梯頂端是個小前廳與一扇緊閉的門。門上頭厚厚地貼滿了不同動物的拍立得相片。靠近些看，所有的相片裡都是一隻毛髮蓬鬆的黑貓，門上至少有五十張這隻黑貓的相片。在大部分的相片中，這隻貓的毛髮在龐大的軀體上豎立，彷彿牠才剛把自己的小貓掌卡在了插座裡。每張相片的底下都寫著「黑仔」這個名字。黑仔在床上蜷成一球；黑仔坐在長沙發扶手上；黑仔站得高高的，彷彿剛剛才有人喊：「站直點」；黑仔穿著男士晚禮服；黑仔坐在一隻巨大的剪紙老鼠上；黑仔坐在廚房流理台上，穿著圍裙，戴著廚師帽；最後，在門的底部，黑仔所處的地方看起來非常疑似迪士尼樂園。

「她從來沒帶我們去過迪士尼樂園！等等，我離開後，她有帶你們去過迪士尼樂園嗎？」凱莉說。

蕾西看著凱莉噘起來的下唇，盤算著要好好捉弄她。但最後，她還是說了實話，她需要凱莉站在她這邊。

「從來沒有過。」她說。

「婊子！」凱莉說。她握起拳頭敲了敲門。

兩人等著。過了一會兒她又敲門。

「妳有沒有聽見什麼？」蕾西問。

凱莉將耳朵貼在門上，然後搖搖頭。她第三次敲門。

「瑪格麗特？我們是凱莉和蕾西。」她喊著。

「妳沒告訴她我也要來，不是嗎？」蕾西問。

凱莉轉過了頭。

「我說過要妳不要告訴她的！」

「對不起，我以為她一定高興死了。」

蕾西推開凱莉，用力敲門。

「瑪格麗特，開門！」蕾西大喊。

蕾西並不知道自己發出的聲音聽起來是什麼樣子，但之後凱莉告訴她，樓下的狗兒們開始狂叫。

蕾西想打開門，但門鎖住了，於是她往後退。

「妳想做什麼？」凱莉問。

蕾西抬起右腳，擺出準備踢門的動作。

凱莉連忙大喊：「瑪格麗特！她要破門而入了！」

蕾西已經準備好使盡全力一腳踢出，就在她的腳要踢到門的那一瞬間，門突然打了開來，蕾西一腳踢在空中，身子往前倒。她撞上了凱莉，兩個人跌跌撞撞進了公寓，步履蹣跚，就像有天晚上她們偷了瑪格麗特一瓶伏特加，在後院的排水管旁喝得爛醉，連路都走不穩。

「嗨，女孩們。」瑪格麗特說。

凱莉上前擁抱瑪格麗特，蕾西很快站到一旁，眼神迅速掃視這個房間。這是一套小型公寓房間，右邊有一個小小的開放式廚房，客廳就在她們眼前，遠處的牆邊則擺放著一張壁櫥床[19]，床上一覽無遺，一片混亂。紅色人造絲絨窗簾掛在左邊牆上的一扇窗戶上，彷彿要擋住外頭所有的光。蕾西也記得瑪格麗特總是把山頂育幼院的宿舍弄得十分陰暗。蕾西突然因此覺得很生氣，難怪她老覺得自己被幽禁著。

這就是為什麼蕾西討厭窗簾，所以不管一天中的任何時候，都寧願讓光線照入屋裡嗎？

瑪格麗特的房間裡凌亂不堪，還有陳舊菸味與貓砂的味道。蕾西腦中猛然浮現黑仔嘴裡叼著一根點燃香菸的畫面，因此忍俊不住。瑪格麗特一直都是這麼愛收破爛嗎？穀片早餐、成箱貓食罐頭與裝滿凝固膠狀物的瓶子淹沒了廚房的流理台。冰箱上貼了更多黑仔的相片。家具看起來既笨重又枯槁憔悴。人們都說「主人看起來像寵物」，但瑪格麗特例外。瑪格麗特就像這屋裡的陳設。

儘管瑪格麗特體格本來就很笨重，但現在的她甚至又胖了些。她的臉龐刻滿深紋，曾經黑色的頭髮如今全數轉為灰白。蕾西不知為何眼裡突然湧出淚水。在蕾西還沒來得及阻止前，瑪格麗特便猝不及防地將她抱了個滿懷。蕾西一開始身子僵硬，然後完全放鬆下來，彷彿開車經過一座結滿冰的橋——**讓車子順著滑動就好，不要去反抗**。當你只想猛地一腳踩上煞車、讓車子緊急轉彎時，更是難以辦到。瑪格麗特終於放開她後，領著兩人來到客廳中央那座沾上了污漬的綠色長沙發。瑪格麗特拿起一盒放在咖啡桌角落的餅乾，遞給兩人。蕾西與凱莉同時婉拒了她的好意。

於是瑪格麗特比比手勢要她們去坐長沙發，自己則往下坐在一張橘色躺椅上。椅子因為她臀部的重量而往後倒，又因為她厚實的胸脯重量達到平衡而往前傾。凱莉和蕾西坐在長沙發上，儘管兩人體型都很瘦，還是立刻陷了下去。蕾西可以感覺到有個金屬彈簧正在戳著她的臀部。

「很高興見到妳們。」瑪格麗特說。她的身子往後搖，雙手在胸脯下交握，看著凱莉用手語翻譯。「瞧瞧妳哪。」瑪格麗特一面說，一面對著凱莉搖搖手指。「現在妳也很會用手指說話了。」瑪格麗特舉起自己的手，上頭滿是凸起的粗大靜脈與老人斑，她端詳著自己的手，然後對蕾西說：「我永遠都學不會這玩意兒。」

「婊子，餅乾，女同志。」蕾西比著手語。

瑪格麗特微笑了，說：「這真是一種美麗的語言，就像在空氣中跳舞。」她舉起自己的雙手，彷彿在跳著舞。

「婊子，餅乾，女同志。」蕾西又比了一次。

「真美。她在說什麼？」她問凱莉。

「她說妳一點都沒變。」凱莉一面說，同時比著手語。

蕾西大聲笑了出來，瑪格麗特顯得很高興。

「我們真是太可惡了。」蕾西對凱莉比著手指。

「妳們喜歡我的烘焙坊嗎？」瑪格麗特問。

⑲ Murphy bed，不用時可直接立起收入衣櫃或牆壁裡的活動床。

黑仔不知道從什麼地方突然現身，不請自來地跳上了蕾西的大腿。凱莉與瑪格麗特忙著在聊天時，蕾西便在一旁撫摸著貓。蕾西知道自己該把心思放在對話上，畢竟凱莉一面說話一面比著手語，就是要讓她能加入談話，但她就是無法假裝興致勃勃。她還是沒有完全習慣聽力正常人士的文化，他們在切入主題前總是要鬼扯一堆有禮貌的應酬話。

有些人說失聰人士表達太過直接，但蕾西知道他們只是有話直說。當你是透過雙眼體驗這個世界的大部分時，你說的就是你看見的，就是這麼簡單。如果你看見一位好些年沒見到的失聰朋友，他以前很瘦，而且頭髮茂密，現在卻又禿又胖——

聽力正常者會說：「你看起來氣色真好。」（偽裝得很辛苦的微笑）

失聰者會說：「你發生了什麼事？你又胖又禿！」（眉毛充滿疑惑地揚起，露出真正關心的微笑。）

但她現在是在聽力正常者的世界，所以她讓凱莉進行這沒什麼誠意的小小儀式。蕾西也不想讓貓待在她的大腿上，她身上的白色緊身褲上沾滿了黑色的長貓毛。她再也受不了這隻貓時，便把貓從腿上推開，然後揮動手，直到瑪格麗特和凱莉停止說話。

「我要知道我是從哪裡來的？」蕾西說，凱莉翻譯了出來。

瑪格麗特說：「別告訴我，妳又想聽鸛鳥的故事了。若我沒記錯，是妳擅自決定要教育其他孩子嬰兒是怎麼來的。」

的確如此。蕾西那年才九歲，在閣樓裡發現《了解身體》這本書卡在箱子底部，然後照書上內容演出所有男人自慰、男女交媾與生產的畫面給其他孩子看（好像她真懂那麼回事），孩子們全被吸引住了，然後被大量生物學上的恐怖景象嚇得噁心想吐。

「求求妳告訴我。」蕾西說。

瑪格麗特看了看四周，調整一下眼鏡，動了動粗壯的大腿。

「妳被裝在籃子裡。」她一面說，一面做出手裡抱著籃子的模樣。「被放在門廊下。」裝在籃子裡的嬰兒，又是同一個故事。

蕾西以前怎麼會就這樣全盤相信這老掉牙的說詞？

「我那時候幾歲？」蕾西問。

「我不確定，也許才幾個月大？」瑪格麗特說。

凱莉身子往前傾好聽得更清楚，因為瑪格麗特的聲音低到近乎耳語。

「妳怎麼知道我聽不見？」

「什麼？」

「我那時候只是個嬰兒，而妳剛好管理專門收容殘疾兒童的育幼院。但若我只有幾個月大，妳或其他人怎麼知道我聽不見？」

「我不知道。也許他們留下一封信說明。」

「他們？妳為什麼說『他們』？」

「或是一個女人，也可能是一個男人，誰都有可能。總之妳被放在籃子裡，然後放在門廊下，大概還附上一張紙條，說妳聽不見。」

「妳還留著那張紙條嗎？」

「老天，蕾西．安妮，那已經是很久以前的事了。」瑪格麗特說。

蕾西的目光環顧客廳，說：「妳從一九五三年之後就沒扔過一本雜誌，卻會扔掉不知道一封不是很確定是否附在我身上的信？」

瑪格麗特看著牆邊那一疊雜誌，雙臂交叉，皺起了眉。

蕾西從長沙發上站起身子，對瑪格麗特說：「那個時候人們並不會特地檢查嬰兒是否聽不見。現在是會了，但那個時候並沒有。」

瑪格麗特沒有回答，她就只是瞧著蕾西，身子窩在躺椅上前後搖擺。

「那籃子呢？妳有留下籃子嗎？」蕾西問。她在金屬電視架下頭看見一個籃子，裡頭裝著線團與編織針。蕾西走過去，拿起籃子，將線團分開，彷彿在找嬰兒。黑仔跳了過去，坐在她的腳邊，蕾西把一個線團扔給牠，黑仔將一隻貓掌放在線團上，然後抬起頭看著蕾西，彷彿被狠狠耍了一番。

「就是這個嗎？是這個籃子嗎？」蕾西問。

瑪格麗特看著凱莉，然後搖搖頭，彷彿把蕾西的情緒爆發怪罪在凱莉身上。蕾西走向瑪格麗特，將那盒餅乾掃下咖啡桌，然後坐在桌上，和瑪格麗特對峙。

蕾西用自己的聲音說：「妳在說謊。」

瑪格麗特的雙層下巴抖了一下。她緊握著雙手，抿起雙唇，眼光看向他處。蕾西對凱莉點點頭，要她再次進行手語翻譯。

「我不會生氣，我只是想知道真相。」蕾西身子緩緩往前靠。

「妳是在告訴我，妳的童年過得很痛苦，是嗎？」瑪格麗特說。

瑪格麗特費了很大的勁才離開那張椅子，然後一把捉住蕾西留在地板上的籃子，並從黑仔掌下收回牠一點都不感興趣的線團。

「我已經盡力了。在類似的收容中心，現在是一個老師帶三個學生，那時候我只有一個人，卻要應付十個孩子。我真的已經盡力了。」

「妳做得很好，真的。」凱莉說完後，看了蕾西一眼。

蕾西說：「我很感激，那對妳來說一定相當艱苦。我不是個好帶的孩子，我自己知道。我不是來這裡懲罰妳，只是想知道我是誰，我來自哪裡？」

「妳們兩個女孩該吃點東西了。」瑪格麗特拖著腳步走進廚房，拉開一個抽屜。她再轉身回到客廳時，手裡拿著一疊現金與折價券，說：「我已經不再下廚煮飯了，但我有Friendly's[20]的折價券。」

「妳要和我們一起去嗎？」凱莉問。

「不會。對不起，我得去做餅乾。」

「我不要冰淇淋，我要的是答案。」蕾西說。

---

[20] 美式連鎖餐館，以冰淇淋為主打，也販售速食簡餐。

「那裡不是只有賣冰淇淋而已。」瑪格麗特漲紅了臉，神色激動，呼吸也變得吃力。「那裡還有賣漢堡與三明治，而且——今天是星期幾？那裡的碎肉糕做得很好吃，但我記得只有週二有賣。」

「蕾西只是想知道她還有什麼家人。」凱莉說。

「不要替我說話。」蕾西說。

凱莉於是對蕾西比起手語，而不是用嘴講：「還記得我們小時候嗎？那時候瑪格麗特總是一開始就先拒絕。若我們不再煩她，最後她總會妥協，不是嗎？」

蕾西想了想。她不像凱莉能清楚記得那麼多事，諷刺的是，凱莉到育幼院不過三年，而蕾西卻在那兒被判了終生監禁。不過，在那段日子裡，她多半只顧著自己。

「相信我。」凱莉說。

「好吧！我們會去吃午餐。」蕾西從瑪格麗特手裡抓過那些折價券，又說：「我們可是大老遠跑來看妳。」

「但妳等了十年才來。」瑪格麗特的下巴開始顫動，然後她轉過身，擺弄著放在流理台上的瓶瓶罐罐。

罪惡感就像一顆快速球，突然擊中蕾西的要害。

瑪格麗特打開廚房裡的一個抽屜，裡頭塞滿了紙張，她拿出一份報紙剪報，讓抽屜就那樣掛著，彷彿一個未解的疑問，然後將剪報遞給蕾西。

那是**費城詢問報**對蕾西的藝術作品與即將開張的藝術展所做的訪問。

瑪格麗特說：「我一直都在關心妳的消息，但妳從沒送過我一張聖誕卡。」

一連串快速的動作讓蕾西分了心，她轉過頭看向打擾她的來源處，是凱莉。凱莉正在哭，而且正忙亂地在皮包裡翻找著什麼。瑪格麗特從抽屜裡拿出面紙，遞給凱莉。

蕾西對瑪格麗特充滿的思慕，外加讓她不安的罪惡感，催促著她與瑪格麗特妥協——對她道歉，認她是自己失去已久的母親，告訴她，從今天開始，蕾西會寫信給她、探望她、打電話給她。然後呢？很快瑪格麗特就會要她在烘焙坊門口放上畫架，替每一隻來到店裡的狗畫畫。

蕾西說：「來和我們一起吃午餐吧！不再問妳問題了，吃午餐就好。」

瑪格麗特吸吸鼻子，搖了搖頭，但她的身子動了動，挺得比較直，下巴也抬高了。

「我想我們的肚子裡都需要添點東西。」瑪格麗特走向咖啡桌，彎下腰想在桌底下找什麼。

「我的皮包。」瑪格麗特手指著桌底。

蕾西走了過去要替她拿皮包。皮包躺在咖啡桌下，遠在靠長沙發的那一端。蕾西四肢跪在地上，伸手將皮包拉出來。貓毛與灰塵讓她打了個噴嚏。咖啡桌有一隻桌腳不平，底下墊了本書，蕾西忍不住想到凱莉（不管在失聰的世界裡可以多直接，她還沒笨到講出這個念頭）。然後她注意到了那本書的書名。蕾西丟下皮包，將書抽起，迅速從咖啡桌下倒退出來。她太急著站起身子，結果頭撞到了咖啡桌的桌角。她一站起來便感到頭痛暈眩，但仍毫不猶豫地挑釁瑪格麗特——蕾西將書舉高到自己面前，逼瑪格麗特看著孟妮卡．包曼——她有著波浪鬈髮、戴著綠色鏡框，牙齒也比較潔白。

「老天，妳說謊！」凱莉說。

「婊子，餅乾，女同志。」她對蕾西比著手語。

瑪格麗特盯著那本書，然後漸漸地，她變成了另外一個人。顫抖不安的表情消失了，她的雙肩儘管自從這兩人到來之後，一直往下垂著，現在也挺了回來。她的臉色變得嚴峻、飽經風霜。剎那間，時間的距離消失了，蕾西兒時回憶裡記得最清楚的那個女人又回來了。

「出去。」瑪格麗特搶回那本書，塞在腋下，又說：「妳依舊很美，但依舊那麼容易生氣。」

「我也很生氣！那是她的姊妹！她的雙生姊妹。」凱莉指著那本書說。

「我說『出去』。」

「不。妳為什麼不告訴她？」凱莉說。

「我也不願意見到這種事發生。」瑪格麗特說。

「這種事？什麼事？」蕾西說。

「我送妳們出去。」瑪格麗特站在門邊，指著出去的路。黑仔小跑步跟在瑪格麗特後頭，然後在她身上磨蹭，繞著瑪格麗特的兩隻腳來回進出，像隻繞著籠子游不停的鯊魚。凱莉再度質問起瑪格麗特。

「我們走吧！我有個主意。」蕾西對凱莉比著手語。凱莉看著蕾西的表情，彷彿以為蕾西瘋了，彷彿蕾西在還沒擊倒對手前就離開了拳擊比賽。

「相信我就是了。」蕾西說。

凱莉雖然看起來不太相信，但還是跟著蕾西出了門，走下樓梯。瑪格麗特跟在她們後頭，保持著安全距離。蕾西讓凱莉先到樓下，然後她停了下來，轉向瑪格麗特。

「廁所。」她知道瑪格麗特知道這個字的手語。瑪格麗特的母親死於膀胱癌，她總是說，在某種程度上是因為她母親總是忙著照顧孩子，即使知道自己該去尿尿，也沒時間停下來去廁所。在育幼院時，瑪格麗特會一直要求孩子們去上廁所。那是一道不可違反的指令，不管蕾西心情如何，她每次都會乖乖照做。

「就在廚房旁邊。」瑪格麗特讓開身子，指著樓上說。

蕾西點點頭，然後對凱莉比起手語：「車鑰匙。」

「什麼？」

蕾西再比了一次她的要求，凱莉於是從口袋裡掏出鑰匙扔給她。

「要瑪格麗特帶妳逛逛烘焙坊，就是現在，快點。」蕾西說完便跑回樓上。

✣

凱莉一上車，蕾西便將車子開走。

「我沒說妳可以開車。」凱莉的話還沒說完，便被車子猛地向前衝的力道打斷。「老天啊！」她趕緊找到安全帶扣上。

她們在高速公路上高速行駛時，凱莉往後瞄了瞄後座，發現一個黑色的大袋子。

「那是誰的袋子？」她問。

「老天，袋子在動！」

蕾西換了個車道，好超過前面的車子。車子時速已經超過了一百一十公里。

蕾西超過了那輛車後，將車子開在那輛車的前面。

「是黑仔，妳偷了黑仔！」凱莉說。

蕾西減速了。

「妳怎麼知道？」

「因為我聽得見。」凱莉說。

蕾西皺起眉。

凱莉用嘴型裝出**喵**，**喵**，**喵**。

「喔。」蕾西轉回頭，她看著後照鏡，說：「噓，小聲點。」

「這招很有效。這可憐的小傢伙能呼吸嗎？」凱莉說。

「當然，那是裝貓用的袋子。」

凱莉將身子靠向後座，把袋子轉了過來，在袋子一邊的紗窗透氣孔裡能見到一雙發亮的綠色貓眼。

「我們綁架了貓，我們不能這麼做。」凱莉說。

「冷靜，我們不會對牠處以水刑㉑。」蕾西說。

「這樣不對，這樣真的不好。」凱莉說。

「那對我說了一輩子的謊話就是對的嗎？不讓我知道我有個雙生姊妹？」

「妳說得對。」

凱莉再次往後看著那隻貓，然後搖搖頭。**喵，喵，喵**，她再次用嘴型裝出貓叫聲。

「妳聽不見，可真是幸運。」凱莉臉上浮現一抹微笑。

「怎樣？」蕾西說。

「真希望其他孩子能在場看見這幕，她一定氣瘋了。」凱莉的微笑變成大大的咧嘴而笑。

「她絕對會氣炸了。」兩人相視微笑，就在那一刻，她們一下子又變回了調皮搗蛋的小女生，在禁忌的黑影底下躡手躡腳，偷偷咯咯笑個不停。兩人的手因為害怕而緊緊握著，但她們怕的不是夜晚那些事物呈現出來的奇形怪狀，而是她們可能會闖出什麼大禍的純粹驚畏滋味。車子在路上飛快行駛，帶著一隻綁架來的貓（喵，喵，喵），還坐著一位有六個孩子的獨腳母親，她笑得太過頭，身子不得不往前傾抓住儀表板，才能喘口氣。就是此時、此地，在這輛車上，蕾西決定她

㉑ 讓犯人以為自己將被溺死的刑求方式；將毛巾放在犯人臉上，再將水倒在毛巾上，讓犯人產生窒息與淹死的錯覺。

到底還是又多愛了凱莉一些。但那不是姊妹之愛。比起她認為自己原本能夠、可以或應該去愛著另外一個姊妹的情感，甚至連邊都沾不上。

7

蕾西坐在廚房的桌子前，手裡拿著剪刀急急地在雜誌上剪著什麼。黑仔與魯奇坐在桌面上，離她的臉不過十來公分左右，正進行著一場貓科對決犬科的生死瞪視決戰。蕾西坐著的這張老柚木桌子能禁得起牠們的爪子凌虐。這張桌上的每道刮痕都讓它更有特色。過去這些年來，這張桌子曾被用來用餐、寫作、繪畫，而在艾倫與蕾西剛開始約會的某幾個狂野夜晚，他們在上頭做愛。從蕾西坐著的角度，她能看見廚房的流理台，乾淨到她能毫不猶豫地從這一頭舔到那一頭。從瑪格麗特那雜亂無章的小公寓回來後，蕾西搖身一變成了瘋狂清潔魔，在鋪著藍色瓷磚的流理台面上只留下一台煮咖啡機、兩個馬克杯與一次能放三片吐司的不鏽鋼烤吐司機。

從她坐著的地方，她能從紗門望到內院。幾天前盛開的雛菊已經垂下了花瓣。蕾西發現郵箱裡的炸彈，並巧妙地躲開一場求婚，不過是幾天前的事情而已嗎？在她左邊的廚房牆面，他們兩人重新粉刷過三次，直到她找到完美的灰影綠為止。牆上掛了一個大型的宜家家居[22]時鐘，還有她送給艾倫的第一張畫作：裝著水果的淺圓碗，但碗裡頭裝的不是無趣的香蕉與模樣可憐的西洋梨，而是芒果、奇異果與梅子，並用實驗性手法將一層層顏色濃淡不同的綠色、紅色與紫色堆疊在黑色、白色與灰色的背景裡，彷彿這些成熟的果物是被放在廢棄大樓裡的工作台上，被人遺忘

[22] 即 IKEA。

了。儘管這些年來她作畫的技巧大大進步，但這仍是她最愛的一幅畫，因為摻入了對他倆第一個孩子的保護之情與念舊——

雙胞胎，雙胞胎，雙胞胎，雙胞胎，雙胞胎。是誰先出生？她們的父母是誰？是誰領養了孟妮卡？哪一種人會——

她並沒注意到艾倫在房間裡，直到他輕輕敲了敲她的肩膀。她嚇了一大跳，抬起頭，看見艾倫正指著那兩隻動物。

「跑到桌上來了？那我們在哪裡吃飯？」他比著手語。

「我不知道趕牠們下去幾百次了。」蕾西說。

「真希望妳能聽見牠們的聲音，一邊在吠個不停，一邊一直發出嘶嘶聲，我真分不清哪邊是狗、哪邊是貓。」

蕾西再度抬起頭，的確，分據桌子兩邊的動物都微微露出了牙齒。

「妳要替別人照顧貓多久？」艾倫問。

蕾西聳聳肩。

「再幾天。」

「為什麼妳從雜誌上剪下英文字母？」

「放在作品裡用的。你不是要開會？」

「沒錯。」他彎下腰，吻了吻她的臉頰。

廚房裡的燈亮了，有人正在他們家門口。蕾西也替電話與火警系統加裝了閃燈，而她的鬧鐘則是放在枕頭底下，靠震動喚醒她。魯奇飛快跑下桌子，牠甚至嚇到了黑仔，黑貓憑空往上跳了約三十公分。蕾西想安撫黑仔，但黑貓身上大部分的毛髮仍豎立著。艾倫前去開門，蕾西則鎮定地將雜誌整理好。

「你媽媽來了。」她對黑仔比著手語。

黑仔碩大的綠色眼眸對著她眨了眨眼。

蕾西拍拍黑貓，然後走去門口。瑪格麗特就站在門口，通紅的臉上滿是淚水。她一瞧見蕾西，馬上崩潰放聲大哭。艾倫看了蕾西一眼，比起手語問：「替人照顧貓？真的假的？」

「瑪格麗特，妳好。」蕾西說。

黑仔從桌上跳了下來，「咚」的一聲落在地上。

瑪格麗特匆忙經過蕾西身旁，抱起那隻巨大的毛球，親遍黑貓的臉蛋。

「把門鎖上。」蕾西對艾倫說。

「這到底是怎麼回事？」艾倫說。

「來見過瑪格麗特，我的育幼院保姆。她是不是就像你之前所想像的那樣？」蕾西與艾倫看了一眼瑪格麗特，她正彎下腰，把黑仔放到地上。她碩大的臀部上滿是麵粉與動物毛髮。艾倫別過了臉。

「她說妳偷了她的貓，妳有沒有？」艾倫問。

「你不是要去開會？」

「告訴我，妳沒有偷她的貓。」

「牠的外出袋在哪裡？」瑪格麗特說。

瑪格麗特一直吼個不停，彷彿蕾西不是全聾，只是重聽而已。

「就在這裡。」艾倫打開衣櫃的門，蕾西把黑貓的外出袋放在裡頭。

「謝謝。」瑪格麗特說。

黑仔十分樂意跳入袋子裡。魯奇衝了過去，彷彿要親自將外出袋的拉鍊拉上。瑪格麗特拿起她的戰利品，往門口走去。蕾西就站在門前，兩個人互瞪著彼此。

「妳的男人知道嗎？」瑪格麗特回頭看了一眼艾倫。

「知道什麼？」艾倫問。

但蕾西沒有回答。

「妳還真是一點都沒有變，不是嗎？」瑪格麗特說。

「抱歉，這到底是怎麼回事？」艾倫走到門前，加入這兩人。

瑪格麗特從外套裡拿出一封信，用力朝蕾西遞去。

「妳應該等到我死後，才能知道真相。」瑪格麗特說。

蕾西拿過了信。

「妳在開玩笑吧？」蕾西說，心裡卻極力在自制，不要再加上一句：**誰知道那會是什麼時候？**

「我是想保護妳，就像保護自己的女兒。」瑪格麗特說。

妳從來就不是我母親。蕾西這麼想。她沒把這話說出來，表示她已經是個成熟的大人。

「親愛的，小心妳所希望知道的真相。」瑪格麗特說。

儘管蕾西一直在讀著瑪格麗特的唇語，艾倫還是將這句話用手語翻譯給她看。這次她沒有在瑪格麗特的呼吸中聞到酒味，奇怪的是，她居然會想念那味道。

瑪格麗特繼續說著：「我只知道這麼多，所以拜託不要再聯絡我——除非妳是真的很想見我。」她伸手握住門把，這次蕾西沒有阻止她。

艾倫站在那兒，一直看著蕾西。她則一直看著那封信。

「你在看什麼？」蕾西問。

艾倫沮喪地舉起雙手。

接著兩人一起看向餐廳桌子。

「妳剛剛是不是在寫勒索信？」他問。

蕾西忍不住微笑了。

「這一點都不好玩。這到底是怎麼回事？」

「沒解決的孩童時期問題。」蕾西一面說，眼光仍盯著那封信不放。

瑪格麗特會不會故意整她？還是這封信裡，的確藏著她身世之謎的關鍵？

「更多的祕密？她是不是知道妳的過去？」見到蕾西舉起那封信，艾倫又說：「妳要打開嗎？」

「當然。」

「只是不是在我面前。」

「我得走了。你也得出門了。」蕾西走過他身邊。

「是因為那本書嗎？」艾倫問。

蕾西瞬間覺得自己的一顆心懸在半空中。

「什麼意思？」

「什麼幫助自我實現的鬼扯建議？」

蕾西沒有回答。她想從他身邊走過去，艾倫又說：「不要把我拒於門外。」他移到她面前，擋住去路。

「你必須給我時間，還有一些空間。」蕾西說。

「我要遲到了。」艾倫說。

他匆忙走過她身邊，從門邊的掛鉤上抓起鑰匙。

「我會在工作室。」蕾西說。

艾倫沒有回答。這是六年來第一次，他離家前沒有與蕾西吻別。

✣

蕾西一將車子停在倉庫前，便感到心頭一陣平靜。但她可不敢保證魯奇也是如此，這小傢伙全身顫抖個不停，彷彿喝了二十瓶蠻牛。有那麼一刻，蕾西好嫉妒自己的狗。她曾為某件事如此興奮過嗎？魯奇跳上她的大腿，舔起她的臉。她一面在狗兒的鼻子上親了一下，一面想：**那樣感**

覺一定很好。不過，她大概不適合當一隻狗，她永遠都不會乖巧坐下、興奮得全身發抖，或是討好別人。

她實在不想惹毛艾倫，也痛恨他離去前沒有與她吻別，她更討厭自己老是不肯說出祕密。但她就是還沒完全準備好要和艾倫討論這件事，她得獨自一人讀瑪格麗特的信。只有當她知道自己到底在面對什麼，她才能對艾倫敞開心胸。她與魯奇往工作室的途中，她這麼告訴自己：**信上不管說什麼都不要緊，我的人生很棒，我有份喜歡的工作，還有一個深愛的男人，當然，還有一隻過動的巴格犬。這封信無法改變這一切，什麼都不會改變。**

一進入工作室，魯奇立刻「咻」的一聲朝地板對面飛奔過去，直到牠在遠處成了一團轉個不停的小毛球。蕾西知道這小傢伙會奔到頭暈眼花，最後趴在那張家庭劇院座椅上喘個不停。蕾西直接往皮沙發走去，坐了下來，將信從皮包裡取出。她的心臟劇烈跳個不停，她把手放在心臟上頭。**瑪格麗特，我真該買瓶約翰走路。若我看完這封信不想舉杯對妳致敬，至少也能醉個痛快。**

她深呼吸一口，打開了信。

我最親愛的蕾西：

過了這麼多年，能再見到妳真好。是的，一如妳已經知道的，妳有一位雙生姊妹。她和妳長得一模一樣，只除了她不像妳，是聽障。

是失聰。都過了這麼久，瑪格麗特還是不明白蕾西希望別人稱她是失聰。

妳從車上被扔下時，她被放在車子裡，但我能看見她就坐在後座。妳們兩個都哭鬧不休。妳那時才三歲大，但已經兇猛得像隻小老虎，對著眼前每個人又咬又抓。

三歲大？所以她還是嬰兒時就被裝在籃子裡送來的這說詞全是虛構。原來她「失去」的那些嬰兒照片，真相是如此。瑪格麗特曾說是一場水災毀了那些相片。

我知道，我一直引著妳去相信親生父母已經過世。蕾西，我很抱歉。我不知道他們現在在何處，或他們是否仍活著，但就是妳的親生父母將妳扔給育幼院的。

是她的親生父母？她的親生父母？蕾西把信放了下來，大喊：「魯奇！」但她沒有拍手。「魯奇！」狗兒衝了過來，因為衝得太快，還被她的腳給絆倒，四腳朝天地躺在她面前的地板上。她抱起魯奇，緊緊靠著牠，把臉蛋埋在牠的毛髮裡。魯奇聞起來有著洋芋片的味道。魯奇舔了舔她的臉。

我的親生父母留下了我的雙胞胎姊妹，卻把我扔在山頂育幼院？是我的親生父母做的決定？

當然，這些年來，她一直很好奇自己的親生父母是怎麼樣的人。每一個孤兒都會玩「親生父母是誰？」這種遊戲。

他們是俄羅斯間諜。將蕾西送走，讓他們心痛欲絕，但美國中情局的追捕越來越近，他們不得不回去家鄉，可是又不願讓兩人剛出生的嬌弱孩子在俄羅斯的酷寒嚴冬中受苦，只有傲溫的俄羅斯酸奶牛肉寬麵條能吃。儘管他們大可以將所有精密武器藏在她的尿布袋裡——

他們是對年輕愛人，卻在她出生後，悲慘死去。她那英俊的父親推著坐在輪椅上的母親離開醫院，打開富豪汽車的後門。他難掩興奮地將蕾西從母親手中抱過來，出聲喚住一位正走過他們身邊、剛接班的護士。「幫我抱一下就好。」他將蕾西遞過去。接著他把蕾西的母親從輪椅上抱起——她完全能自行離開輪椅走路，但他是個浪漫多情的男人，只是之前為了貪看巨人隊棒球比賽那關鍵的二十秒而錯過了女兒的出生，因此想好好補償一下愛妻。他正要將妻子抱入車裡，一輛凶神惡煞般的救護車衝上了人行道，兩人立即死於非命——

她的母親是愛上貧民的公主——

她的父親是人人敬重的哈佛教授，當他發現蕾西的母親有了孩子時，便再也不願意與她的母親有任何牽扯——

機長與空姐——

牧師與修女——

又胖又痴呆——

無法照顧高大孩子的侏儒——

在逃中的小丑——

他們絕望萬分——

他們是毒蟲——手臂上插著針筒，散落在城市裡的台階上——無能撫養孩子，於是忍痛將她送出，希望她能有更美好的人生——

蕾西在太陽底下幻想過各種可能性。除了這一種。

她的親生父母不但「正常」，而且還活著。他們把她丟棄在育幼院。那他們又把孟妮卡扔在哪兒？

她應該不要再讀下去，她應該這麼做才對。忘了這一切。這些全沒發生過。她的親生父母並不存在。但這一招沒用，她的目光還是忍不住又回到那封信上。

據我所知，妳的雙胞胎姊妹，孟妮卡，是由他們撫養。

蕾西還以為自己不會再感到震驚。一個人能承受的不是有極限嗎？感情系統不是會直接關上，不再去感覺嗎？但這件事卻將她的心整個挖空。不單單是因為瑪格麗特料到她接下來會想知道什麼。他們留下了孟妮卡？撫養她長大？他們留下了孟妮卡，卻把蕾西扔給瑪格麗特．哈瑞斯撫養？蕾西找不到任何話語形容現在的心情，只覺自己如同自由落體，落入悲傷深淵。她為什麼要在乎？她為什麼要這麼難過？感謝老天，她的親生父母沒有在現場，見到眼淚從她眼中滴落。

他們都去死吧！孟妮卡也去死吧！

孟妮卡。蕾西用手指寫出她的名字。孟——妮——卡。

「孟妮卡！」她大聲唸出這個名字。

這名字聽起來很耳熟嗎？不，她完全不認識這個人。魯奇歪著頭，又舔了舔她，但這次即使是狗兒那付出無私關愛的舌頭，也無法停止胸膛裡的那股椎心刺痛。她有那麼糟嗎？她是有瑕疵的？不被愛的？她身體裡的一部分是否仍記得他們？她好想狠狠甩些什麼東西到地上，若沒東西可甩，她想把自己甩到地上，像個孩子似地用腳和拳頭重重搥打地板。

蕾西手裡緊握著那封信，開始來回踱步。她想著：不知道廚房裡有沒有酒？冰箱旁的小台子上只有半瓶一直放在那裡的紅酒。麥克在櫥櫃裡特別放了一瓶蘇格蘭威士忌，單一純麥釀造還是什麼的。他一直留著那瓶酒沒打開來喝，因為很難得買到，價錢也不便宜，她只知道這樣。每次他只要心情不好，就會走到櫥櫃前，但只會在胸前抱緊這瓶酒。她真的不該這樣做的，但她只是想要抱抱那瓶酒，就這樣而已。她甚至不知道自己分不分得出來便宜與昂貴的蘇格蘭威士忌有什麼差別？就像她也不知道自己比較喜歡搖滾樂團肉塊[23]還是莫札特的音樂。

況且，不管哪一種酒，她的酒量只有兩杯，一直以來都是如此。

那瓶酒還在那兒，還未開封，藏在櫥櫃後方。她把酒帶到長沙發上，繼續讀著這封信。

㉓ Meatloaf，著名搖滾樂團。

親愛的蕾西，那個時候，我認為妳最好別知道這件事。我無法想像居然會有父母放棄自己的孩子，將一對雙胞胎分開。我也無法想像讓妳去承擔這種痛苦。很抱歉妳現在知道了這件事，我希望妳能了解，我只是做了我認為是最好的決定。法律上來說，我無權告知妳這些曾發生在妳身上的事，我現在就在違法，但妳已經見到了那本書，他們可無法怪罪我了。只是拜託妳不要提到我的名字。妳的親生父親是個頗具影響力的人物。我不想去面對他的責難，我當然也不配。

我的父親。我的親生父親。頭號精子捐贈者。面對他的責難？讓瑪格麗特自己去杞人憂天吧！

妳和妳的雙生姊妹還年輕，也許妳們會成為摯友。妳可以去查查她的現況。就像妳一樣，她也有專屬網站。妳看，妳們已經有共通處了。而在這封信裡，我附上了妳到育幼院時，手裡緊緊握著的小玩具。那玩具看起來是破損的，我相信妳的雙生姊妹保留了另外一半。

玩具？她把信封放到哪裡去了？她的手伸進皮包裡，猛地將信封扯出來，同時一些東西也跟著掉了出來，先是短暫在空中劃了個弧形後才落到地面，凌亂地散了一地。衛生棉條、唇膏、腮紅，還有她的鑰匙。她就讓那些東西散落著。她撿起信封，猶豫了一下，然後一腳重重踩在唇膏上。沙漠玫瑰色的唇膏冒了出來，彷彿凝結的血液。蕾西看著唇膏嚴重變形的管子，感到一陣奇妙的滿足。於是她又一腳踩在腮紅上，塑膠盒裂了開來，夏季專用腮紅直接噴了出來，讓人搖身一變成為美女的亮粉積結在地板上。蕾西冒出了汗，心臟劇烈跳個不停，全身發冷。這都是恐慌症發作的典型症狀。她應該做點別的事情，發簡訊給某個人。她應該要傳簡訊給艾倫。她不應該打開那瓶不屬於她的罕見蘇格蘭威士忌。

妳來到育幼院之後，整整六個月沒開口說話。妳和妳的雙生姊妹很明顯地擁有妳們兩人專屬的語言，所以聽障老師要妳學習手語時，妳氣得要死。

若有件事能讓妳稍感安慰，那就是我從沒見過一個女人像妳母親那天離開時，崩潰成那個樣子。

蕾西扔下信，逃到廁所裡。魯奇小心翼翼地跟在她後頭。她「啪」的一聲打開電燈，在鏡子裡見到自己那雙冰藍眼眸。她的母親當年是否比蕾西現在還要崩潰不堪？她長得像母親還是父親？不對。「她們」長得像母親或父親嗎？她是「她們」的其中一人。她一直以為自己永遠不會有機會知道自己的家譜，屬於她的那條支線沒有一個親人，鬼魅般地不知延伸到何處。她還比較喜歡這樣。

現在她有個還活在世上的母親，還有個父親。或是她過去曾有過。誰知道他們現在是否還活著？太多的疑問浮現，太多了。即使是那種令人反感的電視遊戲節目，或是某種灑狗血的實境秀，都不會強迫她一下子就要面對這麼多問題。一次一個就好。她有個長得很像自己的雙生姊妹。

有個人每天在鏡子裡會見到與蕾西一模一樣的一張臉。是誰說「我們都是與眾不同的」？誰說每片雪花結晶都是不一樣的？那個人現在就在外面，擁有與她完全相同的基因，而她居然不知道那個人的存在。

但她真的不知道嗎？

蕾西並不是獨創的，這一切感覺實在太糟糕，太殘酷了。偷走她身分的賊！蕾西見到自己臉上痛苦萬分，並且充滿恐懼。她看見豆大的汗珠沿著下巴與嘴唇下緣滴落。魯奇在她的腳踝旁磨蹭著，彷彿在為了什麼事情道歉。蕾西沒有彎下身去拍拍牠。**妳根本不知道妳是誰**。她這麼告訴在鏡子裡的倒影。**妳的一生一直是個大謊言。妳的家人把妳像垃圾一樣丟棄**。

因為她聽不見嗎？不可能。這裡可是美國。**哎唷，我們不小心生了兩個，妳想要一個嗎？拿去，這個給妳，她有點問題**。在聽力正常的世界裡，這個她無法選擇卻活在其中的世界，這個她一生都要努力躲開那些貼在自己身上標籤的世界（因為總有人認為她有問題），她不過是「現狀售出」[24]，無法退還或送回。

對於自己，以及她所處的這個文化圈子，蕾西並沒有這種看法。她曾開玩笑地希望自己能活在一個大家都聽不見的星球上，那些聽力正常的人不會再用各種限制束縛她，她能活得自由自在，只用手語溝通，永遠不會有人對她解釋什麼，或是指導教訓她，或是「說啊！蕾西，快說！」，或是取笑失聰的世界。她沒有比此刻更想住在那個星球了！

偷喝別人好不容易買到的蘇格蘭威士忌，現在看起來也沒什麼大不了了。現在她唯一在乎的，就是努力揪出那些丟棄她的醜惡傢伙。

而喝酒是她能把信讀完的唯一方法。有了新的目標，蕾西走回咖啡桌，一把拿起那封信。

妳的父親待在車子裡，所以我沒見到他，但就像我說的，妳的母親已經完全崩潰。她不斷說：「這才是最好的，他們堅持這樣才是最好的。」

我無法想像有任何正當理由拋棄自己的孩子，即使妳是讓我頭髮白最多的罪魁禍首，但妳仍然是我的最愛。我希望妳在尋找妳的雙生姊妹時，一路順利。

愛妳的瑪格麗特

P.S. 若妳敢再靠近黑仔三十公尺內，我會打電話給警察，然後亮出禁制令！！！

㉔原文為as is，通常用於出售舊貨或現場展示品、瑕疵品，賣方按照現狀出售貨物，不負責修繕，買方事後也不得提出任何要求。

蕾西終於從信封裡挖出那個玩具時，人已經半醉。那是一匹藍色的塑膠小馬，不過只剩下了一半，是後面那一半，看起來像是從中間被鋸成兩半，上頭還印滿了齒痕。光是拿著這匹被鋸成一半的馬，便讓她的手顫抖不止，或許是因為酒精的緣故。她得告訴麥克，他說得沒錯，這玩意兒的確是好東西。她又灌了一大口酒，一開始酒精在她嘴裡火燒似地，接著平順地滑下喉嚨。房間開始旋轉。魯奇縮在那張家庭劇院椅上，一隻眼睛藏在自己的腳掌下，另外一隻眼睛則帶著責備神情瞧著她。

蕾西拿著那匹馬和那瓶蘇格蘭威士忌站了起來，搖搖晃晃地走過寬廣的房間中央，來到她的工作區。她需要那些畫架來安撫她。她需要嗅到與接觸到她的畫作、看見她的畫筆筆尖朝下放在指定的杯子裡：壓克力畫筆放在黃色塑膠杯裡，油畫畫筆放在舊果醬瓶裡，水彩畫筆則放在普通的喝水杯裡。

但她真正強烈需要的是靠牆邊擺放的那疊畫作。她一屁股坐在桌面上，手裡的酒濺出了一些。裝著畫筆的瓶罐搖了搖，裡頭的畫筆跟著擺動起來。她把酒瓶摔到桌上，咯咯笑了起來。她走向那疊畫作，她從沒讓其他人見過這些畫，連艾倫也沒見過。她把玩具馬放進嘴巴裡，跪了下來，一把將遮住這些畫作的防水布扯掉。

防水布底下至少有一百張畫，上頭的主角各有不同的尺寸與姿勢。在某些畫裡，它佔滿了整塊畫布。在其他畫裡，它的臉就像她咬在嘴裡的玩具一樣渺小。畫布背景的顏色不一，但它的身上總是會帶有藍色，可能是眼睛、馬蹄，甚至在其中一張畫裡，它有藍色的鼻孔。畫裡只有它的頭，還有它的前半部身體——她有沒有發現過這一點？她畫了一百張馬，卻沒有一張有後腳、後半身或尾巴？自從五歲那年她拿起畫筆後，她就一直在畫它。她一直以為只畫馬的前半部是一種藝術性的決定。原來過去她錯了。這麼多年來，她不只是在藝術中表達自己的創造力，同時也一直在告訴自己某件事。這麼多年來，她一直在繪製一則訊息給自己。這麼多年來，她一直在畫著自己的另外一半。

8

把一切都怪罪給那瓶難得一見的蘇格蘭威士忌最容易了。但是誰把酒瓶從櫥櫃裡拿出去，打開酒瓶，小口小口喝個沒完沒了？她酒量並不好，現在連路都走不穩。她一直不喜歡搖搖晃晃這種類似暈眩的感覺，而即使她通常吃晚餐時能應付一杯紅酒，或是和艾倫在家裡的露天平台上喝一兩瓶啤酒，但超出這樣的酒量，就會讓她天旋地轉，不舒服到了極點。她不要腦袋裡有隻轉不停的旋轉木馬。

她也可以怪罪今天運氣背到了極點，因為她和麥克共用這間倉庫五年，她從來都沒有在週日見過他走進工作室。某方面來說，她很感激麥克的出現，至少他把剩下的蘇格蘭威士忌拿走了。以她這種狀況，她很可能把整瓶酒都喝完。麥克走進來時，她就坐在那疊半身馬的畫作中，已經爛醉了。她把畫作散落在地板上，彷彿等著這些作品和她說話，告訴她那失去的一半到底去了哪裡？在有些畫裡，那匹馬看起來很悲傷。而在大部分的畫作中，那匹馬看起來很生氣，它的頭往後抬起，鼻孔大張。在許多幅畫中，它的兩隻前腳向上舉起，加上被砍掉的下半身，它看起來就像破雲而出的幽靈馬。在煞白得嚇人的空白畫布上，用藍色、灰色與黑色所繪出的沒有下半身的馬，前蹄不停踢破亂雲，但馬兒嘶鳴的叫聲卻無法傳入她聽不見的雙耳。為什麼她想不起自己的姊妹？她們可是一起在子宮裡待了九個月。她們有沒有牽過手？親吻過對方？有沒有互踢過對方的胯下？她們還在學步時，在一起三年，等於一輩子都在一起，還享有一種祕密的語言。她從未懷疑過為何自己大部分的記憶是從四歲開始。

麥克從她身後走進工作室，按亮了燈。蕾西不喜歡有人偷偷走近她身邊，但這次她甚至沒注意到燈光在明滅閃爍。她太沉浸在自己的思緒中，腦袋裡滿滿都是鋸成一半的馬在轉個不停，她甚至沒有感覺到麥克的腳步聲，或是看見他的影子沿著她身邊的牆延伸而來。有隻手敲了敲她的肩膀，她嚇得跳了起來。麥克的那瓶昂貴蘇格蘭威士忌從酒瓶裡濺了出來，濺得兩人滿身甜膩。他們四目相接，兩人同樣驚訝。蕾西看見麥克的臉上流露出不敢置信的神情，而當他發現蕾西手上那瓶幾乎見底的酒瓶，正是他得來不易的高級蘇格蘭威士忌時，表情變得很冷峻。

「對不起。」蕾西用自己的聲音說。她又醉又聾，聲音可不怎麼好聽。麥克張開了嘴，但蕾西卻讀不到唇語，因為他什麼都沒說。

她開始哭了起來。她不要別人的同情，她今天再也無法承受更多打擊了。

「我會付錢。」她拿起酒瓶說，又濺出了更多酒。

麥克從她手裡拿過酒瓶，轉身離開。

糟了，他到底有多憤怒？蕾西看不出來。他的臉整個模糊一團，而且正轉過頭去，完全不想理她。

蕾西喜歡麥克。有時候只有他們兩人在這間倉庫時，她發現自己一直在看著專注於工作的麥克：鋸東西、焊接東西、捶打個不停。接下來就是她最喜歡的部分，他會拿下護目鏡，往後站，對著自己的創作沉思。就是這樣的私密「偷窺」時刻，讓蕾西覺得她彷彿能了解麥克的思想，活在他充滿創造力的夢境裡。

麥克身材高大，有一頭黑色鬈髮，以及一雙綠色眼眸。長期雕塑鋼材與木頭，讓他身上都是肌肉。他的鼻子對整張臉而言也許是大了一些，他的眉毛也許太粗了一些，但這些不完美讓他看起來更親切、更容易接近。蕾西知道他的笑聲一定很好聽，儘管她只能用看的。麥克多數時間只是做自己的事，但有時候他們會來回寫紙條聊聊天，或是分享雜誌或書。他知道一些手語，但他們對談時多半還是用手寫的方式。他從沒想過要喜歡上蕾西，而她做夢也沒想過要引誘他。

「我會付錢。」蕾西跌跌撞撞地跟在麥克後面。他根本沒有回頭。她覺得自己的聲音彷彿石沉大海。麥克走進了廚房，蕾西也跟了上去，納悶自己該怎麼擺平這件事。他一定恨死她了。但當麥克出現並走向她時，他手裡拿了一杯水，還有一條毛巾。他舉起毛巾，輕輕沾去蕾西臉上的酒與眼淚。他的溫柔體貼燃起了蕾西體內的一股渴望，她花了一個早上武裝起來的那道拒人於千里之外的壁壘，一塊一塊地崩塌了。瞬間她便倒在麥克的胸前啜泣起來。

「噓，沒事了。」麥克這麼說，即使蕾西根本聽不到。他撫摸蕾西的頭髮，她雙手緊緊摟住了他的頸子，將他拉得更近。她只是需要被人擁抱而已，她知道那個人應該是艾倫，她知道若自己把在書店發生的一切都告訴艾倫的話，那麼現在抱著自己的人就會是他。**我有一個雙生姊妹**——她只需要這麼說。

我有一個雙生姊妹。

麥克感覺起來和艾倫不同，聞起來也和艾倫不同。不好也不壞，只是不同而已。有那麼一秒鐘她忍不住猜想和麥克接吻是什麼滋味，下一秒鐘她便已經湊上前想找出答案。她把這一天所有遭遇的挫折透過麥克的雙唇發洩出來。這是一種溫柔的進攻，一種想要釋放情緒的行為。她將麥克壓在廚房流理台上，好讓自己整個人都貼在他身上。接著她伸手往下摸，將手放在男人牛仔褲的外側。她應該停下來的，現在還不算太遲。到目前為止他們只不過是親了一下，都是蕾西單方面在挑逗他。他們的身體會分開，是會很尷尬沒錯，但這件事很快就會被忘記，畢竟她喝醉了。喝醉酒的男人總是會對清醒的女人毛手毛腳。麥克當然會原諒她的失常。她可以現在就停下來，然後把一切都告訴艾倫：

我的親生父母並沒有英年早逝，他們把我像垃圾一樣扔掉，留下完美的那一個。對了，我還偷喝了麥克的蘇格蘭威士忌，為了表達歉意，我把舌頭伸進他嘴巴裡，還把手放在他的褲子上。沒事了吧？

不，已經太遲了，即使還沒有太遲，她也沒有住手。

她解開男人褲子上的暗釦，拉下拉鍊。拉鍊拉下時有聲音嗎？還是無聲？麥克退了開來，要她看著他，但她不願。她一面往後退到長沙發上，一面脫下自己的衣服。她一口氣就把上衣脫掉，接著是胸罩，即使麥克正把拉鍊拉上，她也沒有停下。她的背一接觸到長沙發，她便坐了下來，解開自己牛仔褲的拉鍊。她的目光鎖定著麥克。他看起來很驚訝，而且很猶豫，但卻沒有試圖阻止她。這讓蕾西能輕易繼續往下動作，因為現在她有了其他人可以怪罪。她脫掉牛仔褲，躺倒在長沙發上。接著她緩緩將內褲脫下，並在麥克的注視下，抬起膝蓋。接下來她刻意將雙腿膝蓋打開。麥克不需要最新型的智慧型手機，訊息已經「傳送」並且「接收」到了。

在蕾西的想像中：

麥克爬上了她的身子，男人的體重讓她幾乎窒息，他狠狠壓上她的雙唇，用手指探索她的身軀。他第一次想要進入時，沒有對準位置。哎呀，太靠左邊了，再試一次——不對，太低了——他不會以為我想要的是「那裡」吧？不，他只是滑掉了而已。他也醉了嗎？我應該引導他嗎？失聰的人領導一個視而不見的傢伙？啊啊啊啊啊……賓果！你進來了——啊，老天，對，就是這樣。我不是真的在這麼做吧？別管了，這實在太棒了。艾倫，我很抱歉，但這真的太棒了。不要說他的名字，不要看他的臉，住手，住手，住手。喔，老天，別停下，別停。我只想忘掉一切，我只想暫時忘掉這可惡的一切。

但事實是：

麥克只是站在那兒盯著她瞧。然後他扭過頭，走向前門。蕾西見到麥克臉上的表情，接著她當然知道了原因。

她沒有對艾倫解釋自己為什麼喝醉酒、哭個不停，還在二手皮製長沙發上對著另外一個男人大張雙腿。和艾倫在一起的六年中，她從沒有劈過腿，甚至連想都沒想過。天花板現在真的在旋轉，蕾西發現自己連坐起來都需要費上很大的勁。但當她見到艾倫一拳揍向麥克時，她不知哪來的力氣，從長沙發上一口氣滾了下來，即使明知來不及，仍想上前去阻止艾倫。

她不是故意要撞到頭，但至少這意外讓麥克少挨了另外一拳。艾倫才剛一拳揍在麥克的鼻子上，鼻血從他的左邊鼻孔噴湧而出。麥克舉起雙手擋住自己的臉，一面後退一面努力保護自己。他並不打算對艾倫還擊，他是藝術家，不是拳擊手。

蕾西的臉正對著咖啡桌角撞去，諷刺的是，那張桌子是麥克做的。麥克還是還擊了，只是倒楣的是蕾西。這張桌子是實心木做成的，四邊以鋼板包覆住，是件美麗的實用藝術品，但當你的臉首當其衝地撞上它時，可就完全不是這麼一回事了。蕾西本來想用雙手撐住桌邊，但她的手滑了開來，於是桌子撞上了她的左眼，細小的木屑也刺入她的手掌。火燒般的疼痛燒過她的額葉，血液從她的臉頰上緩緩流淌下來。

蕾西不知道艾倫在那一刻是否相信有所謂正義之神，或是因果報應這回事。她可是完全相信。幸好，只有她的眉毛被割傷，她的眼睛仍完好無缺。她知道自己離出軌只差那麼一步，但她可不認為自己活該要被撞瞎。不能因為海倫．凱勒的人生令人驚豔，就表示這會是最適合她的生活方式。艾倫一定是怒吼著要麥克滾出去，因為麥克正迅速朝出口走去。麥克離去時，蕾西盯著他的背影不放，忍不住想——他剛剛到底對自己有沒有感覺？

艾倫拿來了包在毛巾裡的冰塊，她穿上衣服時，艾倫就拿著毛巾等著，直到她著裝完畢後，才將毛巾拿給她。這是今天第二次有男人拿毛巾給她，這樣的機率有多大？有一個從不知道存在的同卵雙生姊妹，這樣的機率又有多大？這樣的荒謬讓她幾乎想大笑出聲，她得用盡每一分力氣才能抑制這衝動。艾倫怎麼可能了解這種荒謬？她坐在地上，背靠著長沙發，將裝著冰塊的毛巾放在傷口上，只留下右眼去面對艾倫同樣冰冷的凝視。他坐在那張家庭劇院椅上，身子往前傾，手肘放在膝蓋上，握成拳頭的手撐著下巴，表情痛苦，一臉憤慨難當。

「什麼都沒發生。」蕾西比著手語，她的手勢很不穩，幾乎糊在一起。

「妳在騙誰？」艾倫說。

「他什麼都沒做，只是站在那兒。」蕾西說。

「蕾西，那妳做了什麼？妳到底在搞什麼？」

我有個雙胞胎姊妹，蕾西心裡這麼想。接著是**你永遠都不會原諒我**。

之後有某件東西引起了艾倫的注意，他猛地從椅子上站起，站在蕾西眾多畫架的其中一個旁邊。他正在看著一張大素描板，上頭是蕾西之前在羅伯特面前寫下的反對婚姻理由。蕾西看著艾倫的肩膀緊繃了起來。

「妳知道了？」他回過頭，指著板子上寫的「訂婚戒指」問。

蕾西轉過了頭。

「離婚，肥胖，神經兮兮，愛情墳墓。」艾倫在蕾西面前，一面在自己畫出的約一公尺路徑上不斷來回踱步，一面唸出每一個反對理由。然後他沉重地倒回椅子裡，不斷地一下子看看那張名單，一下子又看看蕾西。她知道他就要哭了出來，而她實在看不下去。她實在無法承受。

「魯奇呢？」蕾西說。

艾倫一開始只是怒瞪著她，彷彿不敢置信她居然還說得出這種話。但過了一分鐘後，他也開始找起那小傢伙。

有一種奇怪的感覺侵入蕾西的雙腿，彷彿有人在**嚼著**她的腿。她甩甩腿，想將那股感覺甩掉，但沒有用。

「可惡。」她直接說出口，連手語都免了。

她仍然醉得厲害，但這次她用盡全力把自己從地板上拉起來。她一站穩了，便往自己工作的地方跌跌撞撞地走過去。

她看見魯奇就在前面，趴在她其中一張半身馬的畫上，下巴上下開闔咬個不停。她扔下毛巾，想要衝過去。她根本沒想到艾倫，或是他會發現她在做什麼。她覺得自己彷彿要死掉了。她在魯奇面前跪下雙膝，用雙手撬開魯奇的下巴。魯奇用腳掌抵抗，但她力氣比較大，也更堅持。她伸手到狗兒暖燙的粉紅色嘴裡，拉出沾滿口水、只有半個身子的玩具馬。艾倫一定以為她是怕魯奇嗆到，因為他抱起魯奇，說：「牠沒事，牠沒事。」

但蕾西仍在仔細檢查她的玩具馬。一定是她的表情洩漏了什麼，讓艾倫終於發現情況不對勁。艾倫把魯奇放在地板上，跪在蕾西面前，比著手語問：「這究竟是怎麼一回事？」

蕾西看著艾倫，用手語回答：「我什麼都不是。壞掉了。被父母丟棄。垃圾。聽力正常的另外一個雙胞胎被留下。聽力正常的另外一個雙胞胎被留下。姊妹姊妹姊妹姊妹姊妹姊妹。」

9

孟妮卡·包曼閉上雙眼，聽著從群眾間傳來的細微雜聲。這是她最喜愛的一部分。在她走出舞台前的幾次短暫時刻，她悄悄站在舞台兩側傾聽，或是像今天這樣，站在隔板旁，讓外頭觀眾說話的聲音不斷重疊席捲而來，賦予她力量。她來到這兒，是為了要給這些人希望，但他們卻給了她力量。聽到觀眾群裡摻雜著男性聲音，她感到很高興。一開始的時候，來參加的全是女性。但消息不斷快速傳遞，最後終於超越了性別障礙，而儘管她心中有一部分不願承認，但有男性認真看待她，的確對她的職業大有幫助。不只是那本《靈魂的建築師》在亞馬遜書店的排行榜名次上升，自從有男性開始出現，她主持的講習會出席率便暴增了兩倍。

你是獨一無二的個體，沒有人像你，未來也不會有人完全像你。好好掌握你的個體獨特性！改變你的藍圖，改變你的人生。你就是自己靈魂的建築師。

她連在睡夢中都能主持講習會。她的未婚夫喬伊，同時也是不出聲的共謀，才是這一切的幕後主使。她想歸功於喬伊，即使不是全部，也至少和他分享這一切，但喬伊卻不這麼想。他不想被同事取笑——他們可不是什麼「新世代精神派」，況且喬伊也說過，若是這本書的原始創意完全源自於一名年輕美女，會賣得更好。

喬伊很愛她，他正在幫助她開創事業，支持她努力將創意付諸實現。書裡有些主意的確都是她想出來的，可不是嗎？儘管不是每一樣都照著她想要的方式安排。這本書屬於她，但「自助綜合公司！」與一系列人生引導講習會，則屬於喬許．帕瑞斯㉕——這多少解釋了那些舞廳燈光、五彩碎紙片與每次中場休息時突然爆出的〈慶祝好時光〉音樂。更別提還得推銷其他引導人生的系列叢書。「公司」是對的，但有時候孟妮卡覺得自己和這一切格格不入，然後她會祈禱在某次講習會中，能有人把她傳送到別的地方，讓她與這個講習會、還有這樣的人生，都再也沒有關係。

每份工作都有缺點，幸運的是，她至少還能保有自己。

我這是在幫助別人。我這是在幫助別人。

「各位先生，各位女士，歡迎孟妮卡．包曼。」她的助理婷娜一介紹完，台下便響起掌聲。孟妮卡摸了摸休閒西裝外套口袋裡的塑膠小瓶子，這才走過從天花板落下的旋轉五彩紙片。

她站在舞台中央，舉起雙手，說：「你好，波士頓。」她等著回應。

觀眾喊了回來，卻沒到達她必須要製造出來的激昂程度。

「我說：『你好，波士頓。』」

這次群眾爆出了歡呼，那些不信邪的人掌聲只是稍微大了些，而那些特別喜歡取悅人的聽眾則是從座位上跳了起來。

在掌聲完全停歇前，孟妮卡喊：「這是我的家鄉，很高興能回來。」

群眾間響起更多歡叫，還有些人吹起口哨。

㉕ Josh Paris，美國新聞節目《內幕》（Inside Edition）之製作人。

「你們都知道，我是孟妮卡．包曼，我是自己靈魂的建築師。」

群眾的反應還沒有到極點。孟妮卡讓這波掌聲與歡呼完全停歇後，才繼續說：「但我不是唯一，你們都是自己靈魂的建築師。你們有人會問，那麼為什麼人生如此不公平？為什麼有人住在荒郊野外的拋錨休旅汽車裡，你身旁的那個人卻在空中的城堡過著奢侈生活？」

孟妮卡將群眾反應歸納為一門科學：觀眾瞄向隔壁的那一剎那，聽懂這笑話後迴盪的笑聲，到最後終於定下心來傾聽，連那些不信邪的人也豎起了耳朵。她總是隨著群眾的表現調整自己，時時注意著自己的動作、聲音與節奏。

「親愛的朋友們，決定你人生地位的，不是命運或運氣，而是你自己，是你到目前為止所做過的抉擇。如果你愛死了那輛休旅汽車，那就想盡辦法留在原地，享受你的人生。但若你想要的是在空中的城堡，這個週末就好好跟著我做，我會讓你知道一個很管用的祕密。你可以擁有人生，你可以建構人生，你並沒有被天生的藍圖所限制住。很簡單，只要撕掉那張藍圖，重新畫一張就好。就這麼簡單，我所要傳達的訊息就是這樣。聽起來是不是很容易？的確如此。聽起來是不是很有用？這能改變你的人生。我會花上整個週末的時間，教你們該怎麼做。」

婷娜加入了她，發起小冊子，並且將群眾分成小組，做首次一系列的練習與討論。一旦孟妮卡熬過了獨自站在台上的短暫尷尬時刻，小組也開始分享「個人基礎上的致命傷」後，時間便過得飛快。孟妮卡真心希望這些人回家時帶著重建的希望，一旦這渴望開始起作用，她便覺得自己活力十足。孟妮卡帶領越多次這種講習會，她越了解其實所有人基本上都是一樣的。他們的衣服、背景與文化雖各有不同，但內心的吶喊卻都相同：

我工作太勞累。

我痛恨工作、丈夫、孩子和屋子。

我破產了。

我太胖了。

我沒時間。

我一直都很疲累。

我太老了。（有次一個二十五歲的女孩這麼說，一面啜泣一面哀悼她才剛過完的生日。）

我不夠聰明，不夠漂亮，不夠瘦，不夠年輕，不夠幸運——

夠了。孟妮卡有時很想大喊。**你們通通都夠了！**她有時會忘記自己出現在此的目的是要幫助他們，這是她的工作。在小組活動結束後，她又講了一段鼓勵大家的演說，好讓這些人在午餐時不會拿起叉子猛戳自己，並且保證他們吃完午餐回來後，她會教導他們如何「建構更好的地基」。五彩紙片又將飛舞，舞廳音樂與燈光給了他們保證，好時光就要來了。有時她真的很希望有人能挺身而出，告訴她這些都不過是胡說八道，然後頭也不回地離去。

從來沒有人這麼做過，這也是至今讓她不斷走下去的唯一理由。這天結束時，參加講習會的群眾似乎的確多少掌握了訣竅，還有夠勇敢的人走到台前，示範他們要如何「重新裝飾房間」。孟妮卡在解散這些人前，會指定一些回家作業：他們必須要將作業做視覺化的呈現，並在隔天早上準備好與群眾分享。婷娜在後頭對她豎起拇指，接著音樂開始播放、燈光亮起，表示這一天已經結束。

孟妮卡讓婷娜在後頭去負責書籍銷售的部分，自己則從一扇側門溜走。她好想回到自己的房間，安靜獨處。但電梯門就要關上時，一雙手突然伸了進來，用力將門打開。婷娜，這位身高約一百五十五公分，渾身充滿活力的女郎，正在電梯外對她微笑。婷娜那一頭如小妖精般捲翹的金色短髮，總在一天過後變得稍微更加捲翹，彷彿他們在這個下午所製造出來的興奮氣氛的確振奮了她的精神。有些綠色的碎紙片貼在婷娜的左臉頰上。

「別忘了還有訪談，晚上七點在泳池旁。」婷娜說。

「對喔，我全忘了這回事。」孟妮卡說。

「他好迷人。」

「他人在這裡？」

婷娜點點頭，說：「若妳想的話，我可以代替妳受訪。」她臉帶微笑，揚起優雅的眉。

孟妮卡巴不得接受她的提議，她現在只想泡個熱水澡，再來杯葡萄酒。

「妳可以加入我們，但我想我人最好還是到場。」孟妮卡說。

「沒問題，只是——妳也知道，想辦法整理一下妳的頭髮吧？」婷娜說。

孟妮卡摸摸自己的頭髮。

婷娜笑了出來，說：「還有整理一下妳的衣服，眼睛也化化妝。還有，不管怎麼樣，都不要仰起頭放聲大笑。這傢伙我要了，聽見沒？他是我的。」

孟妮卡笑出聲來。

婷娜指著她，說：「我可是認真的，千萬別那樣做喔。」

孟妮卡揮揮手，要她先離開。

「晚上七點見。」

「妳想要改成八點也行。」電梯門關上時，婷娜這麼說。

✣

孟妮卡在這間旅館的新房間，要比第一次的房間好多了，這一切只需要拿起電話，有禮但堅定地說明她不想要看見停車場的窗景，並問旅館有沒有窗景面對泳池的房間？她站在大開的窗前，看著底下那座奧林匹克級的戶外泳池，感到非常自豪。環繞著泳池的燈光隨時會發亮，泳池旁的桌椅很快會擠滿貴賓，手裡拿著酒，整夜笑語不斷。很快她也會坐在泳池旁，成為那些貴賓的一員，針對她主持的講習會，為另外一家報紙記者答覆問題。看來是位十足迷人的記者。

孟妮卡踢掉腳上的包鞋，脫掉灰色休閒西裝外套。她的腳疼得要命，她坐在床邊，按摩著腳。然後她往後倒在床上，深深呼吸了幾口，淨化自己。一天結束後，總是多少有些沮喪，她猜大概是使用過多精力造成的後果。等她熬過接下來的訪談，再睡個好覺，便會繼續渴望明天的到來。明天會是全新的一天，她甚至會想要把那些藥丸留在房間裡。

或許她該和那位迷人的記者喝杯酒，但只要一杯就好，因為她酒量很淺。她可以聽見喬伊這麼說：**妳聽過受力牆對不對？那就在書裡寫靈魂能受力多少。知道自己能承受多少重量，是很重**

要的。承受太少，就無法發揮潛力；承受太多，就會崩潰！

妳的書根本都是胡說八道。孟妮卡僵住了。那道聲音，她內心的批判家又回來了。淨化自己的深呼吸根本就沒用。

她從床上坐起，轉過身，在窗前看見自己的倒影，如鬼魅般的另一個自己。那倒影嚇了她一跳。她想：**妳看起來真悲傷，為什麼從沒人注意到呢？**她脫下絲襪，但在繼續脫下身上其他衣物之前，關上了窗簾。她只穿著胸罩與內褲站在拉上的窗簾前，突然有種莫名衝動，想將窗簾猛地扯開，站在那兒，看看會不會有人注意到她。這念頭令她自己都覺得莞爾。她可從來沒有裸露癖好，也不想從現在開始培養，只是連她自己都想不到，為何心裡會浮現這念頭，就像一個人挖掘出自己不為人知的天分。

別穿得太性感。婷娜的話還在耳邊。她說不定就該穿得性感些，然後在訪談前打通電話給喬伊。她走向梳妝台，之前她把皮包扔在這兒，正要去拿手機時才想到，喬伊這週末正在努力計畫如何取得一項龐大的競標案。她還要打過去嗎？**猜猜我現在身上穿什麼？**

喬伊才不會因此感到高興。**說不定那位迷人的記者就會。**她到底怎麼了？她今晚怎麼這麼幼稚？她應該打電話給父母，但接著她又想起來，他們這週末要去小屋，為葛蕾絲姑姑的盛大宴會做準備。葛蕾絲姑姑大概是四十多歲吧？她從來不說自己到底幾歲。孟妮卡、喬伊與婷娜在週末過後，便會啟程前往小屋。說實話，孟妮卡這次還挺期待的。

至少這能讓她暫時轉移注意力，別一直去想放在口袋裡的藥丸，也別老是覺得自己被人監看，儘管她知道，根本就沒有人在那兒。但這仍沒阻止她轉過頭去看看，有時一天還會反覆好幾次。她是不是瘋了？她是不是繼承了包曼家的「纖細心靈」？一如她母親這麼形容自己嫁進去的家族？她今晚絕對要與那位迷人記者來一杯葡萄酒。真可惜這間旅館不准讓狗入住，不然她今晚真想好好抱著史魯奇。她一面換上豔紅的背心裙、套上金色的夾腳拖鞋，一面想：她想親熱摟抱的對象是史魯奇，而不是喬伊，這是不是一個壞徵兆？

婷娜已經站在泳池旁的一張桌子前，現場滿滿都是她不時仰頭大笑的聲音。事實上，孟妮卡還沒見到她的人，就已經先聽到了她的笑聲。唉，她可真是羨慕婷娜的大膽輕佻。有時候，孟妮卡會想，婷娜才應該去主持那些講習會，那女人絕對熱情十足。儘管婷娜活潑好動如同小妖精，還有一頭淡金色頭髮，但她並不算美女。她的鼻梁太長，眼距有些太窄，但一提起她的個性，絕對把所有人都比了下去。不論男女都會被她無窮的熱情活力所吸引。孟妮卡只與她面試不到十分鐘，便決定錄取她當自己的助理。她們一起工作已經兩年，孟妮卡知道，要不是婷娜，自己絕對無法撐到現在。婷娜唯一的弱點就是男人。儘管婷娜想用慣常的隨性態度對這點嗤之以鼻，但事實上，她還是想談戀愛、結婚，然後生孩子。孟妮卡曾想告訴她，這本書是教人如何去改變在人生中能控制的事情，而不是愛情裡的不可預料性，但婷娜卻堅信她可以利用這本書「釣到丈夫」。現在從婷娜的笑聲聽起來，她正在談話間試圖釣上一個男人。

也許孟妮卡該轉頭回房去，讓婷娜一個人獨佔那位帥哥記者。但這可不是婷娜寫的書，所以孟妮卡還是走到了桌前。她會很快結束訪談，回答所有問題後便離開，讓那兩位可能成為一對的男女獨處。

她才繞過泳池角落便看見了他。男人抬起頭，兩人目光相接。他目不轉睛地看著她，讓她不得不繼續走過去。儘管覺得有些不舒服，但孟妮卡還是露出微笑。這男人是長得十分俊帥沒錯，夢中情人的形容也很貼切。他有一頭濃密的黑色鬈髮，線條剛毅的臉龐，與一雙讓人讚嘆的綠色眼眸——一如她的冰藍眼眸。她走過來時，男人站了起來，對她伸出了手。婷娜的笑聲突然中斷了，孟妮卡不敢看她。

「你好，我是孟妮卡。」兩人雙手相握時她這麼說。

他握緊了她的手，臉上露出微笑，但卻輕輕搖了搖頭，彷彿不敢相信真的見到了她。孟妮卡覺得自己的臉蛋發熱，想著自己可沒那麼有名。

「我叫麥克。」他說。

「坐下談吧！」婷娜拉過一把椅子說。

直到這時候，孟妮卡才發現兩人並沒有放開彼此的手。孟妮卡先將手抽開，麥克等到她就坐後，自己才跟著坐下。

「這實在太神奇了。」他盯著孟妮卡說。

孟妮卡笑出聲來，看了一眼婷娜。婷娜也笑了，但孟妮卡的笑聲帶著緊張，婷娜的笑聲卻顯得空洞。

「你算是我的粉絲嗎？」孟妮卡問。

「粉絲？」麥克的聲音聽起來滿是困惑。

「我是指我的書，不是指我。」孟妮卡很快補充。

「喔，是的，那本書。所以這一切才這麼神奇。」麥克又露出微笑，但沒再說一個字。

「誰想喝飲料？」婷娜說。

「給我一杯夏多內白葡萄酒。」孟妮卡說。

麥克這時伸手去拿皮夾。

婷娜說：「我來付。我去拿飲料的時候，你們兩位就可以開始訪談了，早點搞定，我們就可以好好放鬆享受一下。」

拜託別這麼飢渴。孟妮卡很想這麼說。但她又有什麼資格評斷？雖然她是個專門鼓勵別人的演講家，身上卻老是帶著一罐安眠藥，只因為隨身帶著這些藥丸能讓她心情平靜，她就是這樣的人。

「麥克，你想喝什麼？」婷娜問。

她等待麥克回答時，輕輕笑了起來，笑聲帶著韻律。

「呃——我也來杯夏多內白葡萄酒好了。」他說。

「是嗎？我猜你一定只喝皮爾森的捷克啤酒。」婷娜眨眨眼，又說：「我只喝馬丁尼。」

麥克微笑了，張開雙手說：「隨時領教，等候驚喜。」

婷娜笑得花枝亂顫，說：「我喜歡你這麼說，我馬上回來。」

莫妮卡凝望著泳池，太陽才剛要落下，池畔燈火已經亮起，只是光芒仍不明顯。盆栽與灌木組成了這片美麗的戶外伊甸園。這一切多麼浪漫，而且麥克人又這麼俊美——她得承認，這男人真的很英俊。這便是為什麼她的胸膛裡會小鹿亂撞，光想到自己和麥克獨處，她就心花怒放。

「你是從哪來的？」她問。

「費城。」

孟妮卡皺起眉頭。

「怎麼了？」

「不是，我只是——以為你是波士頓某家報紙的記者。」

「喔，對，難怪。」

「你是哪家報紙的記者？」

「呃，那應該說是地方上藝術家的合作團體。」

「是嗎？很酷。」

「是啊。我們擁有費城最有才華的藝術家，我是這麼認為的。」

「你也寫作嗎？」

「其實我是雕刻家。」

「真的？」孟妮卡說。

不但俊美無比，而且還富有藝術氣息。她今晚最好別喝超過一杯酒。

「你的素材是什麼？」

「這些年我什麼素材都試過，但現在我正初步嘗試鋼材。」

用鋼材雕刻，真性感。

幸好，她沒說出口。

「真令人驚豔，也許我才該訪談你。」她反而這麼說。

「相信我，我寧願多聽聽妳的故事。」麥克從褲子後的口袋拿出一張紙，放在桌上攤平。

大部分的記者會隨身攜帶小記事本，或甚至錄音機。他還真是不一樣。孟妮卡覺得自己開始放鬆了些。

「我不懂，你為什麼要訪問我？我又不是費城人。」

「我知道，我知道。但是——呃——妳的作品讓我們團體的好幾位成員很有興趣，所以——呃，好吧，告訴妳實話好了，我們下一期的期刊需要充實點版面。」

「原來如此。」孟妮卡說。

「妳有筆嗎？」麥克問。

這要比真正報紙的死板訪談好多了。一群藝術家想要訪談她，多酷。

婷娜拿著飲料回來了，孟妮卡拿筆給麥克時，告誡自己別亂想。

「妳的聲音真好聽。」麥克說。

婷娜的頭猛地轉向孟妮卡。

「我不在的時候，妳在唱歌嗎？」她問。

「我沒有。」孟妮卡說。

「不是的，只是——能聽見妳說話很棒。」麥克說。

「是嗎？」婷娜看著麥克，又說：「聽你說話也很棒呢。不過，我可不是說我得聽你喋喋不休一整天喔。」她用手比出木偶樣子，手指張開又闔起，表示她說的喋喋不休是怎麼回事。接著她又笑出聲來，彷彿在強調這只是玩笑。最後，婷娜拿起自己的馬丁尼，啜飲了長長的一口。孟妮卡拿起自己的酒，也做了同樣的動作。

「那麼我們可以開始問答了嗎？」麥克問。

孟妮卡點點頭。

「好。第一個問題：妳出身何處？」

「波士頓。」孟妮卡說。

「好。」麥克在那張紙上寫下一些東西。

「妳有很多家人嗎？」

「沒有。目前我們家就只有我和父母。」

麥克開始寫東西，接著又遲疑了一會兒。他看著孟妮卡，她覺得自己的心臟縮了一下。他看起來……很痛苦。

「妳沒有兄弟？」他清了清喉嚨，問：「或是——姊妹？」

「沒有，就只有我一個。」孟妮卡說。

婷娜說：「我有三個姊妹，我爸真可憐。」

「你有兄弟或姊妹嗎？」孟妮卡問麥可。

「我？有，我有兩個。一個哥哥，一個弟弟。」

「你被卡在中間。」婷娜輕快地說。

沒人跟著發表意見或加入話題，婷娜只好住嘴。然後她吐出舌頭，緩緩舔著自己酒杯的邊緣。

「好。妳有一對父母，沒有姊妹。」麥克要唸下一個問題前，看著孟妮卡這麼說。

他又再次清了清喉嚨，說：「我從妳的網站知道，妳養了一隻狗。」

「是史魯奇，我養了一隻巴格犬。」孟妮卡說。

麥克臉上又出現那副痛苦表情。

「那麼妳能——呃，證明嗎？」他說。

「抱歉，你說什麼？」

「我是說——呃，妳有史魯奇的相片嗎？」

「對不起，你剛剛是不是說『證明』？」

「大概吧！我不是作家，我只是——想也許妳能把狗的相片給我看看。」他又瞄了一眼那張紙，說：「或是，呃，打電話給有狗的那個人，好讓我……聽見牠的叫聲。」

「你在開我玩笑吧？」孟妮卡環顧四周，說：「我被設計了對吧？」她仰頭大笑起來。婷娜在桌下踢了踢她。孟妮卡鎮定下來後，說：「打電話給史魯奇，好讓你聽見牠在叫。真有趣。」

麥克也笑了，他拿起那張紙，聳了聳肩。

「妳說得沒錯，這實在太荒謬了。不管這個問題了。呃……妳的雙親仍健在嗎？」

「是的。」

「他們，呃……妳知道的，他們健康，而且——心智健全嗎？」

「婷娜，是妳在設計我。」孟妮卡說。

婷娜搖搖頭，表明她沒有。

孟妮卡緩緩轉過頭面對麥克，然後瞪著他，說：「我的父母心智健全嗎？」她一面說，一面彷彿在仔細思考這個問題。「我不確定，我應該打電話給他們嗎？你想聽他們叫兩聲嗎？」

「哈，好笑。」婷娜說。

「你對蝙蝠有什麼感覺？」麥克開始火速掃過那些題目時，耳朵漸漸變紅了。「妳是幾歲的時候——喔，老天，我不能問這個。呃，妳擅長影像編輯軟體嗎？妳有沒有偷用過別人的身分——」

「夠了，停下來。」孟妮卡舉起手說。她笑得上氣不接下氣，而麥克仍是一臉正經。要不是婷娜在背後搞鬼，那會是誰？喬伊嗎？不可能，喬伊根本不會這麼隨性。

「妳有沒有胎記？就在妳的，呃——臀部附近——是半月形狀，就在稍微靠左的地方——」

孟妮卡的笑聲猛地中斷，飛快從椅子上站了起來。她得克制住衝動才能不去伸手觸碰那就在她髖骨上方的小小半月形胎記。

他怎麼會知道的？

「你是誰？」她問。

「對不起，這些並不是我的問題。」麥克把那些問題放在桌上，也站了起來。

「你一直在監看我嗎？」

「監看妳？老天，我沒有。」

「我該找警察過來。」

「孟妮卡，冷靜。」婷娜說。

「不是那樣的，我對天發誓，絕對不是那樣。我絕不會做這種事。我不是——這些問題不是我要問的。」

「那是誰？」

麥克沒有回答。

「回答我。這些問題是變態還是四年級小學生寫出來的？」

「都不是。但相信我。若是我自己想問，我會問妳的寫作過程，還有——妳作為藝術家的願景——我也真他媽的想知道播放〈慶祝好時光〉到底是不是妳的主意——」

「你人在現場？你也參加了講習會？」孟妮卡問。

「只參加了尾聲。我還會問——妳有沒有男朋友。我絕對會問妳這個問題。」

婷娜的身子從椅子上往下滑，不想引起注意，然後一口就把馬丁尼喝光。

「你認為怎麼樣？」孟妮卡質問。

「什麼？」麥克說。

「我的講習會。」

「喔。就像我說過的，我只參加了尾聲——」

「所以你覺得怎麼樣？」

「我覺得妳——妳很有魅力——我只是不喜歡那些舞廳的玩意兒。」

「那不是我的主意。那些舞廳玩意兒不是我的主意。」

「我也不這麼認為。妳瞧，那些並不適合妳。妳很真誠，即使妳滔滔不絕大談——」麥克自己停了下來。

「滔滔不絕？大談什麼？」

「不是——妳一直是，呃——有時候妳的確說得一針見血——一點都沒錯。妳讓我全神貫注聽妳說話，真的。」

孟妮卡無法相信這傢伙。他不過是不想激怒她。

滔滔不絕地大談特談。他說她在滔滔不絕。他看穿了她！

他知道她那些內容完全是鬼扯，他簡直完全看穿了她。更糟的是，他還在試圖不去傷害她。她討厭這樣。她突然討厭起這個人，而且非常討厭。她非常討厭這傢伙！她想對婷娜大喊：**走開！留下我們兩個就好**。

但婷娜連動都沒動。

「你怎麼知道我的胎記？」孟妮卡問。

「那不是我的問題。妳一定是之前就提過了——在妳的網站上，其他文章或是書裡——我不知道。」

「你為什麼眼睛有瘀青？」孟妮卡問。

瘀青很淡，但絕對是被人一拳打出來的，箇中原因一點都不難猜。

「孟妮卡。」婷娜說。

「你是不是用那些侵犯隱私的問題嚇壞了誰，所以挨揍了？」孟妮卡問。

「事實上，那完全是一場誤會，不是我刻意挑起的。」

「我很懷疑。」孟妮卡說。

「我不在乎。我只要知道真相。妳不是很常提到真相嗎？」麥克說。

兩人互相凝視著對方。老天，這男人真是俊美到了極點。是誰揍他的？她想觸摸他的黑眼圈，親吻並舔過那地方。她想讓這個男人感覺好過些。她要這個男人讓她覺得好過些。她想把他推進泳池裡，她也跟著跳進去，然後用溼透的身體貼著他不放。

她在做什麼？她在想什麼啊？喔，老天，他看得出來她在想什麼嗎？他這樣盯著她，彷彿知道她在想什麼。他在微笑嗎？他不是在微笑吧？

「很抱歉，我得離開了。」孟妮卡看了一眼婷娜，又說：「我的助理一定很樂意回答你的任何問題。」

婷娜在椅子上坐直了身子。

「樂意照辦。」婷娜說。

「孟妮卡，我很抱歉。」麥克說。

又來了，她的心又緊縮了一下。這傢伙是誰？為什麼有一部分的她想要把婷娜踢到路邊去，和這男人待上一整晚，與他對飲，回答他那些匪夷所思的問題？但要是這傢伙真是個變態，那不就換成是婷娜被他騷擾了嗎？

「別弄得太晚，我們明天很早就要開始。」孟妮卡說。

「沒問題，老闆。」婷娜說。

「別忘了，我就在那上頭。」孟妮卡指著婷娜身後說。

她為什麼要這麼說？要是這傢伙真的心理有問題，這下就知道她的房間在哪裡了。

「我希望妳不要走。我希望可以重新開始。」麥克說。

「沒事，我只是累了。」孟妮卡說。

「那快去床上休息吧！老闆。我替妳接手。」婷娜說。

回到旅館房間後，孟妮卡滑進注滿熱水的浴缸中，整個身子沉入水裡，只有嘴唇以上露出水面。唉，要是那些人見到她現在這副模樣，看到偉大的人生顧問、她自己靈魂的建築師，現在只想滑入泡泡底下，淹死自己算了，他們一定會要求退錢。泡澡應該能讓人心情平靜下來才對。她應該要覺得好過些，但她卻緊握拳頭，心跳加速，拚命壓抑，才能忍住不去跑到窗簾前看看麥克與婷娜是否還在那兒。她的手沿著身體曲線往下摸到那枚小小的胎記，她曾在其他訪談中提過這個胎記嗎？

絕對沒有。她也沒有在網站或是書裡提過，這點她很確定。他真的說要她打電話給某個人，好讓他聽見史魯奇的叫聲嗎？那傢伙腦子有問題，真的很有問題。他說不定是泰德．邦迪[26]，同時是迷人的雕刻家與連續殺人犯。他說不定把屍體包在鋼材裡。她居然把婷娜單獨和他留在那兒！她得打電話去警告婷娜。但婷娜剛剛人就在那兒，把一切經過聽得一清二楚，卻還流連忘返。這個女人未免也太飢渴——

孟妮卡的身子更往下滑進浴缸裡。那男人才不是連續殺人犯，他也不習慣說謊，所以當她問他對講習會的感想時，他才會渾身不安。她看得出來，他不喜歡。

她太沉浸在自己的思緒中，以至於過了一段時間才發現電話在響。她爬出浴缸，從毛巾架上扯下毛巾包住自己溼淋淋的身軀。她放輕腳步跨出浴室，走向床邊電話，一路留下溼足印。她的腳趾頭撞到床，整個人往前倒，她伸手想拿過話筒，膝蓋卻撞到了茶几。話筒從她手上再度滑落，她終於將話筒拿起舉到嘴邊時，又撞到了下巴。

她接起電話說：「喂？」同時也在笑個不停。

她根本不用吃藥或是溺死自己，照這樣子來看，她很快就會因為自己的笨手笨腳而掛點。

話筒那方沒有回應。

「喂？」她又重複了一次。

突然間，她想要有個人在那兒，有個人能陪她說說話。

沒有人說話，但他們仍在線上，她可以聽見他們。

她在床上躺下，手裡握著電話，那詭異的寂靜卻奇妙地安撫了她。

「和我說說話。你在嗎？」她說。

是麥克嗎？

㉖ Ted Bundy，長相俊美的美國連續殺人魔，專挑年輕女學生下手，至少殺害十九人，最後遭到逮捕處以死刑。

又是另一段只有呼吸聲音的寂靜，接著遙遠的那方掛斷了電話，只剩下了拒絕她的空洞撥號音。孟妮卡滿心失望，覺得自己像是玩著罐頭電話遊戲的小孩，她舉起自己的空罐頭，在寂靜中竭力想要聽見些什麼，任何聲音都好，另外一個罐頭卻一直被扔在土裡，遺棄了她。

10

「我真不敢相信她居然會做出這種事情！完全不敢相信！」孟妮卡說。喬伊沒有馬上回應，只是踩下油門，時速飆破一百二十公里，想早點到達目的地。孟妮卡緊握著車門把，喬伊最討厭她這麼做，她只好祈禱喬伊不會把這輛豐田轎車飆到時速一百四十公里來回敬她。

「他看起來人很不錯，婷娜好像迷上了他。」喬伊說。

「他們才剛認識！她未免也太飢渴了。」孟妮卡再次想打開收音機，但他們越接近麋鹿湖，收訊越差。她露出厭煩表情關上了收音機。

「他們不用我們陪，就能去小屋。我們去別的地方吧！哪裡都好。」孟妮卡說。

喬伊開車的速度絲毫沒有慢下，他說：「我真搞不懂妳，那裡簡直就是天堂。那些樹林、射擊場、裝滿存糧的廚房，還有——那裡有幾個壁爐？」

孟妮卡深呼吸一口。她不想煞風景，但她實在不想聽喬伊去拚命美化那棟狩獵小屋。那裡有三個壁爐，但她不想說出答案。

「而且妳也喜歡踏青。妳到底對那棟小屋有什麼不滿？」

孟妮卡看向車窗外，想讓自己就那樣消失在那排緊貼著高速公路的樹林裡，那一晃即過的灰濛綠色。那棟小屋到底怎麼了？為什麼她一想起那兒就充滿畏懼？她在那兒有過美好回憶，像是與上校去打靶，或是和母親去採野莓，甚至在壁爐旁和家人玩拼字遊戲，但她仍然懼怕到那裡。

一如喬伊方才提示過的，「小屋」其實是誤稱，那棟屋子其實是設備齊全的狩獵小屋，和孟妮卡從小長大的那棟維多利亞式房屋相比，足足大了兩倍。小屋四周的樹林大到能讓人走失，羊腸小徑上四處蔓生著潛伏的藤蔓，附近還有一大片能玩捉迷藏的草原，與偷偷摸摸在高大松林間繞圈子的鹿群（牠們幸運躲過一劫，沒被射殺、做成標本，掛在上校書房裡）。

「我不知道，也許是因為那地方讓我覺得自己又像個孩子，活在母親的陰影與父親的嚴厲控制下。」孟妮卡說。

更別提那些惡夢了。據孟妮卡記憶所及，每一個她做過的惡夢，都是繞著這棟小屋打轉。她曾夢見自己在樹林裡走失，在濃鬱茂密的灌木叢裡跌跌撞撞，大喊求助。夢裡她常是赤著腳，滿身血污，穿著破爛的髒衣衫，彷彿她才剛從「糖果屋」的故事裡逃脫，前一刻才逃離了女巫的爐子，在林子裡四處遊蕩，尋找某個人來幫助她。

「我很喜歡那裡，也許只有男人才懂。」喬伊說。

「你只是喜歡客房裡的那顆麋鹿頭。」孟妮卡取笑著，想讓氣氛輕鬆些。

喬伊把手放在心口，說：「我一直忘不了牠那對大大的玻璃眼珠。」

孟妮卡笑了起來，喬伊很快看了她一眼，對她露出孩子氣的微笑，然後調整了一下眼鏡，繼續專注在路況上。

喬伊人很好，工作努力認真，人又聰明，整個人散發出性感教授的氣質：沙色頭髮配上無框眼鏡，還有一雙海藍色的眼眸。身材高瘦，個性一板一眼。他喜歡高爾夫球、狩獵與策劃。是啊，他有多喜歡策劃！要是沒有喬伊，那本書也不會出現。而且他真心喜愛人群，用自己的方式對人友善。他對她父親尊崇得五體投地，對待她母親也視如拱璧，甚至對葛蕾絲姑姑也——

「糟了！」孟妮卡一掌拍在膝蓋上。

「怎麼了？」

「我把葛蕾絲姑姑的禮物忘在家裡。」

「就只是這樣？妳不該那樣嚇我。」

「我們只開了多久車？四十分鐘嗎？」

「不行。」

「喬伊。」

「寶貝，我不會轉頭回去。妳可以之後用寄的。」

「那不一樣。」

「車子後頭有好幾本妳的書，妳可以送她一本。」

孟妮卡瞄了一眼後座，那兒堆滿了一疊一疊《靈魂的建築師》。史魯奇就在書堆旁的籠子裡打著呼。孟妮卡超想喊醒史魯奇，將牠抱在懷裡，但這麼一來又會和喬伊起爭執。他認為把史魯奇從籠子裡放出來，就像是把孩子從兒童安全座椅上拔下來。至少那小傢伙現在睡得很安穩，雖然牠剛開始的二十分鐘一直在哀鳴。孟妮卡想：**麥克，這就是你要的證明。也許我該把史魯奇當成法院證物，拿起來在車窗外揮一揮。他為什麼會在這裡？**

來見妳，來見妳，來見妳——

「葛蕾絲姑姑不需要那本書。」孟妮卡頂了回去，然後馬上覺得有一股罪惡感。麥克會跟著他們，又不是喬伊的錯。但麥克除了那本書之外，有沒有想過其他的事？他是不是認為那本書根本是胡扯？為什麼葛蕾絲姑姑會被上校說服，願意在小屋舉辦生日宴會？他們大可以在波特蘭市租下露珠旅館。孟妮卡知道姑姑喜歡那座有著海景的古典小旅館，還有位於同條街上距離幾公尺外的一家餐廳，裡頭供應最好的龍蝦與香檳酒。這一切都是她父親的主意。葛蕾絲總是讓上校對她頤指氣使。真是天生一對。上校個性嚴厲冷酷，葛蕾絲姑姑卻溫柔體貼。她就像隻蜂鳥：可愛、容易緊張，而且脆弱。你會喜愛葛蕾絲姑姑，卻會對上校心生畏懼。葛蕾絲姑姑臉上總是掛著微笑，上校的眉心卻老是緊緊皺著，在他如戰場的臉龐上，刻劃出一條彷彿封鎖線後的壕溝。也許是因為年齡代溝的關係。葛蕾絲比孟妮卡的父親要小十五歲，她絕對是意外中誕生的孩子。也許因此祖父母對她一直較為寬容。

「怎麼了？這週末的講習會進行得不順利嗎？」喬伊問。

「既然你問起，」孟妮卡說：「有好幾位參加者說他們認為那些舞廳燈光和音樂實在是太做作了——和我的風格完全不合。」

「去對喬許．帕瑞斯說吧！」喬伊說。

這就是喬伊，非常實際。

她不過才剛認識麥克，那個男人就已經對她如此熱情投入——好吧，也許不是對她，而是因為那蠢到家的音樂和五彩碎紙片——彷彿麥克進駐了她整個身軀、佔據了她所有視線，還將她視為藝術家那般關心。她到底在做什麼啊？她才剛認識這傢伙耶！他不了解她，也不在乎她，而喬伊了解她，也關心她。感謝老天！喬伊此刻不知道她在想什麼。孟妮卡將手放在喬伊的大腿上。

「我們把車停在路邊來做愛吧！」她說。

喬伊的方向盤突然偏離了方向，輪胎發出刺耳的尖叫，當他們重新回到原本的車道後，婷娜對他們響了一下喇叭。喬伊輕輕按了一下喇叭，對她揮揮手。

「老天，孟妮卡，別這樣。」他說。

孟妮卡沒膽看喬伊。麥克現在在想什麼？他們兩人到底有什麼好聊的？他是不是不斷向婷娜追問她的一切？他怎麼會知道胎記的事情？這個疑問仍讓她疑惑不已。他之前的解釋完全狗屁不通。麥克跟來的唯一好處，就是她會找時間逼問他，要他吐實他所知道的一切。

「妳要告訴我剛剛那是怎麼回事嗎？」喬伊問。

「我只是想要隨性點。那是我的藍圖。喬伊，記得藍圖嗎？這可是你的點子，就在『我們』的書裡。」孟妮卡說。

針對你想要的人生，畫出一張地圖或藍圖。

人生的目標則變成了有特定尺寸大小的「房間」，書裡甚至包含了幾張建物內部平面圖，好讓讀者能草擬出不同的藍圖。之後他們便能裝飾這間房間，甚至換掉整套裝飾，顯示目標永遠不會改變，但達到目標的路徑卻能隨時更換，像是替一張長沙發添加新的靠枕——

這部分就是孟妮卡的點子了。這本書不但很有趣，也很實際，她不應該這麼挖苦喬伊的。但若這本書裡講的東西真的有用，那為什麼喬伊現在沒有在路邊瘋狂佔有她？

因為你無法要求他人照著你的計畫走。這正是孟妮卡想要告訴婷娜的，要她別再對麥克癡心妄想——

「在一隻死掉的麋鹿下頭做愛，是隨性。死在一場劇烈撞車意外，可不是。」喬伊一面說，一面輕輕移開她的手。

是的，你無法要求他人照著你的計畫走。所以為什麼這就能阻止她？為什麼她不能還是依照她自己的計畫，不需要喬伊的同意？孟妮卡決定就要這麼做。她解開牛仔褲的釦子，將雙手探入褲子裡。喬伊過了許久才注意到，而當他注意到時，情慾完全沒有被挑起。

「妳在做什麼？」

「想要挑逗你。」

「在州際道路上？妳是認真的？」

「我很想要。」

「婷娜和她男友就在我們後面。」

孟妮卡猛地將手從褲子裡抽出來。

「他根本還不算是她的男友，她才剛認識那傢伙。」她說。

「妳今天是怎麼了？」

「我想要做愛，可以嗎？」孟妮卡說。

哪，她說出口了。

「我要充滿熱情的激烈性愛。」

喬伊搖了搖頭。

「我們現在正在趕往妳姑姑的生日宴會途中，妳父親——上校他可是收藏了一百二十支擦得發亮的步槍。」

「是空氣槍。」孟妮卡說。

「甜心，妳大可以盡情靠自己滿足慾望，但我不會和你做愛的。」

喬伊說得沒錯。那裡只有一顆麋鹿頭和步槍，再加上永無止境的打靶練習活動，這個週末根本不可能有機會隨性做愛。上校這週末若沒有惹哭葛蕾絲姑姑，就算他們幸運了。葛蕾絲姑姑脆弱的部分就在這裡。她總是笑容可掬，但理查總會激怒她，於是家族聚會常會變質為不斷的爭執，對葛蕾絲姑姑而言，則代表了流不完的淚水。這週末別想隨性做愛了——除非是婷娜和麥克。

她可絕對不同意——

她到底怎麼了？她需要性愛，就是這樣。只有男人會因為得不到性愛而瘋狂，實在是個迷思。因為喬伊不論在何時何地都不會隨性所至，他只在封閉的臥室裡做愛，他這輩子絕對、絕對不可能在森林裡、海邊，或是廢棄大樓裡佔有她。而她也知道，不論他怎麼說，或是她繪製了多少藍圖，喬伊永遠都不會在那顆該死的麋鹿頭下和她做愛。

✣

通往小屋的長長蜿蜒車道上，停滿了車子，在這排車龍的前方，理應有個位置是特地保留給孟妮卡和喬伊的。婷娜和麥克一下了高速公路交流道，便停在一家購物中心旁，他們等會兒要找停車位就得自求多福了。孟妮卡告訴婷娜，不用帶任何東西，顯然他們並沒聽進去，這讓她很惱怒。婷娜是不是要和麥克躲在購物中心後的車子裡，逮著機會很快親熱一番？若真是如此，這又與她何干？

上校正在屋子外的走廊上召開大會，手臂上夾著最新生產的雙充氣式氣動空氣槍，在識貨的群眾前展示。他的腳邊放了一個箱子，裡頭裝滿了放在紙盒裡的雞蛋。他瞧見孟妮卡，開心地露出笑容，然後替空氣槍充了氣，當作打聲招呼。喬伊用力揮手，笑臉燦爛如同陽光。可憐的喬伊，她的父親永遠不會如他所願那般喜愛他。沒有人能好到配得上他的小女兒，難道喬伊還不懂這一點嗎？看見這一幕實在令人不忍。上校拿起一顆蛋，用力朝喬伊扔了過去。

「快躲開！」孟妮卡說。

但喬伊伸長了手去接，蛋一撞上就破了，蛋黃從他的手掌裡流下來，再落到地上。

「爸！」孟妮卡說。

「上一顆蛋可是臭掉了！」她的父親喊著。

「那你真該把那顆蛋留給婷娜。」孟妮卡說。

她伸手到皮包裡，拿出一張紙巾遞給喬伊。喬伊仍在傻笑個不停。

「就是那把槍嗎？那就是新的槍？」他問上校，同時比著上校手裡的那把步槍。

「才剛出廠，還燙手。妳覺得怎麼樣，小兔崽？」

不論孟妮卡要求他多少次，不要再這樣叫她，至少不要在大家面前，她的父親從未當成一回事。

「看起來很棒。」孟妮卡說。

「你要去靶場嗎？」喬伊的眼神望向那一大堆蛋。

靶場位於這片土地後方，面積很大，四周沒有圍欄，專門用來練習打靶。

「不然呢？你以為我要做蛋捲嗎？」上校說完後，群眾笑了出來。

「爸！」孟妮卡說。

他老是讓喬伊難堪，而敬愛上校如同自己父親的喬伊，卻似乎一直沒有注意到。

「你有帶步槍來嗎？」上校問。

「報告長官，沒有。」喬伊說。

孟妮卡捏了捏喬伊腹部那一小圈肥肉，她講過了多少次，不要喊她父親「長官」。

「那我可不知道你要拿什麼東西去打靶了，我的步槍已經都被人訂走了。」上校說。

「這就是為什麼我要開這麼快趕到這裡的原因。」喬伊悄聲對孟妮卡說。

「我剛剛是不是聽見你說，你帶著我最寶貴的兔崽子超速開車？」理查大聲地說。

喬伊看起來就像被她父親用槍瞄準、準備射擊的一隻鹿。

「不，沒有，長官。」

「也許孟妮卡會願意讓你借用她的步槍。」上校大聲地說。

孟妮卡看了她父親一眼，搖搖頭。上校對她露齒一笑。他真的很喜歡整喬伊。

「孟妮卡，妳願意嗎？」喬伊問。

「我根本不知道那把槍在哪裡。」孟妮卡說。

「我今早才見到。」她父親回答，然後對身後一個男人喊：「喬治，可以請你去把孟妮卡的步槍拿來嗎？喬伊想要用。」

孟妮卡伸出手想拽住喬伊的手臂警告他，但他人已經離開她身邊，走向上校。她應該進屋去，而不是留下來目睹即將發生的災難。儘管她不斷告訴自己應該要控制損害，卻動也沒動，因為她體內有份那麼渺小的瘋狂，希望看到喬伊在見到喬治拿來她的空氣槍時，臉上會有什麼表情。只要一和她父親扯上關係，喬伊到底什麼時候才會學到教訓？

孟妮卡還沒見到那把槍，就已經聽見了笑聲。喬治穿過人群，把槍扔給喬伊。那是孟妮卡十歲的生日禮物：粉紅之星。一如這把槍的名字所暗示，這把槍是完完全全的粉紅色。大家捧腹大笑，喬伊滿臉通紅。上校則是笑得最大聲的那個人。喬伊的反應倒值得讚許，他也跟著笑了出來，儘管他的臉仍紅得像是緬因大龍蝦。

「爸，很好笑。」孟妮卡說：「你能相信嗎？那居然是我十歲的生日禮物。」她這麼告訴喬伊。

「妳那時候可是愛得很。」上校說。

「我那時候要的是瑪丹娜的海報。」

「我們給了妳海報。」上校說。

「那是土撥鼠的海報，心臟上還畫了一個靶！」孟妮卡說。

她的父親呵呵笑了起來，然後拿起那一大堆蛋。

「走吧！我喜歡炒蛋。喬伊，你呢？」他說。

孟妮卡走進屋裡，十分感謝她父親在那場鬧劇結尾時對喬伊的口氣終於友善了些。一走進屋子大門便是寬敞的客廳，建成這棟屋子的原木料同樣經過平鋸、沙磨與染色後，存放在地板上。巨大的石砌壁爐就位於客廳中央，正對大門，壁爐高度直達天花板，正好抵在二樓屋梁的下方。壁爐上頭放置了一隻體型碩大的公鹿，一如以往，孟妮卡試著不去看牠那雙巨大的玻璃眼珠。

他們邀請了多少人來？看起來簡直像婚禮宴會，而不是過生日。她甚至連一半的人都不認識。她的母親一定在廚房，孟妮卡可以聞到鍋爐燒了一整天後散發出的美食氣味，賓客已經紛紛從小瓷盤上拿起開胃菜嚐鮮。孟妮卡可以在每一處平面上見到她的母親已經鋪上了蕾絲墊。她走過客廳時，隨手拿起了一塊。她都忘了自己的母親有多迷戀蕾絲。她已經有好陣子沒見到整套收藏了：桌布、杯墊和枕套。她的雙親可真是絕配：步槍配蕾絲。

客廳的左邊是餐廳，再過去就是廚房。孟妮卡走向那扇迴轉門，正要跨過餐廳門檻時，她的母親穿著圍裙、手裡晃著一隻烤箱隔熱手套，正好走了出來。孟妮卡對她揮揮手，然後微笑。她的母親露出謝天謝地的神情，孟妮卡撲了過去，將她一把抱住。

「我可擔心死了。」她說。

「我人不是好好在這兒嗎？食物聞起來好香啊。」孟妮卡往後退，在她母親臉頰上親了親。

凱瑟琳．包曼將手腕舉到眼前，瞇起眼看著那支更顯她手腕纖細的小巧手錶。孟妮卡想：**她真的**

好纖細，連我都能把她折成兩半。

「妳塞車了嗎？」她的母親問。

我們可沒有停車找機會親熱一下。

「老樣子。但我忘了葛蕾絲姑姑的禮物。」

「妳收到我的電子郵件了沒？」她的母親刻意忽略她沒帶禮物的窘境。

孟妮卡跟著母親進到廚房，希望讓自己忙碌些，以應付接下來的說教。她的母親學會使用網際網路的那一天，令她懊悔萬分。她的母親一天到晚杞人憂天，每天都用電子郵件密集轟炸她：網路笑話、連鎖信件與恐怖故事。最新一封是廚房起大火時，如何用一袋麵粉與一隻運動襪來滅火。事實上，孟妮卡最近一直刪掉她母親的電子郵件。她都要被這些信件淹沒了，刪掉這些信讓她有份小小的痛快感。

孟妮卡向在廚房幫忙的女人們打了招呼，她認識的，便上前去親吻；不認識的，便有禮地握手，然後祈禱她的母親有足夠的食物去攪弄，別找她的麻煩。

她的母親堅持不需要任何幫助後，孟妮卡說：「那我去向葛蕾絲姑姑打聲招呼。」

「她人在屋子後頭的私人房裡。」她的母親說。

孟妮卡正要離開，這時她的母親捉住她的手臂，拽得她有些疼。

她母親說：「等等，有件事我必須告訴妳。」她的聲音突然低了下來，近似低語。

「什麼事？」孟妮卡說。

「她又發作了。」

「偏頭痛嗎？」

「比那更嚴重，她變得很困惑，腦袋裡把很多事情混在一起。」

「媽，她才四十多歲——」

「我想她可能沒在吃藥了。」

孟妮卡不是很清楚知道葛蕾絲姑姑到底在服什麼藥，每次她想弄清楚，大家的嘴巴總是會突然閉緊。是躁鬱、精神分裂，或只是單純沮喪？孟妮卡好想知道，但她父親那方的家人卻以保守祕密自豪。

凱瑟琳的身子又更靠向女兒，說：「妳父親在考慮送她去療養院。」

「什麼？」

「我現在還不想插手管這些，只是讓妳知道一下，萬一她完全失態的話。」

「老天，她還這麼年輕耶！」孟妮卡說。

「我覺得她根本是被寵壞了。」她的母親說。

「媽。」

「抱歉。我知道今天是她生日，不該這麼說，但她又在這裡大吵大鬧了。」

「她人不舒服，妳自己說過的。」

「我知道，我知道。說不定她其實好得很，我老是認為她只是想用哭鬧引人注意。」

「在爸的陰影下長大，日子當然不怎麼好過。」孟妮卡說。

「別再把一切都怪罪到妳爸頭上。」

「媽。」

她才不過進屋幾分鐘，她們就已經把彼此搞得心煩氣躁？所有的家人都是這樣相處的嗎？

「去問問她想不想來杯茶或檸檬汁。」她的母親一面說，一面轉身回到爐子前。「她就是從來不自己開口來要。」

11

位於屋子後頭的私人房，能從窗景俯瞰整片後院與遠處的森林，向來是葛蕾絲姑姑最喜愛的地方。孟妮卡發現她坐在雙人沙發上打著盹。孟妮卡坐在她身旁的一把椅子上，看著葛蕾絲姑姑酣睡。她看起來如此平靜、年輕。她身材高挑，就像上校，孟妮卡一直認為她是個英挺的女子。她有張堅毅的臉龐、高聳的顴骨，還有一頭難以整理的深色鬈髮，以前她總是把頭髮放下，任其垂落在背上，不過這幾年她把頭髮剪短了，只留到下巴的長度。她一直沒有結婚，也沒有生育。是因為抑鬱症？還是因為她是蕾絲邊？抑或是她的哥哥從來不讓人接近她？

把她送進療養院？太荒謬了。若她覺得憂鬱消沉，是因為沒有服藥，只要再繼續服用就行了。就孟妮卡記憶所及，每次她與父親起爭執時，葛蕾絲姑姑總是站在她這邊。現在她要站在葛蕾絲姑姑這邊了。彷彿感受到了孟妮卡的存在，葛蕾絲姑姑張開了雙眼，露出微笑，整張臉亮了起來。

「孟妮卡。」她張開雙臂，孟妮卡將她擁入懷裡。

「希望我沒吵醒妳。」孟妮卡說。

「一點都沒有。」葛蕾絲姑姑說。

「生日快樂。」孟妮卡說。

「別提醒我了。」葛蕾絲姑姑說完後，拍拍她身旁的沙發。

孟妮卡坐在她身旁，兩人握住手。

「妳溜走真是明智之舉。」孟妮卡用大拇指指著客廳，又說：「我們三個若湊在一起，一定天下大亂。」

「沒錯。」葛蕾絲姑姑同意。

「妳覺得怎麼樣了？」孟妮卡輕聲問。

葛蕾絲姑姑笑了出來。

「誰這樣告訴妳的？妳媽媽？」

「什麼意思？」

「她是不是告訴妳，妳爸爸威脅要把我送進療養院？」

「你們兩人吵過架了？還是怎麼了？」孟妮卡問。

孟妮卡並不打算直接去問葛蕾絲姑姑是否還在服藥。葛蕾絲姑姑是個注重隱私的人，而孟妮卡的身分也絕對不適合提起這問題。

「我正在讀妳的書。」葛蕾絲姑姑說。

「喔，我正打算送妳一本呢！」孟妮卡覺得很有罪惡感，為何她不早點送姑姑一本呢？她並不認為葛蕾絲姑姑會需要書裡的建議，但她早該知道，姑姑遲早會自己買來看的。

「我特別認同清掃雜亂這一章。」

「真的？」孟妮卡並不是真的很想談論這本書。

這其實是喬伊寫的書，而她越來越難將這念頭從腦海中驅逐。儘管喬伊曾建議將這一章節命名為「清掃屋子」，是孟妮卡改為「清掃雜亂」。

「這個家庭裡有太多亂七八糟的東西，好幾年前就該清理乾淨的。」葛蕾絲姑姑說，

「反正，永遠不會太遲。」孟妮卡說。

不過，若葛蕾絲姑姑講的是她和上校的關係，這本書可一點幫助都沒有。孟妮卡了解她父親，他不是會熱衷討論情感問題的那種人，因此對於修補兄妹關係這種事情，根本想都不會想。

「孟妮卡，我要妳知道，我實在對自己感到萬分羞愧。」葛蕾絲姑姑抓住她的手，看著她的眼睛。

「葛蕾絲姑姑，妳怎麼會這麼說呢？」孟妮卡說。

「聽我說。我很抱歉，我真的、真的很抱歉。」

「為什麼覺得抱歉？」

葛蕾絲姑姑鬆開了手，看起來一下子老了十歲。

「我為所有的一切感到抱歉。」她的眼神望向窗外，又補上一句：「一切的一切。」

「別這麼說，今天是妳生日。」孟妮卡說。

「我才不在乎他是不是要把我送進瘋人院。妳必須要知道真相，妳應該要知道真相的。」

「什麼真相？」

「妳的姊妹應該在這兒。」葛蕾絲姑姑說。

「妳說什麼？」孟妮卡說。

葛蕾絲姑姑絕對是精神狀況出了問題。她是指孟妮卡母親的姊姊，貝蒂阿姨嗎？

「貝蒂五年前就去世了。」孟妮卡輕聲說。

「我很抱歉，他們絕對會恨死我的。小查永遠都不會原諒我了，是不是？」葛蕾絲姑姑快要哭了出來。他們之中，只有她會叫孟妮卡的父親小查，理由顯而易見。

「上校沒有氣妳。事實上，我們今天都聚在這裡，是因為我們都好愛妳。」孟妮卡摟住姑姑的肩膀。

「妳還記得她嗎？」葛蕾絲姑姑說。

「記得誰？貝蒂阿姨嗎？」

「孟妮卡。」門打了開來，凱瑟琳走進房裡，說：「原來妳在這裡。」彷彿她方才沒有把女兒一人留在這兒。

孟妮卡對母親露出微笑，心裡卻很想尖叫。她母親為何要如此神經兮兮？她什麼時候才能停止跟前跟後？

「妳們兩位年輕女士在談什麼？」凱瑟琳問。

她的聲音聽起來好假，她到底在演戲給誰看？葛蕾絲姑姑嗎？孟妮卡想。

「葛蕾絲姑姑剛剛講到貝蒂阿姨。」孟妮卡說完後馬上生起一股罪惡感，她居然提到母親已經過世的姊姊。貝蒂阿姨五年前過世後，她母親便鮮少提到她了。

「我不是在討論妳的阿姨貝蒂。」葛蕾絲姑姑看著凱瑟琳的眼睛，告訴她：「我不想再說謊了。妳和小查一直讓我們背負那些沉重的謊言負荷，我們要清掉那些東西！孟妮卡寶貝，妳說是不是？」

凱瑟琳說：「孟妮卡，去幫葛蕾絲姑姑拿杯水過來好嗎？」

孟妮卡站起身，葛蕾絲姑姑卻捉住了她的手。

「你們真以為能永遠藏住這個祕密嗎？」孟妮卡問凱瑟琳。

孟妮卡的母親在門口躊躇著，身子有些站不穩。

「媽，沒關係，我留下來陪葛蕾絲姑姑，妳去拿水給她。」

「我哪裡都不去，我要單獨和葛蕾絲談一談。」

葛蕾絲姑姑突然以驚人的速度與力氣站了起來。

「我們走。」她用力拉著孟妮卡。

「去哪裡？」孟妮卡問。

「去樹林裡，趁還來得及。」葛蕾絲姑姑回答。

「去樹林？」

「那是妳該去的地方，說不定妳會想起來。」

「想起什麼？」孟妮卡問。

葛蕾絲姑姑沒有回答，而是直接要離開房間，但凱瑟琳站在門口，擋住了她的去路。

「我們很快就要吃飯了。」凱瑟琳說。

孟妮卡的眼神無助地在自己母親與葛蕾絲姑姑之間來回。她實在不想承認，但她的雙親這次看起來是對的。葛蕾絲姑姑看起來幾乎……瘋了。她的臉龐通紅，鼻孔賁張，眼神更是飄忽不定，而且她之前對樹林一點興趣都沒有，在少數前往樹林的家族旅行中，葛蕾絲姑姑總是第一個轉身說：「戶外踏青到此結束，我不想再走了！」

「媽說得沒錯，天很快就要黑了。」孟妮卡說。

葛蕾絲姑姑走到凱瑟琳面前，挺直了肩膀，說：「蕾西。」她直直看著凱瑟琳的眼睛，說：「蕾西，蕾西，蕾西。」

凱瑟琳尖叫了起來，然後雙手立刻摀住嘴巴。

「媽，妳沒事吧？」孟妮卡說。

「我無法再承受這些祕密了。妳聽見了沒？我無法再承受了！」葛蕾絲姑姑的聲音變得刺耳，而且音調越來越高、越來越大聲。

孟妮卡的眼神從葛蕾絲姑姑轉向母親，她的胸腔一陣緊縮，腦袋中突然滿是荒謬又不連貫的胡言亂語，那些聲音大到她連葛蕾絲姑姑正在大喊些什麼，完全都聽不見。她在說什麼？為什麼孟妮卡聽不到？她腦袋中這些聲音是怎麼回事？孟妮卡雙手拍向自己的耳朵，然後彎下了腰。

「孟妮卡？」是她母親在喊她。

凱瑟琳把雙手放在孟妮卡背上，對葛蕾絲姑姑說：「看看妳做的好事！」

孟妮卡很想對她母親大吼，要她不要這樣對葛蕾絲姑姑說話，今天可是她的生日！但她卻無法言語。她推開母親和葛蕾絲姑姑，幾乎是用跑的來到客廳。她只是需要呼吸一些空氣——也許到屋外走廊會好一些。

她幾乎要撞上麥克和婷娜，他們兩人正站在客廳中央，一臉迷惑。

「蕾西，蕾西，蕾西。」葛蕾絲姑姑一面說著，一面跟著她走了出來。

凱瑟琳跌跌撞撞地跟在後頭，雙手仍摀著自己的嘴巴。

麥克與孟妮卡眼神相會，他一直望著她。

救我。孟妮卡心裡這麼想。

麥克的眼神一秒都沒離開過她。

「嗨，大家好。」婷娜說。

「孟妮卡，妳有在聽我說話嗎？妳有在聽我說話嗎？」葛蕾絲姑姑說。

孟妮卡看著母親，無聲說出：**去找爸爸**。

「蕾西，蕾西，蕾西。」葛蕾絲姑姑說。

在客廳裡的群眾開始紛紛閃避，並且安靜下來，因為他們明白接下來鐵定又是一場家庭爭執。

「誰是蕾西？」孟妮卡的聲音細如蚊蠅，但這名字卻在她的喉嚨裡如火燒灼。她看見母親的下巴開始顫抖。

「葛蕾絲！」上校火爆的聲音一傳來，所有人都轉過了頭。

連葛蕾絲姑姑都安靜了下來。

孟妮卡聽見她的母親低聲說：「感謝老天。」

「廢話說夠了，切蛋糕的時間到了。」上校說。

點滿了蠟燭的生日蛋糕吸引了大家的目光。孟妮卡試著想去迎上母親或父親的目光，但他們兩人都沒有朝她望過一眼，連葛蕾絲姑姑也沒有看她，只是盯著自己生日蛋糕上的蠟燭火焰，彷彿在考慮是否要跳入火焰裡。喬伊從背後摟住孟妮卡的腰，鼻子在她頸子上輕蹭。她父親剛才一定對他還算不錯。接下來，大家開始唱歌，除了孟妮卡。她只是張闔著嘴巴，卻沒聽見自己的聲音。有人大喊：「許願吧！」終於，葛蕾絲姑姑望向孟妮卡。

「我希望——」她說。

凱瑟琳緊張地高聲打斷她：「葛蕾絲姑姑，別說出來，不然願望就不會成真了。」

葛蕾絲姑姑閉上雙眼，雙手在下巴處交扣。她深吸一口氣，彎下腰，用微微顫抖的薄唇吹熄蠟燭。因為吹得太過用力，她咳了幾下。群眾鼓起掌來。蛋糕上的蠟燭都熄了，只除了插在最中間的那兩根。葛蕾絲姑姑看著那兩根蠟燭，然後再一次抬起目光，望向孟妮卡。

「看哪。」她指著那兩根蠟燭說：「我的願望一定會成真。」她對孟妮卡露出微笑。上校走了過來，用粗厚的手指捏熄了那最後兩枚火焰。葛蕾絲姑姑抓過那兩根蠟燭，拿到自己唇邊。

「我去拿盤子。」凱瑟琳說完後，消失在廚房裡。

孟妮卡從喬伊的懷裡掙扎脫身，也跟了過去。她的母親在廚房水槽上方弓著身子。

「媽，誰是蕾西？」孟妮卡說。

凱瑟琳轉過頭，她的雙眼紅腫，臉上的妝也糊了。她吸了一口氣，用手背擦了擦鼻子。

「媽。」孟妮卡輕聲喚她，然後走上前，雙手抱住母親。

過了一會兒之後，她的母親將手放在孟妮卡背上，輕輕拍了一下。

「妳曾有過一個姊妹。」凱瑟琳說。

「什麼？」

「她的名字叫做蕾西。」

「什麼？」

「她一出生就死了。」

「我的天啊。」

「我不要再提起這件事了。」

「媽，我很抱歉。」

「我無法再聽到那女人提起她的名字！」

「好了好了，媽，沒事了。」

凱瑟琳打開櫥櫃，將盤子拿下來。該做的事情要先做好，她一直以來都是如此。孟妮卡也上前幫忙。這時門被推了開來，上校走進廚房裡。

「客人都在等。」他說：「孟妮卡，妳對妳母親怎麼了？」

「沒事，理查。我把蕾西的事情告訴她了。」凱瑟琳說。

孟妮卡從未見過她父親站得如此文風不動。

「我告訴她，蕾西一出生就死了。」

孟妮卡實在不願見到母親臉上出現那樣的悲痛神情，那些盤子在她母親手裡抖個不停。孟妮卡有太多問題，但時間地點都不對，她無法問出口。姊妹？一出生就死了？太令人難過了。為什麼他們從來不告訴她？孟妮卡一直很想要兄弟姊妹，尤其是姊妹，能和她一塊兒分享生活。她曾有一次對著母親大吼大叫，怪她為什麼不多生幾個孩子，現在回想起來，她實在滿心愧疚。她一直在讓父母失望。或許她不是那個該存活下來的孩子？

「孟妮卡，可以請妳把盤子拿到桌上去嗎？」上校從凱瑟琳手裡拿過盤子，交給孟妮卡。她離開廚房時，她的雙親就站在廚房水槽旁，她父親臉上滿是擔憂。很好，希望他能讓母親覺得好過些。孟妮卡無法想像失去孩子的雙親會有多傷痛。當然，她也失去了姊妹，但那不同。是姊姊還是妹妹呢？是在孟妮卡出生很久之前的事嗎？孟妮卡會讓這些問題沉澱一段時間，直到她母親願意談起這個話題。也許她該先去和父親談談，他比較能處理事情，比較不會那麼情緒化。盤子發了下去，大家吃起蛋糕，孟妮卡卻發現自己連一口都不想吃。她的胃痛又要犯了，她得先躺下來。她放下了叉子，她可以等大家吃完蛋糕，然後站起來假裝要幫忙收拾，再藉機溜走。

「妳為什麼沒吃蛋糕？」喬伊在她耳邊悄聲問。

「我覺得不舒服。」她說。

「我也不喜歡婷娜的新男友。」喬伊說。

孟妮卡嚇了一跳，眼神望向麥克。麥克一直在看著她，但當她抬起目光，他卻立即看向別處。

「為什麼？」孟妮卡問。

「他老是盯著妳瞧。」喬伊說。

孟妮卡又偷偷望了麥克一眼，令她吃驚的是，他正站在葛蕾絲姑姑身旁，低聲在她耳邊說話。

「他一定很喜歡去迷倒女士。」喬伊說。

「至少葛蕾絲姑姑看起來又沒事了。」孟妮卡說。

這倒是真的。不管麥克到底說了什麼，的確有效。葛蕾絲姑姑看起來很放鬆、很快樂，甚至雙手握住了麥克的手。孟妮卡注意到她的父親也一直在瞧著那兩人，只是他臉上的表情不是鬆了口氣，而是擔憂。

上校說：「葛蕾絲，該拆妳的禮物了。」他遞給葛蕾絲一個信封。

她打開的時候，眼神一直看著上校的眼睛。

「天啊。」她拿出一張機票。

「那是什麼？」孟妮卡問。

「是義大利，一趟去義大利的旅行。」葛蕾絲姑姑說。

「老天，那太棒了。」孟妮卡說。

就孟妮卡記憶所及，葛蕾絲姑姑的確曾提過想去義大利。

「小查，我真不知道該說什麼才好。」她說。

「說妳會去就好了。」上校說：「說妳會去好好休息，好好放鬆，讓事情過去，別再管了。」

葛蕾絲姑姑露出了微笑。

「你說得很對，我不需要掌控一切。」她說。

她現在到底在說什麼？孟妮卡實在想不透。她的心情轉變實在讓人難以捉摸。也許她不該一個人跑去義大利閒晃。

「有人可以跟妳一起去嗎？」孟妮卡問。

「那是旅行社的行程，她會和一整團的人去。」上校說。

「謝謝你，小查。謝謝妳，凱瑟琳。」葛蕾絲姑姑說。

出乎孟妮卡意料之外，葛蕾絲伸出手捉住了麥克的手。他一直就站在她身後。

「妳這位英俊的朋友想去看看庭院，妳要不要一起過來？」葛蕾絲問孟妮卡。

「我們很樂意。」婷娜說。

✣

結果全部的人都去了，總共七人，在偌大的庭院裡慢慢閒逛。先是婷娜堅持要加入，接著是喬伊，再來是她的雙親。他們為什麼不該來呢？孟妮卡又不是只想和葛蕾絲姑姑與麥克獨處，對吧？他們帶麥克好好參觀了打靶練習區、菜園、花朵與灌木叢迷宮，但還沒進入樹林前，參觀就結束了。

我們進去樹林裡，說不定妳會想起來——

葛蕾絲姑姑這麼說是什麼意思？這和她的姊妹一出生即死亡，又有什麼關係？她被埋在樹林裡嗎？

「麥克，你是做什麼的？」上校問。

「他是個藝術家。」婷娜插嘴說：「是雕塑家。」

「靠這過生活？」上校問。

「沒錯，而且過得還不錯。」麥克說。

「真難得，你很幸運。」葛蕾絲姑姑說。

「我很想看看你的雕塑作品。」孟妮卡才說出口，臉馬上就紅了。她不敢看喬伊。

「正好，我最近要開展了。」麥克說：「就在十天後。沒什麼了不起的作品，不過歡迎大家來看看。」站在樹林邊的眾人圍在麥克面前，對他微笑。孟妮卡再次注意到，麥克大部分的時間都在看她。

「喔，孟妮卡，妳該去看看。妳不是很喜歡藝術展覽嗎？」葛蕾絲姑姑說。

「當然好。地點是在費城嗎？」孟妮卡說。

「費城？」她的母親說。

「你是位費城的藝術家？」上校說。

是孟妮卡想像力太豐富？還是她的雙親剛剛的確互相交換了目光？他們對費城的藝術家有什

麼不滿嗎？她實在不想承認，但有時候她的雙親非常勢利眼。

「站夠了。」上校用手摟住麥克，說：「你要不要和我去打打靶？」

「好主意。」喬伊說。

「不了，謝謝。我不適合玩槍。」麥克說。

孟妮卡差點沒跳起來歡呼。他剛剛居然挺身反抗她的父親，這可不是件容易的事，尤其是上校露出那種臉色時，但麥克看起來並沒有被嚇到。

「不適合玩槍。」上校重複他的話。「小子，我們講的是打靶，射擊罐頭。不過，別擔心，我們打完之後會回收罐子。」

麥克看著孟妮卡，露出微笑。

「現在我知道妳是從哪遺傳來的了。」他說。

「什麼？」孟妮卡說。

「妳的倔強脾氣。」

「我的脾氣倔強？」

「沒錯，妳們兩個都是。」麥克說完後，沒再繼續多說，便跟著孟妮卡的父親離開了。

✣

「我父親今晚真是個討厭鬼。」孟妮卡人躺在床上，雙眼往上盯著那顆麋鹿頭。喬伊躺在她身邊讀報紙。誰會在上床前看報？為什麼她要這麼挑剔？為什麼她無法不想麥克？婷娜似乎改變心意，決定不在小屋這兒過夜，她像是巴不得要趕快把麥克從這裡弄走，但麥克還是逮著了機會和她相擁道別，然後她現在躺在這裡，腦海裡不斷重複播放和他肢體接觸的每一秒鐘。麥克那時在她手裡塞了東西，她馬上就塞進自己口袋，準備稍後再看。真令人意想不到哪，就像念書時孩子們常會互遞紙條。只因為與他相擁的感覺如此美好，只因為她還想要更多，只因為在那一瞬間她完全忘記了婷娜和自己的男友，以及她那死去的姊妹。

紙條上寫的是：**請一定要來**。接下來寫的是藝術展的時間與地點。她為什麼這麼失望？不然她以為紙條上會寫什麼？我為妳瘋狂嗎？我無法不想妳嗎？孟妮卡努力回想自己是何時愛上喬伊的，她想要再度品嚐那種感覺。

我不適合玩槍，麥克這樣告訴她的父親。她超想問喬伊在那之後，他們的打靶進行得如何？但她知道自己得不到想知道的細節。她為什麼不告訴喬伊，她和母親在廚房裡的對話？她有一個一出生就死去的姊妹，叫做蕾西。

「這個世界需要更多像妳父親這樣的人。」喬伊把報紙放下，突然這麼說。「軍隊拒絕他入伍，實在很可惜。」

「他有長短腳，這輩子走路都有些跛。」

「那又怎麼樣？那並不會阻止他勇往直前。」

「隨便你怎麼說，我很高興我父親沒有上戰場。」

「他本來可以成為偉大的領導者，我只是想說這個。」

「那麼，我也有可能成為孤兒。」

喬伊伸過手來握住了她的手。

「我不是這個意思。我只是認為他本來可以有番成就。」

「他的空氣槍玩得很好。」

「的確如此。」

孟妮卡坐起身，她想拉開遮陽簾，看看外頭的夜空，但這舉動會引起爭執，因為喬伊老是喜歡讓房間裡保持陰暗。他甚至不喜歡孟妮卡打開收音機。但陰暗與沉默這兩樣組合，老是讓孟妮卡覺得心煩意亂。

「妳在做什麼？」喬伊低聲問。他在她父親的屋子裡，總是低聲說話，即使這一整層樓只有他們兩人，根本不會有其他人聽見他們的動靜。孟妮卡爬到喬伊身上，見他沒有反抗，她開始吻起他的頸子。

「孟妮卡。」他說。

「噓，別說話。」她脫去上半身的睡衣，坐在男人身上，袒露著胸脯，希望他會說喜歡這對酥胸，或至少表現出來。她的胸脯可不會永遠都如此美麗挺翹，難道他不知道嗎？他不想要好好品嚐她、狠狠吻她嗎？她對他而言一點吸引力都沒有嗎？為什麼她總是主動先要求性愛的那一個？為什麼他要拒絕她這麼多次？

「今天屋裡住滿了人。」喬伊把上衣遞還給她。

她把衣服擲到地板上。

「那就安靜一點。」孟妮卡說完後，開始吻起他的頸子。

「妳這樣只會惹我不高興。」喬伊說。

孟妮卡停了下來，從他身上滾落，傾過身子往前拿回她的上半身睡衣，然後從床上滑下。

「孟妮卡。」喬伊說。

「閉嘴。」孟妮卡說。

喬伊坐起身子，說：「嘿，我都不會這樣對妳說話。」

「喔，是嗎？所以你是說，我想和你親熱，只是在惹你不高興，這句話是讚美嘍？」

喬伊用手梳了梳頭髮，手掌往下拍了一下大腿。

「我不是這個意思，回來床上吧！」他說。

孟妮卡走到窗邊，用力拉開窗簾。她看見了星星，想要對其中一顆許願。她想要喬伊在床上像野獸般狂野。可惡，到這地步，即使他是隻養在家裡的寵物，她也知足了。她想要寫第二本書，這次要完全靠她自己。

「孟妮卡，關上窗簾。」喬伊說。

孟妮卡把窗簾扯得更開了些。

「我有一個姊妹，叫做蕾西。」她說。

「什麼？」喬伊說。

「她一出生就死了。」孟妮卡說。

「老天啊，妳從沒提過這件事。」喬伊說。

「我一直不知道，是葛蕾絲姑姑告訴我的。好吧，她想告訴我，然後是母親告訴我接下來發生的事。」孟妮卡說。

「真令人難過，不過那是很久以前的事了。」喬伊說。

「你說這話什麼意思？我不能感到悲傷嗎？只因為我從來都不知道有這個人？只因為那是很久以前的事？」孟妮卡說。

「拜託不要吵架。」喬伊說。

「抱歉，只是——我只是太吃驚了，你懂嗎？」

「我可以想像。」

「他們居然不讓我知道。」

「那是上一代人的處理方式。我個人認為，維護隱私絕對是有理由的。現在每個人都得在全國電視頻道上交代自己的醜事。我尊重那些堅強隱忍、保持沉默的人。」

「謝謝，喬伊。」

「回來床上吧！我不是故意要惹妳生氣的。」

「我知道。」

喬伊把她那一邊的床罩拉下來。孟妮卡回到床上。他關掉了燈，然後靠過來吻了吻她。她試著不讓他的唇離開，將他的臉貼著她，但他終究還是退了回去。

「晚安，願妳好眠。」他說。

孟妮卡無言地在一片漆黑中躺了幾分鐘。

「喬伊？」她說。

「什麼事？」

「我要寫第二本書。」

「我不確定我最近是否有心思。」喬伊伸手過去握住了她的手。

「我不是說你，我是說我。」孟妮卡說。

「所以妳不要我了，是嗎？」

「不是這樣的。」

「我也從來沒有邀過功。相反地，我一直——」

「你一直假裝那本書都是我寫的。但我們都知道作者是你，喬伊。」

「寶貝，我不想再談下去了，至少今晚不要再講了。」

孟妮卡又陷入了沉默。

很快，喬伊的呼吸變得緩慢，然後轉過了身。孟妮卡又等了幾分鐘，直到她確定喬伊已經睡著後，才盡量安靜地逃離這個地方。

✣

她站在走廊，一小步一小步輕輕走著，避免木頭地板發出任何細微聲響，一面又想著該不該回房間去把鞋子穿上。已經太遲了，她已經走了出來，只能往前走。她躡手躡腳來到通往閣樓的門前，她推開門，打開燈，卻發現往上的階梯仍籠罩在一片黑暗裡。她需要手電筒。上頭至少有十幾個箱子，大部分都是季節性的裝飾品與相片。其中會不會有一個裝著她那死去姊妹的線索？像是相片、出生證明、死亡證明或是慰問卡片？

在一片漆黑中尋找東西實在沒有意義，況且，要是有人聽見了怎麼辦？她得把每個箱子都搬下來，然後在走廊裡打開。這太浪費時間了，最好是另外找一天再回來這裡，她一個人回來就好。孟妮卡轉身離開閣樓，往樓下走去。

她走到了屋外門廊處。她喜愛夏日的夜晚，喜歡能這樣光著腳、不穿外套站在外面。空氣中聞起來有泥土的味道，以及由前院樹叢飄來的紫丁香氣息。螢火蟲在黑暗中一明一滅，引人走向希望。她看著樹林邊緣，思索著為什麼葛蕾絲姑姑要帶她走進裡面？她才不要一個人在黑暗中走進樹林裡，這實在太荒謬了，她大可以明天早上再問父母更多問題。那個小嬰兒埋葬在哪裡？她只需要知道這點就夠了。一張相片。一座墳墓。一張慰問卡。他們總得埋葬她，不是嗎？

她會去看看那座墳，並帶上花束。為什麼她的雙親這些年來一直不讓她知道這個祕密？明天她要問更多問題，然後就會覺得好過一些。孟妮卡在門廊下又多站了一會兒，雙眼直凝視著那片黑暗。要是她多了個姊妹，人生會有什麼不同呢？她會有個玩伴、知己。孟妮卡閉上雙眼，想像自己抱住了剛出生的姊妹。人有可能愛上另外一個未曾謀面過的人嗎？一定有可能。在充滿泥土氣息的星空下，孟妮卡想像著將自己未曾謀面的姊妹摟在懷裡，輕輕搖著，知道自己全心全意地愛著她，同時也深深為她的死去哀悼。她溫柔地在死去姊妹的頭上吻了吻，在黑暗中輕語：「晚安，蕾西。願妳好眠。」

接著她默默地、同時帶著罪惡感地，想像自己被麥克摟在懷裡，想像他絕對會毫不遲疑地欣賞她、品味她、渴望她——有那麼一瞬間她允許自己去想像麥克在床上會是什麼樣子、想像他的唇落在自己的唇上、頸子和胸脯。她的雙手放在他強壯的胸膛上，想要感覺與他肌膚相貼，想要知道他聞起來是什麼味道。她到底是怎麼了？要是喬伊現在在某處想像著其他女人聞起來是什麼味道，她作何感想？這只是她的幻想罷了，就這樣。女人當然是被允許有幻想的，這根本不代表什麼。性幻想完完全全正常，不是男人才會有，只是大家都把焦點放在男人身上罷了。孟妮卡笑出聲來，她從沒想過自己會如此極端女權主義，但她現在發現了。**來吧！女士們！一起來分享妳們的性幻想。告訴大家妳有多想吃掉在妳家附近雜貨店工作的男店員。**她又笑了出來，覺得自己真是糟糕。但講習會拿這當主題也不錯，一定會引起熱烈討論。

沒必要將她腦海中所有掠過的念頭都和喬伊分享。能夠盡情幻想，感覺真棒，她能感受到腹部那股飄飄欲仙的愉悅。這就是喜悅嗎？是喜悅介入她的人生，讓她不由自主地微笑嗎？**孟妮卡，自己說到的就要做到。講出實話，妳戀愛了。**在一家普通旅館裡，從她與麥克兩人隔著小小的泳池旁桌子眼神相接的那一刻起，她的世界便全變了調。光從他的眼神裡，她就知道了。他們兩人握手時，想要撲倒這男人的念頭甚至充斥在她整個腦袋裡。那正是她現在所想的。她耶！她居然想在萬怡酒店的泳池旁騎上一個完全不認識的男人！真丟臉。荒謬至極、幼稚、癡心妄想，居然愛上了一個才剛見面的男人。但懷有一個祕密卻如此美妙。為什麼她之前從未這樣做過？這根本是錯的，但感覺又如此美好。只是還沒有美好到足以讓她不為那一出生即死去的姊妹，落下幾滴淚水。

12

理查上一刻才夢見啟動閥與子彈，下一刻便夢見了孟妮卡那把粉紅之星，但那把槍射出來的不是子彈，而是彩豆糖。他正拿著那把槍，瞄準一排罐頭，突然間發現葛蕾絲就坐在籬笆上。他想停下射擊，但扳機卻卡住了。有那麼一刻他完全忘了這把槍裡頭裝的是彩豆糖，以為自己就要殺死她。他要殺死自己的小妹妹了。即使他正開槍射她，葛蕾絲仍在笑個不停。她張開嘴巴，飛快接住那些彩豆糖。她會噎死的！**別一下子吃那麼多，別一下子吃那麼多！**他可以聽見母親對葛蕾絲大喊。

一道聲音驚醒了他，是某種呻吟。不，是地板發出的聲音。他在床上坐起身子，心臟怦怦跳個不停，手心和額頭都是成塊的汗漬。床邊的夜光鐘顯示凌晨三點半。凱瑟琳是吵醒他的罪魁禍首，她人不但醒著，還站在衣櫥前，衣櫥的門大開著，她正瞪著裡頭瞧。

「凱瑟琳，妳在做什麼？」理查說。

凱瑟琳轉過身面對他，一道暗色影子掛在她手臂下方，在房間裡幾乎看不清楚。

那是一件女用西裝外套。

「看看我在她口袋裡找到什麼？」凱瑟琳說。

「什麼？」理查問。房間一片漆黑，他怎麼可能看得清楚？

「是一罐安眠藥。」凱瑟琳說。

理查看著時鐘。

「妳吃下去比較有用。」他說。

「這不是我的，是孟妮卡的。」凱瑟琳說。

理查嘆了口氣，打開床頭燈。他用手遮住眼睛，直到眼睛適應那刺眼的強光。他剛剛到底在做些什麼夢？凱瑟琳走了過來，打開床邊抽屜，把老花眼鏡遞給他。她坐在床沿，把那罐藥丸塞在理查手裡。

他端詳著藥罐，說：「這是她的處方藥。」

凱瑟琳奪回藥罐，在他耳邊搖了搖，說：「她一粒都沒有吃。」

「所以呢？」

「若她需要吃安眠藥，她會每天晚上都吃一顆。但她一顆都沒吃，為什麼？」

「也許她並不是真的那麼需要這些藥。」

「她為什麼要把整罐藥放在口袋裡，帶著四處跑？」

「妳先說妳為什麼跑去搜她的口袋？」

「理查，先別提這個！」

「妳先是因為她有這些藥生氣，她沒吃藥妳也生氣？」

「你沒在聽我說話！這是她在求救的信號！」凱瑟琳開始在地板上來回踱步。這就是理查要在地板鋪上厚絨布地毯的原因。他比較喜歡原木地板，但在他們房間裡鋪上地板，降低了聲音的干擾。

「回到床上來吧！」他說。

凱瑟琳站在窗前，拉開窗簾。

「你妹妹今天表現得太過分了。」

「妳已經處理好了。妳沒見到她打開那張機票的神情嗎？」理查說。

「那又怎麼樣？她又會安靜一個月？然後呢？你要不斷這樣籠絡她嗎？」

「我會處理好葛蕾絲。拜託妳回床上來吧！」

「我要去見她。」凱瑟琳輕輕地說。

「妳明天早上就會見到她。」理查說。

「蕾西，我要去見蕾西。」凱瑟琳說。

「凱瑟琳。」

「你不想嗎？你不想去見她嗎？」

理查拉開被子，雙腳懸空坐在床沿。

「這不是我想不想的問題，」他的聲音相當理智。「這一切從來就和我們真正想要的無關，而是對這兩個女孩而言什麼才是最好的。妳難道忘了嗎？」

「太遲了。那個男人、那個藝術家。理查，他是從費城來的。」

「我聽到了。」

「你沒看到他的神情嗎？理查，他認識她！他認識蕾西！他會告訴孟妮卡的。」

理查滑下床，走近凱瑟琳，說：「把藥給我。」

她把藥罐遞給他。

「我會去找他。」理查說。

凱瑟琳撲上前，捉住理查的手臂，說：「我要和你一起去。」

「這不是去見不見她的問題，而是要去做好危機處理。」

「我必須跟你去，你一定要讓我去。」

「回床上。」

「求求你，理查。求求你。」

「回床上去吧！」

兩人在黑暗中躺上了床。

「你要用什麼去說服他？」過了一會兒之後，凱瑟琳輕聲問。

「我能說什麼？」理查說：「他是那種自我感覺良好的傢伙，不切實際，在我的地盤上侮辱我——」

「我沒聽見他說了什麼侮辱你——」

「『我不適合玩槍。』不然妳以為那是什麼意思？」

「喔。那你打算怎麼做？」

「對這種自由派的人，只能有一種方法。」

「理查，到底是什麼？把話講完。」

「真相。我要告訴他真相。」

「真相……」凱瑟琳輕聲說：「說得好像我們真的知道……好像我們以前就知道。」

13

在陰影的籠罩下，彷彿永無止境的五天過去了。整整五天，蕾西和艾倫都沒有交談或比手語。整整五天，蕾西都睡在長沙發上。艾倫並沒有要求她這麼做，但那天他們從倉庫回家後，當晚她從臥室掃走了枕頭和毯子，扔到長沙發上，就睡在了那兒。艾倫仍繼續上班、餵魯奇和帶牠散步並去健身房。第一天，蕾西整天待在長沙發上，瞪著空白的電視螢幕發呆。第二天，她坐在餐廳桌前，面前放著一杯咖啡。艾倫回家時咖啡還是滿的，只是變涼了，在杯底沉澱凝結。

第一天，艾倫由著她去，但第二天傍晚，他站在廚房門口，靜靜望著她。他曾推測過，蕾西有三種基本模式。橫衝直撞的女孩與懷抱夢想的藝術家，是他已經漸漸習慣的兩種模式，但眼前這第三種模式實在讓人揪心。簡直就像僵直型精神病患[27]。他從沒見過有人能靜坐著不動這麼長一段時間，這實在太不像蕾西了。這不是他認識與愛上的那個女人。每當蕾西腦袋裡下定決心要做什麼，總是會讓他擔心得發狂——買重型機車、玩跳傘、爬聖母峰——最後這一項她還沒有實現（感謝老天），但也是遲早的事。

第一天，他將她的行為歸咎於罪惡感與宿醉。第二天仍是這樣便讓他感到意外，並開始擔心起來。但憤怒很快又湧了上來，黑壓壓地盤據在他的心頭，蕾西在麥克面前雙腿大開的模樣不斷重現——

他轉過頭，不理會蕾西，讓她像塊石板坐在那兒。他帶魯奇去散步、弄晚餐給牠吃，然後整個晚上把自己關在房間裡。

第三天，他發現蕾西只穿著長睡衫與內褲坐在屋子前門走廊。他正要準備慢跑，見到她後便停了下來。她坐在門廊上兩張折疊式躺椅間，抱著膝蓋，頭往後靠著屋子牆壁，眼神空洞地注視著天空。她整晚都待在這兒嗎？就在艾倫以為她繼續忽視自己的存在時，她轉過了頭，直直看著他。那時天色很暗，她很有可能只是在看他的後方，但他並不這麼想。兩人四目相接，艾倫知道這一次她還是會贏。發現自己是雙胞胎之一，親生父母留下了另外一個雙生姊妹，然後把她扔棄，這種遭遇勝過她差點出軌給艾倫造成的痛苦。

他知道這一點，因此已經完全準備好在這場冷戰中退讓，集中心力去幫助她，但他要先等到一個道歉。當然，某種形式的道歉自然而然就會出現，不是嗎？至少先承認自己犯了錯？

他現在知道了，他要的是兩人能通過這場考驗。前幾天他還不是那麼確定自己的心意，因為他受傷太重、心太痛，但現在他只想要這一切結束，把事情處理好。他會很樂意這輩子永遠不再提起這件事。蕾西必須換新的工作地點，這是理所當然的，但除此之外，他不會做任何要求。她本來就不會喝酒，也根本無法處理壓力——像是發現她所發現的那些事而造成的震驚。

但他能信任她嗎？萬一她又再犯呢？下次她若對隨意遇上的男人大獻慇懃，那人可能就不會只是站在那兒盯著她瞧而已了。若她連討論都不想討論，他們要怎麼度過這次難關？

還有那位雙生姊妹該怎麼辦？蕾西的雙生姊妹是誰？她人在哪裡？她知道自己有個姊妹嗎？

㉗ 意指動作行為失序，有時保持某種姿勢好幾個小時不動、不說話，完全從外界環境刺激中退縮；有時又會過度活動。

還是她這一輩子也被謊言蒙在鼓裡？艾倫想去見她，還有她的父母，他有好些話想對他們說。直到現在，他與蕾西一直分享所有的一切，他們怎麼能不好談談這麼重大的一件事？

艾倫走向蕾西，跪了下來，牽起她的手。她握著他的手一會兒，又抽了回去，然後刻意轉過了頭。在失聰文化裡，這個動作等同將手指塞進耳朵裡。他的母親以前對他生氣或失望時，也會做同樣的動作。老天，這舉動曾多麼讓他抓狂。他會大喊：**媽！看著我！看著我！**當然，大吼大叫從來沒有用。當然，雙親失聰也讓他得到不少好處，像是他以前總習慣把收音機的音量開到最大、半夜偷偷溜進溜出、電話鈴聲響了半天也不接、更不用提新來的可愛小狗如何整夜嚎叫不停，惹來鄰居抱怨……

他盯著蕾西有一分鐘，然後轉身走開，但在門廊角落時又猶豫了。她動都沒動一下，於是他只好離開，繼續慢跑。他回來的時候，已經是四十分鐘之後，蕾西仍然拒絕看他一眼。第三天就這麼結束了。第四天，艾倫起床後決定要和她談一談，但他下樓時，她已經不見了。這幾天來她鋪在長沙發上的被單和毯子已經整齊折好，放在靠墊上。艾倫檢查了車庫，想也知道，她的重型機車不見了。他不喜歡這樣，一點都不喜歡。他們現在的處境，這種令人沮喪不安的沉悶處境，不是他向來所習慣的。艾倫會努力解決問題，按部就班地把事情規則建立起來。以他們兩人的關係而言，不該是這種情況。第五天，她回來了，正好在他要帶著魯奇離開屋裡時，走了進來。

艾倫馬上告訴她，自己這幾天有多擔心。蕾西道了歉，並且允許他上前擁抱自己。他擁抱住她的時間，比平常還久，但她卻渾身僵硬，毫無反應。

「我很抱歉。」她說。

「我想聽的只有這一句。但現在我們必須專心處理妳的事情，去找出妳的姊妹。」

蕾西看著她，然後搖搖頭，說：「我沒有姊妹。」

✣

蕾西把筆放到紙上，開始寫起：

助聽器、五金行買來的黑色塑膠蜘蛛戒指、裝了三隻活蟋蟀與兩隻死蟋蟀的罐子、粉紅色芭比牙刷、藍色眼睛的熊貓娃娃、一個月看電視的特權、乳牙、只有一隻藍眼睛的熊貓、幾綹頭髮、皮膚角質、指甲、腳趾甲、聽力、腦細胞、莓果唇蜜、葡萄牙錢幣、西班牙舞孃娃娃、三號電池、奶油刀、電視遙控器、藍色原子筆、紅色原子筆、黑色原子筆、打字機上的L字母、眼睫毛、粉紅愛心襪、紅色愛心襪、白襪、黑襪、及膝牛仔褲、破洞牛仔褲、髮夾、髮帶、日記鑰匙、紫色捲捲吸管、手錶、鑲著很小但卻是真鑽的項鍊、很小但卻是真鑽的耳環、珍珠項鍊、愛爾蘭的克拉達戒指[28]、我的理智、我的心、我的貞操、手機、全新油彩組、鑰匙、鑰匙、鑰匙、鑰匙、鑰匙、鑰匙、大西洋城的海螺貝殼（中國製造）、喀什米爾羊毛圍巾、錢、錢、錢、錢、錢、錢、襪子做成的猴子。眼鏡、喝水杯、鏡子。頭髮、頭髮、頭髮、頭髮、頭髮。幽默感、禮貌、時機、愛情、全新一包一百枚夜光星星。海馬。筆刷、筆罐、鉛筆、橡皮擦、炭筆、膠帶、

[28] Calddagh ring，基本樣式為兩隻手環抱一愛心，象徵愛情、友誼與忠貞。

膠帶、膠帶、膠帶、膠帶、剪刀、剪刀、剪刀、剪刀、膠帶、膠帶、膠帶、膠帶、翡翠手鐲、在這裡不見、小貓、小貓、小貓、昔日的最好朋友、新的最好朋友、新男友。電話留言、無肩胸罩、幼時相片、雨傘、雨傘、雨傘、雨傘、雨傘、雨傘、雨傘、雨傘。墨鏡、墨鏡、墨鏡、墨鏡、墨鏡。手套、手套、手套、手套、手套。四個指頭上的水晶指甲。一百零一種完全取悅男人性愛祕訣、死掉的蝴蝶、在這裡不見、小貓、小貓、小貓。我想過的日子。忘在車頂上的二十四個杯子蛋糕、泡泡、打火機、珍珠鈕釦的白色開領羊毛衫、跳繩、薄荷糖、預約好的位置、皮夾、駕照、駕照、駕照、駕照。樂高玩具、蠟筆、獨家販售的鞋子、紙牌、塔羅牌、護照、彩券、獎券、推薦信。回家功課、狗、香菸、睫毛膏、腮紅、眼線、呼拉圈、約會、壞心皇后咖啡杯、棒球帽。

蕾西把這張清單放下，起身離開。然後她又轉身回來，在「我失去的東西」這張清單上又多加了三樣東西：

塑膠馬

艾倫的信任

姊妹

那匹馬不見了。她現在只在乎這件事。它本來放在咖啡桌上的，現在卻不見了。過去五天它一直都在咖啡桌上，就在桌上的那個大碗裡。那個大碗是她在去年夏天藝術節買下，是個上陶藝課的討厭傢伙做出來的。紅色的大碗上有著黃色的條紋，還有一道大裂縫，所以她用三塊美金就買到了。那匹馬本來在那個碗裡的。碗和馬。馬和碗。碗和馬。馬和碗。

是瑪莉亞。

瑪莉亞昨天在這兒，一定是她幹的好事，蕾西知道一定就是她。瑪莉亞是他們的管家、女傭、清潔**小姐**。瑪莉亞才不是什麼大家閨秀，但艾倫很喜歡她，已經認識她十五年，他的第一棟公寓就是她清掃的，一堆有的沒的。瑪莉亞老是惹惱蕾西。每次她想對蕾西說話，總是對著蕾西大喊，並用力拍手，簡直就像對一隻西班牙翼手龍說話。她的胸部碩大無比，每次她上前突襲抱住蕾西時，總是愛用那對大胸脯狠狠壓擠蕾西相較之下小得可憐的胸部。還有她老是喜歡摸個不停。拉蕾西的頭髮，說她需要剪頭髮了；拍蕾西的臀部，因為她覺得蕾西穿得太緊了。

但最糟糕的是她打掃的方法。她會移動東西。她會把蕾西的東西移走。米老鼠餅乾罐被放在櫃檯另一面，頭部的蓋子還蓋反了，或是電視遙控器被放在電視機下，而不是電視機上，或是長沙發上的靠墊重新被整理過，這些艾倫都覺得沒什麼大不了。蕾西知道瑪莉亞是故意這麼做的。直到現在，即使那些東西沒有被放在原位，至少仍在那兒。但那匹馬卻不見了。

她先從客廳開始找起。她舉起長沙發上的靠墊、打開抽屜、把書從書架上抽出來，還翻出艾倫的吉他。艾倫說因為她聽不見，讓他覺得很難過，所以不再彈了，其實只是因為他懶得練習。她把吉他倒過來，還搖一搖。她腦中已經沒了邏輯，只剩下憤怒與惶恐。那匹馬不見了。她不會在吉他裡找到，也不會在長沙發上或是書堆後，或是冰箱裡那塊奶油底下找到。

但她還是跑去翻找那些地方。她把東西扔得到處都是，翻遍每一樣東西，還用力搖晃。四個小時後，屋子看起來就像遭了小偷，卻依然找不到她的那匹馬。萬一艾倫這時回來，見到她站在這堆亂七八糟中間怎麼辦？她甚至沒有在看自己找什麼，只是不斷把東西扔過房間，踢著家具。他會不會把她送進精神病院？或是乾脆收拾家當離去？**讓我們一起去找她，讓我幫妳去找她**。今早他這麼告訴她。艾倫才別想接近她的「姊妹」。她也不會想接近那個女人。她要回到繪製那些炫耀肖像畫的日子，畫一堆可卡獵犬與頭髮染燙得漂漂亮亮、嫁給老男人的年輕妻子。這一切從沒發生過，根本就沒有什麼雙生姊妹、沒有親生父母，在山頂育幼院前的生活從未存在過。

馬在哪裡？馬在哪裡？馬到底在哪裡？她搜遍了臥室、浴室、客房，最後停在通往閣樓的門前。瑪莉亞說不定把那隻可憐的小馬扔在了上面，讓它和蝙蝠為伍。她把手放在門把上，門把卻被她扯了下來，她狠狠地踢了那扇通往閣樓的門三下。她重重踩著階梯下樓，回到客廳，恨透了自己如此失控。她甚至恨透了自己的存在，這實在不像她，身為另外一個完全不同的人，這份新奇感幾乎要讓她整個人精神一振。恨透了她的父母。她的姊妹。而且更恨透了那隻又破又舊的塑膠馬。

垃圾，也許它在垃圾堆裡。她站在廚房垃圾桶前，伸手進去捉住袋子，然後把裡頭的東西倒在廚房水槽裡。袋子裡沒多少東西讓她檢查。瑪莉亞一定換過了垃圾袋。

蕾西跑出後門，費力地走在通往垃圾桶擺置處的上坡車道上。她拿起垃圾桶蓋子，每一個都是空的。今天早上這些桶子都是滿的，她大概才剛錯過了垃圾車收垃圾的時間。若她聽力正常，依然能聽得見垃圾車的聲音嗎？她抬起頭望著街道，沒見到一輛卡車。

她快步走回屋裡，直朝電腦走去，點開了電腦上影音轉播服務[29]的連結。她要打電話給瑪莉亞，要給她好看。這次她可不要再當好人了。

幾分鐘後，一名手語翻譯員出現在她的電腦螢幕上，介紹完自己後，給了蕾西她的員工號碼。又過了幾分鐘，瑪莉亞的手機響了，卻直接跳到了語音信箱。蕾西比著手語，然後看著翻譯員說出她的留言：「我的馬到底他媽的在哪裡？」

這句話在別人的唇上看起來如此粗魯沒教養，口氣令人十分不舒服。蕾西哭了起來。她改變了策略，說：「求求妳。求求妳告訴我，妳把我的馬放在那裡？它本來是在咖啡桌上的大碗裡。」蕾西和翻譯員兩人互相凝視了一會兒。翻譯員看起來彷彿替蕾西感到難過，彷彿她想要從電腦螢幕裡跳出來，擁抱蕾西。這又不關她的事，她應該要保持中立！蕾西離線了。她把頭抵在桌面上，啜泣了起來。為自己感到難過不過短短幾分鐘之後，她又回到線上，查起市立垃圾掩埋場的電話。

㉙ Video Relay Service，簡稱為VRS，為一種影音通訊服務，讓失聰人士、聽力或口說有障礙之人士能藉由手語翻譯員的協助，透過視訊電話或相關技術，與聽力正常的人即時溝通。

14

艾莉．詹森，或者她比較喜歡別人喊她艾兒，熱愛她在費城市立垃圾掩埋場的工作。第一，她不用去應付尋常上班族必須要應付的那些鳥事。不用穿套裝、吃午餐時不用談工作、不用在黃褐色小隔間裡和同事爭吵（隔間牆上還貼著諷刺辦公生涯的噁心漫畫或是戴著粉紅色蝴蝶結的可愛小貓）。她在工作的地方養了隻真正的貓，而且是很兇的貓咪，成天在垃圾堆裡漫步，不喜歡被人摸。

當然，她也聽過關於她這份工作的嘲弄——妳的辦公室是垃圾掩埋廠——妳的人生是垃圾——妳在「浪費」[30]日子，虛度光陰——

沒關係，哈哈。她不在意，她頂得住。

這並不是因為她熱愛垃圾或什麼的，真要這樣的話，那她絕對是心理出了問題；她只是抱持著健全心態，去欣賞所謂一個人的垃圾如何是另外一個人的寶物。若你真想學習另外一種文化，就要徹頭徹尾融入他們的習俗，還有仔細檢查他們的垃圾。但也許艾莉．詹森能容忍這份工作的主要原因，是因為她身體上的殘疾。她深受先天性嗅覺喪失之苦，一出生就沒了嗅覺，因此這份工作正好適合她。她愛死了私下知道一般男女所不知道的祕密。人們會扔棄的東西實在讓人驚奇。她才上工沒幾個月，便覺得自己更了解人性——即使擁有博士學位與一卡車病人的心理治療醫師，也比不上她。

人們扔棄的不只是垃圾。他們和公司一樣，都會扔棄全新的物品，完好無缺的東西。店家扔掉過剩的物品，而迷失的靈魂會扔棄較不完美的物品，只因為他們太懶或太笨，不曉得怎麼修理。在她位於南街上那僅有一間臥房的小公寓裡，艾莉擁有一台實際上等於全新的電視機、一台只要不回轉便能完美正常運作的數位光碟播放器、一張只沾到一點芥末醬的畢卡索複製畫（而且，誰看得出來這是他立體派時期的作品），與一個只在角落有著極細微裂痕的相框，她用一小卷黑色絕緣膠帶很巧妙地將裂痕遮住，當然，膠帶也是來自於掩埋場。

她做的是早班，從早上七點到下午三點，除了貓之外，她幾乎都是獨自工作。她看過不少急切的人們來到掩埋場，尋找「不小心扔掉」的東西。鑽石戒指、汽車和屋子鑰匙、皮夾、現金、報告、駕照、綠卡、出生證明——只要能說出來的東西，都會有人來找。過去兩年來，艾莉自己創造了幾種垃圾分類：

不小心扔掉的東西
後悔扔掉的東西
賭氣扔掉的東西

30 Waste作為動詞用為「浪費」，作為名詞用則為「廢棄物」之意。

多買而用不上或懶得處理的東西

必須扔棄的東西

不可告人而扔棄的東西

後悔扔掉與賭氣扔掉的東西，通常都是一段變質關係的副產品。不可告人而扔棄的東西，則被她拿來幫助男性朋友增加情色蒐藏品的數量，而多買用不上或懶得處理的扔棄物，則成為她的生活所需品。喔，對了，艾莉知道我們所扔棄的東西，要比我們所保留的東西，更能讓別人了解我們，這也是為什麼她在投入一段感情前，總會先檢查這位潛在男友的垃圾。她從一個垃圾袋裡所得知的，絕對要比她那些朋友花上幾個星期、甚至幾個月才能確定的東西還要多。而到了那時候，也太遲了——她們已經一頭栽了進去，註定要傷心。

沒錯，在垃圾掩埋場工作，你只需要對複雜人性的深刻鑑賞與成堆的塑膠手套。今天上午她可是兩樣都滿載而歸。她坐在俯視著掩埋場的簡陋高架小屋裡，很像海邊的救生員休憩小屋，大小對她而言已經足夠，裡頭放了兩張椅子，還有她才到手的私藏品——堤姆．布萊迪[31]的垃圾。今天上午別想有人來打擾她。她不曉得正朝這棟高架在柱子上的小屋走來、還穿得五顏六色的那一堆人是誰，也不曉得他們為什麼一直不停揮手，但他們想都別想進來這裡。艾莉．詹森有心愛的垃圾要整理，參觀時間已經結束了。

✣

「在上面。」蕾西比著手語。

滿臉不悅的一行五人全把頭往後仰，看著那棟掌管這片垃圾場的破舊小屋。

「在上面，然後呢？」羅伯特說。今天是他每個星期的休假日，他之前就說得很明白，他只想去吃費城起司鐵板牛排堡，之後拿著雙筒望遠鏡，坐在公園裡，偷看聽力正常的男同志然後讀他們的唇語。他對垃圾一點興趣都沒有。

順道一起來的還有瑪莉亞，她被威脅要是不來就會被驅逐出境。凱莉則是他們之中唯一一位假裝浪費週六時光在垃圾堆裡找東西正好是她心裡想做的事（蕾西很想問她為什麼不帶孩子們一起來，不然這可是完美的家庭出遊）。當然，艾倫也來了。她總是能依靠艾倫，即使他們之間已經不若以往，他仍樂意在成堆垃圾中辛苦跋涉。也許她該在這裡嫁給他，就在垃圾掩埋場裡。「除非被臭氣熏昏，永不分離。」

「那裡頭有人。」蕾西指著上頭，所有人都跟著她手指的方向，看見一頂棒球帽的帽緣在視線中忽隱忽現。很明顯地並沒有什麼通路直達那棟架高的小屋，眼前看不到階梯。蕾西抬起腳邊

㉛ Tim Brady，知名作曲家、電子吉他手，專長領域為現代古典音樂、實驗音樂。

的一塊石頭，她正往後伸長了手臂，準備扔出去時，艾倫從她手裡奪走那塊石頭。

「妳真想這麼做？這就是妳解決問題的辦法？」艾倫把石頭往柵欄那一頭扔去。一隻碩大的橘子貓從石塊落下的垃圾堆底下飛竄而出。「糟了。小貓咪，抱歉。」艾倫說。

一群人圍在瞭望屋底下，希望能找到上去的方法。

「我要去爬柵欄。」蕾西說。

「我們不知道妳的垃圾被放在哪一區。」凱莉說。

「我們去看看剛送進來的垃圾！」瑪莉亞戴著手術口罩，兩隻腳上各罩著一個塑膠袋。

羅伯特走在瑪莉亞身後，捏著鼻子，但仍把她走路的姿勢學了個十足十。她轉過頭想看看身後的騷動是怎麼回事時，還真的紅了臉，然後笑出聲來。

「我改變主意不想去吃起司鐵板牛排堡了。」羅伯特皺著鼻子說。

瑪莉亞開始用西班牙語和其中一隻貓說話，蕾西爬起了柵欄。幾秒鐘後，艾倫輕輕用手指敲了敲她的肩膀，然後指向小屋，上頭一扇窗子被推了開來，那頂棒球帽子的主人將頭探出窗外。蕾西只能見到一雙眼睛還有一張動個不停的巨大嘴巴。

「喂！下去！」艾莉大喊。

凱莉翻譯給蕾西看。

「喂！」艾莉又喊了一次。

「她聽不見妳的聲音。」艾倫說。

下去！」

「她是失聰人士。」

「我才不管她是不是──她是什麼？」女孩突然停下不再喊叫了。一條繩子從小屋的窗口垂下，戴著棒球帽子的女孩從繩子上溜了下來。蕾西從柵欄上跳下來，雙手擺在後臀上站好，等著那女孩大步朝自己走來，眼神直盯著那女孩不放。蕾西迅速看了艾倫一眼，艾倫聳了聳肩。

「告訴她我聞不到。」年輕的女孩捏住鼻子，搖了搖頭。

「她說我聞起來很臭嗎？」蕾西問艾倫。

「她說她聞不到。」艾倫說。

「她聞不到什麼？」蕾西說。

「大概是什麼都聞不到。」艾倫說。

「她感冒了嗎？」蕾西說。

「我沒有感冒，我是嗅覺障礙。」女孩插嘴。

「她的鼻子失聰！」羅伯特的笑話伴隨著一聲大笑──他自己的笑聲。

「他也是聽障？」女孩問。

「我們是失聰，不是聽障。」蕾西說。

「有什麼不同？」女孩問。

「視角上的問題。」蕾西說。

「聽好，我們今天上午弄丟了非常重要的東西。」艾倫說。

「告訴她，我會讓你們進來。」那女孩繼續說：「我們殘障人士要團結。」她對蕾西眨眨眼，蕾西卻皺起了眉。「好吧，你們今天弄丟了什麼？」

「一枚鑽石戒指。」羅伯特和凱莉一起回答。

艾倫看了蕾西一眼，她只是聳聳肩。

「那匹小塑膠馬裡有一枚鑽石戒指？」瑪莉亞說。

「塑膠馬？她在開玩笑對吧？」凱莉說。

趁著羅伯特和凱莉還沒來得及扭斷她的頸子前，蕾西連忙加速跟上戴著棒球帽的女孩。

✣

咖啡渣、滴著蛋黃的報紙、玩了一半的數獨遊戲、被口紅與泥土弄髒的保麗龍杯。艾倫已經把他那一區垃圾分成四等分，凱莉的雙手埋在垃圾堆裡，羅伯特指揮她該往哪裡挖，而瑪莉亞，就蕾西所站的位置來看，只是把垃圾從一個地方移到另外一個地方而已，就像她在蕾西家裡打掃時用的方法。蕾西只能想像這些人都夢想著有朝一日能得到回報，從現在開始之後好幾年，他們會一個個向她討這人情，而且毫無疑問會以此開頭：**記得我在掩埋場挖垃圾的那一天嗎？**

散發著惡臭的一小時過去了，他們還是連那匹馬的蹤影都沒找到。

「這太誇張了，我是把那匹馬放在咖啡桌的抽屜裡，我知道我有放進去。」瑪莉亞說。

「我看過了，不在那裡。」蕾西說。

「這是我們家的垃圾。」艾倫舉起一個被扯破一半的袋子，問：「妳為什麼要把信用卡帳單扔掉？」他舉起帳單信封。

「我有嗎？」蕾西聳聳肩。

大家都跑了過來，一起一件件地檢查袋子裡的東西。

✣

「妳要先去沖沖澡嗎？」艾倫問。

他們已經在垃圾堆裡挖了四個小時，一無所獲。

「你先去洗吧！」蕾西說。

艾倫走上樓梯，不見人影。

蕾西則盯著那張咖啡桌瞧。她的確打開過抽屜，真的，好幾次。現在她打開抽屜，有了，就在抽屜的後方角落，她的塑膠馬在另外一張刻意忽略的信用卡帳單底下，露出一小角。她一把抓起馬，放在自己的口袋裡。沒必要對任何人提起，實在太殘忍。

✣

「我想我們該搬家。」蕾西說。

正在看著報紙的艾倫抬起頭來。他正獨自一人坐在那兩張扇貝椅子上，身旁沒有她，桌上也只有一罐啤酒。

「妳說什麼？」艾倫說。

蕾西坐在她那張扇貝椅上。

「我們得搬家，現在就得搬家。」她說。

艾倫拿下眼鏡，皺起鼻子，彷彿很痛苦的樣子。他搖著頭，卻沒有張開眼睛。她用手指敲了敲他的肩膀，直到他再度張開眼睛為止。

「搬到波士頓怎麼樣？」

「波士頓？那妳的姊妹不正住在那兒？」艾倫說。

蕾西從椅子上跳了起來。

「這和她一點關係都沒有。」

是該改變的時候了，她要開始新的生活。她已經受夠了不斷畫人和他們的寵物。她不要兩個人之間再有這麼緊張的關係。對於自己喝醉酒，還差點和麥克發生關係，她感到很抱歉。他就不能原諒她嗎？她好懷念性愛。為什麼他們不再有性愛了？他們現在就可以做愛，慶祝搬家到波士頓。

「我明天有件工作要開始進行，在羅契斯特市。」艾倫說。

「羅契斯特市？」

艾倫點點頭。他是在紐約州的羅契斯特市出生長大的。因為國立失聰理工大學的緣故，那兒有為數相當龐大的失聰人口。他的父親便曾是學院裡的教授，他的母親則曾在伊士曼柯達相片沖印公司工作。蕾西與艾倫曾隨口提過將來要住在華盛頓特區，還是羅契斯特市，因為這兩個地方都有失聰團體，但討論到最後，羅契斯特市的氣候太過寒冷陰鬱，而華盛頓特區則是面積太大了。

「是一棟很巨大的綜合購物商場，工程要好幾個月。」

「你要怎麼通勤到羅契斯特市上班？」

自從艾倫雙親死後，他便賣掉了房子。他總是說他們會用上這筆錢來完成夢想中的屋子。或是，若照蕾西的意思，可以蓋一座燈塔。

「我不會通勤上班，我已經訂好了旅館。」

「你什麼時候才打算告訴我這件事？」

「等妳把頭從洞裡伸出來，不再當隻鴕鳥。」

「不公平。」

「我會給妳時間，找到妳的姊妹。」

「我沒有姊妹。」

艾倫終於從椅子上站了起來，他把報紙扔到門廊外，說：「我們花了四個小時挖垃圾，若妳真沒有姊妹，我們為什麼要那麼做？」

蕾西沒有回答。她無法回答。

「果然沒錯。」艾倫說：「我想的果然沒錯。」

15

艾倫不在身邊，蕾西只能把全副心神投入在工作與照顧魯奇上。這幾天她每天都帶著魯奇一起去工作室。到目前為止，她都沒見到麥克的人影。但今天早上，他的吉普車停在了人行道旁。她超想知道麥克和包曼小姐的訪談進行得如何。麥克一見到孟妮卡．包曼之後，便馬上傳簡訊告訴蕾西，她的確就是蕾西的雙生姊妹。麥克也發誓他絕對沒有把蕾西的事情告訴孟妮卡。要贏得戰爭，一定要先做好勘查的功夫，而且她也還沒準備好自己去面對孟妮卡本人。她需要時間。她不要貿然就現身，而是要得到充分情報之後再行動。希望麥克從孟妮卡身上多少挖到了一些東西。但她得等一會兒才能知道麥克到底發現了什麼，因為她得先帶魯奇去散步。她搖搖狗鍊上的鈴鐺，魯奇在她腳邊轉起圈圈，她好不容易讓牠安靜下來，才能把狗鍊套上。

蕾西最喜歡費城的這個地區，不但有著鋪磚的人行道與復古的街燈，還有一整排的咖啡店、酒吧與餐館。空氣很溫暖，聞起來像是肉桂麵包的味道。街道上又再度擠滿了人群，年輕人隨處可見，媽媽們推著的嬰兒車，在狹窄的人行道上顯得太過龐大。蕾西忙著觀察人群，差點錯過了一團衝向魯奇的模糊東西，那是一個身高約一百公分、綁著馬尾巴的小惡魔，雙手大張，嘴巴也張得大開，還流著口水，這個路都還走不穩的小孩，一副勢在必得的模樣。魯奇扭過頭往上看了蕾西一眼。**救救我啊！**蕾西抄起魯奇抱在懷裡，但人卻跪了下來。幾秒鐘後那個小女牛撞上了蕾西的膝蓋。她看起來還不滿三歲。蕾西對小女生微笑，然後抬頭尋找小女生的母親。但她看見的卻是另外一個年紀差不多的小孩朝她快速衝了過來，模樣和正用著黏膩手指粗魯擺弄魯奇頭部的這個孩子完全相同。是雙胞胎。

她們的穿著完全一樣：牛仔裙和白鞋，粉紅色上衣與興高采烈的笑臉。第二個小女生一頭撞上第一個小女生，兩個人一塊兒跌倒在地上。魯奇用狗掌抓了抓蕾西，像隻貓一樣想爬到她身體最頂端。蕾西幫著那兩個小女生站起身，這時才有一個女人快步跑向她們，臉上滿是驚懼。蕾西瞄了一眼那兩個小女生，除了沾上一些泥土和掉了些眼淚外，看起來似乎沒事。雙胞胎中稍後出現的那個小女生，身子突然往前傾，像是要往前摔倒，然後又朝她的姊妹伸直了手臂。就在蕾西以為她要去打自己的姊妹時，她那小小的手掌卻擦去了她姊妹臉頰上的淚水。那舉動這麼自然、這麼可愛，蕾西覺得自己的心彷彿被人狠狠扭了一下。

她們的母親站在兩人面前，嘴巴飛快講個不停。她一面嘴巴含糊不清地講個沒完，一面伸出手臂，將兩個小女生分別擁入懷裡。她在說些什麼，蕾西一個字都不懂。她仔細端詳著那女人的臉部表情與肢體語言，想確定這女人到底是在感謝她還是責罵她，就像她會去仔細端詳那些銀行、餐館與雜貨店僱員的臉部表情，找出哪一個看起來最友善。這是她必須遵守的規則，不管她得等多久。

那個女人看起來與蕾西差不多歲數，甚至更年輕一點。像她這樣年紀的女人有了孩子，感覺起來好不真實，蕾西實在無法想像。她的雙親懷上她與孟妮卡時是幾歲呢？她推開這個想法，不願再去想這些。

那女人的表情從困惑轉為有些惱怒，她納悶為何蕾西一語不發。蕾西微笑，然後指了指自己的耳朵。

「我失聰。」然後她把魯奇從胸前抱出來，放在地上。她指著女孩們與魯奇之間。那位母親露出無奈的微笑，搖了搖頭。

「真是抱歉。」她說。

「不，不會。她們好可愛。」蕾西不知道這位母親是否能聽懂自己的發聲，不過「妳的孩子們真可愛」大家都聽得懂。那位母親的臉上展現出驕傲，接著又搖搖頭，暗示照顧兩個孩子要付出多少精力。那位母親一邊帶著一個小女生，把孩子們帶回一間小餐館戶外用餐區的小桌前，蕾西稍微跟在她們後頭漫步著。蕾西在那張桌子旁暫停了一會兒，被散落在那張桌子上的「裝備」吸引住：兩個瓶子、兩個奶嘴、兩個小孩吃飯用的圍兜、數不清的紙巾。桌子後面還有一輛雙人嬰兒車等著。坐回高腳椅上的兩個小女生，正一面用湯匙敲著餐盤，想要比賽誰敲得大聲，一面笑個不停。經過她們身旁的人們對著她倆微笑，但這兩個孩子眼裡只有彼此，根本不理會路人投來的眼光。蕾西站在那兒觀察兩個小女生時，那位母親也在觀察她。蕾西不想讓對方覺得自己行為舉止很突兀，像個怪人，一直盯著她的孩子不放。所以她伸手從自己的袋子裡拿出過去這幾天一直帶著跑的一疊厚厚檔案夾。她把檔案夾交給那位母親，注意到那女人瞬間愁眉不展，彷彿害怕蕾西就要拿出一張寫著「我失聰」的牌子，向她兜售廉價商品。

蕾西指指檔案裡頭孟妮卡的照片，又指指自己。最後，那女人終於恍然大悟。

「妳也是雙胞胎！」那位母親驚嘆地喊了出來。

蕾西對她微笑，然後點點頭。那女人指指桌旁的一張空椅子，蕾西坐了下來，覺得自己像個騙子，卻很享受這樣的注目。她拿出記事本和鉛筆。

妳總是讓她們穿一樣的衣服嗎？

我說過我不會，但大家都給她們同樣的衣服。妳母親也會讓妳和孟妮卡穿同樣的衣服嗎？

蕾西猶豫著，筆懸在紙上。她本來要寫**不，從來沒有**，但這是真的嗎？畢竟她們在三歲之前一直生活在一起。在那三年內，她們的母親一定至少曾經讓她們穿過一次同樣的衣服。蕾西不想說謊，於是寫下：**有時候會**。她又快速瞄了那兩個小女生一眼。

她們多大了？

兩歲半。

她們看起來好親密，牙牙地和對方說個不停，一同敲著湯匙，彷彿是同一個樂團裡的音樂家，在街上追著彼此的背影，比賽誰能先捉到一隻陌生的狗。

那女人寫**有時候，彷彿我根本就不存在似的**。

蕾西把孟妮卡的檔案夾拿回來，塞入隨身袋子裡，站起來看了看手錶，說：「我得走了。」那女人對她露出微笑，伸出了手，兩人握了握手。蕾西拿起記事本和鉛筆，正要收進手提包裡時，又草草寫下一個問題。

妳會放棄其中一個嗎？

不出她所料，那女人面露恐懼，斷然搖頭。

萬一她們其中一個失聰呢？

不管怎麼樣，我都會愛她。

不管任何理由，妳都不會放棄其中一個？

那簡直是犯罪。

蕾西點點頭，很快將記事本收起，她最好在這女人覺得不寒而慄之前離開。她露出燦爛微笑，抱起魯奇，拉著牠的小狗掌揮了揮，那對雙胞胎笑出聲來，並伸出黏乎乎的手指想要碰狗時，她也跟著笑了出來。然後她一面匆忙離去，一面再次對那女人微笑。她一面走，一面想著：**犯罪。那簡直是犯罪。**

✣

蕾西回到工作室時，麥克和一對中年夫婦正站在外頭。蕾西猜想那對夫婦也許是麥克的雙親，於是她退了回來，她現在沒心情去認識陌生人、拚命解釋或是在記事本上草草寫一堆話。麥克有沒有告訴別人她的酒後失態？希望沒有。麥克就是過去那幾天一直樂意監視孟妮卡的人，也因為光站著什麼都沒做、只是盯著她就被狠狠揍了一拳。不過，說真的，誰能怪他呢？若是艾倫沒走進工作室，她會告訴艾倫這件事嗎？值得懷疑。她想死了艾倫，但到目前為止，她的黑莓機一直沒有動靜。儘管只過了幾天，但卻是他們冷戰以來最長的一次。儘管她絕對有足夠的事情要處理，讓她暫時不去煩心這件事。那對夫婦要離去了，他們上了一輛停在人行道旁的黑色賓士轎車。若他們的確是麥克的雙親，那還真是挺不公平的。他們長相好看又有錢。麥克轉過身，回到工作室，蕾西跟了過去。他正站在工作室的入口前，一面來回踱步一面講著手機。他見到蕾西時，整個人僵住，她可以發誓麥克在掛斷電話前從嘴裡說出了「她在這裡」。他努力裝出微笑，虛弱地揮揮手。她也揮了揮手。他們站在那兒，凝視著彼此，彷彿春季舞會裡的青少年。

蕾西舉起食指，走到畫架旁，拿起麥克筆。**告訴我關於她的一切**。

麥可從口袋裡拿出一張折起來的紙，遞過去給她。那是她之前列出的訪談問題，她快速瀏覽一遍，幾乎沒有一個問題有回答。除了蕾西已經從孟妮卡的網站中所查明得知的部分，她還是對這人一無所知。

她沒有全部回答這些問題？！

胎記的那個問題把她嚇壞了，她以為我是跟蹤狂還是什麼變態。

你沒告訴她吧？

麥克搖搖頭，表示沒有。他從牛仔褲裡拿出手機，用手指在上頭滑了滑，然後遞給她。那是一張孟妮卡的相片，她坐在泳池附近，臉上帶著微笑，穿著件玫瑰粉色的背心裙。

妳打算怎麼做？麥克寫道。

蕾西聳聳肩，轉開眼光。

她人很好，請她來看展覽怎麼樣？麥克寫道。

蕾西盯著那個問題瞧。她應該這麼做嗎？那不是很棒嗎？畢竟她已經看過了孟妮卡的作品——若那本垃圾書也算是「作品」的話。不行，事情不該是這樣進行。蕾西想要的是突襲，而不是邀請。況且，這場展覽是關於她這個人、她的作品，若孟妮卡出現，豈不是成了某種傑瑞・

史賓格節目裡的歡喜大重逢[32]？一思及她那聽力正常的有名姊妹在蕾西自己的作品展覽中勝出，她努力忽略那慢慢啃蝕著自己的計較與嫉妒心。

「不要。」蕾西說。

麥克的問題讓她想起方才她親眼見到離開工作室的那對夫婦。

他們是你的雙親嗎？

誰？

外頭那對中年夫婦。

什麼時候見到的？

麥克的舉止變得奇怪，幾乎像是在懷疑她。蕾西張開手臂，指指自己的手錶，又往街道的方向用力指了指。

「就是現在。」她說。

麥克的臉上又出現那種表情了。

不，他們不是我的雙親。麥克寫道。

蕾西繼續等著他接下來的答案。是藝術熱愛者？迷路的觀光客？耶和華見證人[33]？麥克放下

[32] Jerry Springer，美國知名個人秀節目主持人，常安排知名或具爭議性人物上節目，並在未告知對方情況下，安排與好友或家人等重逢相見戲碼。

[33] Jehovah's Witness，一種教派，相信世界末日，唯有入該教者才能免受末日懲罰。

麥克筆，用大拇指指了指他的工作區，用嘴型說：**我要去工作了**。

蕾西對他露出微笑，但出於某種理由，她卻覺得身體不太舒服。她指指自己，點點頭，做出「我也是」的樣子。

她走向自己的畫作，路走得不是很穩。但她不是走向為參展而繪製的肖像畫那兒，而是往靠在倉庫後方牆上那塊防水布直直走去。

16

蕾西花了幾個小時繪製一匹新的馬。這隻馬有著紫色與藍色的馬蹄，馬的頭飄浮在空中，後方則是綠色的山丘。她現在根本不該畫這匹馬的，她應該要去挑選放在藝術展裡的肖像畫，但她就是忍不住。她知道想畫這匹馬的強迫作用是不正常的，但渴望擊敗了理智。幾小時後，她停下筆，伸展一下身體，然後晃進廚房。麥克正站在廚房門邊，一個金髮亂翹、像小妖精一樣的女人就站在他身旁。若這女人不是和麥克站在一起，而是和羅伯特站在一起的話，蕾西一定會認為她是位女演員，而且以為他們兩人正在排演**彼得潘**，而她演的絕對是小仙女。

這位是麥克的女朋友嗎？那位女子對上了蕾西的目光，於是對蕾西一笑，還揮了揮手。顯然麥克沒有把蕾西之前的失態行為告訴這個女人。蕾西也對她揮揮手，確定自己的眼光不要望向麥克的方向。至少她的好奇心被滿足了。她一直很好奇麥克會與什麼樣的女人約會。這女孩很可愛——絕對說不上漂亮，但很可愛。她看起來也精力十分充沛，彷彿隨時會不由自主地爆出一聲像是「比賽加油！」的熱烈歡呼。蕾西轉過身子，正要煮一壺咖啡，這時燈開始閃了。麥克望向她，彷彿在問是否有人要來找她？她搖搖頭，表示沒有。麥克開了門，令蕾西吃驚的是，走進來的人是艾倫。

蕾西的第一個反應是想去擁抱他。艾倫想要她上前去擁抱他嗎？她退卻了，而她的遲疑讓她想起他們現在的處境：卡在那兒不上不下，彷彿擱淺的船。

「你來這兒做什麼？」蕾西沒來得及阻止自己之前，便已經開了口。

艾倫臉上的表情讓她知道，她顯然傷他更深了。但她就是無法先放軟態度，畢竟好些天過去了，他連一封簡訊都沒有傳給她，甚至連回覆是否要參加藝術展的回文都沒有。他知道這次展覽對她而言有多重要。

「我回來度週末，來看藝術展。」艾倫說。

蕾西往後退了幾步，讓艾倫能進門。

「咖啡？」她問。

「好啊。」

兩人走向廚房。

麥克跟在兩人後頭，說：「蕾西，我想介紹我朋友給你們認識。」

「嗨。」那女人又揮了揮手。

「這位是——」

麥克正要介紹，那女人卻打斷他，說：「等等。」

她轉向蕾西，臉上滿是笑容，然後她舉起手指，慢慢用手指拼出她的名字：婷娜。蕾西微笑。感謝老天，這女人的名字很短，她的手指拼寫實在慢得要命。

「我是蕾西。」蕾西說。

「很高興認識妳。」婷娜說。

「我也是。」蕾西轉向艾倫，說：「這位是——」然後她停了下來，一陣心痛。通常她會介紹艾倫是自己的男友。

「我是艾倫。」艾倫走上前，伸出手。

麥克雙臂交叉在胸前，卻沒說什麼。

婷娜拿起寫著藝術展廣告的明信片，問：「這場大秀妳準備好了嗎？」

蕾西對婷娜舉起大拇指，婷娜咧嘴笑開了，也模仿她的動作。然後她指著蕾西的畫作，問她：「我可以看看嗎？」

麥克把手放在婷娜肩膀上，說：「妳應該等等，過幾天就展出了。」

「我不介意，盡量看吧！」蕾西說。

婷娜咯咯笑了起來，走向蕾西的畫作。

「你要咖啡嗎？」蕾西問麥克。

「不用，我還有工作要做。」麥克沒再看艾倫一眼，便回到自己的工作區。

艾倫跟著蕾西來到那壺咖啡前，她在準備兩人的杯子時，他便靠在流理台上等著。蕾西突然撲進了艾倫的懷裡，他一開始身子還很僵硬，但很快她便察覺他的雙臂摟抱住她。他聞起來的味道真好。她伸手撫摸他的頭髮，兩人的唇找到了彼此，很快便接吻起來。蕾西完全忘了他們的客人，但艾倫可沒有。

他退了開來，瞄了一眼婷娜，說：「那是麥克的女友嗎？」

婷娜正在非常仔細地端詳蕾西的肖像畫，臉幾乎要貼在畫上，彷彿她近視非常深。

「沒錯。」蕾西說。

「她顯然不知道發生過什麼事。」艾倫說。

突然之間，他倆之間的浪漫氣氛消失了。蕾西聳聳肩，遞給艾倫一杯純黑咖啡，自己那杯則加了奶精與糖。

「妳和妳的姊妹談過了嗎？」艾倫說。

「你說出了聲音嗎？」蕾西又瞄了一眼婷娜。

「她聽不到我。」艾倫說。

「我告訴過你，我沒有姊妹。」蕾西說。

艾倫「砰」的一聲將馬克杯放在流理台上。

「蕾西，別這樣。」艾倫說。

「別怎樣？」

「妳就像隻鴕鳥，把自己的頭藏在沙洞裡。」艾倫開始「演出」鴕鳥的樣子。

「別這樣，我不需要聽你那些愚蠢的成語。我也不需要你來告訴我該怎麼做。」

「所以妳打算就這樣忽視她？繼續忽視我們的問題？」

「忽視我們的問題？是你好幾天沒和我說話的！」

「我是在給妳時間。」

「我又沒要你給我時間。」蕾西注意到麥克又回到了附近，而且不時往這兒看過來。她說：

「你說出了聲音。」

「我不喜歡他在這裡，一點都不喜歡。」艾倫說。

「我們不過是共用同一個地方工作，就這樣而已。」

「看看這樣對我們造成了什麼後果？而那傢伙仍一副沒事人的模樣，和他女朋友到處跑！」

幾秒鐘後，艾倫猛地轉過頭，蕾西順著他的視線望過去，婷娜就站在他們身後，手放在臀部上，嘴巴微微開著。

「她剛說了什麼？」儘管艾倫的表情已經洩漏了一切，但蕾西還是這麼問。

蕾西瞪著艾倫，她早就要他不要說出聲音了！

「她說——『發生了什麼事？』」

「沒事。他只是——」蕾西注意到麥克正走過來。

「他們差點就上了床。」艾倫說。

蕾西瞪著艾倫，他通常不會這麼懷恨在心，她實在低估了自己對艾倫造成的傷害有多深，以及他現在有多痛心。她想再次告訴艾倫，她有多抱歉。她也想用力揍他一拳，因為他替麥克製造了更多麻煩。但現在沒時間處理艾倫的情緒——婷娜出乎意料地成了焦點。

「差點上了床？你差點和她上床？」婷娜問。

「什麼都沒發生，蕾西那時喝醉了，而且——」麥克望了一眼蕾西，嘆了口氣，說：「我很抱歉。」

「沒關係。」蕾西說。

「那是什麼意思？她說了什麼？你說了什麼？」婷娜問。

「我只是告訴她，我很抱歉。」麥克說。

「這就是你覬覦孟妮卡的原因嗎？所以你也很哈她嗎？你是不是有雙胞胎情結幻想什麼的？」婷娜問。

艾倫將對話翻譯給蕾西看，她的眼光朝麥克射了過去。

「她剛剛提到了孟妮卡？」蕾西先望向麥克，再望向艾倫，說：「我在她唇上讀到『孟妮卡』這個字。」艾倫點點頭。

蕾西再次望向麥克，這次她臉上的表情足以讓所有人嚇得屈服而招供一切。麥克看起來愁眉不展。

「她與孟妮卡一起共事，她是孟妮卡的助理。」麥克說。

蕾西目光炯炯地瞪著婷娜，婷娜似乎更縮小了些，儘管她努力在那張下巴尖尖的臉蛋上咧嘴裝出明顯虛偽的笑容。

「你把我的事情告訴她了？你說了？」蕾西說。

「沒有。」麥克的目光從婷娜移到蕾西身上，最後終於說：「她在網路上搜尋我，然後在我們的網站上見到妳的相片。」

又一個跟蹤狂。蕾西這麼想。就像凱莉一樣，這種人很明顯到處都是。

蕾西走向婷娜，目光直視著她的雙眼，然後用食指指著她。蕾西知道在聽力正常的文化裡，用手指指人很不禮貌，但在失聰文化中，指人這個動作不過是正常的語言指涉。但她這一指可算是聽力正常文化中裡的那一種意思，因為在這個節骨眼上，蕾西並不介意被視為「無禮」。

「妳告訴她了嗎？」蕾西問。

在蕾西的瞪視下，婷娜眨都沒眨一下眼，卻沒有馬上回答。

「妳把我的事情告訴孟妮卡了嗎？」

「沒有。」她的眼光飄向麥克，說：「他要我別說。」

「妳不能告訴她，這不關妳的事。」蕾西說。

「所以那次訪談是作假的？」婷娜問。

麥克點點頭，婷娜臉上閃過一絲歡喜，而這次她的微笑非常真誠。

「他有沒有把關於妳雙親的一切都告訴妳？」婷娜問蕾西：「還有他們的小屋？」

「他沒說。」蕾西說。

她的雙親？他們的小屋？她想扭斷麥克的頸子。為什麼他都不說？他見過了她的雙親？還去過他們的小屋？

「我正想告訴妳。」麥克說。

「什麼時候？我們不是十分鐘前才談過話？關於我父母的事情，或是他們的小屋，你一個字都沒提。」

「婷娜，我們有很多事情要談，下次再和妳見面可以嗎？」麥克說。

婷娜臉上的神情根本不可能錯過，她的眼神飄向前門，有一個紅色的小型旅行箱擱在那兒，彷彿一隻耐心的狗兒等著被牽去散步。麥克順著她的眼光望見了那個行李箱。

「我可以等。我在想，能不能在你這兒的長沙發上睡一晚？」婷娜說。

麥克臉上的表情實在太容易讀懂。蕾西對婷娜微笑，然後對艾倫說：「艾倫，你陪著她。我得和麥克談談。」沒人買帳，而艾倫的表情看起來彷彿他寧願去吃玻璃。「求求你。」蕾西又說。

艾倫終於還是很有風度地把婷娜領走了。蕾西幾乎忘了剛剛艾倫一直在替她翻譯，現在她只好用寫的。但她不是寫在畫架上，而是拿出記事本和筆。

你得讓她留在你身邊。

我不要。

她看起來很古怪，別惹毛她。

我對她沒興趣。

蕾西想，婷娜說得沒錯，麥克有興趣的對象是孟妮卡。蕾西對這一點同樣不悅，但這是她目前最不需要擔心的事情。

我不在乎，我要她閉嘴，別亂說話。蕾西知道麥克想說什麼——從他的臉上便能看出來。他已經心煩意亂，所以她要多慫恿安撫他一下。**就一個晚上而已嘛！**

「婷娜。」麥克說。

婷娜和艾倫就站在附近。

「什麼事？」

「我很歡迎妳在我這兒過夜——但我還有工作要忙。」

「沒問題。」婷娜說：「我會自己四處逛逛，但不會在外頭吃飯，因為我要帶你出去一起吃晚餐。我應該幾點回來？」

真是跟蹤狂，每一分鐘都有一個跟蹤狂誕生。蕾西再次這麼想。

透過艾倫不是那麼情願的翻譯，麥克將婷娜邀請他去小屋的事情，告訴了蕾西。他解釋他只是想替蕾西多了解一些情況，蕾西目前就先相信他的說詞，儘管她知道那是謊言。麥克已經完全為孟妮卡神魂顛倒。是因為他無法擁有**她**嗎？蕾西沒辦法不這麼亂想。也許她某個晚上**曾經**勾起過麥克的慾火，而孟妮卡是最好的替代品。或是，也許因為她失聰，所以他裹足不前。也許孟妮卡就是那隻童話故事的金鵝[34]，還有著美妙無比的嗓音。

他也把葛蕾絲姑姑的事情告訴了蕾西。蕾西簡直快崩潰了，她都還沒開始處理親生父母和雙生姊妹的事情，現在又冒出一個「葛蕾絲姑姑」，另外一個隨時會將蕾西身分透露給孟妮卡的危險人物。若蕾西想與她的雙生姊妹對決，動作必須要快，至少要在那些人來找她之前行動。實在太不公平了。這是她的雙胞胎姊妹，籌碼應該在她手上。蕾西在腦海裡狂吼：**我要佔盡最有利的位置！**

蕾西催促麥克繼續講葛蕾絲姑姑的事情。

「她可真有種。」麥克說完後看著艾倫，問：「這個形容會不會很難翻譯？」

艾倫沒有回答，直接把這個問題翻譯給蕾西看。

[34] 源自格林童話故事：Golden Goose。

「他只是翻譯大概的概念，不一定會逐字翻譯。」蕾西說。

「喔。所以沒有『真夠膽』的手語嗎？」

「就像英語，你使用的每個字，美國手語幾乎都有好幾種表達方式可選擇使用，或直接拼出來就好。『真有種』這個字聽起來很粗俗，所以若這是你想說的意思——我比給你看。」蕾西要艾倫別說話，在幾秒鐘的極度露骨手語演出「真有種」之後，麥克閉上嘴巴，甚至還有些臉紅了。「所以你的意思是？」蕾西說。

「葛蕾絲姑姑在大家面前走向孟妮卡——那天人可是很多——然後說：『蕾西，蕾西，蕾西。』」

蕾西和艾倫彼此看了一眼。有兩個男人正盯著蕾西瞧，她實在不想針對這點深究，但一股驕傲、甚至是一股愛慕之情，猛地湧上她的心頭，因為這位葛蕾絲姑姑試圖證明她的存在。她是存在的！有人證明了她是存在的！

「所以孟妮卡知道了我的事。」蕾西說。

「不。妳的父親介入了。之後，孟妮卡跟著她的雙親到廚房去，我不知道他們在裡面說了什麼，但我曉得她並不知道妳。」

「你又不確定——」

「記得今早妳見到和我談話的那對夫婦嗎？」

蕾西皺起眉，點點頭，示意他繼續。

「他們是孟妮卡的雙親，也就是妳的雙親。」

蕾西往後退了一步，艾倫跟著靠過來，站在她身邊。

「我的雙親？他們來了？來見我嗎？」

麥克搖搖頭，然後看了一眼艾倫。

「看著我！」蕾西命令。

「他們是來看我的，想收買我，要我住嘴別多說，就像他們用去義大利的機票想收買葛蕾絲姑姑。」麥克說。

「你拿了他們的錢？」蕾西覺得一陣天旋地轉。她才不管後果如何，若麥克真的拿了她雙親的錢，她會當場暴走，讓誰都不好過。

「不，我沒有。我當然沒有拿。但我拒絕他們的『捐款』後，他們的態度轉為乞求，乞求我不要把妳的事情告訴孟妮卡。」

蕾西嘴裡溢出一聲哭喊，她連忙用雙手摀住自己的嘴。她不想在麥克面前崩潰，但眼淚卻已經流了下來。

「為什麼？為什麼他們這麼討厭我？」

艾倫從背後摟住了她。她推開他，彎下身子。然後她站直身子，用手背抹去眼淚。她環顧四周，發現了咖啡壺，跑了過去。

「也許喝杯茶會比較好？」艾倫說。

蕾西把咖啡壺拿過來，舉得高高的，眼睛直盯著咖啡壺瞧，彷彿那是很有趣的玩意兒，一個不需要重力便能存在的東西。她將咖啡壺高舉過頭，然後鬆手。咖啡壺落到地上，撞得粉碎，碎裂的玻璃四處飛濺，一條棕色河流在這些尖銳的玻璃碎片間流淌，彷彿一條污染嚴重的河流。這畫面的視覺震撼非常強烈，她不需要聽到咖啡壺碎裂的聲音，她直接就能感受到。煮得過久的咖啡冒出一股味道，悄悄飄散到空中。艾倫做手勢要麥克別過來。

「要加奶精和糖嗎？」艾倫問。

艾倫從角落拿過掃把和畚箕時，蕾西看了他一眼。

「別清掉，我喜歡這個樣子。」蕾西說。

艾倫把掃把靠在角落放好，再把畚箕放在掃把旁。

「他說還沒講完，妳還要不要聽？」艾倫用手勢比比麥克的方向。

蕾西抬起頭看著麥克，點了點頭。他們往長沙發走去，麥克仍站著，但蕾西讓艾倫扶著自己坐下。

在長長一段停頓後，麥克說：「妳的父母說，要是妳們兩人相聚，會很危險。」

「危險？」這個形容詞讓蕾西從長沙發上站了起來。「危險？」

「這太荒謬了。」艾倫說。

「這沒有道理。」蕾西說。

「他們提到什麼精神損害。」

「他們怎麼可以這樣？他們居然把我說成是損壞品。」蕾西開始來回踱步。

幾分鐘後，她走向麥克，伸出手來。

「做什麼？」麥克說。

「把我父母的電話與地址給我。現在就給我，快點。」蕾西說。

「妳要怎麼辦？」麥克問。

蕾西舉起三根手指，說：「第一，先把這該死的展覽弄完。第二，去見我的雙胞胎姊妹。」

「那第三呢？」蕾西沒往下說之後，艾倫這麼問。

蕾西露出了微笑。她用左手比出數字「三」的手語，也就是大拇指、食指與中指，然後用右手的食指輕輕敲了敲左手的中指，表示她正要說出待處理計畫的第三項。

「第三，讓我父母生不如死。」蕾西說。

17

蕾西睡不著，而她現在應該至少要睡一下才行。她需要睡眠，不然她根本撐不完自己的畫展。她已經完全符合所謂藝術家就是要受盡折磨的定義，而蕾西實在討厭自己成為特定的刻板印象。但若她一直躺著無法入睡，至少也應該是因為她把全副心神都放在自己的作品上，並為了能將自己的作品展現給全世界而興奮不已。

應該說展現給她的客戶看還差不多。他們不是唯一會對自己與寵物的肖像畫感興趣的人嗎？然而，這就是她討生活的方式，這次展出也一定會吸引新客戶。但她現在除了自己的雙親外，無法再思考任何事情。她正努力回想他們長得是什麼模樣，但她只見過他們的後腦勺，這實在是不可能的任務。他們看起來很高。她的父親留著短短的平頭，頭髮灰白。她母親的頭髮呢？是深色的，就像她的頭髮。也許比較捲？她那時為什麼沒多注意呢？真希望她那時有見到他們的臉。擁有那兩張臉的兩個人，是她的親生父母，來這兒不是見蕾西，他們失去已久的女兒，而是來見麥克。這殘忍的事實，隨同一張麥克最後終於交出來的名片，一起深深烙印在她的腦海裡。

理查．包曼。包曼空氣槍。緬因州，波特蘭市。這就是為何蕾西夢想住在燈塔裡的原因嗎？這是她基因的一部分嗎？這實在太瘋狂了，她居然有這樣的想法，彷彿她人生的每一小塊，諸如喜愛的口味、好惡與決定，現在都必須從基因的角度重新檢視。若所有關於她的一切，都不真正屬於她，那她到底是誰？

說不定她會買下一座燈塔，坐在燈塔頂樓，手裡拿著來福槍在窗前瞄準，然後她會像躺在海面岩石上的海妖，將她的父母引誘到岸上。

瞄準頭部！開槍！去死！

她的父親是空氣槍製造商。老天，那他也是國家槍枝協會的會員嗎？是共和黨員？他們是不是有錢得要命？她應該去索討他們所擁有的一切嗎？說不定她也能這麼做，只是很可惜，她不喜歡靠血緣關係討錢。

那簡直是犯罪。那位雙胞胎的母親曾這樣說過。他們的女兒，她的姊妹孟妮卡是關鍵。犯罪。空氣槍。雙胞胎。**他們會開槍射死失聰的女兒對吧？**

她會招募孟妮卡加入她的陣營，然後兩人一起反過來對抗她們的父母。一個倒過來的陷阱，她們為自己雙親設下的陷阱。不是要讓他們快樂團聚，而是要硬生生將那兩人分開——

蕾西下了床，走到窗戶前。她討厭自己肚子裡的那些壞心腸，討厭去正視那些她真有可能做出來的事情。她應該不要去管他們，就讓他們活在自己小小的夢幻生活裡。

危險？若她們兩人相聚，會很危險？怎麼會有這種人？讓孟妮卡離開這種人，可算是幫了她大忙。她可以很肯定，一旦孟妮卡知道了他們正在做的事，以及他們已經對她們兩人做過的好事，她一定不會再想和那兩個人有任何牽扯。還是這位「靈魂建築師小姑娘」會選擇寬恕並忘記一切？蕾西拉開窗簾，舉起那把想像中的來福槍。狙擊手，不錯的職業選擇。預備，瞄準，發射。她走回床上，希望艾倫在就好了。艾倫沒有和她共度一夜，而是跑去住旅館。彷彿他們對彼此的一切正小心翼翼地刺探，又回到正式的約會、求愛流程。她想念艾倫的身體、想念他的嘴唇、想念他的眼眸、想念他的微笑。

她到底做了什麼？為什麼她寧願把他趕走，犧牲兩人美好的關係？雙胞胎姊妹這件事實在太沉重了，她的人生裡不需要。她希望自己從未打開過那封信，從未見過那張在書店裡的海報。更從未聽過孟妮卡．包曼這個名字。但現在蕾西只有滿腦子問號，以及一張暫時空著的床，就像一片空曠的田，只為她一人所有。真可惜不是片罌粟花田。以目前的情況來看，她根本無法睡覺。於是她喚來魯奇。她要去工作室，任何地方都比這裡好。空氣槍？誰猜得到。

✣

通往工作室的門沒有關上，一塊磚頭卡在門下。蕾西停住了身子。麥克在這裡嗎？也許是他把門打開然後用磚塊卡住，也許他正帶來另外一件藝術展需要的作品。但理智告訴蕾西：這是不可能的，因為麥克的吉普車不在附近。魯奇瘋狂扭個不停，想離開她的懷抱，她可以從狗兒的腹部感覺到一陣低狺。她抬起頭，看著通往入口的那道長長階梯，但從她站立的角度，看不出有什麼不對勁的地方。魯奇終於掙脫了她的懷抱，一路跑上樓，一面大聲狂吠不止。蕾西躊躇著，不知道是否該讓門就這樣繼續開著，還是在她進去後關上。若她讓門開著，有人可能會跟蹤她進入工作室。若她關上門，而已經有人在裡面的話——

魯奇衝了下來，牠的尾巴搖個不停，也不再狂吠或低狺了。蕾西一把門關上，就會陷入一片黑暗。樓梯頂端的燈泡很久以前就燒壞了。麥克在藝術展之前就答應過要換燈泡。蕾西從手提包裡找出一支小手電筒，扭亮燈光，把擋在門口的磚塊踢掉。她扶著樓梯旁的欄杆，一次踩著一級階梯，越爬越高，心跳也越來越沉重。在樓梯頂端，一切看起來都很正常。但到底是誰用磚塊把門擋開？又為什麼要這麼做？現在是早得不像話的週六清晨，若是流浪漢溜進來怎麼辦？或是強暴犯──

蕾西瞄了一眼魯奇，只見牠跳上跳下，想用舌頭去碰門把。若真有人闖入，魯奇還真是可靠。十一點鐘午間新聞，嫌犯死亡與一隻巴格犬有關……蕾西指著魯奇，比起手語：「我希望你是德國牧羊犬。」狗兒舔了舔她的腳踝。蕾西檢查通往工作室的大門，門上的玻璃片都完好無缺。她解開門底的鎖想要開門，門卻文風不動。門上方的鎖是鎖上的。蕾西簡直不敢相信，因為麥克從來不會鎖上門上方的那個鎖，這也是為什麼她沒有這兒的鑰匙。現在打電話給麥克太早了，她至少要等到八點。儘管知道這樣做沒用，蕾西還是踢了門。然後她坐在樓梯的最頂層台階，讓魯奇窩在她的大腿上。她的手放在魯奇小小的頭上，自己則頭靠在欄杆上睡著了。

做了幾個不安穩的夢之後，她察覺到沉重的腳步朝自己而來。魯奇從她的大腿跳下，往樓下衝去。她笨拙地摸索了一會兒，找到手電筒，往樓梯下照去。是麥克。他皺起臉，趕緊用手擋住自己不適應突來光線的眼睛。蕾西把手電筒的燈光從麥克臉上移開。麥克的腳步不太穩，隨著他越走越近，很明顯可以看出他喝了些酒。他舉起手，不是很穩地揮了揮。為了這場藝術展，他們倆還真是一對：一個失眠，一個宿醉。既然艾倫不在，蕾西與麥克只能用有限的字句和手勢來溝通。他們兩人現在都沒有紙筆溝通需要的用具，於是麥克指指蕾西，又攤開雙手。**妳在這裡做什麼？**

蕾西站起身，指指門上方的鎖，然後輕輕搖了搖那把鎖，告訴麥克它鎖上了。麥克搖搖頭，表示他沒有鎖上那道鎖。蕾西想告訴他磚塊的事，但她知道他永遠都搞不懂她的意思。他示意蕾西離開門邊。不是受到自信就是啤酒的刺激，他一步越上兩階衝了上來，然後檢查門鎖，就像蕾西之前在他面前做的那樣。然後他伸手去找鑰匙，示意蕾西保持後退姿勢，接著便消失在工作室裡。蕾西跟了進去，這裡也是她的工作室。若有人闖入，她也絕對有能力幫麥克去教訓對方。況且，魯奇已經跑了進去，留下她一個人像個傻瓜似的站在黑暗的樓梯間裡。

蕾西走了進去，卻躊躇不前。麥克沒有把燈打開。麥克很明顯想來個出其不意。蕾西也不想因為打開手電筒而毀掉這場暴風雨前的寧靜。魯奇呢？那個扔下她的小傢伙呢？最後她終於見到麥克從他的工作區走出來，手裡拿著棒球棒。蕾西實在忍不住了，她打開電燈開關，瞬間工作室大放光明。

一待兩人的眼睛適應了光線，蕾西與麥克便往倉庫後方走去，蕾西把展覽時要展出的肖像畫懸掛在那兒。一共有十五幅，當初靠著兩個大男人，花上好幾個小時，才將這些畫掛好在蕾西指定的地方，更別提畫像上頭聚光燈位置的擺設，好為這些畫做最適合的打光。那些聚光燈被關上了，這一定是為什麼蕾西覺得那兒看起來很不對勁的原因。她打開頭頂上的排燈，然後不敢置信地瞪大了眼。她的肖像畫全都不見了，而原本懸掛那些畫的地方，是她的那些馬匹畫作，彷彿這些馬匹為了要贏得三冠王比賽，才剛從起跑閘門衝出。而且不是剛好只有十五幅馬匹畫作被拿出來取代肖像畫。有十五匹馬被掛在原來肖像畫擺放的位置，另外有五匹馬被掛在固定於天花板的鐵鍊上，不停旋轉，彷彿在疾馳。而最後五幅馬匹畫作則靠牆豎立在那十五幅畫下頭，這樣的擺設同時完美地表達出隨意與藝術的眼光。若走近這些畫作，會感覺這些馬匹圍繞著你；若往後站，你會看見它們在原野中奔馳。看見所有的馬匹被這樣擺放在一起，蕾西有那麼一瞬間忘了它們都被切掉了一半。一頭巨大的藍色母馬，背景是盤旋而上的紅色與橘色天空。一團綠色與粉紅色的漩渦，鼻孔賁張，馬蹄就要從畫布裡躍然而出。一匹美麗的黑色駿馬側面，以紅色描邊，彷彿是被熾熱無比的火焰從後方映照著。她用遍彩虹的顏色為這些馬匹著色（但總會帶著些藍色調），充滿熱情活力的大眼，讓所有馬匹栩栩如生，而現場投射在畫作上的燈光，讓眾馬有力的頸子與頭部閃耀著光芒，彷彿鬃毛著了火，彷彿它們熱到無法碰觸。這場馬群中央掛著一張牌子，上頭寫著：

請觸摸。

牌子上的字體就和那封神祕信件裡使用的字體一樣。她想暴跳如雷，但卻無法做到。她愛死了這個構想。她是個靠觸覺感知的人，她作畫也是用這種方式。她討厭博物館充滿規矩與悶熱不堪的環境，她曾在那裡想用觸摸的方式去探索世界，卻換來有人擊掌警告她的下場。蕾西朝懸掛在空中的一幅畫伸出手，觸碰那匹金色的母馬。她彷彿在指尖下真的感覺到了馬鬃的刺硬與腹部的平滑。她自己絕對想不到這麼棒的展示概念，就算她自己來嘗試，也無法將這些馬匹擺放得更精采。

麥克輕輕用手指敲了敲她的肩膀，嚇了她一跳。她完全把麥克給忘了。

「哇喔。」麥克的嘴唇吐出讚嘆。他看著蕾西的眼神彷彿是第一次見到她，然後問：「這些都是妳畫的？」

蕾西點點頭。

「這些馬畫得太棒了。」

蕾西可沒時間去接受讚美，她跑到那塊防水布前，即使她用看的就知道布底下空無一物，但她還是拉開了防水布。那張防水布只是隨意被扔在那兒，皺成一團。她那些主人與寵物的肖像畫不在防水布底下，那些畫不見了。西麗亞·雪曼絕對會抓狂。她之前就告訴蕾西，她已經讓法蘭禁食了整整一週，這樣展覽開幕時法蘭看起來才會好看。蕾西告訴她狗兒是沒有受邀的，卻沒說魯奇當然也會在現場。西麗亞氣壞了，她說法蘭好不容易減掉足夠的重量，看起來與她要求蕾西在肖像畫裡繪製的模樣差不多瘦。蕾西只能希望，西麗亞見到她照著眼中所見而忠實畫出來的肥嘟嘟法蘭時，不會大發雷霆。

就在蕾西就要離開防水布之際，眼角餘光見到一抹白色。有一封很眼熟的白色信封躺在那兒。她一刻都沒有猶豫，抓起信封撕了開來。

若願望是馬，蕾西要如何駕馭？

蕾西瞪著這行字。她又讀了一次。**若願望是馬——**

搞什麼鬼？是誰搞的鬼？這是有人在開玩笑嗎？蕾西很快看了一眼她的那些馬，這一次她彷彿第一次見到它們。二十五個願望。她和她的雙生姊妹分開已經有二十五年。**若願望是馬**。不，不可能是這個意思的，只不過是巧合罷了。真是如此嗎？**蕾西要如何駕馭**？蕾西感覺到眼淚即將要奪眶而出。不要再來了，她不要再哭了。不要在某個她根本就不知道的人面前哭，她甚至不知道自己是否想去認識那個人。不，這不是為什麼她夢想住在燈塔或是畫了二十五隻該死的馬。這不是原因，這不是原因，這不是原因。這是非法侵入，是犯罪行為。她的肖像畫——她賴以為生的作品——被偷了。

若願望是馬……

麥克再次出現在她身後。若她不是對眼前這一切感到無比憤怒，早就會長篇大論指責他不該偷偷摸摸接近她。蕾西反而把那封信交給麥克，他搖搖頭，困惑地攤開雙手。然後他又指指蕾西的馬匹畫作，用嘴巴說了「真令人不敢相信」，或是「森林讓人不該想洗」[35]。蕾西衝向畫架，拿起他倆之間唯一值得信賴的麥克筆。

有塊磚頭把前門擋開。**我的肖像畫不見了**。蕾西寫道。

今天傍晚她的客戶都會來看展，期待見到自己與狗孩子、貓孩子的肖像畫，其中還有一位奇

[35] 請見註❺。

特的客戶，養了一隻鬣蜥。他們會氣壞的。所有的辛苦都付諸流水了。她得把錢還給他們，但她現在卻沒這筆錢。他們都預先把錢付清了，也都同意讓她展示這些肖像畫，並且期待著今晚就能把畫帶回家。她完蛋了。但為什麼有一部分的她卻快樂得像要飛上了天？想要大喊：好耶，好耶，太好了！她的馬就該出現在這個地方，公開展示，暴露在眾人的眼光下。

老天。看看這些馬兒的眼睛，看著它們的眼睛，便如同看進了蕾西的內心世界。是誰這樣對她？如此折磨她？她能繼續這場展出嗎？**展出必須要照常**。她可以看見羅伯特這麼說。展出必須要照常。看著她自己的畫作，她努力假裝自己感覺到的不是極度喜悅。不管她繪製這些馬匹的動機是什麼，它們看起來都美極了，讓她驕傲不已。只是她實在想不透，會是誰在背後操弄這一切？而她也忍不住去猜想，那人的下一步又會是什麼？

18

也許她不應該來這兒。畢竟，自從他給了她那張宣傳單後，就再也沒有對她提起過展覽這件事。連婷娜都不來了，她可是那個試著要約麥克出去的人耶。講到婷娜，要是她發現孟妮卡在這裡，而且還穿著性感的黑色低胸小洋裝，不知會作何感想？孟妮卡站在藝術工作室外頭，看著人們魚貫走上那道狹窄的階梯。燈光與喧鬧聲從樓梯上的空間傳來。看起來似乎很好玩。只是順路經過看看，打聲招呼，又沒什麼不好。**我是來這裡談工作的。**

但她其實不是，她是來這兒見麥克的。支持另外一位藝術家，就這樣而已，只是支持藝術。就先暫且不去想即使在波士頓、紐約或是其他地方，她也很少去看藝術展。她可是和參展者有私人關係——麥克曾經訪談過她（若那也算是訪談的話），所以她現在來這兒支持他。況且，她還是得問明白為何麥克知道她身上有那塊胎記。她有好幾個理由來這兒，而且每一個都很充足。她沒費心去邀請喬伊一塊兒來，因為她知道他被工作纏身。她也沒告訴喬伊，她要來看麥克的展覽，因為喬伊在狩獵小屋時便很嫉妒麥克。她現在正和一群菸槍站在外頭，她要嘛就是跟著也點起一根菸，要嘛就是走上樓。

進入展覽場幾秒鐘後，孟妮卡便很慶幸自己來了。一位美女馬上就遞給她一杯紅酒，很快又端來一盤起司與薄餅乾。她站在展覽場地的中央，面對一張皮沙發與幾張椅子，其後是廚房。人群多半聚集在中央，另外一群人則聚集在她右側，孟妮卡幾乎看不到那些雕塑，只能看到圍聚在雕塑面前的人群腦袋，畫作展覽則懸掛在她的左邊。孟妮卡本來想先去看雕塑，這時她抬頭看了一眼掛在天花板鐵鍊上的畫作。她手裡拿著酒杯，身子移近那些畫。然後，甚至又更靠近了些，彷彿被一股磁力吸了過去。孟妮卡穿過人群，盡可能想接近這些畫。接下來，她便被馬匹的畫作圍繞，驚訝得無法言語。

這是她這輩子見過最美的事物。她整個人感覺輕飄飄的，但雙腿卻牢牢站在地上，彷彿她就像面前這些馬兒一樣，抬高了前腳站立著。她四周的人們說個不停，大部分的內容都很莫名其妙。一個女人不停在說：「我的小法蘭在哪裡？」另外一個女人則在問個不停，她的鬣蜥到哪去了？這些人怎麼能在這些傑作面前盡講些愚蠢的廢話？她再走近了些。

請觸摸。

這位畫家是誰？孟妮卡朝著一匹從陰暗海浪上升起的白馬伸出手，海浪就像一個拳頭，把馬舉了起來。即使那張牌子允許她去觸摸，但她還是將手伸了回來。請觸摸。孟妮卡強迫自己照做。有那麼一瞬間，她發誓自己真的感受到了海洋的溼氣，與海浪的怒吼。那匹馬撫摸起來感覺像絲緞，只除了牠的鬃毛又粗又滑。她的眼光看向這幅畫作的角落，想瞧瞧這位畫家的名字。

「孟妮卡？」

一聽到有人喊自己的名字，孟妮卡猛地轉身。

「婷娜。」

婷娜在這兒做什麼？更重要的是，她要怎麼解釋自己會在這兒？孟妮卡露出燦爛微笑，掩飾自己的不安。

「嗨，妳也在這兒。」她說。

「是啊，妳在這兒做什麼？」婷娜問。

「他給了我一張宣傳單，妳忘了嗎？」

「我們不是談過了？妳說妳不會來。」

「妳不也這麼說？」

現在到底是怎麼回事？她和婷娜從未起過爭執，現在卻像姊妹一樣口角。婷娜看了看四周，突然捉住孟妮卡的手肘，把她拉到牆邊。

「有人看見妳嗎？」

「什麼意思？」

「麥克知道妳在這兒嗎？」

「還不知道。」

「好險。」婷娜身子軟癱在牆上，彷彿剛放了氣的充氣娃娃。然後她直接從孟妮卡手裡拿過酒杯，一飲而盡，說：「來吧！快離開這裡。」

孟妮卡把手臂抽回來，說：「婷娜，妳這樣太過分了！」

她哪裡都不去，她要去拿另外一杯酒，然後去找畫出這些馬的畫家。

「我不是來這裡找麥克的，別擔心。」孟妮卡說。

「那妳來這裡做什麼？」

「支持藝術。」

「是啊是啊。」婷娜往孟妮卡身後看去，眼神掃過人群，問：「喬伊呢？」

「他沒辦法來。」

「所以妳大老遠跑來費城支持藝術？」

「婷娜，我們別像妒火中燒的女學生吵個沒完好嗎？我只是需要出來一個晚上，能有點時間離開工作。我很高興見到妳，但拜託不要對我生氣。」

「聽好，妳是我的老闆，若我們一起共度休假，實在很怪。」婷娜說。

孟妮卡覺得自己像被賞了一巴掌。她和婷娜曾一起做過的事情可多了，她們總是像朋友那樣互動。婷娜會這麼不高興，是因為一個男人嗎？她認為孟妮卡想要來偷走他嗎？更糟糕的是——這是真的嗎？那揮之不去的煩人恐懼讓孟妮卡惱羞成怒。孟妮卡不是也來這兒見麥克的嗎？自從他們見面之後，她不是每分每秒都在想著他嗎？她們兩個是獨立自主又強悍的美麗女人。她們真的要讓一個男人介入嗎？

「那就假裝我不在這裡吧，總之我不會離開。而且我還正想買下一幅畫。」她轉身面對那些馬匹，說：「真希望我能買下全部。妳對這位畫家知道多少？」

婷娜盯著孟妮卡瞧了老半天，嘴角揚起一抹不易察覺的微笑。

「我見過她。她讓我想到妳。」婷娜說。

「真的嗎？在哪方面？」孟妮卡問。

突然有人走到孟妮卡面前並開始揮舞手臂。一開始她以為這是某種玩笑，但又出現了另外一個人，也跟著做同樣的動作時，她覺得自己完全被當成傻瓜愚弄。揮舞手臂，是因為他們聽不見，他們在使用手語。但他們怎麼會認為孟妮卡看得懂手語？突然又一個女人站在她面前，是一位金髮美女。

「老天啊！」那女人直盯著孟妮卡瞧。然後她轉過身，對那兩位一直想與孟妮卡說話的聾子比起手語。這女人不知道比了什麼，非常有效。那兩人的面色變得十分奇怪，他們的眼神從那女人移到孟妮卡身上，然後搖搖頭。

「哇喔！」

孟妮卡是不是聽見了他們說出「哇喔」？

「我是凱莉，很抱歉，他們認錯人了。」那女人說。

「沒關係。」孟妮卡說：「你們怎麼用手語說『你好』？」凱莉笑了，然後揮手打招呼。孟妮卡再次覺得自己像白痴。她揮手打招呼，那兩人也向她揮手，然後繼續站在那兒盯著她瞧，彷彿他們是顯微鏡，而孟妮卡則是切片上的樣本。凱莉揮揮手，要那兩人離去。接著，就像婷娜之前的舉動，她抓住孟妮卡的手臂，開始引導她走到前門。

孟妮卡停了下來，說：「妳要把我趕出去？」

她不過只喝了幾口酒而已耶，現在到底是怎麼回事？

「不，不，不是，我只是想，我們可以到外面聊聊，呼吸新鮮空氣。」凱莉提議。

「我不要去外面聊。」孟妮卡通常不會對人這麼無理，但她剛才受夠了婷娜的脾氣，況且，說真的，這女人以為她是誰啊？

「抱歉。」凱莉抬起假腿，說：「我得時不時動一下這隻腿。」

孟妮卡盯著那隻義肢，心想自己可真是混蛋！這女人說不定需要人幫忙下樓梯。這裡沒有電梯嗎？但她不能找別人來幫忙嗎？孟妮卡想去看麥克的雕塑，也想找人問問，要如何買下一幅馬匹畫作。她不在意要花多少錢，事實上，越貴越好。那本書出版後，她並沒有揮霍多少。她和喬伊，敏感纖細的喬伊，將錢都存了下來，為未來打算。還有什麼花錢方法，比得上支持藝術呢？買一幅她真正喜愛的畫。困難的是，她只能挑一幅。

「我扶妳下樓梯，但若妳不介意的話，我馬上就回來。我要去找那位畫家。」

✣

孟妮卡來了，我和她就在外面。簡訊上寫道。

不——————！

她是來看麥克的。她也想見妳，想買畫。

不要不要不要不要不要不要不要。

她什麼都不知道。

蕾西滿臉驚慌，推開圍繞著她的人群，想要去找艾倫或麥克，卻撞見了羅伯特。

「怎麼了？」他一見到她的表情就這麼問。

「救命，你得幫幫我。」蕾西說。

✣

「哇，她剛傳簡訊給我，要我帶妳上去。」凱莉看著她的手機說。

「太棒了，我等不及想見她。」孟妮卡說。

其實凱莉根本不需要人幫忙便能上下樓梯，她一定只是覺得寂寞，想要孟妮卡陪陪她而已。也許孟妮卡該送一本自己的書給她。不過，說不定這女人會以為孟妮卡想告訴她，其實她需要幫助。或是她可能會認為孟妮卡只是在推銷自己。這天晚上的焦點不在她身上，而是該放在藝術上。

「我可能先去找麥克比較好。」她們兩人走到樓梯頂端時，孟妮卡說：「去打聲招呼，然後看看他的作品。」

「沒問題，妳忙完了之後，在那兒等我。」凱莉指指沙發。

✣

孟妮卡恨不得有更多時間去好好欣賞麥克的雕塑，那些作品就像她之前想像的那樣令人驚豔。即使婷娜在麥克身邊轉個不停，彷彿被麥克身上的磁力吸住似的，他見到孟妮卡時，依然激動萬分。孟妮卡從他的眼裡能看得出來。但就如同婷娜，她也在麥克臉上見到驚愕，若不是她自己想太多，她會認為那是恐懼的表情。嚴格說起來，在場的每個人都有著古怪的眼神與緊張的氣氛，彷彿在等待什麼事情發生。

為什麼他們要怕她？麥克和婷娜已經上過床了嗎？難道她發現到的就是這麼回事？

「孟妮卡，我們要不要出去？」麥克說。

真是夠了，為什麼大家都要趕她出去？彷彿她會暴衝似的。

「到底是怎麼回事？為什麼每個人都要趕我出去？」孟妮卡質問。

「她討厭妳的書。」婷娜脫口而出。

「什麼？」

「那位畫家，就是畫出那些馬匹的畫家，她認為妳是騙子。」

「婷娜，那樣說不公平。」麥克說。

「她看了麥克對妳的訪談，認為妳滿嘴胡說八道。」婷娜繼續說。

「老天。」孟妮卡說。

「沒那麼糟。」麥克輕輕拉起她的手臂，讓她遠離婷娜。

「她並不討厭妳的書。事實上，我認為她會很喜歡妳。」麥克說。

「我剛正要去見她，這個只有一條腿的女人——凱莉，正向她提到我。我要買一幅她的畫。」孟妮卡說。

「我想我最好先和她談談。」麥克說。

「講得我好像有痲瘋病還是其他可怕疾病。」

「我不是這個意思。」

「好吧，她不喜歡我的書，我不在乎。我為什麼要在乎？」

「婷娜不該那麼說的。」

「我不該來的。」

「我很高興妳來了。」麥克的聲音很低，而且很輕柔。他不想讓其他人聽見，除了她之外。

她望進麥克的雙眸。天，她追定他了，她覺得自己真是個可惡的人，還是個可惡的女朋友與可惡的朋友。難怪沒有人歡迎她。她的每一個毛細孔都在滲出「可惡」的味道，而她居然不知道。

「我得走了。恭喜開幕，我喜歡你的雕塑。」孟妮卡是認真的，麥克十分有天賦。只是她不能留下來，因為無論如何她都不想去面對那個討厭她作品的女人。這不是她一直在害怕的事情嗎？她不是一直在等待有人能挺身走出來，告訴她，她是個騙子嗎？從頭到尾沒一句真心話？那為什麼她會覺得這麼難過？尤其這麼批評她的人，孟妮卡是那麼喜愛她的作品，還想買回家。這讓場面變得更加難堪。

「晚上要不要留下來陪我？」麥克問。

孟妮卡正要回答，卻瞧見婷娜在自己身後，眼神閃爍游移。

「謝謝你，但我得回家了。」她說。

大家是對的，她並不屬於這裡。她完完全全不屬於這裡。

✣

麥克發現蕾西就站在房間中央，臉上戴著插上孔雀羽毛的黑色面具，在等著他。

「妳可以把面具脫下了，她已經走了。」麥克說。

19

「求求妳，不要再打包了。」

但婷娜還是沒停下動作，彷彿聽不見孟妮卡說的任何話。她封上了最後一個箱子。搬家工人才剛把車停在人行道旁。

「求求妳，別這樣。」孟妮卡說。

「我就是要走，我很早之前就該這樣做了。」婷娜說。

「但我們還有講習會要辦，妳有責任要和我一起——」

「我不是東岸女孩[36]，我是西岸女孩。」

婷娜來自聖地牙哥，現在要搬到洛杉磯。更糟的是，她把這一切都怪到孟妮卡頭上——她的書裡不是說要「把家搬到適合自己重新發展的地方」嗎？但孟妮卡知道才不是這樣。這一切都和麥克有關，他一定狠心拒絕了婷娜。這是真的嗎？這是孟妮卡的錯嗎？自從他的藝術展後，已經過了三天，而她還沒有試著去聯絡他。他也沒有聯絡孟妮卡。

「情況不一樣了。『若你的屋子垮了，至少你可以省下拆房子的錢。』」婷娜很快看了一眼她自己那本《靈魂的建築師》，那是她唯一一樣還沒打包的東西，看來她不打算帶走。

[36] 一般認為美國西岸人較隨性、珍惜環境、重視健康生活；而東岸人較拘謹、不愛開玩笑與自負。

「不要引用書裡的話，求求妳和我說話。」

「妳是聽不見嗎？我要搬到加州去。」婷娜的笑聲很奇怪。

「但我需要妳。」

「妳可以去找別人。」

「我不要找別人。」

「我是在幫妳。妳根本不知道我是多麼盡力在幫妳。」

「那是什麼意思？」

「算了，別想了。我要走了，我很抱歉。」

門鈴響了。

「搬家工人來了。孟妮卡，很抱歉，不過妳擋到路了。」

「我幫妳把箱子搬下去。」孟妮卡舉起離她最近的箱子。

婷娜撲了過來。

「不用！」她把箱子搶了回去。

「我只是想幫忙。」

「妳想幫忙嗎？那就走吧！妳還不懂嗎？我無法和妳說話，無法思考任何關於妳的事，而且我絕對不想看著妳的臉。」

「我的臉？」孟妮卡用手摸了摸自己的兩頰，然後她甩開手去抓住婷娜揹在身後的圓筒行李袋，問：「妳到底怎麼了？」

「可憐的孟妮卡，我真的很抱歉。我只是無法再聽從妳的建議了。妳們兩人才是絕配。」

「我告訴過妳，我不是對麥克有意思——」

「別對我說謊。反正不重要了，我根本不是在講他——」

「那妳是在講誰？」

「妳知道嗎？」婷娜一面開門一面說：「大家都會為她感到難過，但我不會。孟妮卡，我關心妳，真的。妳說得沒錯，我在嫉妒妳，但我還是該離開了。妳只要別讓人完全踩在妳身上，好嗎？妳無能為力，那不是妳的錯。」

「我無能為力什麼？什麼不是我的錯？」

「打電話就能隨時找到我，我真的很抱歉。」

婷娜摟住孟妮卡，在她臉頰上親了親，然後請她離去。

✣

「帕瑞斯先生現在可以見妳了。」

孟妮卡跟著這位個子嬌小的女人經過走廊。喬許．帕瑞斯坐在辦公桌後，桌上堆滿了成疊的紙，被擋在一座訂購表格的城池後方。就是這麼回事。賣錢、賣錢、賣錢。買更多的書、參加更多講習會、聽更多的廢話。她想起父親以前曾掛在門旁的牌子：「推銷員一律槍殺。」

「孟妮卡。」

她一進門，喬許便站起身，但並沒走出他那道將人隔離開來的高牆。他伸出手，很快與她握了握手之後，比比他面前的一張椅子。孟妮卡坐了下來，蹺起一隻腿。

「有何指教？」他問。

「是關於我剩下的講習會。」孟妮卡實在很怕提起這件事，但卻不得不提。「恐怕要取消了。」

喬許．帕瑞斯笑出聲來。

「別開玩笑，妳差點就唬到我了。」他說。

「我是認真的。我的助理才剛離職——」

「妳可以再雇用一位。」他按下辦公桌上的叫人鈴。「雪莉，幫我送一疊履歷表過來好嗎？我們現在有銷售助理的空缺。」

銷售助理，就像她也不是什麼作家，或是演講家，她只是個誘導群眾去買書的銷售代理人。她為什麼一開始會答應做這種事？是因為每年都有十五萬本書出版，卻鮮少能維持不錯的銷量？

「帕瑞斯先生——」

「叫我喬許就好。」他露出燦爛微笑與滿嘴白牙。她可以肯定他絕對做過牙齒雷射美白。

「喬許，我得老老實實告訴你，我的心已經不在這上面了。」好，她說出來了，感覺真好。這就是誠實。

喬許打開辦公桌的抽屜，草草翻閱一整排懸掛著的檔案夾。他拿出一捆文件，遞給孟妮卡。那是她的合約。孟妮卡接了過來，卻沒有看。她已經知道他要拿著這份合約說什麼了。

「妳在第十三頁可以見到。」他說話的語氣彷彿期待孟妮卡自己翻到第十三頁。「若妳取消剩下的講習會，妳不只積欠本公司每人一百五十塊美金的講習會註冊費用，還有每位參與者預計能產生的潛在銷售損失——」

孟妮卡站了起來，把合約推過桌面上還給他。他知道她根本無法負擔這筆錢。

「聽好，這份工作不容易，我絕對知道。若妳願意，我可以推薦一些很棒的影帶，讓妳充充電——」

「不必了。」

他攤攤手，彷彿在說：**看看妳有多不理性**。

「那我們動作得快點。妳剛提到不喜歡〈慶祝好時光〉。那妳何不自己挑些歌曲，我來聽聽？」

孟妮卡仍只是站在那兒。

「這才是我的好女孩。振作起來吧！若妳改變主意，想看那些影帶，告訴我一聲。」

✣

喬伊坐在前排。婷娜的離去讓孟妮卡處於孤立無援的困境，而她又拒絕雇用新的助理，之後他便一直努力支援她。她討厭回到費城，討厭麥克住在這兒卻沒有坐在前排，反而是喬伊坐在那裡。只要一想到那位畫家，畫出讓她念念不忘的馬匹，發現她在城裡時，會這樣告訴大家：「那個帶著爛書的女騙子在市中心的萬豪國際酒店裡開講習會。」孟妮卡就羞愧得無地自容。

「我就是自己靈魂的建築師。」孟妮卡對群眾這麼說：「你們也是。記得那座在天空的城堡嗎？你們可以擁有那座城堡。我會花上整個週末的時間，教你們該怎麼做。」

突然間，站在孟妮卡左側的翻譯員開始說起話。這是第一次有聽障人士來參加孟妮卡的講習會。有兩位翻譯員與她一起站在舞台上，每二十分鐘便輪班交換。這實在容易讓人分心。並不是因為孟妮卡不全力支持這個主意，而是有人站得離她這麼近，感覺實在很怪。她不斷透過眼角餘光注意她們的手勢動作。最近發生的奇怪事情還真不少，就像第一次學會一個字之後，接下來便到處都能聽到那個字。一開始她在藝術展開幕時見過聽障人士，現在他們就加入了她的講習會。這樣再好也不過了，孟妮卡歡迎殘障人士加入，她只是不知該如何應對。而她才剛開始了解，聽障人士喜歡問很多問題。

翻譯員打斷她的話：「我不懂，妳說的『在天空的城堡』是什麼意思？」

孟妮卡看著翻譯員。她在開玩笑嗎？

翻譯員微微朝觀眾席的方向點了點頭。喔，對了。翻譯員不是自己問出這個問題，她只是在替人傳遞訊息。那位聽障人士在哪兒？

「這個問題是由聽障出席者提出的嗎？」孟妮卡問。

翻譯員一用手語比完這個問題，一位坐在第二排的女人便馬上從位置上站了起來。那女人打扮得很奇怪，穿著一件軍用雨衣、戴著帽子與墨鏡，一頭金色鬈髮垂落到肩膀以下的位置。

「我不接受『聽障』這種說法。」那女人一面比著手語，翻譯員一面說了出來。

她的雙手比得飛快，孟妮卡很擔心她會打到身旁的出席者。她不接受「聽障」這種說法？那不是比較有禮的說法嗎？

「很抱歉，那麼妳喜歡被怎麼稱呼？」孟妮卡有些結巴地問。

「我是失聰，不是聽障。聽障意味某種東西壞了，需要被修復。我沒有壞掉，我不需要被修復。」

「我真的很抱歉。妳剛是不是提了問題？」孟妮卡說。

「我不懂妳在說什麼？」那女人說：「在天空的城堡。靈魂的建築師。這些到底是什麼意思？」

孟妮卡的身子僵住了。終於來了，她被「揭露」是騙子的時刻到了。但她從未想像過會是由一個聽障——失聰——女子和手語翻譯員揭穿，而喬伊還坐在前排，目不轉睛地看著她。

「那表示不要為你能達成的目標設限。天空就是限制。」**就是這樣**，孟妮卡這麼告訴自己。**繼續講下去就對了**。她多少相信自己講出來的話，真的。「這個星期講的是要如何創造願景。」孟妮卡繼續往下說：「一步步擬定出計畫，去過你想要的人生——」

而不是只是深陷其中、一敗塗地、跟著大眾起舞——

「我會透過特定的練習引導你們，幫助你們起步。這個週末結束後，你們離開時便可以——」

那位聾子女士又揮舞起手臂。

「我要和家人對決，妳可以幫助我嗎？」她說。

喬伊站了起來。

不要。孟妮卡在腦袋裡喊著。**千萬不要**。

喬伊朝那位聽障女士轉過身。

「也許妳來錯了講習會，這裡談的不是治癒家庭關係。」喬伊說。

他沒有說出這種話吧？

「這個講習會是要培養有願景的人。」

老天，但他真說了。

「請你別說了，我想回答她的問題——」孟妮卡說。

「你這傢伙是誰？」聾子女士瞪著喬伊這麼問。

我喜歡這女孩。孟妮卡心裡這麼想。

眾人的期待目光讓氣氛凝重起來，彷彿大家都感覺到即將有一場大戰要開打。他們說不定都在納悶喬伊到底是誰，納悶為什麼孟妮卡讓他出面替她解決問題，彷彿孟妮卡自己無法處理滋事分子。

「這位是我的未婚夫，喬伊，他幫忙我寫了這本書——」孟妮卡說。

在一陣零星的掌聲後，那女人說：「原來如此，難怪聽起來不像妳會說的話。」

「等一下。」喬伊說：「我很遺憾妳是聽障——失聰——但這並不表示妳有權——」

她怎麼知道的？她怎麼知道這不像我會說的話？孟妮卡想。

「你才給我等一下。」翻譯員的音量提高了。「你很遺憾我失聰？你很遺憾我失聰？」

老天，喬伊，你剛不會是真的這麼說了吧？你不是故意的，快告訴她你不是故意的。

「這麼說實在令人作嘔。就像說『我很遺憾你是黑人』、『我很遺憾你是拉丁美洲人』、『我很遺憾妳是女人』一樣。」

喬伊啞口無言。他轉頭看著孟妮卡，然後搖搖頭。

她可以看見你。她又沒有瞎。孟妮卡很想這樣說。那為什麼她要戴著遮住半張臉的墨鏡？她看起來像是個聾子恐怖分子。孟妮卡往前走了一步。

「妳想要與家人對決？」

那女人雙手橫在胸前，點了點頭。

「我絕對能幫助妳建構一個藍圖，引領妳和家人——對談——」

「是對決——」

「妳和家人的對決。」孟妮卡停了停，說：「不過，若妳已經認為那是對決，而不是對談，我認為妳終將會失敗的。」瞧，她做到了，她掌握了局面。現在趕快繼續下去，免得這女人再度揭穿她。

孟妮卡突然很慶幸自己不是這場家庭衝突的對象，這女人實在令人不寒而慄，孟妮卡幾乎能見到她身上發出一波波閃電。

孟妮卡再次對整體群眾發言：「那麼，請各位看著我剛才發下去的紙片，上面有號碼，這就是你的小組編碼，請找到位於其他區、手裡與你握有相同號碼的組員。接下來我們就要開始第一場團體活動。」

那位聾子女士拿起她的隨身物品，穿過人群來到走道，彷彿準備要離去了。孟妮卡不知道理由，但她知道自己不能讓她就這樣走人。

「等等，別離開。」她在那女人身後喊。

她看著翻譯員，對方只是聳聳肩。孟妮卡走下舞台，想追上那個女人。

「孟妮卡，讓她走吧！」喬伊喊。

孟妮卡沒理會他。

「停下來。」孟妮卡大喊，即使她知道在聽不見的女人背後大喊，不但沒用，而且愚蠢至極。「拜託妳別走。」

群眾並沒有分成小組，所有人都站在那兒，看著她和那個女人，目瞪口呆。孟妮卡感覺到自己梳整好的髮髻開始散亂，腋下也突然冒出汗水。她加快了速度，那女人的腳步很快，但孟妮卡使盡全力追了上去。她終於追到那女人時，孟妮卡卻不知道要如何引起她的注意。她不想嚇她，卻不能讓她就這樣離去，而且這女人難道沒看見滿屋子的人都在盯著她瞧嗎？她不知道有人在背後嗎？

孟妮卡伸出手，抓到了那女人的外套衣袖，然後扯了扯。那女人停了下來，終於轉過身子。孟妮卡凝視著那副過大的墨鏡與長長的假髮，這兩樣東西對這女人的臉蛋而言都顯得過大，這讓孟妮卡想到小女生玩著偷穿母親高跟鞋盛裝打扮的遊戲。

「別走。」孟妮卡說。

這女人能知道她在說什麼嗎？能讀她的唇語嗎？

「翻譯員！」孟妮卡大喊。

其實她根本不用喊，她身後就有一位翻譯員，喬伊也跟了過來。她很想大喊要他滾開。她很想要這屋子裡的所有人——所有人，只除了這女人，通通消失。

「告訴她等一下。」孟妮卡對翻譯員說。

「妳不用說『告訴她』，直接對我說就可以了。」那位聾子女士說。

「妳說得沒錯。」孟妮卡說：「這本書不是我自己寫的。」她指指喬伊，說：「我只是個冒牌貨。那本書是他寫的，全都是他的主意。」孟妮卡在台上戴著的麥克風仍別在身上，她發現自己的聲音正傳遍了整座講習會大廳。參與講習會的群眾聽進了她的每一句話，而在她澄清事實後，原本的細語聲轉為不斷放大的交談聲。但孟妮卡不在乎。奇妙的是，只要眼前這個女人不離開她，她便覺得自己彷彿能說或做出任何事。也許這是真的，也許真相的確能讓人解脫。孟妮卡笑出聲來。

「孟妮卡，我們都能聽見妳。」喬伊的手放在她肩膀上，她卻撥開他的手。

「妳是誰？」孟妮卡對那女人說。

「我與麥克共事。妳不是想要買一幅我的畫？」她這麼回答。

「妳就是那位討厭我的畫家？」孟妮卡說。

「什麼？」那女人說。

「麥克？婷娜的男友？」喬伊說。

「有人告訴我，妳覺得我的書『根本都是廢話』。」孟妮卡說。

「我該叫警衛來嗎？」喬伊說。

「你閉嘴。」孟妮卡告訴喬伊。

諸多念頭忽然湧進孟妮卡的腦海裡。

第一次遇見麥克。

他的目光是如何凝視著她。

他的訪談。

他為何會知道她身上的胎記。

婷娜離去前最後對她說的那番話。「每個人都會為她感到難過。」

葛蕾絲姑姑。「蕾西。」

她的母親——妳曾有個姊妹。

孟妮卡走上前，伸手去扯那頂假髮。

「孟妮卡！」喬伊說。

孟妮卡不理他，繼續抓掉那副墨鏡。

「見鬼了！」喬伊的聲音從很遠、很遠的地方傳來。「真他媽的見鬼了！」

孟妮卡目不轉睛地看著，對於眼前所見，她無法做出任何合理解釋。

群眾突然爆出掌聲，彷彿才剛親眼目睹一場精采表演。

「是雙胞胎。」

孟妮卡聽見有人這麼說。

「她們是雙胞胎。」

孟妮卡聽見這些話與自己心裡的念頭互相迴盪。**她看起來就像我一樣。她的頭髮比較長，臉頰上有雀斑，她穿得比較隨性自在，但她簡直就跟我一模一樣。我沒瘋，剛有人說了雙胞胎。我不是看見了幻覺。喬伊剛說了「媽的見鬼了」，喬伊從來不說髒話。**

「蕾西。」孟妮卡輕聲說道，一面伸手摸著自己沒有雀斑的臉頰。「是蕾西。」

「妳好，孟妮卡。」蕾西說。

「真令人不敢相信。」孟妮卡說。

這是真的，她真的不敢相信。這一定是場夢，她覺得自己輕飄飄的，彷彿地心引力從她身上抽離了，她的身子比灌滿氦氣而直衝雲霄的氣球還要輕。她的頭就要和身體分開，然後飄到天花板。也許這是一場夢，或是她被下了藥。不論如何，她都不在乎。她沒辦法將目光從蕾西身上移開。她差點就要像個盲人一樣，用手去感覺對方的臉蛋。

「相信吧！這是真的。」蕾西說。

「我聽得懂。我聽得懂妳的聲音——」

「很好。」蕾西說完後又改回手語。

孟妮卡有滿肚子話想問，太多的字句猛地一股腦全擠進腦袋裡，卻膠著在那兒，讓她不知道該從何講起。**她是聾子**。孟妮卡想。**那我得用我的手和她說話**。

孟妮卡舉起手，然後不知道要怎麼做才好。那雙手停在她的腰間，然後垂了下去，彷彿風箏沒有足夠的風力能盤旋而上。

「喬伊，你來接手講習會。」孟妮卡說。

「沒問題。」喬伊說。

孟妮卡牽起蕾西的手，說：「跟我來。」然後把蕾西帶出了會議室。

蕾西作勢要一名翻譯員跟上。兩位翻譯員都小跑步跟了上來，她們很明顯地都不願錯過這場好戲。

孟妮卡停下了腳步，問：「妳能讀我的唇語嗎？」

「一點點。」蕾西說。

「我們需要翻譯員嗎？」她指著兩位翻譯員，其中一位必須將她的問題翻譯出來時，孟妮卡感到有些尷尬。

「反正妳還是要付她們錢。」蕾西說。

✣

「妳真美。」孟妮卡說。

她們倆坐在酒店庭院裡的一張小桌子前。

「妳也是。」蕾西說。

孟妮卡笑出聲來，過了幾秒鐘，蕾西也跟著一塊兒笑起來。孟妮卡的笑聲柔美清越，蕾西的笑聲則是低沉空洞。孟妮卡哭了出來，蕾西伸出手，孟妮卡馬上握住。她的手好軟，自己的手是不是也像她那麼柔軟呢？

「我不懂。我怎麼可能會有雙胞胎姊妹？怎麼會？」孟妮卡說。

「我也不知道，直到我看見妳的書。」蕾西說。

「老天啊！我是被領養的！」孟妮卡說。

「什麼？」

「這表示我是被領養的。我一定是被領養的孩子。」孟妮卡突然站起身，看著四周的動植物，彷彿等著它們集合到她身旁。「難怪我的射擊技術那麼差。還有那座狩獵小屋，也許這就是我痛恨那棟屋子的原因。我根本就不是那個家族的人。」孟妮卡拍拍自己，要自己冷靜下來。她的手機到哪兒去了？

「嘿，妳不是被領養的。」蕾西一面說，一面站了起來。

「我一定是，因為若我不是被領養的話，那麼——」

「妳的雙親就是我的雙親。」

「但那不可能啊！我的父母不會——他們不可能會——」她「啪」的一聲伸手摀住自己的嘴。「所以家裡才到處都是蕾絲[37]。家裡的每一處平面都是——蕾絲。」葛蕾絲姑姑。在廚房的母親。**妳有個姊妹。妳有個姊妹**。

「妳沒有在一出生就死了。老天啊！」孟妮卡走到牆邊，把頭抵在上頭，有股衝動想要用頭

[37] 蕾絲英文為：「Lace」，而蕾西的英文名字為：「Lacey」，兩者拼法、發音皆相近。

去撞這面磚牆。事實上她很想讓自己的頭產生痛感，這股突來的衝動嚇壞了她。她感覺到有隻手在自己背後摩挲。她轉過身，投入蕾西懷裡。她緊緊抱住蕾西，彷彿已經認識了她一輩子，然後靠在她的肩膀上啜泣。

她哭完後，抬起頭說：「我們去別的地方吧！」

蕾西轉過頭，見到那兩位翻譯員都眼眶含淚。蕾西抱了抱她們，算是道別。然後她伸出手，孟妮卡握住了，兩人甚至連要去哪兒都沒討論，就這樣手牽手離開了庭院，朝街上走去。

20

她們兩人面對面，坐在一家事後根本想不起名字的咖啡館木頭小桌前，交換彼此的生活經驗，就像船難生還者，一直以為自己流落的地方是荒島，有一天卻得知這個島上有人煙，而且一直都有人居住。這感覺苦樂參半，彷彿湯姆．漢克斯在電影《浩劫重生》結尾時，發現他居然對一顆排球無端產生了不健康的心理執著。

她比我還愛哭。蕾西想。**我哭的時候也像那樣嗎？**她發誓絕對不要再哭了。孟妮卡面前的紙巾已經堆成了小山。**她總是這樣邋遢嗎？我也好不到哪裡去**。蕾西想。孟妮卡從盒裡抽出最後一張紙巾，擤了擤鼻子，然後放到那座充滿細菌的紙巾堆上。

「這是快樂的眼淚。」孟妮卡說。

快樂的眼淚。她在兩人中間的一本記事本上這樣寫道。蕾西從她手裡拿過筆，畫了一張快樂的笑臉，流著一滴飽滿的眼淚。

「我有好多問題想問。」孟妮卡說。

蕾西舉起手。**照規矩來**。她在記事本的最上頭寫道，還在這句話下頭劃了三條線。孟妮卡點頭如搗蒜，完全同意。

我總是比較強勢的一方。蕾西想。

蕾西在「照規矩來」下方寫下「母親」，接著是「父親」，然後一筆劃掉這兩個詞。她們不討論這個。孟妮卡臉上閃過一絲痛苦神色，然後她動了動身子，露出微笑，那神色便消失了。

別告訴任何人。蕾西寫道。

孟妮卡張開了嘴，然後又闔上。她從手提包裡挖出自己的筆，寫道：**那兩位翻譯員、喬伊、兩百名參加講習會的觀眾、麥克、婷娜、葛蕾絲姑姑、父母**。

蕾西笑出聲來。**現在這樣就夠了**。

「只是現在，就只是現在。」孟妮卡說。

這時孟妮卡的手機發出震動聲響，她看著蕾西，用唇型說：**是喬伊**。她關掉手機，收回手提包裡。女侍走了過來，翻開手上的小本子，聽候兩人點菜。蕾西指指菜單上的三明治，女侍跟著指了指上頭的三明治，蕾西點點頭。但女侍仍不是很確定，於是看向孟妮卡。

「她想喝點什麼嗎？」女侍問孟妮卡。

蕾西用力在桌上敲了一下，女侍仍繼續望著孟妮卡。

孟妮卡指著蕾西，說：「她能自己點菜。」

「百事可樂。」蕾西說。

「我要完全一樣的東西。」孟妮卡說。

女侍離開後，孟妮卡說：「老天，她好像把妳當成隱形人，或是小孩子。這種事常發生嗎？」

一直都是這樣。有次還有個醫生把我的處方藥單直接拿給翻譯員。妳為什麼要點和我一樣的東西？

「我發誓，我正是要點這兩樣。我超愛咖哩雞肉沙拉和百事可樂。」孟妮卡撕下兩張紙，一人一張，說：「寫下前十名妳最愛的食物。」

「包括點心？」

「什麼都好，只要是妳最愛的。開始。」

兩人停在紙上想了一會兒，然後動筆。寫完後，她們互相交換，她們都喜歡的有義大利香腸披薩、咖哩雞肉與起司蛋糕。

「我們都在創作領域工作。」孟妮卡說。

她在紙上寫下「作家」與「畫家」。蕾西在她的黑莓機上滑動著畫面，直到找到她想要的東西，然後將魯奇的相片拿給孟妮卡看。

「這是我的巴格犬，魯奇。」她說。

「不會吧？」孟妮卡叫了出來，幾個人轉過了頭，但她的熱情卻沒被這些目瞪口呆的人澆熄。「我也有隻巴格犬，叫做史魯奇！」

「我知道。」蕾西說。

「妳怎麼會——」

蕾西舉起孟妮卡的書。

「我的小傳。」孟妮卡說。

蕾西從自己的袋子裡拿出書封，遞過去給孟妮卡。孟妮卡看著上頭的小鬍子與惡魔角，笑了出來。然後她突然停下笑聲。

「那家書店。」她說。

「我很抱歉。」蕾西比出「抱歉」的手語。

孟妮卡跟著比了一次，然後又笑出聲來。

「我以為妳是偷臉賊。」蕾西說。

孟妮卡笑得更大聲了。蕾西誇張地重新表演一次她見到書店櫥窗那張海報時的反應。孟妮卡飛快地在記事本上寫著。

妳在哪裡長大的？

就在費城外的郊區，山頂育幼院。

孟妮卡的臉蛋流露出驚訝，然後變得通紅。她仔細端詳著自己的指甲後，這才拿起筆，重新在紙上寫著：

為什麼？為什麼？為什麼？為什麼？為什麼？？？？

蕾西敲敲第一條規矩。然後，她寫道：**妳從來都不知道？**

當然不知道。但是他們……孟妮卡看著「母親」和「父親」那兩個字。

「我們得去找他們，向他們問個清楚。」

「不。」

「我們有權利知道答案。一定有個解釋的。」

「不行，不行，不行，不行。」

咖哩雞肉三明治和百事可樂端來了。蕾西把記事本推開，專心吃起食物。孟妮卡玩著吸管，看著蕾西。

「抱歉。」孟妮卡比著手語。「就只有我們知道。」她又補充說：「現在就只有我們知道。」

蕾西露出微笑。

「我只是……」孟妮卡繼續說：「這實在太不可思議了。我好想告訴大家，我不想藏起這個祕密。」

蕾西的手握成鬆鬆的拳頭，用大拇指的指甲觸碰自己的嘴唇，然後朝下比劃了兩次，教孟妮卡今天的第二個手語。

「耐心。」她比著手語。「要有耐心。」

孟妮卡跟著比了一次，但眼裡卻毫無耐心，只有壓抑不住的渴望。

兩人走出門時，孟妮卡與那位女侍目光相接。

「一堆人點咖哩雞肉沙拉和百事可樂，有什麼好奇怪的？」孟妮卡對她露出一朵大大的假笑，外帶一根中指。

✣

是孟妮卡提議去租獨木舟的。飄起來。逃離這裡。一路上她們注意到人們都在盯著她們瞧。

「他們得看第二次才知道自己沒眼花。」孟妮卡告訴蕾西。

蕾西笑出聲來。

她們來到船屋，孟妮卡堅持由她付租金。她們划出了思故客河㊳，漫無目的地輕划著槳，什麼也不做，就只是在船上看著彼此。孟妮卡穿著裙子和外套，蕾西則穿著牛仔褲與圓領上衣。孟妮卡脫掉腳上的包鞋，然後指指蕾西的腳。蕾西也脫掉了她的網球鞋。兩人把腳擺在一塊兒，孟妮卡穿著絲襪，蕾西穿著黑襪，兩人伸出腳，在獨木舟裡接成一座小橋。

「一樣的腳。」孟妮卡說。

蕾西一把脫下一隻腳的襪子，讓孟妮卡看她的腳趾頭，每一根腳趾頭上的指甲都塗上了不同的顏色：綠色、橘色、藍色、紅色、紫羅蘭色。孟妮卡笑出聲來。她把手舉到裙邊，脫下絲襪，讓蕾西看自己的腳。她做了法式指甲。蕾西又一把脫掉另外一隻腳上的襪子，然後伸手向前，拿過孟妮卡的絲襪，一股腦全扔進水裡。孟妮卡笑了，用槳舉起那些溼透的襪子，一樣往船外甩出去。蕾西兩手伸進上衣裡，使勁扭了一陣後，把胸罩脫了下來。她在孟妮卡面前拎著胸罩晃呀晃。

孟妮卡看著那塊布，眨眨眼，說：「我也來。」然後也脫下了胸罩。兩人把胸罩各放在自己的槳上，孟妮卡數：一、二、三。胸罩朝兩個方向飛了出去。幾名泛舟者停了下來，瞪大了眼。蕾西與孟妮卡同時爆出笑聲。她們無法向別人解釋自己在做什麼，以及為什麼要這麼做，她們只知道這樣很好玩。發現自己是雙胞胎可不是每天都會發生的事情。若她們想要的話，也可以全身脫光，來個裸泳，也可以彎腰對著思故客高速公路上飛馳而過的車子露出光溜溜的臀部。

沒了絲襪與襪子，光腳穿著鞋走路有些疼，而且身上沒穿胸罩，也不能隨便跑步，但划完獨木舟後，她們還是撐著走回了市區。她們找到一家小店，買了一模一樣的粉紅色夾腳拖鞋。接下來她們繼續往街上走，參觀教堂旁的一個小小的狗兒專用公園，聊著各自的巴格犬。

「真不可思議。」孟妮卡指著自己手機上史魯奇的相片說：「史魯奇和魯奇。我是說，這實在太奇妙了！」

「百事可樂與咖哩雞肉。」蕾西說。

蕾西從口袋裡拿出一張名片，上頭寫著：「艾倫．費雪，總承包商。」她在名片的背後寫道：**這是我男友**。

「老天！喬伊是建築師！」孟妮卡說。

蕾西點點頭，她已經知道了。

孟妮卡指指自己的無名指，又指指蕾西的無名指。蕾西搖搖頭，孟妮卡指著自己，也搖了搖頭。她抱起一個想像中的嬰兒輕輕搖著，蕾西再度搖搖頭，然後指指孟妮卡，孟妮卡也跟著搖搖頭。沒有丈夫與孩子，只有男友與狗。突然有人抱住孟妮卡的腰，將她從地上抱了起來，把她當成小孩子一樣用力搖擺。突然間，她又被放了下來。孟妮卡轉過身，見到一個穿著宮廷弄臣裝束的高大男人正瞪大了眼看著她，彷彿她才是舉止奇怪的那個人。然後他對蕾西瘋狂比起手語，蕾西笑得太用力，眼淚都笑了出來。那兩人快速地比著手語交談時，孟妮卡只能無助地在他們兩人之間看來看去。

「孟妮卡，這位是羅伯特。」蕾西說：「羅伯特，這位是孟妮卡，我的雙胞胎姊妹。」

㊳ Schuylkill River，貫穿費城的一條河流。

羅伯特臉上的表情再清楚也不過：震驚十足。他模仿方才的景象：他走上來，抱起孟妮卡，見到蕾西後大吃一驚。三個人都笑了出來。然後羅伯特抱了抱蕾西，對孟妮卡揮揮手，便離開了。他離去時，裝飾在他戲服上的小鈴鐺隨著他每踏出一步而響個不停。

「妳有好多朋友。」孟妮卡想起在藝術展開幕時那些聽不見的人們。「我真替妳感到高興。」

「失聰團體是我的家人，也是我至今唯一擁有的家人。」蕾西說。

✣

這一次，孟妮卡在蕾西的工作室裡穿梭，彷彿打算日後憑著記憶親自將這景象畫下來。她參觀蕾西的工作台、畫筆、一疊疊記事本。蕾西滿腹創意，又這麼美、這麼有自信。這是孟妮卡一直覺得很沒有安全感的原因嗎？她的那份自信是不是全被賜給了蕾西？孟妮卡是擁有一切的那個人，但蕾西卻是那個能抬頭挺胸、充滿自信的人。孟妮卡在一面牆邊前見到新的畫作，十五幅主人與寵物的肖像畫，就靠著牆邊擺著。這些畫沒有那些馬匹令人神魂顛倒，但同屬佳作，有種怪誕的筆觸。

「這些畫也很棒。」孟妮卡說。她哪天也要蕾西替她和史魯奇畫上一幅。

這些畫之前被偷了，就在畫展開幕前。蕾西寫道。

孟妮卡皺起了眉頭。**妳怎麼找回來的？**

有人把畫又全部寄回來。

好奇怪！

這還不是最奇怪的地方。

孟妮卡很有禮貌地等著，但蕾西卻沒有再往下說。

照片！她得照一張兩人的合照！

孟妮卡裝出照相的樣子，蕾西卻搖了搖頭。孟妮卡拿出手機，站在蕾西身邊，拿起手機對著兩人，準備要照相，蕾西卻把她的手推開。

「怎麼了？」

蕾西搖搖頭，表示不要照相。

那些馬匹畫作仍照著畫展的擺設懸掛在那兒，兩人走到那些畫前。

「妳真會畫畫。」孟妮卡說：「我完全被這些畫迷住了，真的，它們一直在我腦海縈繞，揮之不去——」

孟妮卡不再說個不停，因為她發現自己說得太快了。

蕾西衝到一幅很大的畫架前，上頭擺著巨大的素描寫生板，她拿起麥克筆，寫道：**妳喜歡馬嗎？**

孟妮卡跟了過去，也拿起麥克筆，寫道：**我喜歡妳畫的馬。**

妳騎馬嗎？

我不會騎馬。

妳小時候有沒有馬的玩具？

沒有。

孟妮卡不知道自己說錯了什麼，但她的回答很明顯惹惱了蕾西，彷彿蕾西認為她在說謊。蕾西會失望，是因為她沒有像蕾西一樣，對馬有那麼明顯的熱愛嗎？孟妮卡再次指著那些馬。**這些畫簡直棒極了！！！**

蕾西摔下麥克筆，聳了聳肩。她走到廚房，抓起一瓶紅酒舉了起來。

兩人坐在長沙發上，繼續透過手指、讀唇語與書寫和對方溝通。喝了一杯後，孟妮卡表明自己很容易喝醉，蕾西確認自己也是如此。孟妮卡問她何時第一次喝醉酒？蕾西把頭往後靠在長沙發上，試著回憶。然後她伸出九根手指頭。

「九歲？」孟妮卡叫了出來：「真的是九歲？」

蕾西笑出聲來，然後寫道：**我是孤兒。院長有一整櫃的酒**。

孟妮卡真希望自己懂手語，儘管先前她只想要那兩名翻譯員走開，現在卻希望現場能有個翻譯員。突然間，書寫與手勢都不夠用了。她想要知道更詳盡的故事。她要告訴蕾西，當蕾西寫下「孤兒」這個字的時候，她心頭的疼痛有多劇烈。她想要知道她沒能與自己雙生姊妹共度的一切，她也想把自己的一切都告訴蕾西。她想打電話給自己的父母，想立刻就把蕾西帶回家，要求他們給出一個答案。孟妮卡一直遵守諾言，一直都沒再提起自己的雙親，但她們當然不會永遠忽視這個問題吧？他們怎麼能這樣對蕾西？對她們？蕾西要倒給孟妮卡另外一杯酒，她瞄了一眼蕾西的空酒杯，揚起眉。蕾西搖搖頭。**我不能再喝了**。孟妮卡也學她同樣搖搖頭。蕾西於是用瓶塞把酒瓶塞好，然後站起身。

她看看自己的手錶，指著孟妮卡說：「妳該走了。」

孟妮卡也站了起來，身子搖搖晃晃，還帶著困惑。這感覺就像有人突然關掉了播放著午夜電影的電視機。

「好吧！」她打開手機，說：「妳的電話號碼、簡訊地址、電子郵件，所有的聯絡資料。」

「為什麼？」蕾西問。

孟妮卡笑了，看著她妹妹的臉，以為這只是開玩笑。但當她在蕾西臉上找不出任何幽默跡象後，住嘴不再笑了。蕾西完全是認真的。

「我什麼時候能再見到妳？」

「妳不會再見到我。」

「妳說什麼？」

「我之前想要見妳。我們現在已經見到面了。就這樣。」蕾西走到工作室的前門，打開門，等著孟妮卡離開。

孟妮卡衝向那疊紙，撕掉用過的那一頁。

妳不是認真的吧？！

蕾西走到那疊紙前。

我是認真的。

為什麼？？？？

不然妳以為我們是什麼？最好的朋友？

姊妹。雙胞胎。

妳是陌生人。

我可以不是陌生人。

很抱歉。

妳不能這樣做。

蕾西把筆收進口袋，走回門邊。她沒有回應孟妮卡的請求。

孟妮卡眼眶含淚，跟了過去。

「求求妳？拜託妳？」

蕾西把頭轉了過去。

「我不在乎妳是不是聽得見我，或是不了解我，但我不要就這樣結束。妳只是在生氣而已。我原諒妳。妳是我的雙胞胎姊妹，我不要再失去妳了。妳聽見我說的話了嗎？我會再回來的。」

孟妮卡撲了過去，親吻蕾西的臉頰。

蕾西退開來，把臉頰擦乾。

「妳的雙親把我像垃圾一樣丟棄，然後留下了妳。」蕾西的口齒不是很清楚，但孟妮卡卻聽懂了每一個字。

「不是那樣的，我知道他們一定很愛妳。我們得去找他們，他們會解釋一切的。」

蕾西大步走回那疊紙前，寫下：**他們已經來過這裡了。**

「不，不會的。」孟妮卡說。

他們是來見麥克的，要他別把「我」的事情說出去，要讓妳遠離「我」。

「我不在乎、我不在乎。我要妳，我只要妳。」

蕾西搖搖頭表示拒絕，然後作勢要孟妮卡離去。

「求求妳。我要付出什麼代價才能擁有妳？」孟妮卡說。

蕾西再度走到那疊紙前，寫下她的答案。孟妮卡還沒來得及看見答案，她已經把紙撕了下來，折成一半扔給孟妮卡。然後她再度指著門口，她不要孟妮卡在自己面前看答案。孟妮卡鼓起身上所有的勇氣，抬起頭，走出了門。

一出了門，她便靠在磚牆上，深呼吸一口。她打開那張海報大小的紙，心臟劇烈跳動著。

甩掉他們。甩掉妳的父母，就像他們當年甩掉我一樣。

21

孟妮卡站在人行道上，茫然毫無頭緒，還未從震驚中恢復，就像死忠顧客從自己最心愛的酒吧被踢出來，可是離酒吧關門還有好長一段時間。她不知道接下來該怎麼辦。回到酒店、回到喬伊身邊，繼續週六的講習會，週日回到波士頓，假裝什麼都沒有發生，彷彿她還是同樣一個人，繼續過著一成不變的日子？不可能。

她把指尖放在額頭上壓著，然後用手指敲著自己的頭。敲、敲、敲，彷彿啄木鳥那樣，敲、敲、敲。不行，沒有用，太輕了，不夠用力，不夠把她腦海裡的噪音還有痛苦敲出去。

她有個雙胞胎姊妹、雙胞胎姊妹、雙胞胎姊妹，同卵雙生的姊妹。這天應該值得慶祝才對，一開始的確是這樣。咖哩雞肉沙拉和百事可樂，還有像女學生那樣隔著桌子遞紙條。乘著獨木舟，脫掉鞋子、絲襪、襪子和胸罩。大白天就在蕾西的工作室裡喝酒。就像最好的朋友，就像姊妹。

孟妮卡並沒有很多女性朋友，她總是在男人堆裡感覺更自在。婷娜算是朋友，直到她甩掉了孟妮卡——

因為孟妮卡的關係，還有因為麥克。但蕾西到底是出了什麼問題？她做了什麼、說了什麼？還是她沒做什麼、沒說什麼？若是她叫來一輛計程車，不管多久就是要等到蕾西，等她一出來就一把捉住她，然後塞進計程車裡，大喊：「開車！」這算不算綁架？

「孟妮卡？」

她把手指從額頭移開，轉過身。

「麥克。」她只能吐出這句話，但腦袋裡卻有更多話想說。

婷娜那個傢伙！現在我明白你為何看到我像看到鬼一樣了。那時候你怎麼知道是我，不是蕾西？是衣服的關係嗎？一定是因為衣服的關係。

「很漂亮的夾腳拖鞋，還是粉紅色的。」麥克說。

「小女生才穿的。」孟妮卡笑了出來，又說：「我的包鞋在河裡。」

麥克順著她的眼光也往街頭那端望去，彷彿從他們站著的地方就能見到那條河。老大，他實在好迷人哪，是那種全身充滿性感魅力的迷人。難怪婷娜會為他癡狂。他又在看她的腳了嗎？一般來說，她的腳算漂亮，但現在卻髒得要命。也許他就是喜歡髒髒的腳。老天，她可不希望如此，不然他可成了有怪癖的傢伙，而她真的、真的很不希望麥克是個怪人。蕾西不是說她曾想和他上床嗎？更怪了。為什麼他不想呢？他覺得她美嗎？這太荒謬了，她們當然很漂亮——

「你早就該告訴我的。」孟妮卡說：「在小屋的時候。」

「我知道。我試過了，但那裡人太多，而且婷娜覺得——」

「婷娜知道？她那時候就知道了？」孟妮卡從未想過這一點。也許是因為有太多事情要想了。與自己雙生姊妹相遇的震驚讓孟妮卡完全無法依循邏輯思考。她就是無法追尋那些小小的線索——

「孟妮卡，我很抱歉。我實在無法想像妳現在正經歷的一切。」

「那我父母來拜訪你之後呢？那現在要不要告訴我一切呢？」

麥克嘆了口氣，將手塞進褲子口袋裡，穿著網球鞋的一隻腳鞋尖踢著人行道地面。她發現他們倆剛聽起來就像一對情侶在鬥嘴，更超乎現實的是，麥克也相當投入。她瘋了嗎？還是有某種心靈上的感應從她的腳底竄入了身體裡？

「他們很堅持。」麥克靜靜地說。

「我父親也讓你覺得難堪。」孟妮卡說。

「那又是怎麼回事？」

「你在小屋時勇敢反駁他，我有注意到這一點。」

那讓我聯想到你會對我下手，做些很齷齪的事情。女人也有性幻想的，你知道。麥克不知道她想像自己被他佔有過多少次、還有用哪種方法。兩人目光膠著在一塊兒，她完全忘了方才他們談話的內容。性幻想真是理智的殺手。

「記住，是我給妳邀請函，請妳來參觀藝術展的。」麥克說：「我**想要**妳見見蕾西。」

回到現實的速度居然這麼快。

「我父親到底對你說了什麼？」

「孟妮卡，我沒法——」

「你一定要告訴我。求求你，我必須要知道。」

「他們並沒說什麼，好嗎？聽著，妳務必要和他們談談。」

孟妮卡很快看了工作室一眼，說：「她還沒要我說出這一切。」

她只是要我不發一語就拋棄父母。

「似乎發生了很多事。」麥克對她露出溫柔微笑。

「婷娜走了，回到加州去了。」孟妮卡說。

「很抱歉，我從沒做過任何讓她會錯意的事情。」

「別說抱歉，我明白。」孟妮卡說。

接下來兩人沉默了一會兒，四目仍保持相接，然後麥克先別過了臉。

「感覺如何？」他問。

「什麼如何？」

「與妳的雙生姊妹相見。」

「喔，我愛她，我好愛她。」孟妮卡停了下來，她聽起來熱情得過了頭。說不定愛她是不正常的，即使孟妮卡的確是愛著她。也許她永遠無法向別人解釋清楚，但她就是愛蕾西。

「那很好。」麥克說。

「她恨死我了。」孟妮卡說。

「喔。」麥克的眼光看向別處。

他比她還了解她的姊妹，說不定他完全知道蕾西是怎麼看她的。

「很遺憾發生了這一切。」他說。

「沒關係。」

「才不是沒關係。假訪談、胎記那些，我實在不想嚇壞妳，實在不想讓妳覺得我是個變態——」

孟妮卡笑了出來，說：「沒關係。幸好你是個很有天分的藝術家，因為你實在很不會訪問人。」

「多謝了。所以妳來費城是為了——」他問。

「我得走了。」孟妮卡說。

她沒辦法留下，她的腦袋裡已經塞不下任何人。麥克還是喬伊？她的雙親還是蕾西？她此刻根本無法處理這些問題。

「我也許有幾雙合適的鞋，或是——」

「我不會有事的。」孟妮卡說。

她伸出手作勢要握手，麥克笑了，然後握住她的手。她一把將麥克往前拉，踮起腳尖，吻住了他整張嘴。先退開的人是她，不是因為麥克沒有回吻她，他當然有，而是因為她無法忍受麥克可能先推開她的這個念頭，問她一廂情願在搞什麼。因為她不知該從何解釋。她突然抽開身子，一如她之前的吻那般唐突，然後發現自己再次抬頭望向工作室。只有這一次，她沒有因為自己過度疑神疑鬼而覺得可笑，她認為自己見到了蕾西在窗戶內張望著。孟妮卡沒有再對麥克說一個字，只是拍了拍他的胸膛，那接近心臟的地方，然後走開了。

夾腳拖鞋又溼又黏，拖鞋上的帶子一直摩擦她的腳趾間。她實在想脫掉這雙鞋，但她可能會踩上碎玻璃或丟棄的針頭，或是許多她希望自己此刻沒想到的噁心玩意兒。她繼續走下去。吻了麥克之後，她渾身充滿某種難以言喻的激動，緩和了被蕾西踢出門的痛苦。她從未被人這樣掃地出門過。她發現自己又回到了教堂旁的那座小小狗兒專用公園。要是史魯奇在她身邊就好了。牠現在在波士頓的狗兒寄養中心。

她坐在長板凳上，只要能讓腳休息，她不在乎這樣有多不雅觀，或是旁人的同情眼光。她忽略周遭環境，試圖什麼都不想，只專注在自己骯髒的腳趾頭與腳底下裂開的人行道石板。喬伊已經打了好多次電話，把她的語音信箱都灌爆了。講習會現在已經結束了，真希望那些人看看她現在的模樣。光著腳、沒穿胸罩，而且毫無目標。這應該可以成為她新書的書名：沒鞋子、沒胸罩、沒目標。一隻手突然伸了過來，手裡還拿著剩一半的鮪魚三明治，孟妮卡愣了一下才回過神。三明治的主人是位年老的黑人，就坐在她旁邊。他也沒穿鞋，連便宜的夾腳拖鞋都沒有。他身旁放著一個大購物車籃，裡頭裝滿了看起來像垃圾的東西，堆得快滿了出來。他的一隻手橫放在購物車籃上，保護著自己的財產，另外一隻手伸了出來，要把三明治給孟妮卡。

「拿去，妳永遠不知道下一頓在哪裡？」他說。

「謝謝，但我不是無家可歸，我只是絕望。」她不知道自己為何這麼說。

一脫口居然就說自己絕望，她忍不住笑了出來，她又很快望了一眼老人，說：「我不是指當遊民不好。」

他收回三明治，打開一小角，小口吃了起來。

「嗯……真好吃。」他說。

「我是說真的。」孟妮卡指指她旅館的方向，說：「我就住在萬豪國際酒店。」

他再次看著她的腳，說：「那妳為什麼絕望？沒了男友？沒了小狗？沒了工作？」

孟妮卡搖搖頭。不是，不是，不是。

「妳有男友、有狗，還有工作？」

孟妮卡點點頭。沒錯，沒錯，沒錯。

「那妳為什麼絕望？」

「我失去了我的姊妹。昨天我甚至不知道她的存在，現在卻已經失去了她。」孟妮卡大聲說了出來，她心裡那揮之不去的悲傷開始有些鬆動。她哭了出來，那個三明治馬上又回到她面前。她努力止住眼淚，但仍然婉拒了三明治。老人把三明治放在長板凳上，就在兩人中間，然後從口袋裡抽出一張紙巾。就當孟妮卡以為他要把紙巾遞過來時，老人開始用他長滿厚繭的粗糙手指扭起那張紙。沒過多久，他便做出了一朵玫瑰。他舉起玫瑰，孟妮卡擦乾眼淚，笑了起來，然後接過那朵花。

「這就是希望，親愛的。」他說。

「謝謝。」

「我叫亨利，但大多數人喊我醫生。」

「醫生，很高興認識你。」孟妮卡說：「我是孟妮卡。」

「所以，妳是做什麼的？」醫生問。

「我是專門激勵人心的演講家。」孟妮卡又哭了出來。

醫生點了點頭。

「妳想知道一個祕密嗎？」他說。

孟妮卡吸吸鼻子，點點頭。

「沒人能搞懂所有的事情，一個人都沒有。」

「這可真是安慰人。」孟妮卡說。

「醫生我就是知道。」醫生說：「醫生我就是知道。」

他再次將三明治遞給孟妮卡，這次她收下了。

「所以，妳是怎麼失去姊妹的？」醫生問。

「我不知道。在某方面她很氣我吧？我猜。」

「唉，聽好，每個人都會生氣。我一天到晚都在生氣。別擔心，我現在可沒有。但我是會生氣的唷！我當然會生氣。」

「我也是。」

「別擔心，她會再高興起來。」

「我希望如此。」

「妳知道一定會的，妳最好這麼想。不論妳得做什麼，就去做。」

「你說得沒錯。」孟妮卡將那張對折的畫紙拿得更近，說：「我想你是對的。」

「我是啊，我當然是對的。除非我錯了。但問題是，我總是不知道差別在哪裡。」

「我也是。」孟妮卡把剩下的三明治遞給他，說：「我也是。」

22

一開始，她知道是雙胞胎時，凱瑟琳．包曼發過誓，絕對不要把兩人打扮得一模一樣。但成堆的禮物很快就上門了，一樣的嬰兒毛線鞋、嬰兒連身衣、圍兜與嬰兒帽。她註定要輸掉堅持，因為她無法就這麼浪費掉這些禮物。有時候，在深夜裡，當世界一片黑暗寂靜時，凱瑟琳總是回想著過去所做的決定，讓自己受盡折磨。她不知道是不是真的就是那麼簡單？若她一開始就拒絕讓兩人打扮得一樣，她們會不會健康且獨立呢？她在理智上知道，這樣很愚蠢，但她一面禱告，一面仍不斷重新回顧這些問題，如同她拿在手上的玫瑰經念珠，不斷在腦海裡被一次又一次地翻來覆去。但她相當肯定的一件事，就是真正的麻煩是從那雙藍鞋開始的。

她們一家三口正要出門，卻找不到孟妮卡右腳那隻藍色鞋子，於是凱瑟琳在她的小腳丫上套上棕色鞋子。孟妮卡看向蕾西的腳，蕾西穿的是藍色的小鞋。孟妮卡向凱瑟琳投來滿是憎恨的嚇人目光，然後開始大聲尖叫，在地板上又哭又鬧。直到凱瑟琳把兩個小女孩的腳上各除掉一隻鞋子，她才停止哭鬧。孟妮卡花了好久的時間看著自己的腳，一隻棕鞋，一隻藍鞋。她又看看蕾西的腳，一隻棕鞋，一隻藍鞋。她高興地叫了起來，然後與蕾西一起比賽跑出房間，奔到走廊。

我再也受不了了，我快瘋了。凱瑟琳匆忙在那兩人身後跟上時這麼想著。她最近常會有這樣的念頭，但沒有告訴任何人。老天賜給她一對可愛的雙胞胎，對她而言簡直就是奇蹟。她不能讓任何人知道她不知感恩，早已精疲力竭，甚至會在那一閃即逝的瞬間，希望自己沒有這對雙胞胎，希望可以回到只有她和理查的日子。

一天，凱瑟琳在森林邊擺了張毯子，位於邊緣的那排樹木能提供樹蔭遮陽。很快兩個小女孩就爬出了毯子，探索她們身後的一小塊泥土地。若理查在這兒，一定會馬上就一手一個把兩人抱回來然後罵一頓。但凱瑟琳要讓這兩個小女孩玩得全身髒兮兮的，要她們去碰觸帶著新鮮草香的青草、用手指去感覺沙粒與煤灰。一天結束後，洗澡水越髒，表示那天過得越愉快。

她們坐在泥地上，低頭靠在一起，她們的頭靠得好近，幾乎要連在了一塊兒，分不清楚彼此。這遊戲已經進行了一個星期。凱瑟琳看著兩人，努力想弄清遊戲規則，但卻完全不可能辦到。誰挖土挖得最深、最快？誰的指甲和臉頰沾到最多泥巴？**她們真可愛**。凱瑟琳總是聽到人們這麼說。**她們好親近啊，不是嗎？**

是的，她們非常親近。太親近了。每次凱瑟琳試圖告訴理查，這對雙胞胎的行為有些不對勁，他總是斥她杞人憂天就把她打發掉。她現在知道了，他只是不願去面對而已。他們兩人又怎麼會懂雙胞胎？也許所有的雙胞胎都會把自己包在繭裡，與外在世界完全隔離，沒有人能進得去專屬於他們的領域。每次凱瑟琳想要分開這兩人，蕾西會快樂地玩著，並且很黏她的保姆，但孟妮卡卻不是如此。孟妮卡會非常心煩意亂，直到身體出狀況。她會到處抓東西、緊纏著人不放，然後尖叫。有一天，當她的嚎啕大哭沒能立刻喚來她的姊妹時，孟妮卡爬到最近的一道牆面前，開始用頭去撞牆。很快，當蕾西和鄰居出去時，她就得戴上頭盔。就是在這個時候，凱瑟琳堅持要帶孟妮卡去見黛安。

黛安是一位孩童心理治療學家，特別擅長學步幼兒的領域，許多人非常推薦她。她見過的孩子，大部分都是家暴的受害者，那些案例讓人難以置信。四歲的孩子威脅要殺掉比自己小的手足，在自己弟弟或妹妹睡覺時，用枕頭蓋住他們的嘴巴。有個孩子，是個男孩，他弟弟在浴缸裡快樂地玩耍時，他把吹風機扔到浴缸裡。他們說著不堪入耳的髒話，打人、咬人、踢人、尖叫。凱瑟琳知道自己是個不及格的母親，但他們家裡從未有家暴。理查的確管教嚴厲，但從來沒有打過這對雙胞胎。

況且，她們很乖，真的很乖。儘管像男生一樣吵吵鬧鬧，但凱瑟琳不在乎。但當理查回到家，見到兩歲的孟妮卡戴著頭盔在撞牆時，他終於同意帶孟妮卡去看心理醫師。黛安．威爾斯，波士頓大學醫學院幼兒心理治療中心首席治療醫師，同意見見這對雙胞胎。她請凱瑟琳第一次來訪時先把兩人都帶來，之後她會單獨對孟妮卡做治療。

在第一次的來訪中，凱瑟琳坐在等候室裡，黛安則觀察著女孩們玩耍的模樣。她完全不知道自己壓力有多大，直到有個人、一位專家，在那個時刻出現來幫助她。三十分鐘後，黛安喚凱瑟琳進去。裡頭寬廣舒適，就像客廳，只是有張辦公桌在角落。兩個小女孩正在地板中央玩著一顆紅色的球。

「她們真的好可愛。」黛安說。

凱瑟琳的心沉了下去。她也會像其他人一樣，被這位醫生的花言巧語給糊弄了嗎？

「她們的玩耍模式要比同齡孩子稍微超前。」黛安翻閱著一本橫格黃紙記事簿，一面繼續說：「她們兩歲半，對嗎？」

凱瑟琳點點頭，害怕自己一開口說話，就會馬上崩潰。

黛安點點頭，示意凱瑟琳坐下。若那對雙胞胎注意到她進入了房間，也沒做出什麼反應。

「她們看起來的確是分享一切。」黛安離兩個小女孩約一公尺遠，坐在一張椅子的椅把上。「孟妮卡會模仿蕾西的動作。」黛安注意到了這一點。

凱瑟琳的身子連忙移到長沙發邊緣。

「沒錯，少了蕾西，她什麼都做不了。」她說。

蕾西扔下紅球，撿起一顆黃色的球。孟妮卡扔下紅球，找到一顆黃色的球。

「這其實非常正常。」黛安說。

「把紅球給蕾西。」凱瑟琳低聲說：「但把其他的紅球都拿走，這樣孟妮卡才找不到其他的紅球。」

黛安看了凱瑟琳一眼。當黛安遲疑時，凱瑟琳全身被恐懼籠罩。黛安沒見到她和女孩們每一天都要經歷的狀況，她們不能就這樣離開這次療程。她們真的需要幫助。

「求求妳，拜託妳。」凱瑟琳說。

黛安往前彎下身子，拿起一顆紅色的球交給蕾西。蕾西快樂地扔下黃球，拿過紅球。孟妮卡的頭猛地抬了起來。黛安很快將其他的紅球撿起。孟妮卡扔下她手上的黃球，爬向蕾西，伸出手要蕾西把紅球給她。蕾西把球放在自己嘴巴裡。孟妮卡張開嘴，發出無聲的尖叫，然後轉過頭瞪著凱瑟琳，彷彿她知道這都是凱瑟琳的錯。凱瑟琳用手摀住自己的嘴，黛安看到了這一幕嗎？她有沒有看見孟妮卡眼裡的憤怒與憎恨？孟妮卡現在沒戴著頭盔，凱瑟琳的身子移動到長沙發另一端，黛安之前堅持要她把頭盔藏在這裡。孟妮卡開始嚎啕大哭，凱瑟琳把頭盔遞給黛安，黛安卻揮手推開。孟妮卡開始尖叫了。

「她隨時就要去用頭撞牆了。」凱瑟琳說。

「收起來。」黛安抓過頭盔，藏在自己身後，說：「妳可能已經製造了一種觸發反應。」

「什麼意思？」凱瑟琳說話的同時，孟妮卡爬向了最近的一道牆。凱瑟琳知道她已經到達了臨界點，現在不論給她什麼球都沒有用了，她就是要去用頭撞牆。

「這頂頭盔很可能就是觸發她開始去撞牆的原因。」黛安解釋。

幾秒鐘後，孟妮卡爬到了牆邊，她在牆面前舉起雙手，頭往後仰。兩個女人都立刻衝了過去，但凱瑟琳先到一步，孟妮卡的頭往前撞時，她撞到的不是硬牆，而是凱瑟琳柔軟的手掌。孟妮卡繼續把頭往凱瑟琳的手掌撞。

「看見了沒？」凱瑟琳的眼裡滿是淚水。「妳看見了沒？」

蕾西扔下了紅球，搖搖晃晃地走向自己的姊妹。她抱住孟妮卡的腰，像喝醉的舞者抱著她一起搖擺，直到她停止撞頭為止。

23

「妳說不幹了是什麼意思？」喬伊跟著孟妮卡走進臥室。

她真希望他能走開，她得專注、需要想清楚接下來要怎麼做。她最終還是把與蕾西在一起發生的一切都鉅細靡遺地告訴喬伊，但他就是不懂。喔，他起先很有禮貌地聽著，喃喃好幾次：「喔真的嗎？」或是「那很好」，但當孟妮卡告訴他，蕾西最後是如何結束這段關係時，他完全不為所動。他說她應該給蕾西一些時間，她們現在都是大人了，有了自己的生活。這時孟妮卡便明白了，她和喬伊完了。他不適合她，他從來就不是她想要的男人。她不需要他，不需要那本書，也不需要去畫另外一張愚蠢的藍圖去知道自己想要什麼。她要蕾西，她要她的雙胞胎姊妹。

自從她在蕾西的工作室被掃地出門後，已經過了七十二個小時。七十二個難熬無比的小時。她現在根本不擔心喬伊的問題。若不是為了她對蕾西做過的承諾，她唯一一個對自己姊妹做出的承諾，她早就在父母家門口大發雷霆。她要知道答案，昨天就要。但現在，她會遵守自己的承諾。她與蕾西會肩並肩，一起反抗她們的雙親。但首先，她得讓蕾西同意見面才行，而為了達到這個目的，她需要時間思考。她在他們的公寓裡晃著，以全新的目光看著這個地方。實在太普通了，一點特色都沒有。一點都沒有藝術氣息。喬伊的理論是，雜物會「讓人心也感覺到雜亂」，但在見過蕾西的工作室後，孟妮卡現在恨死了這貧瘠的地方。蕾西表達感情的方式那麼豐富多采，那麼有活力！

「妳在看什麼?」喬伊問。

「我討厭這些枕頭。」孟妮卡走過去,抓起一個黃褐色與灰色相間的枕頭,用力甩到地上。

「妳自己挑的。」喬伊說。

「現在我不要了。」孟妮卡說。

她檢視家裡的牆壁,室內白。奶油白。褐灰色。管它什麼顏色。

「我要畫點東西,這兒需要點顏色。」她說。

「孟妮卡,那我們下週末要怎麼辦?」喬伊問。

下個週末。那場在舊金山的大型講習會。她沒辦法去舊金山,現在不行。

「你去。」孟妮卡說:「不然就不幹了,或是先暫時休息。我不在乎,我需要一些休假。」

「我們之前就討論過這點了,我有工作,我不可能請假去做妳的工作!」喬伊說。

「『若你周遭一切開始崩潰,別光顧著躲,要找出解決辦法。』」

「別這樣,別引用我說過的話。」喬伊說。

「啊哈!別引用你說過的話。承認吧!這本書是你寫的,不是我。」孟妮卡說。

「我只是幫忙——」

「是你寫書,我只是幫忙。」孟妮卡說。

「那又怎麼樣?書的封面是妳,妳才是大家想見的人。妳甚至問都沒問接下來的講習會進行得如何?」

「進行得如何?」孟妮卡開始把床單、被套等從床上剝下來。

她到底在想什麼啊？淺灰色調？

「簡直是一場災難。我講話結結巴巴，忘掉大段的篇幅，聽起來就像個白痴。有人離開會場，這樣妳滿意了嗎？他們不喜歡我，他們喜歡的是妳。」

「我沒辦法去舊金山，我得留在這裡。」孟妮卡說。要是她不在的時候，蕾西發生了什麼不測怎麼辦？她現在不能失去蕾西，無論如何都不能讓蕾西發生任何意外。

「帶她一起去。」喬伊說。

「什麼？」

這是這麼長一段時間裡，他說出來的第一件事，沒讓孟妮卡想揍他。

「她可以當妳的新助理。」

孟妮卡踩過地板上那一堆寢具，走到掛在牆上的那幅畫前。那是一幅複製畫，很平凡地表現出一個站在沙灘旁的女孩。

「我在哪買的這爛畫？」孟妮卡說。

「我怎麼知道？大概是在衛浴廚具購物城買的？」

「正是。反正就是某家普通不過的大型商場。」她把畫從牆上拿下。

「孟妮卡，妳到底在做什麼？」喬伊說。

「重新美化臥室。」她把畫扔到地板上。

「妳認為這個主意如何？」喬伊撿起地上的床罩和被單，又扔回床上，說：「帶她一起去。」

「她不想見我。」孟妮卡說。

「那就給她一些空間。」喬伊說：「寄給她一張金門大橋的明信片。」那是孟妮卡這輩子聽過最蠢的主意，她好想把喬伊從金門大橋上推下去。他就是不懂，她現在不一樣了。他沒有感受到與她相同的憤怒與背叛。他還為她的雙親說話，說也許他們將蕾西送到「特殊學校」，是他們能替她所做的最好決定。

那不一樣。孟妮卡這麼告訴他，把人送到特殊學校，和拋棄他們，是不一樣的。就這樣把人埋葬起來，抹去他們的存在，活生生地拆散。我的雙生姊妹，我的雙生姊妹，我的雙生姊妹。為什麼？為什麼？為什麼？喬伊當然無法給她答案。

現在她沒辦法再改變這間臥室了。她打開衣櫃，拿出行李箱。

「喔，感謝老天。但妳會不會太早收拾行李了？」喬伊說。

「我要去費城。」孟妮卡說：「而且我要留在那兒，直到我的姊妹回到我身邊。」她本來還沒計畫這麼做，但現在看起來再合理不過。蕾西是被拋棄的，她當然嚇壞了。孟妮卡需要證明，她永遠都不會再次拋棄蕾西。若這表示必須做出犧牲，那就犧牲吧！她也會去學手語，必要的話，她會請私人家教。她也會帶史魯奇去。就這樣。蕾西無法拒絕史魯奇的。

孟妮卡拍拍手，大喊：「史魯奇！」

「妳不會是認真的吧？」喬伊說：「孟妮卡，妳不是認真的。」

史魯奇衝了過來，跳上床，又從那堆床單上滑了下來，最後四腳朝天地落在孟妮卡腳邊。孟妮卡笑了出來，抱起狗兒。

「喬伊，你能相信嗎？魯奇？史魯奇？都是巴格犬？」

「是很奇妙，可以拿來寫本好書。」喬伊說。

「你腦袋就只想著這些嗎？」

「至少我還會思考，而妳只是在憑本能反應。妳知道那不是最好的方式。」喬伊說。

「我要去費城。我要帶史魯奇一起去，而且我才不會把牠放在討厭的外出籠裡。」

「我要打電話給妳父母。」喬伊拿出手機。

「你試試看，你打給他們，我們就完了。」孟妮卡說。

「妳說什麼？」

「我是認真的，喬伊。我這輩子從沒這麼認真過。若你敢撥下第一個號碼，你和我就吹了。」

喬伊「啪」的一聲把電話蓋上。她從未在他臉上見到如此痛苦的神情，而她很訝異自己居然幾乎不為所動。這個男人本身也很普通——不過就是嚴肅教授那一型。這不是他的錯，而是她的問題。那幅她從購物城買來的畫，喬伊不過就是那幅畫的男友版本。好看，但普通。什麼獨創性都沒有。

「妳一定是打擊太大了，我懂，我真的懂。」喬伊說：「妳用盡方法想找回她，這點讓我感到很驕傲——」

「你為我感到驕傲？為什麼？因為她聽不見嗎？」

「不——因為她是個賤人——」

孟妮卡把史魯奇放下，走到喬伊面前，狠狠甩了他一巴掌。那清脆的聲音讓她喊了出來，彷彿她才是被打的那個人。喬伊的臉頰紅腫起來，他沒有移動身子，也沒有大叫，或甚至把手抬起放在臉上。孟妮卡盯著自己的手，彷彿剛剛那巴掌是這隻手自己搞的鬼。

「喬伊，對不起，我真的、真的很抱歉。」她說。

「我簡直不認識妳了。」喬伊說。

「我知道。我一直對另外一個男人存有性幻想，很多次。一天好幾次。」孟妮卡說。

「老天，孟妮卡。」

「我很抱歉，但我就是忍不住。」

「都是因為性嗎？妳想要性？那好。」他把她拉過來，開始解開她的襯衫。

喬伊靠了過來。

但孟妮卡退了開來。

「住手。」她說。

「我以為這就是妳要的。」

「不是像這樣，別再這樣了。」

「他是誰？嗯？這傢伙是誰？喔——等等，讓我猜猜。這不會和那位『我想看看你的雕塑作品』的麥克．道森有關吧？是嗎？」

「不是，不是你想的那樣。」孟妮卡說。

了。」

「才怪。」

「喬伊。」

有趣的是，喬伊現在這模樣，正是她不久前所希望的。多一點熱情，多一點火花。只是太遲了。她看著眼前這個男人，清楚知道這一點。已經有點太遲了。

「這不重要，那只是幻想而已。但我的姊妹不是，我的姊妹是真實的。」

「她根本是個陌生人，親愛的，完完全全的陌生人。」

「不是，她是我的血肉。」孟妮卡說。

「妳甚至不了解她，而且是她要妳滾遠一點的。」喬伊說。

「因為她從小就被拋棄了！被我的父母！被她自己的家人——」

「她現在是個成年人了。」

孟妮卡走出臥室，走下樓梯，喬伊緊緊跟在她後頭。

「孟妮卡，妳現在精神不穩定。若需要的話，就取消舊金山那場講習會，但拜託妳留在這裡，冷靜下來。」

史魯奇躲在長沙發後面。孟妮卡跪了下來，叫牠的名字。狗兒慢慢走了過來，看著她的眼光彷彿在害怕牠自己可能也會挨一巴掌。

「我很抱歉。」孟妮卡說。

她抱起史魯奇，走了出去。喬伊離開後，她會把行李打包好。一個人居然能在短短七十二小時內就完全轉變，著實令人訝異不已。她挺身反抗喬伊，扔下工作不做，還賞了喬伊巴掌。看在老天分上，她並不贊同這行為，但自己卻完全被震懾住，彷彿她不只發現自己有個雙胞胎姊妹，同時也發現自己內心裡有個完全不同的人。三胞胎。孟妮卡體內有某種東西被開啟了，她想要的生活，與她目前的生活，兩者之間的鴻溝更加擴大了，不再是一道她必須跨過的裂縫，而是一道深淵。蕾西就是她生命中一直缺少的那一部分。現在既然她知道了，她要去做些什麼，她要去解決這個問題。她不要再過著像是一個殘缺書擋[39]的日子。

✣

蕾西站在迅速成形的購物商場外頭，訝異一切居然進行得這麼快速。艾倫曾讓她見過建物原始圖。就在不久之前，這兒還是一片雜草叢生，青少年跑來扔啤酒罐和菸屁股的地方。現在這兒已經鋪上了道路，地基與骨架不斷延伸。鷹架直伸到天際，工人在一群起重機裡進出，人聲發號施令，蕾西從柵欄角落根本無法讀到他們的唇語。蕾西常幻想自己能在工地工作，現在她想起了原因：可以完全感受到那股幹勁。即使蕾西認為美國人不需要又一座購物中心，就像她不需要第二顆腦袋，她仍然欣賞這項工程之浩大、眾人的同心協力與對細節及安全品質的追求——而艾倫則是這場表演的主導者。

自從孟妮卡離開後，她的心情如坐雲霄飛車，但不管這件事將來對她會有何影響，現在她只

---

[39] Bookend，一定是成對使用，分置兩側將書擋起排列放好。

確定一件事。艾倫就是她的家人。艾倫從未傷害過她、從未拋棄她、從未真正離開她。她才是那個躊躇不前、回絕求婚並將他推開的人。也許孟妮卡闖入她的生命，只為了一個理由：讓蕾西醒過來，在一切還來得及之前，看清楚誰才是她真正的家人。

蕾西拿出黑莓機。她該通知艾倫她人在這兒？還是就這樣走進去抱住他，然後說她愛他？也許她應該在艾倫的旅館房間等著，全身赤裸，只用玻璃紙包著。她離開家之前，還真的匆忙跑進一家店裡，但只能找到鋁箔紙。變不成令男人想馬上撲倒的性感女神，反而變成了墨西哥捲餅。她稍後再去店裡買那些增添情趣的玩意兒，現在她只需要找到艾倫，讓他知道，她現在已經不同了，她已經準備好許下承諾了。

事實上，她應該證明自己的改變才對。她應該向艾倫求婚，就是現在，就在所有這些人面前。之前艾倫看到她在畫架夾板上寫的那些婚姻缺點，讓他倍感羞辱，這是她彌補的機會。她需要一只戒指。真可惜，這座購物中心還要六個月才能完工。她得有些東西來求婚才行。也許她可以用工地裡的零碎廢鐵做一個出來——只是目前暫時應急而已。然後她會跪下來，乞求他的寬恕，然後向他求婚。

一開始她沿著圍牆來到最近的一處出入口，然後往建物中心處不斷翻冒出的大量塵埃走去。她一直往前走，直到來到看起來像是一樓入口處的地方。她很快走過還只是雛形的辦公室。她走到第一個隔間時，見到一個男人站在一張鋼製的工作桌前。那男人很高大，禿頭，留著長長的赤褐色鬍鬚。蕾西以前見過他，她不知道他的名字，總是叫他紅鬍子。

他是辦公室裡唯一的人，他站在那兒，雙手放在臀後，盯著電話瞧。直到他的嘴巴開始動了起來、頭也一直固定看著電話的方向，蕾西這才知道他一定是在用擴音喇叭講電話。聽力正常的人們真不知道自己的模樣看起來有多蠢，嘴巴老是動個沒完沒了。紅鬍子注意到了站在門口的蕾西，他怎麼可能沒注意到呢？夾在行李箱和魯奇之間，蕾西絕對引人注目。高跟鞋、低胸襯衫，再加上迷你裙也無傷大雅。他一面舉起一根手指，要她先等著，一面眼神在她身上流連。她把魯奇放下來，更走近了些。她從手提包裡抓出記事本。他按下電話上的一個鍵，然後對她說了些話。蕾西指指自己的耳朵，然後搖頭。

她從他的唇上讀到「艾倫的女友」這幾個字。她點點頭。**我想找一些零碎鋼材，還有焊槍**。她這樣寫道。他一面讀著，一面皺起眉，然後揚起雙眉看著蕾西。蕾西微笑，指指她的無名指。

他回指她，問：「妳想要戒指？」

她搖搖頭，把記事本抓回來，寫道：**是給艾倫用的，我要向他求婚**。

男人咧嘴笑了出來，然後雙手一拍，摩拳擦掌。

我可以告訴大家嗎？他問。

只要他們不告訴艾倫就好。蕾西這樣寫道。

他用力拍了一下蕾西的背，帶頭走出辦公室，然後示意蕾西跟上。魯奇跳上工作桌旁的椅子，捲成一顆可愛的小毛球。蕾西敲敲男人的肩膀，然後指著魯奇。他又對她咧嘴一笑，舉起拇指。他邁著大步走過走廊，蕾西匆匆跟了上去。

在隔壁房間裡，工人吊掛在臨時搭起的平台上，即使手上的烙鐵兩端噴出火花，依舊不慌不忙。紅鬍子從地上撿起幾塊廢鐵，轉過身將自己的手指秀給蕾西看。艾倫的手還要再小一點，於是蕾西用食指與大拇指比出大約的尺寸。男人突然吹了聲口哨然後大喊，接著在蕾西還沒來得及反應之前，便走來三個男人，站在他們身邊。他指著蕾西，當他對那三人說話時，她讀到「艾倫的女友」和「求婚」這兩個字。那三個人鼓起掌。接著他要那三個人把手伸出來給蕾西看，這樣她才能挑出誰的手指粗細最像艾倫。她一面端詳那些髒兮兮的手，一面笑個不停，這簡直就是灰姑娘的顛倒版本。她找到最貼近艾倫手指的尺寸後，紅鬍子用一條繩子測量那人的手指，然後要他們回去工作。

他再度示意蕾西跟著他走，很快他就從另外一個工人的手裡搶過一塊烙鐵。那人關掉噴出火花的工具，拿起眼罩。紅鬍子進入了猜字謎遊戲模式，表明蕾西的計畫，還有他想要的東西。那人咧嘴笑了，從紅鬍子手裡拿過一塊廢鐵，馬上開始工作。沒過幾分鐘，蕾西就有了一只權充臨時用的戒指。

她與紅鬍子穿過走廊，兩人就像童話故事裡的魔笛手，身後至少跟了十名工人。她已經能在走廊盡頭見到艾倫了，他正在一張桌前彎著腰，耳朵上插著一支鉛筆。他看起來從沒這麼性感過，不只是因為他長得好看，還因為他是個好男人。他就是她的家人，她永遠都不會再需要其他人。艾倫察覺到眾人的目光投在自己身上，他抬起頭，馬上就見到蕾西。她在他的臉上見到困惑，但同時也見到了她正需要見到的：艾倫的笑容。艾倫很高興見到她。這是她的艾倫，那個深愛著她的男人。他面帶微笑，問她在這兒做什麼？他對著跟在蕾西身後的一堆男人皺起眉，問：

「這是怎麼回事？」

蕾西直接走向他，然後跪了下來。她知道自己的裙子可能會讓後頭的男人大飽眼福，但她不在意。艾倫卻很在意，他想把蕾西趕快拉起來。

「地板，很髒。」

「我不在意。」蕾西拿出戒指，說：「你願意娶我嗎？」

艾倫伸手要把她拉起來，這次她由著他。艾倫看向她身後，蕾西隨著他的目光看去。那堆男人又是吹口哨又是鼓掌，蕾西轉過頭後，更多人對她舉起了大拇指。蕾西拉起艾倫的手，將戒指套上。

「應該是我向妳求婚。」他說。

「願意還是不願意？」蕾西問。

「我愛妳。」艾倫說。

「願意還是不願意？」

「妳為什麼改變心意？」

「最後一次機會。願意還是不願意？」

「願意。」艾倫說。

他抱起蕾西轉了一圈，然後吻她。蕾西這輩子從沒這麼快樂過。但突然間，艾倫不再看著她，而是看向她的身後。

「喔，老天。」艾倫說。

蕾西不用回頭，光看他臉上的神情，就知道他看見了另外一個蕾西，但她當然還是轉過了頭。站在那群工人中間，眼裡含淚彷彿自己也訂了婚的人，正是孟妮卡。猛然升起的嫉妒心像把銳利的刀刺進蕾西心裡，來得如此出其不意，幾乎要將她擊潰。艾倫從蕾西身邊退開一步，面向孟妮卡。

「喔，老天。」他又說了一次。

這也難怪。因為孟妮卡也穿著高跟鞋、低胸襯衫與迷你裙。她拿掉了眼鏡，頭髮一如蕾西整理成大波浪狀。而被她抱在手臂裡的，則是一隻扭個不停的巴格犬，蕾西一猜就知道牠是史魯奇。

蕾西一面瞪著孟妮卡，一面這麼想著：**是我那邪惡的雙生姊妹，還有她的小狗也來了。**

24

蕾西的第一個本能反應是攻擊，但太多人圍觀了。孟妮卡的小小粉絲俱樂部。那些人看起來似乎完全忘了要回去繼續工作，他們不斷談論著孟妮卡的出現，並且未經許可就擅自用手機拍起相片。只有魯奇和蕾西一樣被嚇壞了，牠發出低狺，並對史魯奇猛搖頭，彷彿在警告對方要嘛待在原地別動，要嘛就變成牠嘴裡最新那個會吱吱叫的玩具。艾倫留在蕾西身邊，但從他不斷在蕾西與孟妮卡之間來回的目光，蕾西知道他同樣為之目眩神迷。她正失去了對局面的掌控，她得讓艾倫離開這裡。但艾倫已經不見了，他跑去和孟妮卡交談，兩人頭貼著頭，嘴巴動得飛快。蕾西不習慣看著艾倫說話不比手語，看起來就像靈魂出竅似的。他們的聲音聽起來是什麼樣的？孟妮卡的聲音很好聽嗎？最好她的聲音聽起來像卡車司機。蕾西大步走過去，用手摟住艾倫的腰。

「我們回你的旅館去吧！來慶祝。很浪漫，就只有我們兩人。」她說。

「我要帶妳們兩個去吃晚餐。」艾倫說。

「艾倫知道一家很棒的義大利餐廳。」孟妮卡說。

蕾西根本完全能明白她說的每一個字，但她卻看著艾倫，假裝自己一個字都不懂。於是艾倫替她翻譯。

「那狗怎麼辦？我們不能就這樣把牠們留在車裡。」蕾西問。

「我們可以把牠們和妳們那兩個行李箱，一起放在旅館。」艾倫說。

兩個行李箱？蕾西只帶了一個來。她看向孟妮卡，就在孟妮卡身後，有一個底下裝著輪子、塞得快爆掉的袋裝行李箱。

「她要去旅行嗎？」蕾西問艾倫。

艾倫笑了出來，彷彿她剛開了一個玩笑。

「她說她要和妳在一起。」艾倫咧嘴笑了起來，說：「這樣再完美也不過，我不喜歡離開妳，現在知道妳有人陪伴，我很高興。」

蕾西瞪著孟妮卡，等著她糾正艾倫。但孟妮卡只是凝視著她，儘管面帶微笑，微笑裡頭卻藏著同等的罪惡感與希望。

這實在太不真實了，看著一個人有著如此熟悉的臉龐。

蕾西想：**鏡子啊鏡子，誰才是這世界上最漂亮**——她腦海裡的句子猛地中斷。比較誰漂亮有什麼用？她知道這一切一點都不公平，也永遠不會公平。

✣

回到汽車旅館後，蕾西站在陽台上，往下凝視著蠶豆形狀的泳池。她不知道，也不在乎艾倫與孟妮卡在房間裡頭聊些什麼。她發現自己正想像孟妮卡與她一起靠在陽台上，她清楚見到自己推了孟妮卡一下。她會落入泳池裡溺死？還是摔爛在水泥地上？

我不是壞人，我不是。蕾西這麼告訴自己。兄弟姊妹不是總會想要殺掉彼此嗎？她剛剛那樣想像，真的表示她愛自己的姊妹嗎？才不是。她根本不認識在房裡的那個女人，更別提去愛她。她沒有邀請孟妮卡進入自己的生活，她也不敢相信居然有人會有這個膽子，行李打包好就闖入一個完全是陌生人的生活裡。為什麼大家都這麼激動？她被跟蹤了，她的人生被侵犯了。她只知道，艾倫在房間裡，打電話給**今日秀**。也許蕾西自己從陽台跳下去，一切就容易多了。孟妮卡會安慰艾倫、愛上他，然後嫁給他。

除非她死，否則想都別想。

孟妮卡這局也許贏了，但最後輸的人一定是她，即使要殺了她也在所不惜。

✣

蕾西在餐廳裡傳簡訊給凱莉．賽樂：**她在跟蹤我！她還帶了行李來**。

妳在哪裡？我能來嗎？

蕾西把黑莓機塞入手提包裡，她現在不需要另外一個人跑來跟蹤她。他們三人像正常人一樣坐在桌前，撕下麵包送入嘴裡，在主餐還沒上來前就把自己餵得飽飽的，小口啜飲著葡萄酒，假裝一切都很正常。一點都不正常。蕾西刻意讓孟妮卡先點菜，卻對她臉上明顯表露的歡喜感到怨岔，彷彿她以為兩人會再次點出完全同樣的菜色，並對這念頭沾沾自喜。她滔滔不絕地用之前兩人午餐時發生的故事來取悅艾倫，彷彿點了雙份咖哩雞肉沙拉是個天大的奇蹟。不管孟妮卡點了什麼，蕾西都會點完全相反的菜色。她祈禱孟妮卡點什麼都好，就是不要點伏特加紅醬義大利麵。蕾西真的、真的好想吃伏特加紅醬義大利麵。

蕾西比手勢要孟妮卡先點菜時，孟妮卡說：「我要來一份伏特加紅醬義大利麵。」

蕾西不敢看向艾倫，他知道她總是點這道菜。若他敢說些什麼，她就在桌下踢他的腳。艾倫沒說話，卻看了她一眼，然後咧嘴笑著。女侍看著蕾西，她指著菜單上她最不愛吃的那道菜：淡菜、扇貝與蛤蜊的海鮮總匯。她很討厭的一道菜，卻不得不點。

「淡菜、扇貝和蛤蜊。」她看著女侍慢慢清楚地重複她的點菜，彷彿在對一個小孩重複方才點的菜。

「妳真的要吃？妳討厭海鮮。」艾倫說。

沒錯，她討厭海鮮，但她更討厭孟妮卡。

「我沒辦法吃不肯從殼裡出來的東西。」孟妮卡說。

艾倫放聲大笑，拍著桌子，指著蕾西說：「就像她一樣。」

女侍現在完全搞混了，她再次看著蕾西。蕾西再次指著那道海鮮總匯，誇張地用力點頭，表示她點的就是這道菜，然後揮手要她離開。

「謝謝妳。」孟妮卡在女侍身後喊。

「妳為什麼要謝謝她？」蕾西要艾倫當翻譯員這麼問。畢竟，他們會在這裡都是因為他的錯，他至少還能充當兩人的翻譯。

「我只是想表示禮貌，服務客人可不是件輕鬆差事。」孟妮卡對蕾西微微一笑。

蕾西這才猛地明白，自己剛剛讓孟妮卡難堪了。所謂成熟就是這麼回事嗎？蕾西是不是雙胞胎裡面的害群之馬？擁有相似的臉孔，個性卻很邪惡？讓整個家族蒙羞？她可以想像孟妮卡跟在她身後，在她每次脾氣爆發後，認真地替她道歉。彷彿察覺到蕾西正對她轉著壞念頭，孟妮卡說了聲抱歉，到洗手間去了。**我也想上廁所**。蕾西滿肚子憤慨。**我們就真的那麼相像嗎？一模一樣的味蕾，一模一樣的膀胱？**她討厭一直去比較，但她就是忍不住。她那天為什麼要去班傑明書店？她想要時光倒流，回到只有一個她的時候。

艾倫靠了過來，問：「妳怎麼了？」

「什麼？」蕾西問。

「妳討厭海鮮，特別是有殼的海鮮，別告訴我妳其實很喜歡。」

「她跟蹤我到這裡。她怎麼會知道我來找你？」

「妳沒有告訴她？」

「我沒有。」

是麥克。她早該知道了。**那個叛徒**。

「我說過永遠都不要再見到她。」

「為什麼？她把那天下午的事情告訴我了。吃午餐、划獨木舟。聽起來很好玩。」

「然後我叫她滾蛋。」

艾倫拉回身子坐好，說：「又來了，這些妳都沒有告訴我。」

「我不想談論她，這應該是只屬於我們兩人的浪漫晚餐。我們要結婚了，還記得嗎？」

艾倫指著洗手間，問：「是不是因為她的關係，妳才要我娶妳？」

「什麼？」

「別和我玩遊戲，我了解妳。」

「我不要她在這裡。我沒有要她來這裡。是你邀請她搬來和我一起住的！她是個陌生人！甚至問都沒問過我一聲。」

艾倫的表情轉回一副沒事人模樣。孟妮卡回來了。

「就給她一個機會吧！她真的很想認識妳。」艾倫說。

孟妮卡一面微笑，一面坐了下來，但蕾西知道孟妮卡察覺到了她與艾倫之間的緊張。或者蕾西只是假設孟妮卡能感覺到她所感覺的一切？和艾倫重修舊好，花了一個月。現在孟妮卡泰然自若地闖了進來，要毀掉他們剛修復好的關係，她讓蕾西看起來才是壞人，雙胞胎裡「沒風度」的那一個。好吧，那她就有風度吧！但只是現在。等她們離開了艾倫，比賽便會完全翻盤。

當女侍將那堆蛤蜊、淡菜與扇貝擺在蕾西面前時，她用最無助與困惑的表情看著女侍，然後攤了攤手，說：「我沒辦法吃這個。」她指指孟妮卡的那道菜，說：「我要吃那一道。」女侍露

出憐憫表情，點點頭，手一揮掃走那道海鮮總匯

蕾西拿起叉子，傾身向前，一把叉進孟妮卡的盤子裡。艾倫沒好氣地看了她一眼，但孟妮卡看起來卻像沒人要吃的壞掉蛤蜊那樣高興。

✣

回到旅館，魯奇與史魯奇正站在床的兩邊，對彼此叫個不停，兩隻狗兒中間躺著一個被扯得稀爛的枕頭。孟妮卡一把抱住史魯奇，狗兒在她懷裡仍繼續又咬又叫個沒完。

「真的很抱歉。」她說。

蕾西聳聳肩，塞給魯奇一塊狗零食。至少還有人是站在她這邊。

蕾西瞄了一眼孟妮卡的行李箱，問：「妳和男友分手了？」

「我們只是暫時冷靜一下。」孟妮卡說。

「為什麼？」蕾西問。

「這聽起來像是跟隱私有關的談話。」艾倫說。

「但你得翻譯。」蕾西說。

「妳們倆回到費城後，我就不在了。」艾倫說。

「我們沒問題的。之前我們沒有翻譯員，不也過了一大不是嗎？蕾西？」

蕾西明白她說的每一個字，但還是轉向艾倫，問：「她說什麼？」

「她說妳們沒有翻譯員，也過了一天。」

「我們來回寫紙條，用手勢，還脫掉衣服。」孟妮卡說。

艾倫正要離開房間，聽見這話後停了下來。

「妳們做了什麼？」他說。

孟妮卡咯咯笑了起來。

「只脫了胸罩和絲襪。」她對蕾西眨眨眼。

「我們該走了，艾倫明天要早起。」蕾西說。

「我來付計程車錢。」艾倫拿出手機。

孟妮卡拿過行李箱，說：「我在外頭等，讓你們兩人有時間獨處。」

她一離開，艾倫就將蕾西抱個滿懷。

「我很高興妳給了她機會，我想這是件好事。」他說。

「等著瞧吧！我只是不想失去你。」蕾西說。

艾倫將她擁入懷裡，抱著她。然後他放開她，吻了吻她，嘆了口氣，說：「妳永遠都不會失去我。」

她伸手去拉他的拉鍊。

「妳在做什麼？她還在外頭等著。」艾倫說。

「讓她去等。」蕾西說。

✣

孟妮卡就像準備出手的買家，逛遍了蕾西的屋子、摸遍看得到的每一樣東西，不斷做比較。她有這本書或那本書，她喜歡這本或那本雜誌，她的鐘和蕾西的鐘幾乎一模一樣，除了上頭是史瓦希利[40]的時間。蕾西一半時間不知道她在講什麼，而她也不在乎另外一半，她正忙著要想出辦法把孟妮卡趕走。到目前為止，她有幾個選項：

一、去找孟妮卡的男友，要他把她帶回去。
二、去找孟妮卡的父母，說他們的女兒在跟蹤她。
三、逆向操作，侵入孟妮卡每一吋生活空間，就像她現在正在侵入蕾西的每一吋生活空間。
四、帶她去參加失聰聚會。

孟妮卡不會手語。一對一，她還可以溝通無礙，但若她被一群失聰人士圍繞，她可能會一籌

[40] Swahili，位於東非。

莫展。對許多聽力正常的人來說，那是一種令人困惑與被孤立的體驗。就是這招。若孟妮卡想知道她的世界是怎麼一回事，蕾西會盡情款待她。幸運的話，她最好能嗆死，或至少吃完就跑。

「我要把妳介紹給一些朋友。」蕾西拿起黑莓機，傳簡訊給羅伯特。

「真的嗎？我跑來這裡，妳不生氣嗎？」孟妮卡說。

「妳應該先打電話的。」蕾西說。

「我不能讓妳拒絕我。我必須再見妳一面，我一定要。」孟妮卡說。

「妳不介意和幾位失聰人士聚一聚吧？」蕾西問。

孟妮卡對蕾西微笑，說：「我想見妳的朋友。」

儘管生澀不完美，但蕾西還是嚇壞了。孟妮卡剛剛那句話是用手語說的。

✣

孟妮卡度過了最美好的一夜。有那麼多的失聰人士擠在市中心一間小酒吧，屋子裡能感受到明顯的興奮，令人感覺四周充滿了活力。失聰人士很有趣，而且健談、聰明與可愛。他們和她的姊妹一點都不像。他們實在是可愛多了。美國手語實在很優美，她還注意到，她比較喜歡某些人比出的手語，她看得出來，每個失聰人士都有獨特的手語表達風格，就像聽力正常的人說話會有獨特腔調與抑揚頓挫。但她最喜歡蕾西比的手語，這一點她很確定，她可不是因為她們是姊妹才這麼說。他們的表情在程度或是方式的表達上也很多樣。這是一個全新的超炫世界。

她也被很多人擁抱，真誠的擁抱，來自於她甚至完全不認識的人。即使她的手語比得很慢，即使她重複問了好多問題，他們對她還是很有耐心。她沒辦法了解一切，他們的手語比得太快了。那些手勢開始糊成一團，別人和她說話，她只是不斷點頭，但好幾次她只是胡亂點頭，她只能祈禱沒人會問她問題，然後發現她根本沒跟上話題。她怎麼會突然忘了手語課上所學的一切？她真的學過，只是現在全都忘了，於是她只能看著在四處不斷揮動的手勢。她實在等不及讓自己的手語更進一步，這樣她就能知道這些充滿生氣的人們到底在說些什麼。他們聚在一起好快樂，可不是嗎？他們大部分的時間，都是在以聽力正常人士為主的地方度過，而在這裡，他們可以完全做自己。她還注意到，道別是一個通常要花去數小時的過程，大夥站在門口，一小時前就在擁抱吻別，現在仍在聊個沒完。她興奮得不得了，卻已經筋疲力盡，突然覺得好累，彷彿需要睡眠。蕾西是不是注意到了？所以蕾西才會那麼快就帶她回家是嗎？

✣

「真的太好玩了。」孟妮卡說。

她們辛苦走上階梯，一屁股坐在門廊的椅子上。孟妮卡注意到她們兩人都只有兩杯的酒量。她又再次回想起這天晚上。她學會了好多事情。現在回過頭去看，那絕對不是個「沉靜」的體驗。吵得不得了。而且失聰人士好酷，她領悟到直接去問失聰人士為何聽不見，並不會冒犯他們。他們會直接就說出答案。

「因為遺傳。」

「我媽媽懷我時得了痲疹。」

「我兩歲時發高燒。」

他們各有不同的起源與故事，但孟妮卡在那天晚上遇見的每個人，都很樂意談到這一點。孟妮卡也漸漸了解到為何如此。人們只會掩飾自認羞愧的事情。然而她今晚遇見的那些人，並不會為自己的失聰感到羞愧。所以只要有人問他們為何失聰，有何好隱瞞的？在她長大的那個文化裡，人人都要閉緊嘴巴，因此被一群有話直說的人圍繞著，對她而言實在是耳目一新。羅伯特與他的演員朋友也來了，她還認識了好多新朋友。她認識一位失聰醫師、一位失聰律師、學生、藝術家與老師。即使她很多手語都看不懂，還是能從他們的表情與肢體語言揣摩出泰半的意思。得知蕾西有位雙胞胎姊妹，每個人的下巴都掉了下來——這完全不用翻譯。尤其是那些演員不斷對比這對雙胞胎的誇張表情，讓在場每個人都笑翻了天。

孟妮卡知道這天晚上算是某種測試，而從蕾西那張臭臉看來，她猜自己通過了這場考試。孟妮卡往後仰，將頭靠在椅子上，聽著她的姊妹無法聽見的聲音。蟋蟀；偶爾經過的車輛；一隻狗在叫。她拿起之前帶到酒吧的記事本。

妳為什麼會聽不見？

不知道。去問妳的父母。

又來了，充滿怨忿的回應。孟妮卡不再提了。

過了一會兒，蕾西再度拿起記事本和鉛筆。

醫生說左耳聽力先天就喪失（也許出生就聾了），但右耳聽力是因為聽覺神經受損，因為意外或是感染，或是生病。

我們必須要向他們（父母）對決，求求妳！

這是我的戰鬥。

不公平。我也失去了妳。

記得規則。

我們見面後，我還沒有和他們說過話。

蕾西對孟妮卡揮手，直到她確定對方全神貫注看著自己，這才又拿起記事本和鉛筆。

妳必須要和他們保持聯繫，假裝一切正常。妳必須要給我時間。

給妳時間做什麼？

我還不知道。

我以為妳要我甩掉他們。

那是最後。現在還不用。

好吧。

答應我？

我發誓，否則不得好死。

25

蕾西很不情願地承認，有孟妮卡在身旁的確很有趣。而且她讓蕾西有完美的藉口，能暫時從工作中喘口氣。她需要一些休息。誰會不同意讓蕾西休個假，去好好認識自己久未見面的雙胞胎姊妹？

她們一起在蕾西最喜愛的鄰近地區遛狗，一起去露天市場採購雜貨，穿著睡衣坐在走廊上飛快寫著記事本，填補彼此過往生活的遺缺。

妳什麼時候來初經？

兩人都是十二歲，蕾西是在萬聖節前後，孟妮卡則是聖誕節。孟妮卡的姑姑葛蕾絲帶她去餐廳吃大餐慶祝。瑪格麗特在擁擠的公車站廁所裡，比著衛生棉條使用的說明。

瑪格麗特：「插進洞裡！」

蕾西：「哪個洞？」

最怕什麼？

蕾西是**蝙蝠**。

孟妮卡是**森林**。

最喜歡的節日？孟妮卡問。

討厭過節，每個節日都討厭。

為什麼？

育幼院。整個社區的人會跑來我們面前炫耀，從沒見過的人塞禮物給我們，老女人烤過頭的餅乾，被拉去教堂，被人提醒我們沒有真的家人。

孟妮卡又哭了。於是蕾西告訴她，育幼院裡讓蕾西心情開朗的一件事，就是李老師。她很可能已婚，蕾西並不確定，或真的在乎。她知道的已經夠了：李老師很高，人很有趣，而且很漂亮。她總是盡力鼓勵蕾西，讓蕾西覺得自己與眾不同。每次過節日，她都會送小禮物給蕾西。那對她而言意義十足，育幼院的生活畢竟沒那麼糟。

萬聖節，我也喜歡萬聖節。蕾西寫道。

那是我們的生日！

沒錯，這對雙胞胎是在滿月之夜出生的，那一夜天空飛滿了女巫與掃帚，還有一桶又一桶的糖果。她們的生活原本能過得精采，兩個變裝的小女生，不給糖，就搗蛋。提起生日，讓孟妮卡覺得很過意不去。畢竟，她和父母一起慶祝過每一次的生日。

別忘了她收集蕾絲。家裡到處都是蕾絲。蕾絲，蕾絲，蕾絲。孟妮卡寫道。

誰？

母親。

蕾西在沙發上睡著了。她側躺著，懷裡抱著一個綠色絲織枕頭，嘴巴微開，一綹深色頭髮蜿蜒在她的上唇處。魯奇縮在她的肚子與沙發邊緣中間，史魯奇則窩在她的腳邊。**牠們都比較喜歡蕾西**。孟妮卡看著蕾西睡覺時這麼想著。就是現在，不然永遠都不要做。即使她知道蕾西聽不到她弄出來的聲音，仍躡手躡腳地走上了二樓。她沒花太久時間，樓上只有兩間房間與一間浴室。她住的是靠左邊的客房兼辦公室，右邊則是艾倫與蕾西的房間。這間客房的衣櫃裡只有艾倫的西裝與幾雙高跟鞋，孟妮卡只能希望那些鞋子屬於蕾西，因為她已經試穿過了。她溜進浴室，先從洗手台上方的小櫃子裡找起。這應該不算犯罪吧？

牙膏、牙線、棉花棒、衛生棉條、刮鬍膏、防臭劑、男用古龍水、香水。沒有處方藥劑，甚至連一瓶止痛藥都沒有。孟妮卡的安眠藥就在她的行李箱裡，她最近已經沒有把藥放在口袋裡了。她最後一次想起這些藥丸是什麼時候？一條牛仔褲掛在毛巾架上。她愛死了蕾西的穿著：隨性、具有藝術氣息、自信。在她說服自己別這麼做之前，孟妮卡已經脫下了棕色西裝褲，套上那條牛仔褲。大小剛剛好。她脫下襪子，看著自己的腳。只有一成不變的粉紅色指甲油。太普通了，到處都見得到。她打開洗手台底下的櫃子。

有了，一個裝滿指甲油的籃子，七色彩虹的每一種色度都有。孟妮卡閉上眼，試著回想蕾西腳上的顏色。她從籃子裡挑出那些顏色的指甲油，坐在馬桶蓋上，把腳抬起放在浴缸邊緣。紅色，她很肯定，大拇趾是紅色的。紅色、綠色、黃色、藍色、紫色。先是右腳，再來左腳。她把指甲油放回籃子裡，正要關上櫃門時，發現了擱在旁邊的化妝包。她摸出化妝包，站在鏡子前。她得拿掉眼鏡才行。去艾倫工作的地方找蕾西時，她並沒有戴眼鏡，但想要看清楚的需要很快凌駕了虛榮心。儘管如此，她現在還是很討厭眼鏡。蕾西有戴隱形眼鏡嗎？還是因為她的耳朵有問題，所以孟妮卡的視力也有問題？

孟妮卡摘下眼鏡，弄亂頭髮。蕾西的頭髮比較長，孟妮卡無計可施，只能等頭髮繼續長下去。蕾西塗的是暗色系眼影與少量的棕色眼線、黑色睫毛膏，偶爾會在唇上塗上亮古銅色。孟妮卡依樣畫葫蘆，再用棕色眼線筆在自己臉頰附近加了雀斑。現在除了頭髮，還有那一身看起來超級保守的襯衫，她敢打包票絕對沒人能分出她倆的不同。

她把自己的西裝褲與襪子扔到毛巾架上，然後踮起腳尖走進臥房，一面小心翼翼，不想把剛塗好的腳指甲油搞砸。她直走向衣櫃，真可惜她沒時間試穿裡頭的每一件衣服。她脫下襯衫，扔到床上，挑出一件寬鬆的乳白色襯衫，上頭有著五顏六色的花朵。這是件低胸上衣，胸口處有繩子能綁成蝴蝶結。她任由繩子垂著，因為她想像蕾西也會這麼做。她找到一雙棕色的夾腳拖鞋，正好能展示剛塗上新指甲油的腳趾頭。她在梳妝台上找到一堆香水，她每瓶都聞了聞，直到找到她最喜歡的為止，那是帶著淡淡香草氣味的香水，然後噴在自己身上。她打開梳妝台的抽屜，她沒戴蕾西的那些戒指，而是挑了一對金環耳環與一只小小的金手鐲戴上。身分轉換完成。

居然這麼簡單就能辦到，她突然間再也不是自己了。她看起來更性感、更有自信多了。喬伊見到會怎麼想呢？他會把她扔上床，當場立刻就佔有她嗎？但她想像中那個撕扯掉自己身上衣服的人，並不是喬伊，而是麥克。麥克．道森，雕塑家。她能感覺到麥克的唇壓在自己的唇上，他的手臂緊緊摟著她，讓她無法呼吸，彷彿他靠得還不夠近，脫掉她衣服的速度還不夠快。然後，他整個人壓在她身上，進入她的身體裡，眼裡完全只有她。她做得到嗎？這個週末她能到工作室，給麥克一個驚喜嗎？不行。因為不管她的外在形貌如何轉換，她的內在仍同樣是那個保守、無趣的孟妮卡。

她躡手躡腳走下樓，站在長沙發旁，聽著她姊妹的呼吸聲。蕾西呼吸的聲音很吵。就像她嚼食的聲音也很大，還會將鉛筆敲出一個她自己無法聽見的節奏，而且有時候會在人行道上大聲拖著腳步走路，因為她聽不見自己走路的聲音。若她倆是一起長大的話，孟妮卡會把這些聽力正常世界裡的事情告訴她嗎？蕾西會不會要她這麼做？抑或蕾西會討厭她這麼做？就像她若不順著蕾西的意，甩掉她們的父母，蕾西可能就會討厭她。因為直到他們全部的人面對面之前，所有的問題都不會解決。孟妮卡會這麼做的，她總有辦法讓大家都在同一個房間裡。不論喜不喜歡，他們都是一家人。

✣

「好吧，談談我們的父母，直到我說停為止。」蕾西說。

孟妮卡很快看了一眼坐在蕾西對面的凱莉．賽樂，凱莉已經準備好隨時翻譯並安慰蕾西，彷彿她才是蕾西的姊妹。她幹嘛出現在這裡？她和蕾西相處得很好，一點問題都沒有。而且凱莉一直和蕾西來回比著手語，卻沒有告訴孟妮卡她們在說些什麼，實在很沒禮貌。她們之間的障礙還不夠多嗎？何必再把凱莉加進來攪局？只因為她們在孩童時期一起度過幾年——那些歲月應該是屬於孟妮卡的才對——並不表示她就有權利能闖進來，接替孟妮卡的地位。儘管她的確很喜歡聽蕾西小時候的故事，那些應該從未發生過、應該屬於她們兩人記憶中的故事。

她得知蕾西在學校可不是乖學生，總是四處惡作劇，破壞規矩。有一次，在蕾西的堅持下，凱莉和她把兩人的床單綁在一起，從窗戶溜出去。

「我們只是在二樓而已。」凱莉笑了出來。

「妳們那時去了哪裡？」孟妮卡多麼希望是她和蕾西一起溜到街上。

「我們去抓螢火蟲。」蕾西說。

孟妮卡愛死了看蕾西比手語，她可以見到螢火蟲就在眼前活了過來，一閃一閃地飛舞著，然後被捉到罐子裡。蕾西甚至瞪大了眼，彷彿她是被抓的那隻螢火蟲。

「沒錯！妳偷偷摸摸溜進廚房，把一整罐義大利麵醬倒進排水孔裡，好拿空罐子去抓螢火蟲。」

「是肉醬口味。瑪格麗特氣炸了，一整年都沒不准我吃義大利麵醬。」蕾西說。

「婊子，真是婊子。」孟妮卡說。

她的父母怎麼能把蕾西送到那種地方？

「這又沒什麼，很值得。」蕾西說。

「很容易想像。」孟妮卡說：「當然，我完全知道妳小時候看起來是什麼模樣。就和我一模一樣。」

「妳們兩個看起來並不是完全一樣，我很容易就分辨得出來。」

「要不要試試看？」孟妮卡說。

她每天都在練習「變成蕾西」，現在她可以裝成蕾西而不被人發現，她越來越駕輕就熟。她懷疑這位翻譯員小姐是否真能辨別她倆的不同。

「我們沒有要看起來一樣。我不要像任何人，我只要像我自己。」蕾西說。

太遲了。孟妮卡想大喊。**妳看起來就像我，我也看起來像妳，妳根本無力改變這個事實**。

當然，蕾西是完全不同的一個人。孟妮卡很驚訝她的姊妹居然騎重型機車、敢從飛機上跳下來，而且毫不在意別人如何看待她這個人。孟妮卡希望自己能多像她一些。

「回到主題上。談談我們的父母，直到我說停為止。」

孟妮卡先從上校開始說起。他很高，黑色頭髮，藍色眼眸。比起她倆的母親，她們絕對從他身上得到較多的遺傳基因。他與妹妹葛莉絲在喬治亞州的沙凡那港市長大，家境富裕，十六歲時就學會開飛機——

「這就是妳為什麼喜歡冒險的原因，是從我們的父親身上遺傳來的。」孟妮卡自己插話。

「才不是，我會喜歡冒險，是因為我被拋棄，我是孤單一人，必須要單打獨鬥，殺出一條血路。」蕾西的目光狠狠瞪著孟妮卡，警告她敢再多說一句試試看。孟妮卡覺得自己彷彿被人在腹部狠狠揍了一拳，但她沒有針對這點多加辯論。

「爸爸和葛蕾絲還小的時候，他們的母親，也就是我們的奶奶——」

「等一下。」蕾西說：「爺爺和奶奶？我從沒想過自己會有祖父母。還有姑姑、阿姨、叔叔、舅舅、堂兄弟姊妹、表兄弟姊妹。我從沒想過這些。」她從長沙發上躍起，開始來回踱步。這次是凱莉沒好氣地看了孟妮卡一眼。的確是如此，蕾西被奪去了整個世界。禮物、親吻與擁抱。生日與聖誕節，還有——

不只是她們的雙親保守著這個祕密，而是整個家族都參與其中，大家都在說謊。為什麼？他們的父母怎麼可能說服一大家子的人保守祕密？這就是他們幾乎沒有拜訪過其他親戚的原因嗎？她的父親是不是立下了某種禁忌，若有人張嘴多說一句，就會受到嚴厲懲罰？他說不定有。

包曼奶奶與包曼爺爺年紀已經很大了，他們在孟妮卡七歲那年過世。她猜以他們的身分，實在沒資格去告訴一個七歲孩子，她的雙親做了什麼好事。她母親的雙親住在加州，儘管她乞求過好多次，她還是永遠不被允許單獨與外祖父母相處。但那真是因為他們害怕若孟妮卡與外祖父母單獨相處，兩位老人家會把蕾西的事情告訴她嗎？他們應該告訴孟妮卡的。總有個人應該要告訴她的。

葛蕾絲姑姑，是孟妮卡最喜歡的親戚。葛蕾絲姑姑終於說了出來——但看看多少年就這麼過去了。她能夠再以同樣目光注視葛蕾絲姑姑嗎？她的雙親是頭號共犯，但葛蕾絲姑姑也脫不了關係。孟妮卡也要與她對決，希望到時蕾西和她同一陣線。

「妳的第一個記憶是什麼？」蕾西問。

孟妮卡想了想。她閉上眼睛，希望著、祈禱著能想起一段有著蕾西的回憶。但她什麼都想不起來。什麼都沒有。

「在草地上的毯子玩耍，那是在小屋。我想毯子上還有彼得兔。」孟妮卡說。

「小屋？」蕾西問。

「我們家的避暑小屋。在麋鹿湖旁，從波特蘭市開車過去要一小時。我們每年夏天都去那兒。爸爸和媽媽現在就住在那裡。」孟妮卡停了下來，彷彿再往下多說任何一個字就會觸動地雷。

但蕾西看起來似乎很平靜地接受了這一切。

「我們應該去那裡，應該現在就去。」孟妮卡說。

「麋鹿湖。」蕾西重複了一次。

她走向樓梯，說：「快來！」

孟妮卡和凱莉問都沒問就跟了上去。很快她們就站在客房裡的電腦前，蕾西鍵入網路地圖，然後說：「找給我看。」

孟妮卡鍵入小屋的地址，很快她們就看見了小屋的鳥瞰圖，然後把圖放大。

「哇，好大。」蕾西說。

「那比較像是狩獵季節的會所，而不是小屋。」孟妮卡說。

「她父親製造槍枝。」蕾西告訴凱莉。

她也是妳的父親。孟妮卡心裡想。

「是空氣槍。」孟妮卡大聲說了出來：「只是用來練習打靶，好玩而已。」

電腦螢幕上很快填滿了從遠方望過去的小屋圖片，然後不斷放大、放大，直到它逼近三人面前，讓她們覺得彷彿能把一隻腳踩進螢幕裡，然後就能站在屋外的繞廊上。

「看那座森林。」孟妮卡指著螢幕說：「我以前常在森林邊的毯子上玩耍。」

「在妳的這段回憶裡，妳幾歲？」蕾西問。

「四歲？」

「四歲之前什麼都記不得？」

「記不得。妳呢？」

蕾西搖搖頭，表示她也記不得，然後補了一句：「去山頂育幼院之前的事情，都記不得了。」

「我們可能被催眠了。」孟妮卡說。

她們陷入了沉默。

父母、祖父母、姑姑、阿姨、叔叔、舅舅、堂兄弟姊妹、表兄弟姊妹。謊言。

「嘿，我們去屋外走走吧！去逛街，看場電影。購物中心有部新上映的外國電影。」凱莉說。

「喔，我討厭外國電影，總是太脫離現實。我們去看喜劇片吧！」孟妮卡說。

「外國電影有打字幕，電影院剛上映的電影沒有字幕。」凱莉說。

孟妮卡覺得難過極了。凱莉的確比她更了解她的姊妹。

她什麼都不知道。

「我不知道，對不起。」孟妮卡說。

「沒關係。有幾家戲院會特別安排幾晚提供字幕機。若是看動作片，我完全不用聽那些對話也能好好享受。」蕾西說。

「我們可以租電影來看。」孟妮卡說。

「妳們兩個需要去屋外走走。」凱莉說：「一看就知道妳們只是把自己關在這地方而已。」凱莉瞧著孟妮卡，問：「妳的工作呢？妳不是要主持那些講習會？」

「我的姊妹更重要，再也沒有什麼能擋在我們兩人中間。」孟妮卡說。

她不喜歡在自己講完這句話後，凱莉與蕾西互相交換的那一眼。

孟妮卡對自己的家族大概可以冒出一百萬個問題，她整個人生都是一場謊言，再也分不清是非真假。但這些她都可以概括承受。而凱莉．賽樂，從另一方面來看，卻絕對只會在她與蕾西之間礙手礙腳。

26

那根本不是小屋，或是什麼會所，那根本就是座豪宅。這就是避暑小屋？是誰說這對父母無力撫養兩個女孩的？蕾西的心臟幾乎要從胸口跳了出來。她像一陣風似地跑來這兒——先是搭飛機到波特蘭市，接著租一輛機車一路騎到這裡。這兒的草地比她見過的都要青綠，草香如此清新鮮嫩，她可以聞到泥土地下最初迸發的種子。各種氣味在空氣中競相吸引她的注意：草地、蘋果、乾草、紫羅蘭，以及她腳底下泥土的清晰味道。空氣中的溼氣甚至攀上她手臂上的細毛，抑或那是她的汗？她可以感覺到自己與這裡所有的一切起著共鳴。她應該晚上過來的，她現在曝露在日光下，就像一卷底片從暗房被抽出，然後攤在陽光下。她的左方有棵蘋果樹守護這片草地，上頭結實纍纍。她想要爬到樹底下，躲起來不被人看見，然後睡到晚上再起來。

若有人見到她，也會認為她是孟妮卡，至少從遠處看的話。所以，現在即使被人看見也沒關係，但萬一有人喊她，發現她沒回應怎麼辦？有人能「在腦袋後長眼睛」[41]，但卻絕對沒辦法靠著後腦袋去讀唇語啊！

是另外一個啊！有人可能會在她背後這樣說。**她想做什麼？**

她想做什麼？她想親眼看著他們，想要讓他們知道，她已經知道了一切、知道他們做了什麼好事。現在，孟妮卡也清楚他們做了什麼好事。她要他們知道，她們兩個人都已經知情。她知道她應該要有個比「讓他們知道我們已經知情」更具體的計畫，但對於跟蹤與計畫復仇，她又懂得多少？她是藝術家，不是戰士。真要評斷的話，她的計畫對一個業餘者言，已經算很不錯了。孟妮卡會恨他們。唯一的問題是，現在孟妮卡纏上了她，而蕾西也不想花心思去處理這個問題。是誰先把事情弄得一團亂的？是誰把那封信放在她的信箱裡？太遲了，已經有人開了頭，現在她得做到底。

我回來了。她想這麼說。**我回來了**。蕾西看著那片樹林，樹木在小徑頂端形成天然的幽暗樹篷，一路延伸到遠處。就是在這個時候，蕾西想起來了。她來過這裡。

✣

蕾西的身子緊貼在小屋側邊，希望木材能擋住她的身影。小屋的位置在一條蜿蜒泥巴路的盡頭，修剪整齊的大片草地圍繞著屋舍四周，整片延伸到她身後的樹林為止。蕾西騎來的摩托車停在泥巴小路通往樹林的入口，就在一棵高大的松樹下。

鐵定有人在屋子裡，因為一輛休旅車就停在車道上。蕾西還不確定若她進到屋裡後要做什麼，但她得親眼瞧瞧孟妮卡說的到底是不是真的？她們的母親是否收集蕾絲？她心裡沒有將這件事再作曲解，只是讓它沉澱、不去碰觸，就像明明害怕潛入水裡，卻仍把一隻腳趾頭探入泳池中。不論如何，她就是得看到一小塊蕾絲才肯罷休。

㊶ have eyes in the back of their head，英文諺語，意指一個人知道四周發生的一切事情，彷若腦袋後長了眼睛。

但直到她在大太陽底下，將自己貼在這棟避暑小屋旁，這才想起孟妮卡說過，「上校」收集槍枝。上校，這名字真蠢。每次她一想到這名字，眼前就會浮現捧著一桶炸雞與滿臉鬍子的男人。孟妮卡說，因為他的腳有問題，所以不曾從軍。嘿，說不定他會和凱莉．賽樂處得很好。她的父親，「上校」，空氣槍製造商。蕾西從未開過槍，但她能想像自己開槍的模樣，尤其是此刻。

蕾西所處的位置就在車道對面，她沿著小屋邊緣緩緩移動。她應該先問問孟妮卡這兒有沒有看門狗或是警報系統。但那會讓孟妮卡起疑心。要是孟妮卡見到她現在這副模樣就慘了，她還以為蕾西是去艾倫的工地找他，即使如此，她仍一天傳十二次簡訊給蕾西。蕾西沒有回傳，她實在需要喘口氣。

她彎著身子，急忙飛奔到小屋後方，就像個瘋子在二十層樓高的建築物窗台外想跳樓自殺。然後她來到一處封閉式後廊，她還沒來得及說服自己別這麼做，手便已經伸向了門。她理智地告訴自己，單就「闖入」一詞聽起來的嚴重性，她的動作應該要快速果決。

門打開了。就算有任何警報系統啟動了，蕾西也聽不見。也許就是因為聽不到，所以她才這麼大膽。似乎很長一段時間以來，聲音一直讓人們感到害怕。後廊裡擺設著柳條家具，還有黃色花朵圖樣的靠墊與種在盆栽裡的樹。沒有植物，只有樹。看起來像是棕櫚樹，但對棕櫚樹而言，這兒並不夠溫暖吧？若他們在後頭再弄個大沙地與好萊塢那幾個大字，這兒就成了洛杉磯。

一支掃帚與畚箕放在外頭的門邊，對面便是通往屋子內部的門。柳條長沙發後方有三面窗戶，被窗簾遮住，想要從外面偷窺也不可能。除了柳條長沙發、靠背長椅與一般椅子，還有三張茶几。三張茶几上都打掃得乾乾淨淨，只除了長沙發旁那張最小的茶几，上頭擺著《靈魂的建築師》。蕾西真希望自己手上有支麥克筆。至少她現在知道自己找對了屋子。

接下來呢？這實在是個思慮不周的計畫。不知道《靈魂的建築師》裡有沒有什麼好意見？不要猶豫不決嗎？！她的時間不多，她不想把機車留在那兒太久。若附近田地有隻小牛無聊晃了過來，把機車撞倒了怎麼辦？

隨時會有人從這兩扇門走進後廊，或從這裡走出去。其實她進到屋子裡反而比較安全。反正通往屋子的門很有可能是鎖上的，她也不是真的想要破窗而入，或是懂得用袖子裡的信用卡或髮夾變把戲開門。門是鎖上的，然後她就會回家，或是到森林裡走走。森林裡有某種氛圍，讓她覺得很熟悉。蕾西記得孟妮卡提過，她很怕森林，這又是她倆另外一樣不同的地方。

對了，動作要快，這樣她才不會改變心意。蕾西溜到門前，轉動門把，輕輕往前推。門打開了。蕾西目瞪口呆，沒想到居然這麼容易。她走進去，渾身輕飄飄地，從育幼院裡那個老是想搗蛋的小女生長大之後，她便未曾再有過這種感覺。蕾西先走進一間衣帽間，裡頭塞滿了外套、鞋子、靴子與帽子，但一片混亂中仍井然有序。她左邊是一台洗衣、烘衣雙合機。烘衣機正在運轉，裡頭不斷翻落的衣物像是在跳跳屋裡蹦上蹦下的小孩。一隻衣袖對她招招手，她忍不住也揮手回應。她笑了出來，然後猛地用手摀住自己的嘴巴，想起那些聽力正常的人是真的能聽見聲音。

烘衣機的聲音很大嗎？希望機器的聲音能大到掩蓋住等會兒蕾西不慎弄出的任何噪音。但反過來想，這表示有人，很可能就是她的母親，很快就會回來檢查衣物。他們看起來不像是會將剛烘暖的衣物棄之不顧的人。只有女兒會被他們棄之不顧。靠近天花板的地方，有一整面牆架，上頭整齊地塞滿一堆家用產品：洗衣精、柔軟精、驅蚊劑（不是用來驅除失去已久的女兒？他們很快就會後悔當初沒有買上一罐這種產品）、去漬劑、洗碗精、紙巾、牙籤、木炭點火器——

蕾西，親愛的，這些有一天都會是妳的。

蕾西感覺到肚子發出咕嚕嚕的叫聲，她已經超過十五個小時沒有進食，現在突然餓了起來，她可不想餓昏過去。管他的，有誰到了父母家不會去打劫冰箱？架子上沒有可以吃的，而且蕾西也沒有吞炭油的嗜好。好吧，炭油是哪來的？她事實上正想像自己打開瓶蓋喝了起來。飢餓讓她的腦子變成一團糨糊，根本無法思考。

偌大的廚房就在衣帽間右方。那些人可以別再叫這地方「避暑小屋」了嗎？這整間廚房就比蕾西從小長大的地方還要大。好吧，沒那麼誇張，但絕對豪華多了。廚房有著花崗岩流理台、石板地、淺橘色的牆壁上貼著精緻的灰褐色瓷磚。一定是某位「專業設計師」被雇來替這棟避暑小屋裝潢，不然就是白雪公主學會了幾招，把別人家裡弄得整齊又漂亮。

流理台上沒有放著食物，甚至就連廚房必備的一碗水果也沒有。她要嘛就是打開雙門不鏽鋼冰箱，要嘛就是打開櫻桃木櫥櫃。至少會有包餅乾或洋芋片吧？哪一個比較安靜？冰箱裡的東西最有可能已經烹調過。所以即使她現在很想吃一塊肥美的大牛排，卻不會去動用烤箱。她希望艾倫能在場見到這一切，但既然他不在，她只好用黑莓機拍了幾張相片。蕾西打開冰箱，裡頭塞滿了塑膠保鮮容器。

蕾西正站在冰箱前，嘴裡塞滿了她吃過最好吃的馬鈴薯沙拉時，一個寬肩厚背的魁梧男子走了進來。但她父親手上拿的不是槍，而是扛著一大叢灌木與鏟子。她轉過身面對他，叉子還塞在嘴裡，冰箱門也還是開著的。

「孟妮卡。」

她很肯定他這麼說。她揮揮手，他也用耙子對她揮揮手。這位上校看起來一點都不會令人生畏。她喜歡他的滿身幹勁。他們兩人的嘴巴周圍長得很像，而且有著同樣消瘦的鼻子。

「妳母親知道妳在這兒嗎？」

蕾西點點頭。

他也點點頭，然後舉起那叢灌木。蕾西對他豎起大拇指。他往屋子另外一頭走去，又停下，轉過頭說：「妳為什麼@##$&*那樣？」

蕾西很確定他正看著她身上的衣著。她往下看著自己那條扯破的牛仔褲與條紋背心上衣。她聳聳肩，翻了翻白眼。他瞇著眼看了她一會兒，然後又多嘴了幾句。蕾西一個字都不懂。她眨眨眼，他笑了起來，搖搖頭，舉起手指對她搖了搖。然後又舉起那叢灌木離開了。

✣

凱瑟琳與理查．包曼夫婦將車開進他們的車道上，停在那輛休旅車後。

「約翰來了。」凱瑟琳說。

「我實在不懂，我們哪需要另外一叢灌木？我們四周已經都是森林了。」理查說。

「他是打折時買的。」凱瑟琳說。

「他總是忘了把後廊上鎖。」理查說。

他們下了車，走到屋子後方，兩人手上都拎著購物袋，沒再說一句話。

他們走進了屋裡。

「我得把衣服拿出來，免得皺掉。」凱瑟琳把袋子放在流理台上。

理查沒有回應，只是走過去要將雜貨收好。凱瑟琳正要踏進衣帽間時突然停住。烘衣機裡的衣服已經都折好了，並且放在她的古董矮櫃上。

「理查，我想約翰替我們把衣服折好了。」凱瑟琳說。

理查正站在冰箱前，一手拉著冰箱門，說：「他還在果凍上寫了『你好』㊷。」理查說。

「什麼？」

「他在果凍上寫了『你好』。」

「你在開玩笑吧？」

「妳自己來看。」

凱瑟琳站在理查身旁，探頭往冰箱裡頭瞧。果然，在紅色盤子裡，她前天才做好的果凍上頭，清清楚楚寫著「你好」這兩個字。

「他和芭芭拉之間還好吧？」凱瑟琳納悶地大聲說了出來。

「嗨，兩位！」

理查與凱瑟琳轉過頭，見到約翰全身沾滿泥土，還扛著一支鏟子。

「包曼太太，我把灌木就種在陽台外面。」他說。

「約翰，謝謝你。」

「它會長得像野草一樣快。」

「約翰，你餓了嗎？」

「不餓，不餓。我老婆要和我出去吃早午餐，管它是哪一餐。我個人是比較喜歡出去吃午餐或晚餐啦！我想她只是找藉口在大白天喝杯雞尾酒而已！」

「約翰，是你替我們折好衣服的嗎？」理查問。

約翰的滿臉微笑轉為一肚子疑惑，他往後看了一眼那堆折好的衣服。

「沒有啊，一定是孟妮卡。」約翰說。

「孟妮卡？她來過了？」凱瑟琳說。

「是啊，我看見她就像你們這樣站在冰箱前——」

「喔，幸好。」凱瑟琳說。

「馬鈴薯沙拉吃得滿臉都是。」

「她討厭馬鈴薯沙拉。」凱瑟琳說。

約翰聳聳肩，又說：「她是個很棒的女人。你們知道，我以前不認為她真的喜歡我。但今天我們小小聊了一下，很愉快。我以前想，也許她是被名氣沖昏了頭，但她其實是個腳踏實地的女孩，對吧？」

㊷ 原文為：He also wrote *HELLO* in the Jell-O.「Hello」與「Jell-O」押尾韻，凸顯蕾西惡作劇的巧思。

「她是我們的開心果。她在果凍上寫了『你好』。」

「我要到樓上的辦公室去。」理查說。

「孟妮卡現在人在哪裡？我沒在車道上見到她的車。」凱瑟琳說。

「我也不知道。我最後一次見到她，她就站在你們站著的地方。」約翰說。

「我希望她還沒走，我好幾個星期沒見到她了。」

「我確定她還在附近，不然的話，她不是應該在果凍上寫『再見』嗎？」

✣

「妳人在哪裡？」

孟妮卡往下看著魯奇與史魯奇，彷彿牠們能回答她母親的問題，但兩隻狗兒只是回望著她，然後扯起狗鍊。她正在費城市中心蹓躂，她和兩隻狗兒已經經過蕾西的工作室好幾次。若麥克人在上頭，看來也不打算突然現身，走下來吃午餐，或是忙別的事。她為什麼要接電話？孟妮卡是不是忘了哪個家庭聚會？

「我在路上，妳也知道嘛！」孟妮卡說。

「喬伊說妳沒在工作。他說妳已經好幾個星期沒工作了。」

那個叛徒！孟妮卡下次見到他時，一定要好好和他算帳。

「媽，我需要休息。」

「我知道妳來過了。妳為什麼偷偷溜進屋子，然後又離開？」凱瑟琳說。

孟妮卡停在人行道中間。

「妳是說妳在小屋看到我？」她說。

「親愛的，是約翰看到妳。即使我很感謝妳替我折了衣服，我還是得把果凍扔掉。」

「媽，妳為什麼要把果凍扔掉？」

「因為我不認為把手指放進去很衛生，妳不覺得嗎？」

「是不衛生。」

「有更簡單的方式可以打招呼。妳為什麼不——我不知道，多逗留一會兒，等我們回家，再親自打招呼呢？」

「媽，我只是正好路過而已。我得上廁所。」

「路過？孟妮卡，妳最近真的很奇怪。妳已經好幾個星期沒見到我們，或是和我們說話了——現在妳只是路過小屋然後借用廁所，借走我的蕾絲杯墊，還弄髒果凍？」

「帶走妳的——」孟妮卡突然住了嘴，然後笑了出來。

要是她說出真相，她的母親會有什麼反應？

那才不是我，那是蕾西，是蕾西偷了妳的蕾絲。還記得她嗎？她是個很棒的人，她也很美，而且她氣壞了。我也是，母親，我也氣壞了。

蕾西說要去看艾倫原來是這麼回事。為什麼她不告訴孟妮卡實情呢？為什麼她還是把孟妮卡拒之於千里之外？

「媽，我得走了。」

「孟妮卡，妳一定還沒走遠。何不掉個頭回家來？」

「我和喬伊已經約好了──我很抱歉。我答應妳，下次會待久一點。」孟妮卡喊了聲「我愛妳」後掛上電話。

✣

孟妮卡帶著狗兒回來時，艾倫正坐在前廊上，他穿著慢跑裝，正在做伸展操。

孟妮卡在一張躺椅上坐下，說：「她去我父母的──我們父母的小屋了。」

艾倫停下了伸展操，轉過頭來看她。

「抱歉，妳說什麼？」

「蕾西去過我父母的小屋了。」

「妳怎麼知道？」

「我母親剛打電話來。我們的朋友約翰在那個地方做些奇怪的工作，他撞見了蕾西。她還把烘乾的衣服都折好了，而且──還顯然對果凍做了很下流的事情。」

「那棟小屋在哪裡？」

「緬因州，麋鹿湖。」

「老天！」艾倫靠在門廊杆上，說：「她怎麼會知道在哪？」

「我給她看過網路地圖。」

「她怎麼進去的？」

「純粹是運氣好。我們的朋友約翰到處亂種灌木，他總是不鎖上屋子後廊的門。」

「反正她說不定都會找到方法進去。」艾倫說。

「她比我勇敢。同樣的基因，我卻是個膽小鬼。」孟妮卡說。

「她就是她，有自己的個性。」艾倫說。

孟妮卡站起身，慢慢走近艾倫。

「我不要你洩漏她對你吐露的真心話。」她說。

「但是？」

「但蕾西是怎麼看待我的？她發現我這個人時，對你說了什麼？」

「當然，她那時很震驚。」艾倫的神色看起來相當痛苦，他的視線硬是避開了孟妮卡。蕾西絕對不是只有這樣的反應而已，但孟妮卡不打算逼他。

「不過，妳的人生也過得很不錯。不但是暢銷書作家，還主持巡迴講習會。」

孟妮卡聳聳肩。**那才不是我的人生**。她很想這麼說。

「我的助理辭職後，我就沒主持過一場講習會。而喬伊，我的未婚夫，才是幕後策劃這本書的主角。」孟妮卡從艾倫身邊移開，目光落在小小的後院。「我這一輩子都在尋找某樣東西。我以前總認為自己瘋了，但我沒有。就是她，我一直在尋找的就是她。」

「據我所知，妳們兩人在幼年時非常親近。」

「我真希望自己能想起那些記憶。我怎麼會不記得呢？」

「妳有那匹馬嗎？」艾倫問。

孟妮卡看著他，問：「什麼馬？」

「蕾西有半隻玩具馬。她的育幼院院長說她被送到那所孤兒院時，身上帶著那匹馬。我們都假設妳有另外一半，有頭和前腳的那一半。」

孟妮卡搖搖頭，說：「那匹馬在哪裡？我可以看看嗎？」

「妳相信嗎？我們花了一整天在垃圾堆裡東挖西扒，就是為了找那匹馬。」

「你們做了什麼？」

「那是個又臭又長的故事。」艾倫說。

孟妮卡笑了出來。

「妳有養馬嗎？」他問。

「蕾西問過我同樣問題。沒有，我們沒有養馬。我母親甚至不讓我養狗，她怕我爸會不小心開槍殺了牠。怎麼？她以為我是被寵壞的富家千金嗎？以為我有美滿人生？我父親一直想入伍當上校，他完全不知道要如何和人發展親密關係，除非你手裡拿支來福槍。而我母親總是緊張兮兮，連自己的影子都會怕。我很愛他們，但真檢視起來，他們的問題實在不少，希望你明白我的意思。若蕾西有機會認識我父母，她也許會很高興，她是在孤兒院長大的。」孟妮卡猛地摀住自己的嘴。「老天，我真不敢相信我居然說出這種話。」

「沒關係。沒有人的家庭是十全十美的。沒有人過著完美的人生。」

「育幼院真有那麼糟嗎？」

「這個嘛，我想他們是不會把孩子打到聽話或什麼的，但從小身為一個孤兒，又能好到哪裡去？她心裡一定有些不為人知的傷痕，而且她也不容易和人親近。除了某位偶爾來探訪的美術老師外，她還是孩子時，我不認為她曾真心親近過任何人。現在她有我，還有她那群失聰朋友。」

「那你的父母呢？蕾西和他們親近嗎？」

「我父母幾年前過世了。他們沒見過她，但他們要是知道我女友是失聰人士，一定會高興得不得了，並會待她如親生女兒。」

「你的父母也聽不見？」

「我看到她一直用說話的方式和妳交談。是的，我的雙親是失聰人士。」

「你知道，我的父母不是壞人。他們不會因為蕾西聽不見就把她送走。至少會把她送到特殊教育學校，或私立學校，當然——

「也許妳是被領養的？妳有沒有想過這點？」

「我不是被領養的。」

「妳怎麼知道？這很合理。妳和蕾西幼年時便失去了真正的雙親，然後妳的父母出現了，但他們不要一個聽不見的孩子，所以只領養了妳。」

「我長得像他們。我們長得都很像他們。」

「人們眼裡只看見他們想看見的。妳有小時候的相片嗎？」

「當然有。不過沒有嬰兒時期的相片，那些相片——」

「被一場洪水沖走了？」

「在火災裡燒掉了。喔，老天！」孟妮卡踉蹌坐回椅子上，說：「又有另一個解釋了，他們把那些相片藏了起來，因為上面有蕾西。」

「沒錯。」

「若他們不是我們的真正父母，事情會變得比較容易嗎？」孟妮卡說。

「我不知道。也許吧！」艾倫聳聳肩。

「她就不會覺得自己被丟棄、是多餘的。」

「我不是故意要把妳弄哭。」

「過去兩個星期我一直在哭。」孟妮卡擦乾眼淚，站了起來，說：「我想看看那匹馬。」

「我想我最好讓蕾西——」

「求求你。只不過是匹藍色的塑膠馬，拜託！」

艾倫點點頭，往屋子裡走去，但走到門邊時停了下來。

「妳怎麼會知道？」

「知道什麼？」

「妳剛說：『只不過是匹藍色的塑膠馬。』我從沒告訴妳這一點。妳是怎麼知道的？」

「天啊，我不知道，我甚至想都沒想，就這樣說出了口。」孟妮卡說。

艾倫露出微笑，但卻是一抹悲傷的微笑。

「在這等著，她可能帶走了。若她沒帶走，我拿來給妳看。」

✣

「我很抱歉。」

艾倫走進餐廳，孟妮卡正在喝茶。

「你找不到？」

「我是找不到。不過我要說抱歉的不是這件事。」艾倫嘆了口氣，舉起手機，說：「蕾西剛剛傳簡訊給我。」

「她要回來了嗎？」

「是的。」

「太好了，那她有說——」

「她要妳離開。」

「你說什麼？」

「她要我這麼告訴妳，她只想要和我獨處一段時間。」

孟妮卡露出微笑，喝著她的茶。

「我懂了。」她手裡的杯子開始顫抖。

艾倫在她對面坐下，說：「妳只是需要給她一些時間。」

孟妮卡希望他最好走開，她不想在他面前掉淚。她還想把手上的咖啡杯扔過房間，看著杯子摔破，這股衝動讓她很訝異。

「她沒有傳簡訊給我。」孟妮卡說。

「我想，她是以她自己的方式試著不要去傷害妳的感情。」艾倫說。

孟妮卡站起身的時候撞到了桌子，也撞倒了茶。

「我要去告訴我的父母。」孟妮卡說。

「蕾西不是要妳別這麼做？」

「她偷偷摸摸溜到他們屋子附近，還闖了進去，她一定很想見他們。」

「因為只有闖入別人家才代表『我愛你們』嗎？」

「我永遠都不會喜歡上你。」

「抱歉，妳說什麼？」

「我總忍不住比較我倆的人生。我們的口味、行為舉止與經驗。你不是我喜歡的那一型。」

艾倫端詳她好一會兒，眼光充滿智慧與寬容。

「很高興再見到妳，孟妮卡。」他離開餐廳前這麼說。

孟妮卡恨透了自己。她的行徑就像小孩一樣。艾倫對蕾西很好，就像凱莉・賽樂對蕾西也很好。問題是，孟妮卡自己也知道，她要蕾西只屬於她一個人。她也想大喊對艾倫道歉，但那些話卻卡在了喉嚨裡。

27

「我不喜歡妳的建議。」凱瑟琳說。

她就坐在心理治療師對面，她現在仍無法叫她黛安，儘管對方一直鼓勵她這麼做。

「孟妮卡極度依賴蕾西——」

「她們是雙胞胎——」

「我們已經談論過這一點。這樣的關係很不正常，她們只要一分開，孟妮卡就會有嚴重的分離焦慮。」

「所以要把她們分開是很殘忍的一件事。」

「包曼太太，是對誰殘忍？妳自己也見到了，蕾西想要離開她的姊妹身邊獨立，她渴望自主。我已經對她們治療了好幾個月，而——」

「而我在她們身上努力了兩年半——」

「那麼妳知道，我說的是實情。妳的兩個女兒必須要分開，和其他人建立親密關係——和妳，和她們的父親。」

凱瑟琳站了起來，說：「恐怕這一切都是在浪費時間而已，她們只是小孩子。」

黛安仍坐在椅子上，說：「包曼太太，幼兒時期的暴力與侵略不是大家所樂意提起的，但這種情況的確會發生。」

「我不懂妳為什麼要告訴我這一點。」

「自從開始治療後，孟妮卡的侵略傾向已經加倍成長。妳自己也說過，除了蕾西之外，她拒絕和所有的人溝通。」

「我該怎麼做？把她送到另一個地方去？妳到底在想什麼？」

「也許她有個阿姨或姑姑，一個星期能帶她幾天？我只是建議在養育期間將她們分開，一次只分開一小段時間。我不是建議讓她們永遠分開。若要做個比喻，這就像分割連體嬰的手術。就因為她們很親近、做什麼都在一起，不表示這就是健康的，也不表示這對她們兩人而言就是最好的。」

「謝謝妳的撥冗，但她們只是孩子。這只是過渡期而已。」凱瑟琳走向門口。

黛安終於站了起來，說：「包曼太太，我非常不同意妳的看法，我想和妳丈夫談談。」

「妳居然敢這麼說？」

「孟妮卡需要幫助。」

「她才兩歲。」

「在緊迫的壓力下，妳的女兒出現各種肢體暴力，她又咬又踢，還會扔東西。若現在不處理好，恐怕將來她們其中一個會受到嚴重傷害。」

「所有的手足都會起口角。」

「我想妳不明白事情的嚴重性。妳來找我是尋求幫助的，還記得嗎？」

「謝謝妳的費心，但我們不會再回診了。」

「包曼太太，請妳花點時間想想我告訴妳的話。找妳丈夫談談。」

「再見，黛安。」

「我的大門隨時敞開。我必須鄭重聲明，我但願自己是錯的。我對上帝祈禱，我真的希望我是錯的。」

✣

她當然是錯的。幾個小時後，凱瑟琳望著在沙地上玩耍的兩個女孩，心裡這麼想著。她們看起來好快樂，只需要彼此和一個桶子就能玩得這麼開心。她們之間有屬於自己的語言，而且不只如此，她們甚至只要看彼此一眼就能溝通。蕾西爬出了沙地，對她的母親伸出雙手。凱瑟琳露出微笑，也對蕾西伸出手。但就在凱瑟琳抱住蕾西的那一刻，她感覺到頭部受到重擊，接著沙子就像一層冰一樣，落在她的眼皮上。她仍努力想抱好蕾西，但沙子讓她什麼都看不見。她只好盡量輕柔地將蕾西放下。蕾西馬上哭了出來，尖叫著不想讓母親離開。凱瑟琳雙手按在眼睛上，想爬出沙堆，她得趕快在眼睛受到真正傷害之前用水把沙子沖掉，但今年請來的第三位保姆上星期才辭職。**這只是過渡期而已**。她跌跌撞撞走過草皮，往花園水管走去時，再次這麼告訴自己。**這只是過渡期而已**。

28

「孟妮卡？」喬伊走進屋裡。「這是怎麼回事？」

餐廳桌上擺好了他們最好的瓷器餐具，她甚至還把餐桌布燙過，那塊布她買了好幾年，卻一直沒有打開包裝拿出來過。蠟燭也被點上了，溫頓．馬沙利斯[43]的背景音樂正輕柔響著。孟妮卡身上的黑色絲質睡袍，短到連膝蓋都遮不住。她的頭髮在頭頂盤起，幾綹柔軟髮絲卻鬆鬆地垂放下來。她很想大叫：「你這白痴，不然你以為這看起來像怎麼回事？」但她擔心這麼做會毀了自己的浪漫心情。

她已經好幾個星期沒見到喬伊了。其實是蕾西讓她興起這個點子的。看蕾西對艾倫求婚，實在好甜蜜、好浪漫。就是那時候，她才了解自己也能做同樣的事。是時候該對某位雕塑家停止幻想了，她甚至不認識他，他也根本沒打電話給她。她應該對真正愛她的人多付出一些關愛。她從購物中心買來一只樣式簡樸的男用金環戒指，擺在餐桌中央的一個小盒子裡，就在玫瑰花瓶旁邊。她買了新睡袍，還做了他最喜歡吃的菜：淋上檸檬醬汁的野生鮭魚、米飯與只蒸熟一面的綠花椰菜。他們會一起吃晚餐，希望最好能喝得微醺，然後她會向喬伊求婚，接著把餐桌清乾淨，她自己再躺在上面讓他享用。她只想用餐桌上的性愛來完成這場求婚儀式。他答應最好，要是不

[43] Wynton Marsalis，美國著名黑人小號樂手，曲風融合古典與爵士。

答應，孟妮卡也不會接受。

而這種人生的新方式不會只用在喬伊身上。她會回去主持那些巡迴講習會，但這次情況將會有所不同。她受夠了那些藍圖、願景，還有每一步都要小心翼翼計畫。她要去督促人們，不對，是啟發他們，衝動一些、去掌握機會，捉住人生這匹脫韁野獸身上的韁繩，或是牠頭上的角。或是任何他們能捉住、掌握的東西。因為她現在用來鼓舞他人的箴言很簡單：**我們終有一天都會死**。

所以我們值得去享有從人生中想得到的一切。愛情、歡笑、親密關係。在餐桌上的性愛。她一直以來都太羞於要求這些，不敢啟齒。但她現在不再這樣消極了。而且她不要等待喬伊平凡無奇地求婚，就像被綁架的受害者只能等著被人從卡車裡救出，而是要主動出擊，掌握一切。

孟妮卡走向喬伊，清楚感覺到自己臀部的搖擺與臉上展露的慵懶微笑。她摟住喬伊，親吻他的頸子。

「你想我嗎？」她輕喃。

「當然。」喬伊的語調再正常也不過。他退了開來，在她臉頰上很快輕啄了一下，問：「妳為什麼穿著要上床睡覺的衣服？」

「你不喜歡嗎？」孟妮卡轉了一圈。「好吧，我可以改正這點。」她把睡袍拉到頭上。

「妳在做什麼？」喬伊的聲音聽起來很驚慌，他走到孟妮卡身邊，把睡袍拉下來。

孟妮卡把眼前的頭髮撥開，瞪著他說：「大部分的男人剛剛會幫我把睡袍脫下。」

「我以為我們要吃飯了。」

「我等不及了，我要做愛。快把你的褲子脫掉，讓我們馬上做，就在這裡。」

「不然呢？」

「我不知道。這種情況不應該會出現『不然呢？』的選項。」

喬伊拉過一張椅子坐下，雙臂橫在胸前，說：「我以為我們要好好吃頓美味晚餐。」

孟妮卡點點頭，離開了餐廳。她一步跨上兩階，來到樓上的臥房，她的行李箱仍放在床上。她在裡頭仔細翻找，直到找到了她從蕾西衣櫥裡拿來的牛仔褲與圓領上衣。她脫下睡袍，換上這些衣服，然後下樓，從爐子裡拿出鮭魚。她攪拌米，蒸綠花椰菜，然後擺盤。

兩人一語不發地吃著晚餐。若她繼續與喬伊在一起，這就會是她的生活。一點都不刺激或隨性。僅僅就在不久前，她還不會覺得這一切有什麼不對勁。這是一個可靠的男人，基本上已經贏得她父母的認可，並幫助她成功開展事業。僅僅是在不久前，這些對她而言，要比無趣的性愛生活更值得追求。性愛到最後不都是會走下坡嗎？要是他們一直用傳教士體位，偶爾有些例外呢？要是他們從未談過性愛，或是挑逗對方，或沒有在被激情沖昏頭的情況下撕扯對方身上的衣物呢？要是他總是有高潮，她卻鮮少達到呢？

「我知道妳的情緒還處於震驚中。」喬伊把叉子放下了一會兒，又說：「我無法想像，發現自己是雙胞胎之一是什麼滋味？」

「別忘了找出你的父母問清楚，他們對你撒謊了一輩子。」孟妮卡又補充說：「我應該說，是對我們撒謊。」

「我們？」喬伊額頭上出現熟悉的紋路，問：「他們什麼時候對我們說過謊了？」

「不是說你，是蕾西。蕾西與我。我和蕾西，我的姊妹，我的雙生姊妹。我真不敢相信，你居然以為是在講你。」孟妮卡說。

「親愛的，那不公平。那只是——我還不習慣這些——突然間一切都是關於妳和蕾西。那妳其他的生活呢？不想要稍微平衡一下嗎？」

「我母親告訴我，說蕾西是個死胎。你認為這樣我會覺得平衡嗎？」孟妮卡說。

「聽好，妳不知道他們這麼做的理由——」

「你說什麼？」孟妮卡將叉子「噹」的一聲放下，推開盤子，說：「喬伊，你站在哪一邊？」

「不要這麼激動，好嗎？」

「我受夠了。」孟妮卡扔下餐巾。

「妳受夠了什麼？」

「我們。我受夠了我們。」

喬伊繼續吃著食物，嘴裡咕噥：「我今晚不想聽這些。我還要研究一些圖稿，明天早上得去工地開會。」

「喬伊，我很不快樂，我再也不想維持這段關係。」孟妮卡打了一個嗝，然後笑了出來。她實在忍不住，能夠講出來實在是天大的解放。

「妳認為這很好笑？妳真認為這很好笑？」

「今晚我本來要向你求婚。我覺得這很好笑。」孟妮卡說。

喬伊臉上的表情甚至讓她笑得更大聲了。

他終於把叉子放了下來，說：「妳真的讓我很擔心，我想我們該去找專業諮詢協助。」

孟妮卡推著桌子站了起來。

「我不知道一般是怎麼解決的。應該是你搬出去？還是應該我走人？」

「妳喝醉了嗎？」喬伊問。

「還沒。」孟妮卡從桌上拿起一瓶酒，直接一口氣喝完，然後用力把酒瓶放在桌上，說：「我應該留在費城的，我要回去那裡。」說完後她挑釁地望著喬伊，等著他的駁斥。

「妳需要專家的協助。我很抱歉這麼說，但妳真的需要。」喬伊說。

孟妮卡咯咯笑了起來，然後對他行了個屈膝禮。她已經什麼都不在乎了。她從桌子中央拿過那個裝著婚戒的盒子。

「要是你之前就在餐桌上和我做愛，一切都會不同。」她說。

✣

若她之前就好好檢視所有她直接來到蕾西工作室的理由，可能早已停了下來。蕾西不想在這裡見到她。蕾西之前再次把她踢了出來。她不想讓蕾西知道自己已經搬來這裡，至少目前還不要讓她知道。她聽見門後傳來焊接的聲音時，鬆了好大一口氣，甚至差點要哭了出來。她按下門口閃燈的按鈕，然後等著。幾分鐘後，焊接的聲音停了下來，接著她聽見沉重的腳步聲接近。麥克拿下護目鏡，對她露出微笑。

「妳好，孟妮卡。」他看著她的行李箱。

孟妮卡哭了出來。

「拜託不要告訴她，我在這裡。」她說。

「妳看起來好像迷路的孩子。」麥克的聲音輕柔又撫慰人心。「進來吧！我這兒正好有東西能讓妳好過些。」

✣

那玩意兒尖叫得很大聲，而且她得費些力才能握住那根魔杖，但實在好玩極了。她將熱氣流瞄準面前那塊大廢鐵時，瞬間火花四濺。她並不是很清楚自己在做什麼，但麥克說沒關係，反正就只是塊廢鐵。**就像我，我也是塊廢鐵**。孟妮卡忍不住這麼想。蕾西說不定會推翻她這個想法。從此刻開始，不論她們變得有多親近，蕾西手裡永遠都有一張孤兒牌可以打。真不公平。

「謝謝你，這玩意兒好酷。」微笑又回到了孟妮卡臉上。

「隨時候教。」他說。

「我該走了，我得找個地方住。」孟妮卡說。

「這麼說可能有點怪，不過——」麥克說。

「說吧！」孟妮卡說。

麥克笑了出來，那洪亮的笑聲讓孟妮卡渾身充滿難以言喻、如孩童般的喜悅。

「我有間空房，我一直在想要不要找個室友。但那房間沒什麼特別，我確定以妳的版稅收入——」

「沒什麼特別最好。」孟妮卡說。

這是實話。她需要時間思考、計畫。與麥克住在一起是個完美的主意，只要她不會想動他的腦筋。

麥克草草寫下他的地址，說：「我還有工作要做，我可以把鑰匙給妳，或是妳可以把行李箱留在這兒，到城裡去四處晃晃，晚上回來再和我碰面。」

「我先去晃晃好了。我要去城裡查一些事情。」孟妮卡說。

「很好，那七點在這裡見？」麥克說。

「蕾西今天會來嗎？」

「我不知道。」

「我們可以在街角碰面，或是——我只是——她還沒準備好接受這一切。」孟妮卡承認：「她還沒準備好接受我。」

「我不想介入妳們。」他說。

「我也不想把你牽扯進來，我保證。」孟妮卡說。

「若我不喜歡妳，或不認為妳是真心為蕾西著想，我不會這麼做。」麥克說。

孟妮卡只是點點頭，她怕自己一開口，眼淚就會不聽話地湧出。

「快七點的時候我打電話給妳。若蕾西在這裡，我們就在街角附近那間酒吧碰面。」

「謝謝。」孟妮卡說。

說完後她摟住麥克，吻上了他。這又是另一個長長的吻，一個麥克再次回應她的吻。孟妮卡感覺自己的身體不斷往前推擠，彷彿貼得還不夠近。她想不起來上一次自己察覺到這種需求是什麼時候。這個吻並不浪漫，她就像發狂的野獸。他貼在她身上的感覺如此美好，她能感覺到男人手臂上與背部的肌肉。焊接鋼鐵在這個男人的身體上創造了如此奇蹟。她先退了開來，雙唇因為過度親吻而感覺疼痛。兩人互相凝視著對方，彷彿都知道再來一個像這樣的吻，他們就會全身赤裸躺在地板上。這念頭很誘人，但卻會是一個錯誤。孟妮卡現在無法再分心想這些，她得先贏回自己的姊妹。

「等會兒再說。」她說話的語氣，彷彿方才不過是隨意在臉頰上的親啄。

「等會兒再說。」他臉上的微笑幾乎要讓孟妮卡希望自己的姊妹從此消失。

29

大消息！我們快碰面！羅伯特傳簡訊給蕾西。她的眼神很快離開黑莓機，一面思考著要怎麼回覆，一面盯著眼前這幅已經完成一半的肖像畫：一隻黃金獵犬與一位身材嬌小的亞洲女子，證明了並不是所有的寵物與主人都會長得相似。她也的確需要休息了。重新開始工作讓她筋疲力盡。況且，她有好一陣子沒和羅伯特痛快聊聊了。他還不知道她已經訂婚、闖入她父母的屋子，或是誤以為屋子裡的園丁是她父親。孟妮卡十分樂意把獨家新聞都倒給艾倫。蕾西想這大概也算是樁趣事吧？但也令她失望。她還以為自己好不容易終於見到其中一名生下她的養育者，而且還全身而退呢。園丁。誰會雇用園丁？

七點，在狄倫斯酒吧？蕾西這樣回覆。她說的是街角那個小小的英格蘭酒吧，他們兩人都喜歡坐在那兒，悄悄模仿酒吧裡那些聽力正常人士喝醉酒的模樣。

到時見！！羅伯特這麼回覆。蕾西關掉訊息畫面時，忍不住露出微笑。然後她又皺眉再度看著自己的黑莓機。沒有孟妮卡傳來的簡訊。她們至少已經有一星期沒聯絡了。就某方面而言，蕾西有點想念她的鍥而不捨。但在另外一方面，孟妮卡的消失，讓她大大鬆了口氣。蕾西有種感覺，她只需要說一個字，孟妮卡就會馬上出現在她家門口。她也可以問問羅伯特對這件事有何看法？她拿起畫筆，結束替這隻獵犬金黃色耳朵打光的工作。

✣

蕾西得要羅伯特重複把這消息說上好幾遍。第一次，甚至是第二次她都沒能聽進腦子裡，即使聽到第三次，她還是無法理解。

「你說什麼？」蕾西又問了一次。

羅伯特對她微笑，不介意再說一次，似乎每一秒都在享受他在蕾西身上製造的驚嚇效果。

「她在上初級手語課程！」

「在這裡？費城？」

「就在這條街，在社區中心！」

「你確定嗎？」

「我從湯尼那兒聽來的，湯尼從蓋瑞那兒聽來的，蓋瑞從馬喬爾那兒聽來的，馬喬爾的朋友與蕾咪一起來的——知道蕾咪嗎？記得她嗎？頭髮捲捲，後腦勺剃光頭的那個女人？之前住在卡利[44]？總之她週六在教手語課，然後她在巴瑞的生日宴會上——妳怎麼沒去那次宴會呢？——等等再告訴我為什麼吧！她遇見巴瑞，巴瑞教的是週三的課。湯尼於是傳簡訊給我，說：『你知道蕾西假裝自己聽得見，還去上蕾咪的手語課嗎？居然還是初級班耶？嚇死我了。』」羅伯特一拳敲在吧檯上，笑了出來。「我告訴他們，我看到妳們兩個的同時——要不是同時看見妳們——就像見到兩個一模一樣的人！於是我告訴湯尼，妳有個雙胞胎姊妹，我想他們現在一半人都知道了這件事，另外一半人則一頭霧水，不明白妳為何要假裝聽得見，還在蕾咪那兒上初級手語課。他們以為妳可能是蕾絲邊，因為蕾咪對女同志而言，很有吸引力。」

蕾西垂下頭，額頭抵在吧檯上。羅伯特敲敲她的肩膀。敲、敲、敲。蕾西終於抬起了頭。

「怎麼了？別擔心。我已經告訴他們，妳不是女同志。」

「我不在乎這個。」蕾西說：「她在跟蹤我！」

「誰？」羅伯特張望了一下酒吧，問：「凱莉嗎？」

「不，是孟妮卡。」

「妳不知道她在這裡？」

「不知道。」

「老天啊！」

蕾西長長一口喝完整罐啤酒。她打手勢喚起酒保注意，酒保看著她時，她指指龍舌蘭酒瓶，比出把酒倒入一口杯[45]的樣子，然後舉起兩根手指。酒保對她眨眨眼，倒酒給她。

「加酸橙嗎？」

她點點頭。

酒保倒好兩杯酒，其中一杯放在羅伯特面前，蕾西把那杯酒移回自己面前。

---

[44] Cali，美國哥倫比亞州西南部的一座城市，為此州第三大城。

[45] Shot，一口杯或烈酒杯。

「妳要兩杯都喝？」羅伯特說。

「喝醉了我自己負責。」蕾西說。

「我討厭龍舌蘭酒。」羅伯特看著她，一杯柯夢波丹調酒擺在他面前。

「很好。」蕾西說完後喝下第二杯。「我有沒有說過我訂婚了？」

正要喝柯夢波丹調酒的羅伯特一口嗆住，他把酒杯「砰」的一聲放在桌上，維持坐姿將身子靠過去，他那近似大熊的身軀把蕾西整個人從板凳上舉了起來，狠狠擁抱她，然後他抓過她的手要找戒指。

「我們要去訂製戒指。」蕾西說。

「那真是好消息！好消息！」

「原本應該是。」蕾西滑下凳子，說：「若不是她跑來毀了這一切的話。羅伯特，說真的，她真的完全瘋了！她一直在跟蹤我。」

羅伯特聳聳肩，說：「若我有個雙生兄弟成天跟著我不放，我會要他去洗我的衣服、要他當我的翻譯員。然後把他送去參加盲目約會，我演舞台劇演到無聊時，還可以要他去當我的替身。」

「那我的這一個給你。」蕾西說：「因為我根本不想在她身上求什麼。她現在到底住在哪裡？」

「我會去問問。」羅伯特拿出他的手機。

「我闖入我父母家裡。」蕾西說：「我還以為遇見了我父親。」

羅伯特停下打簡訊的動作。

「結果他只是個園丁。」

「妳這傢伙，我本來還想告訴妳，我前兩天的約會有多精采呢！瞧瞧妳最近做的好事：我的雙胞胎姊妹在跟蹤我、我訂婚了、我闖入我父母家、我遇見一個園丁。快一五一十全說出來。那我就不會在乎妳是不是在番茄堆裡搞上了那位園丁。其實我挺在意的，若妳真的做了，我絕對很想一聽為快。但即使妳在浴缸裡發現一具死屍，我也要先把妳的故事聽完，再輪到我說。」

蕾西笑了出來，然後用手語比起她的故事。任何不了解手語的人，一定不會知道蕾西在空中比劃出的那些手勢，是在描述一個高大的男人手裡拿著耙子和一叢灌木、一棟其實是豪宅的避暑小屋，以及冰箱裡那碗蕾西不得不去調戲一下的無辜果凍。她講完後，羅伯特要她再說一次。

「你有蕾咪的電子郵件嗎？」蕾西問。

羅伯特點點頭，開始在手機上滑動畫面。

「妳要做什麼？」

「喔，我只是有陣子沒和她聊聊了。」她說。

「蕾西。」

「而且你永遠不知道她何時可能會需要一位代課老師，替她上初級手語課。」

羅伯特瞪大了眼，然後眉開眼笑。

「妳好壞心眼，真的很壞。」他說。

「我知道。」蕾西說。

「我找到了。」他說。

✣

「每個國家都有屬於自己的手語系統，但美國手語源自法國，這是因為在十八世紀時，有個叫高立德的人去了巴黎，學會了他們與失聰者溝通的手語，然後將其傳回美國。即使從那之後，美國手語融入了自己的語言，法國手語仍與美國手語有相似之處。」孟妮卡說。

「他們第一堂課就把這些全教給妳了？」麥克問。

他們帶著史魯奇，正走過利頓豪斯廣場公園。公園裡到處都是帶狗出來蹓躂的主人，還有學生與情侶。在都市環境的正中央，令人意想不到會有座公園與自然景觀完美融合。但孟妮卡仍很難將心思放在周圍景觀上，她一直不停講著自己的手語課，完全停不下來。麥克說不定聽得無聊死了，而且說不定這一路上早把公園內所有的雕塑與其他受市政單位委託製造的藝術作品全一一指出並解說一番，但他卻很有耐心地聽著她叨叨絮絮說個不停。

「沒有，但他們推薦了一些失聰文化的書，我只要買得到，就埋頭讀個不停。」

「真用功。」

「你有沒有聽過高立德大學？」

麥克搖搖頭，表示沒聽過。

「那所大學位於華盛頓特區，是唯一專為失聰人士設置文學院的大學。不知道蕾西為什麼沒有去念那所學校？」

「我不懂為什麼他們說那是失聰文化。」麥克說：「我是說——我從沒聽過有盲人談過盲人文化，或是坐在輪椅上的人談論輪椅文化。」

「那是因為文化本質上是和語言連接在一起的。」孟妮卡說：「語言、歷史與共同分享的經驗。」

「所以就有失聰文化嘍？」

「當然是。從失聰人士被壓迫的歷史來看，像是——你知道過去有些失聰人士會被送入精神病院嗎？」

麥克搖搖頭。

「他們之中有些人手被綁在身後，這樣才無法比手語，還被稱作又聾又蠢，所有你能想得到的糟糕稱呼都有。以前在瑪薩葡萄園島[46]曾聚集過一批失聰人口——失聰人士的教育就從此開始——先是手語，接著教導口說方法。你知道很多失聰人士痛恨亞歷山大．葛拉漢．貝爾[47]嗎？」

「因為他們無法講電話？」麥克說。

「不是，是因為他十分反對手語——即使他的太太聽不見也一樣。他認為失聰人士應該被強迫去說話、讀唇語。就是在那個年代，所謂的『口說』方法被帶入學校，而手語在學校卻禁止使

---

[46] Martha's Vineyard，位於美國麻州海岸的一座小島，又簡稱葡萄園島。
[47] Alexander Graham Bell，電話發明者。

用。」

「妳懂的真多。」麥克又說了一次。

孟妮卡不再說話了，兩人也停了下來。她已經與他同居了超過一個星期，儘管他們每天晚上都會出門散步，卻再也沒有接吻，或是提到之前那兩個吻。但每次孟妮卡只要看著他，仍常常會感到有些目眩。而他現在凝視著她的模樣，讓孟妮卡不禁納悶，他們是否即將又會再度擁吻一次？她的身體已經準備好要同意了。

但麥克卻說：「談談妳的書吧！」

「你知道有百分之九十的失聰孩子，父母聽力完全正常嗎？」孟妮卡說。

「不知道耶。」麥克說。

「有時候要花上好幾年，父母才會知道自己的孩子聽不見。但等到那時候，他們已經錯過了學習語言的黃金時期，因為他們一直無法聽見自己的父母說話、聽到電視或收音機的聲音，而去模仿學習──所以若他們幸運的話，會被送到能比出流利手語的老師所任教的學校，但通常情況不是這樣。你必須要先打下一種語言的穩定基礎，才能去學習另外一種語言──」

麥克把手放在孟妮卡的肩膀上，說：「孟妮卡。」

兩人再度凝望著彼此。孟妮卡覺得有一種小小的戰慄感沿著脊椎而下。

「我是不是話太多了？」她說。

麥克笑了起來，舉起手指，作勢要夾住她的嘴巴。

「那些事情的確很有趣，真的。但要我完全老實說的話，我寧願多聽聽關於妳自己的事。」

「對不起，我只是覺得我所學的這一切，都讓我能更了解蕾西。」孟妮卡說。

「的確是如此。」麥克說：「但我想試著了解的是妳。妳不想談談妳那本書嗎？」

他比比一張在兩人附近的長凳，孟妮卡一把抱起史魯奇，兩人坐了下來。

孟妮卡說話時，麥克便摸著史魯奇的頭。

「我才沒寫那本什麼鬼書。不完全是我寫的，大部分都是喬伊的點子。」孟妮卡說。

「聽到妳這麼說，我不知道該怎麼形容，我有多高興。」麥克說。

孟妮卡的第一個本能是想辯駁，但當她見到麥克的表情時，卻只是笑了出來。

「你真的徹底討厭那本書？」她問。

「徹底討厭。」他說。

孟妮卡往後靠在長凳上，閉上眼。**我會徹底愛上你**。她這麼想。

「妳看起來又像個迷失的孩子了。」麥克說。

「我的父母對我說了一輩子的謊，而我還花了好幾年去促銷一本我自己都不是很相信的書，就為了一個我不是那麼愛的男人。我真是徹底的廢物。而我也不知道接下來要怎麼辦才好。我甚至不敢去想像，若我的人生裡沒有了蕾西，該如何是好？我總是躲在殼裡，我自己根本就是一團亂，還談什麼去鼓勵別人。」

麥克伸出手去握住她的手，說：「或者，妳擁有藝術家的靈魂。在妳完成作品之前，得先搞得一團亂才行，這只是過程的一部分。」

「若婷娜知道我跑來這裡和你待在一起，一定會殺了我。」孟妮卡說：「還有喬伊。說不定連蕾西都會想殺了我。」她本來沒打算這麼說，尤其是不要當著麥克的面，但這卻是事實，她滿肚子罪惡感。

「我們的相識的確很尷尬。」麥克說：「但若有人想殺我們，在死前讓我再這麼做一次。」

麥克將史魯奇放在長凳下，讓狗兒窩成一個球，然後站起身，拉著孟妮卡跟他走。他一把摟住孟妮卡，親吻她。他一面走，一面將唇壓在她的唇上，領著她往後退。她不知道他們要走去哪裡，只是任由男人引導。很快她便感覺到背後觸到了粗糙的樹皮，他們來到一棵樹下，而麥克的身體完全壓在她身上。當他終於退開後，她覺得身體裡的空氣彷彿都被吸光了。

「我一直很想這麼吻妳，吻上整整一天。」他溫柔地撫去落在她唇上的一綹頭髮，說：「妳真的好美。」

「我們就在這裡做吧！」孟妮卡說。

「什麼？」麥克的語氣有些遲疑，但不像喬伊那樣充滿批判。他的「什麼？」其實等於「再說清楚一點」。

「我要你就在這裡佔有我，現在。」

「我們後面有位老奶奶坐在長凳上。」

「我想她的視力不會很好。」

麥克笑了出來，他的手撫摸著她的腿，說：「我知道有個小地方，要走上一段路，但隱密多了。」

「帶我去那裡。」

「妳是說——帶妳看看那個地方，還是妳的意思是，帶妳去那裡……」

「都是。」

✣

那地方的確隱密，但她仍處在廣大的戶外。他們把史魯奇繫在一公尺外的樹下。費城的天空就在他們頭上，高大的樹木伸展出翠綠枝幹，這是她最快的一次小小偷情，因為害怕隨時有人來到附近，所以匆匆結束。兩人衣物幾乎都沒脫下，只是往上或往下推開。麥克主導一切，用他的身軀擋住孟妮卡，這樣即使真的有人走上前來發現兩人，也會是由麥克可憐的背部首當其衝。很幸運地，沒有人見到他們。麥克匆匆拉起牛仔褲時，孟妮卡笑了出來，然後她整整自己的裙子與胸罩。史魯奇朝他們飛快望了一眼，露出極度厭惡的表情。但孟妮卡卻不覺得有罪惡感，她反而覺得棒極了。之前若有人告訴她，說她會遇見一個男人，在開放給大眾的公園裡讓她高潮，她一定會說那些人瘋了。人生真是驚奇迭起。

氧氣很快回到孟妮卡的身體裡，大部分流到她的腦袋。她可以確定自己臉上這大大的咧嘴笑容，讓她看起來很愚蠢，但她就是無法停止微笑。麥克離開樹旁，執起孟妮卡的手，將她拉得更近，於是她把頭靠在男人的肩膀上。

「別覺得過意不去。」麥克說：「儘管剛剛發生的那件事——老天，那可真棒不是嗎？儘管如此，大膽小姐，下次我們要慢慢來，非常、非常慢。」

史魯奇彷彿也想參一腳，牠跑了過來，圍著孟妮卡繞圈圈，用狗鍊纏住她的腳，像是在確認走上木板被逼跳海的受害者不會落跑。

「我們抓到妳了。」麥克將她擁入懷裡。「我們抓到妳了。」

30

他一掌不偏不倚拍在蕾西的額頭上，完全出乎她的意料，待她猛地回過神後，震驚來得比實際上的疼痛還要大。他那雙巨大的嘴唇在動個不停，從他嘴裡飛濺出來的噴沫，她看得出來他在大聲喊叫，但她很怕自己又會再挨打。他把蕾西推開，她跌跌撞撞離開，下一個人同時上前來到他面前。這次是一個坐在輪椅上的老婦人。兩位助理幫忙她站起身。蕾西看著這一切，下巴都要掉了下來。那人也打了老婦人，然後「啪」的一聲把水潑到老婦臉上。

蕾西扭過頭去看瑪格麗特，比著手語說：「他打了我！」

瑪格麗特搖搖頭，表示沒有。蕾西在地板上跺腳，然後指著那個穿著白色長袍的男人。接著她朝那人撲了過去，握起拳頭準備要揍人。瑪格麗特捉住她，把她拉回來，要她在前排長凳上坐好。蕾西知道這一切都是誰搞的鬼，是那個新來的女人，她每週三晚上都會來育幼院。她曾見過那女人和瑪格麗特在低聲說些什麼，兩人的眼神還不斷往蕾西飄過來，接下來她就發現自己被帶到了教堂。

「他是個治療師[48]。」凱莉．賽樂那天晚上告訴她。

蕾西用手指將那個字拼出來給凱莉看，她不懂這是什麼意思。

[48] Healer，尤指信仰宗教療法之人。

「他應該要讓妳能聽得見。」凱莉說：「妳確定還是聽不到嗎？即使一點點聲音也聽不到？」

蕾西伸長了脖子，豎起耳朵，很努力想聽見聲音。最後她縮回脖子，搖搖頭，表示什麼都聽不見。

「妳為什麼要哭？」蕾西問。

「因為我原本是下一個。若他能讓妳聽得見，他也能讓我長出一條腿。」凱莉說。

「我討厭他，我不想聽見聲音。」蕾西說。

「好吧，但我想要一條新的腿，就像海星。若海星少了一隻腳，會再長回來。妳知道嗎？」凱莉說。

蕾西可不知道。但現在她知道了，下次她見到海星，就會故意扯掉牠的一隻腳，看看這是不是真的。

「都是她的錯。」蕾西模仿那個每週三晚上都會過來的鬈髮大鼻子女人。然後她站起身，挺起胸膛，搖搖擺擺地走過房間，模仿那個女人走路的姿勢。凱莉笑得樂不可支。

「我有個點子。」蕾西意有所指地看著凱莉。

蕾西總是有個點子。凱莉看起來似乎不太樂意，但蕾西知道她最後還是會乖乖合作，她向來如此。

下個週日，蕾西哀求瑪格麗特再帶她去一次教堂。

瑪格麗特瞇起眼，看著蕾西，說：「不行。」

蕾西知道瑪格麗特一定會這樣說。幸運的是，她等到了那個鬈髮女人回來，聽著她和瑪格麗特說的每一個字。

「我想要被治癒。」蕾西比著手語。

凱莉按照之前的承諾，替她翻譯。蕾西知道凱莉說對了話，因為那女人抬起雙手在自己臉龐前拍了一下，然後露出微笑。蕾西感覺到有人在她的腋下捏了一下，那是瑪格麗特警告她等會兒就有好受的暗號。但蕾西才不管，這一次一定值回票價。

✣

凱莉坐在蕾西能看得見的前排位置。這一次，當那人打她時，她已經做好萬全準備。她被打之後跌跌撞撞往後退，這一次，當他的嘴巴動起來時，她知道他在大吼——「被治癒吧！」

蕾西深呼吸一口，希望在場每個人都能懂她的聲音。她之前從沒在公開場合講過話。

「我聽得見了！我聽得見了！」儘管她聽不見那些人的驚嘆，卻能見到他們的表情。所有人的嘴巴都張了開來，或大或小，有些人還開始呻吟與哭泣。

蕾西很快看了一眼凱莉。

「車子。」凱莉比手語。

蕾西指著教堂前門，說：「我聽見有輛車子經過！」

有人從椅子上跳了起來！剛剛打她的男人突然把她拉過來一把抱住。蕾西討厭自己的臉被擠在他厚厚的白袍上，她掙扎著退了開來，再次看著凱莉。

「我聽見有女人在尖叫。」她說。

整間教堂的人都站起來鼓掌。排隊的那些人裡，能走路的開始搖擺身子，或是與其他人共舞。

蕾西再次看著凱莉，她甚至沒有問凱莉下一個要比什麼？她又怎麼知道聽得見到底是怎麼一回事？

「我聽見有人放屁！」蕾西的聲音比之前更大了。

她從沒見過有人的表情能瞬間就變得這麼安靜。她再次看著凱莉，但瑪格麗特先一步把她拖出了教堂。穿著袍子的男人又再次對蕾西大吼，口水噴得甚至更遠了。瑪格麗特抓住蕾西手臂的力量更大了，一定會留下瘀青。蕾西看著天花板，人們談及上帝時總會抬頭望的地方，然後送給在場群眾臨別一槍──「謝謝你，完全沒把我治好。」她說。

✣

「不要。」凱莉說：「我年紀已經太大了，不想跟妳合作搞怪了。」

蕾西沒有回答，只是對她微笑，露出從前那種表情。

「純粹好奇，妳為什麼要這麼做？」凱莉問。

「給她一點教訓，就像以前那樣。」蕾西說。

「我實在搞不懂妳。」凱莉說：「我們綁架了一隻貓、在垃圾堆裡挖來挖去，就是為了要找到妳的姊妹。現在妳找到她了，卻要踢掉她。為什麼？」

「我是想見她，但不想要她留在這裡，在我的生活中無孔不入。」

「她辭掉工作，搬到費城，只為了想親近妳。」

「妳認為這是好事嗎？她簡直瘋了！她在跟蹤我。」

「所以妳的計畫是什麼？」

「還記得妳在學習要成為翻譯員時，他們會要妳練習戴上耳塞，感覺失聰是什麼滋味嗎？」

「當然。我們得去餐廳和購物中心之類的地方。人們知道我們聽不見他們說話時，不是開始對我們大吼，彷彿我們是八歲小孩，就是把我們當白痴看待——抱歉我這麼說。」

「我想是時候讓孟妮卡稍微嚐嚐看這種滋味了。」蕾西說。

「然後呢？那只會讓她更憐憫妳，我實在不懂。」

「妳等著瞧就知道了。」

✣

這感覺實在很奇怪——和她這一組的其他四名學生，戴著耳塞，一起坐在餐廳，不能彼此交談，只能用她們所知的一點點手語和手勢溝通。孟妮卡早就約略知道蕾西在聽力正常的世界裡是如何被對待，所以侍者的尷尬舉止並沒讓她感到困惑不解。其他同組的女孩當中，有一個一直不斷想問孟妮卡一件事，但她所使用的手語，孟妮卡只看懂一個：「姊妹。」最後，儘管之前被告知不要這麼做，那女孩還是撕下一張紙，寫道：**妳和失聰的雙胞胎姊妹一塊兒長大，為什麼妳沒學手語？**

她該怎麼回答？她答應過蕾西，不會把她們的過去告訴任何人。她甚至不應該告訴這女孩，她有個失聰的雙胞胎姊妹，但有一天她就是不小心說溜了嘴。

我們有屬於自己的語言。孟妮卡寫道。她這麼寫的時候，奇妙地感覺到這是真的。那是過去的記憶，還是她自己的推斷？畢竟，認為同卵雙胞胎會創造屬於自己獨特的語言，是很普遍的迷思。她以前曾讀過雙胞胎通常學習彼此字詞的錯誤發音，所以在外人耳裡聽起來如同外國話的語言，其實是英語，只是讀音有些不正確，在某方面來說，只有這對雙胞胎能理解。但既然蕾西失聰，她們之間就不可能形成這樣的語言。她們是否創造了自己的手語？孟妮卡真希望自己知道。她希望自己能回想起一切。憶起那一切，很可能就是她要親近蕾西所需要的突破點。

一名失聰志工突然來到她們的桌旁，清楚又緩慢地比著手語，讓學員能看得懂。

「現在進入遊戲的第二部分。」她說：「每個人都要以『失聰』的身分去完成一項任務。有些人必須要跑到雜貨店，有些人必須要向陌生人問路等等。我會發下記載妳們任務的紙條。在下一堂課，妳們要談談自己的體驗。祝好運！」

✣

孟妮卡看著自己的任務：**去見蘇珊，她是名育犬者。挑兩隻小狗，送牠們到新家。**這應該很簡單。那位育犬者住在費城某處孟妮卡從沒去過的地方，但幸好有衛星定位系統，她才能很快就到達那間屋子。

一路上開車不聽收音機，感覺很怪，但除此之外，到目前為止，孟妮卡還沒什麼特殊體驗能在課堂上分享。蘇珊住在城郊一棟不太大的維多利亞式房屋裡。即使戴著耳塞，孟妮卡依舊能隱約聽見狗叫聲。她按下門鈴，然後等著。一位灰白頭髮往後梳得光亮的嬌小女人前來應門。她對孟妮卡揮揮手，孟妮卡也如法炮製。蘇珊顯然以為孟妮卡是真的失聰。她表現得很和善，不斷露出微笑，並且好幾次像撫摸小狗那樣輕輕拍著她的肩膀。她領著孟妮卡進入一處走廊，裡頭聞起來滿是狗騷味，然後走到一間位於後方的房間，裡頭的小狗在嬰兒安全柵欄隔離出來的小臥室裡奔來跑去地衝撞不停。

蘇珊一拍手，大部分的小狗都跑了過來。有一隻小狗待在角落，咬著一隻填充玩具貓。蘇珊抱起一隻小狗，那是孟妮卡見過最可愛的巧克力色小拉布拉多。孟妮卡親親那隻小狗，將牠放在指定要帶走的外出籠裡。接著蘇珊往角落那隻孤單的小狗走去，小狗仍在嚼著那隻填充玩具貓。她碰到小狗時，狗兒有些嚇到。那也是一隻拉布拉多狗，比之前那一隻小，毛髮上帶著點淡紅色調。她抱起這隻小狗，交給孟妮卡。然後她說了一些話，但孟妮卡不會讀唇語，她搖搖頭，表示她不懂。蘇珊不斷指著小狗的耳朵，然後又指回孟妮卡。孟妮卡最後還是拿出了她的記事本和鉛筆。蘇珊將第二隻小狗放在外出籠裡，然後拿過筆。

他們有沒有告訴妳，這隻小狗聽不到？

沒有。

那一家人只要領養一隻小狗。蘇珊寫道。**這是他們家的地址。妳要把他們沒選上的小狗帶回來。**

✣

孟妮卡知道，這一切都是有人故意安排的。她和一對小狗坐在車子裡，想著：問題是，她該怎麼做？她當場就想放棄走人，但那正是蕾西要她做的。好吧，蕾西對她可是判斷錯誤了。蕾西不知道用什麼方法，反正就是發現了孟妮卡在上手語課。這一定就是孟妮卡一直聽說的失聰消息傳播網絡——任何消息在失聰文化裡顯然散播得很快。但為何要這樣踩她的痛腳？又不是孟妮卡把蕾西送去給別人收養的，她沒搞清楚這一點嗎？

再者，站在課堂前，告訴大家自己的經驗，只是更添羞辱。她現在就能聽見自己到時會說出什麼。那富有、討人喜愛的一家人挑了聽力正常的小狗，所以我只得把聽不見的小狗帶回去。這是什麼扭曲的狗兒版蘇菲亞的抉擇[49]？在後座的狗兒一致同聲地哀鳴起來。孟妮卡一把將耳塞拿出，扭開收音機。然後她啟動引擎，把狗兒帶回家。

「真的很對不起。」孟妮卡已經說了四次還是五次。

小狗們的哀鳴已經持續了整整兩個小時。

「就放牠們出來吧！現在我寧願牠們撒尿或亂咬，也不要一直哭叫個不停。」麥克說。

「我會先把牠們帶出去，然後把我的東西給牠們咬。」穿著睡衣的孟妮卡套上外套，穿上拖鞋。「我明早就去找住的地方。」

史魯奇躲在長沙發下低狺。

「妳真的要養三隻狗？」麥克說。

「她在考驗我，我不打算就這樣投降。」孟妮卡說。

「孟妮卡，那不是妳的錯。」

「但看起來卻不是這樣。我在長大的過程中擁有一切，而她成長時卻——」

「別又來了。她過的生活很圓滿。」

小狗在她懷裡扭動得好厲害，孟妮卡幾乎要抱不住牠們了。

㊾ Sophie's Choice，敘述一名波蘭女子蘇菲亞，面對難民營納粹軍官要求她只能選女兒或兒子的性命時所面臨的萬般心痛與難捨。

「好像在抱金魚一樣。」孟妮卡說：「我最好趕快把牠們帶出去。」

麥克從門邊吊鉤上抓過外套。

「你不用去。」她說。

「來吧！史魯奇。」麥克喊。

史魯奇從長沙發底下探出頭。

「史魯奇想吃狗餅乾嗎？」他說。

孟妮卡笑了出來。

史魯奇奔了出來，一路往外頭衝。

31

兩個小女生的心情很好，在這樣的日子裡，讓人不再介意她們在其他日子惹出來的麻煩。她們吱吱喳喳地說個沒完，哼著那天早上在收音機裡聽來的歌。尤其是蕾西，她特別喜愛音樂，只要聽到她喜歡的旋律，她馬上就會開始跳舞與哼唱。在早餐桌的中央，擱著一隻給蕾西的藍色塑膠馬，還有一隻給孟妮卡的藍色塑膠牛，那是葛蕾絲姑姑送她們的生日禮物。凱瑟琳實在不敢置信，這兩個小女孩就要三歲了。葛蕾絲姑姑到底在想些什麼？為什麼要送她們不同的禮物？凱瑟琳明明之前就說得很清楚了，這樣只會帶來麻煩。

凱瑟琳知道，葛蕾絲這麼做是故意刁難她。到目前為止，孟妮卡一直在看著那隻馬，但還沒有發作。也許，說不定只是也許，孟妮卡長大了，不再去執著一定要和自己雙胞胎姊妹擁有完全一模一樣的東西。也許就如同凱瑟琳所想的，那只是一段過渡期而已。也許她停止治療是對的，忽視黛安的警告——

非常不正常、甚至可能有危險——

一個三歲小孩會危險？沒錯，黛安的確詳細記述了學步幼兒最終如何對自己的手足演變成暴力相向，但那些孩子不是來自家暴家庭，就是心理有問題。她的孩子們十分正常，而且除非你自己本身就是雙胞胎，不然又如何能判斷到底何謂過度親密？

把這對雙胞胎分開？黛安居然做出這樣的建議。嘗試性的建議，因為她說孟妮卡可能會變得具有暴力傾向。真是太荒謬了，看看她們現在的樣子，在像今天這樣的日子裡，如此快樂地一起玩耍，凱瑟琳知道自己做了正確的決定。

小女孩們已經吃完了早餐，開始坐不住了。

「下去。」蕾西踢著自己的腳。「要下去。」

「下去。」孟妮卡踢著自己的腳。「要下去。」

「出去玩。」蕾西說。

「出去玩。」孟妮卡說。

凱瑟琳把她們從椅子上抱起，放到地上。蕾西伸手去拿她的玩具馬，孟妮卡撲了過去要搶。蕾西把玩具馬抱在自己胸前，於是孟妮卡哭了。凱瑟琳把玩具牛遞給孟妮卡，她卻把玩具牛扔到房間另一頭。蕾西把自己的馬遞過去，孟妮卡的眼淚立刻就停了。凱瑟琳走到房間另一頭，把玩具牛撿起來遞給蕾西。蕾西拿了過來，臉上露出微笑，孟妮卡卻在房間另外一邊沉下了臉。

「出去玩。」蕾西說。

「出去玩。」孟妮卡說。

✣

有人在用力敲著前門，史魯奇狂吠不止，小狗們則在哀鳴。孟妮卡睜開一隻眼，看著時鐘：清晨六點。她翻身下床，穿上罩袍，試著要史魯奇安靜，這隻小傢伙現在已經完全失控了。孟妮卡將前門打開，就見到蕾西與育犬者蘇珊站在那兒。

「我能聽見牠們的聲音。」那女人馬上說。

孟妮卡打開門，那女人大喊大叫，指著她的耳朵，對孟妮卡說：「我要把我的小狗帶回去。那不過是課堂上的任務，妳不應該扣留牠們的！」

孟妮卡聳聳肩，不想費力去說話或是比手勢。

蕾西狠狠瞪著她，但連她自己都感到訝異的是，她居然不在乎蕾西是否很氣惱她了，她甚至幾乎要歡迎這樣的場面。

「進來吧！」她對蘇珊說：「小狗妳可以帶走。」

蘇珊跑了進去，抱起小狗。

孟妮卡站在那兒，盯著蕾西瞧。

「那是個很遜的把戲。」孟妮卡一字一句說得很清楚，但並沒有試圖比手勢或是打手語。蕾西雙臂橫放胸前，仍對她怒目而視。孟妮卡知道蕾西絕對有一肚子的話想要對她說。孟妮卡和麥克同居，蕾西很生氣嗎？她突然間再也受不了她與蕾西之間的溝通竟如此困難重重。她僅僅上過的幾堂手語課，只是讓溝通更困難。當然她可以比出一點手語，但每次只要別人也對她比手語回應時，她就完全看不懂。蘇珊帶著小狗快步離去，上了車，然後把車開走。蕾西依舊站在那兒，怒瞪著眼。

「回去。」蕾西比著手語。

孟妮卡看得懂。

麥克出現在孟妮卡身後，一面揉著眼睛一面說：「嘿，發生什麼事了？」

蕾西摟住孟妮卡，然後指著麥克，用自己的聲音清楚地說：「想一起上我們兩個嗎？」

「蕾西！」孟妮卡說。

蕾西猛地離開孟妮卡。

「回去。」她再次說。

麥克插手了，他指著孟妮卡，然後指著自己，緩慢又清晰地說：「室友。」

「少管閒事。」孟妮卡說。

「妳說什麼？」蕾西說。

孟妮卡指著麥克，然後指著自己，盡可能清楚地發音，說：「妳少管閒事。」

「孟妮卡，拜託不要拖我下水。」麥克說。

「麥克，可以讓我們獨處一下嗎？」孟妮卡說。

麥克搖了搖頭，但還是離開了。

「妳是我的姊妹，我們是雙胞胎。」孟妮卡比著手語。

一比完手語，孟妮卡的滿身怒氣便蒸發殆盡，她不再知道該說或該做什麼，但她知道自己無法過著沒有蕾西的日子。這是她在這個世界上理應最親近的人，蕾西怎麼不能理解這一點呢？她怎麼能把她當成陌生人對待？甚至更糟，還把她當成了敵人？

「求求妳。」孟妮卡比著手語：「求求妳。」

蕾西比了一些手語回應；她連著比了好幾次，孟妮卡才終於懂了。

「妳到底想要我怎麼樣？」蕾西之前比的手語是這個意思。

孟妮卡有太多的話想說。她只知道該怎麼說，卻不知道該如何用手語表達。

我要一個姊妹。我要妳愛我。

我要知道我過去在妳生命中所錯過的一切。

我要和妳一起度假。

我要把我們的合照放在我的冰箱上。

我要當妳婚禮的伴娘。我要成為妳孩子的孟妮卡阿姨。

我要掛一幅妳的畫在我的公寓。

我要每天都和妳說話。我要彌補我們曾遺失的時光。我要回到我們還是小孩的時候。我永遠都不要再與妳分離。

我要妳原諒我。我要妳原諒我們的父母。我要妳去見他們。

我要妳和我一起，這樣才能比較忍受那兩個人。

我要妳和上校去森林裡開槍射擊罐子。

我要妳從我們母親那兒收到上百萬封電子郵件，還要忍受她不時的憂心。

我要和妳談談性愛、愛情、宗教與政治。

我要和妳一起真正生活。我只是想要真正的生活。

但孟妮卡沒有說出任何這些心裡話。她只會用手語比出：「我要。」

「回去。」蕾西說。

✣

但她已經不再有家了。麥克說得很清楚，他不要介入她們之間。也許他想暫時喘口氣，遠離她與史魯奇。**若蕾西是我的話，她會怎麼做？**孟妮卡這樣想。她把史魯奇送到狗兒寄養中心，自己則搭上了前往紐約市的美國鐵路火車。車程不到兩小時，她也負擔得起票價。她在時代廣場附近走了幾圈，欣賞街道上的群眾與燈火，思索著要不要乾脆搬來這兒住，這城市實在大得容易讓人迷失。她看見一個男人只穿條內褲在彈吉他。很好，他在努力賺錢餬口。孟妮卡看著他的時候，納悶著成為他那樣，會是什麼樣的感覺？那些眼光落在自己身上又是什麼感覺？她想到與蕾西的獨木舟之旅，她們如何脫下胸罩然後再扔進水裡。但這個人在彈吉他，而她手上沒有一把吉他。

也許她說什麼都應該要加入這男人的行列。脫去內褲，站在他身邊吹口琴。她不知道怎麼吹口琴，但她認為自己可以假裝一番。那不是很了不起嗎？唯有膽大才能做得到這一點，而且一定還要有冒險精神。這是她那位雙生姊妹會做的事情嗎？也許不會，因為蕾西聽不到音樂。孟妮卡一直忘記自己的姊妹失聰。蕾西要她回去，蕾西根本就不想和她有任何瓜葛。

她穿的內衣乾淨嗎？乾淨到能經得起陌生人的注視嗎？也許這根本無關緊要，因為她連口琴都沒有。她想像喬伊在報紙上讀到她裸體站在時代廣場的消息時，會有什麼反應？她也可以想像她母親的表情。他們怎麼會知道那是她，而不是蕾西？她可以全身脫光，讓人拍照，然後說自己是蕾西．吉爾斯。她可以去作姦犯科，然後告訴那些人，她是蕾西。她曾讀過這樣的故事，好像是在一九四〇年代吧？曾有對雙胞胎的其中一人犯了罪，孟妮卡想，好像是謀殺案，但她記得不是那麼清楚。他們逮捕了這對雙胞胎的其中一人，然後他控告另外一人。兩人有著一模一樣的指紋與基因，警方根本無從分辨是誰犯了罪，只好把兩人都釋放了——

蕾西與孟妮卡，著名的鴛鴦大盜。但她的姊妹根本不想和她在一起，更別說和她一起犯法作案，不是嗎？還是這對她那膽大的姊妹而言，會很有吸引力？若孟妮卡被逮捕了，在獄中只能打一通電話，她會打給誰？若她打給蕾西，蕾西會來嗎？

她不適合偷竊，也不適合當暴露狂。她可以找間俱樂部去釣一個陌生男人，假裝自己是蕾西，假裝自己失聰，這樣就不用和他說話。她不知道麥克會不會想念她？她也許應該要留張字條給他。孟妮卡繼續往下走，想著若扮演蕾西去招搖撞騙，絕對能狠狠戲弄她的姊妹。也許她可以參加一項美術比賽。也許她可以去申請研究所。

說不定她有自己未察覺到的藝術天賦，她可以藉此充分檢視自己的才能。來做一個實驗試試看，然後雙胞胎之一發現了深藏體內的同樣天賦。這附近一定有美術用品店。她開始研究群眾，想找出她認為最具「藝術氣質」的人，然後去問哪裡可以買到顏料。她運氣很好。那是一個很友善的年輕人，還是個大男孩，告訴她店在哪裡。過了一會兒之後，她就站在油彩、壓克力彩與水彩前。太多了，她覺得有些頭暈。

然後她看見了，就在那兒，一罐噴漆，她知道這就是她要買的東西。塗鴉畫家，這就是她，她可以當個塗鴉畫家，她知道。光是一種顏色還不夠，她要自己的指尖能揮舞七色彩紅。她先挑了一罐黑色的噴漆，然後是金色、銀色。再來是紫色、粉紅色、藍色、黃色、紅色。她覺得好快樂，整個人又活了過來，快樂得幾乎要昏過去。蕾西．吉爾斯，塗鴉畫家——

蕾西為什麼會姓吉爾斯？又是另一個迷思、另一個問題、另一個家族謊言。她的雙臂塞滿了噴漆罐，她喜歡聽著那些罐子被摔在櫃檯上發出的清脆叮噹聲。她試著想像自己要畫什麼？也許簡單的就好。也許只會寫：**蕾西到此一遊**。

她看著店員按下一個又一個數字，帳單跑出了兩倍長，然後是三倍長。她心裡想著：不論她是誰，她都不是孟妮卡。孟妮卡絕對不會在任何東西上面噴字。她要爬上一座橋嗎？用噴漆來畫一座高架橋。畫在建築物的外牆呢？她要不要先練習？當然要，不然她怎麼知道自己行不行？熟能生巧嘛。

✣

蕾西的畫筆停在了半途。**孟妮卡需要妳**。那句話就像白天她聽見的那樣清晰，而且是一道聲音。蕾西能聽到聲音了。她試著要忽略那道聲音，專注在這隻暹羅貓的眼睛上，但卻無法將那道聲音從腦海中趕走。這是什麼？罪惡感嗎？她到底做了什麼離譜的壞事？**回去**。她這樣說過。**回去**。

她可能說過比那還惡劣的話。她說不定其實是在幫孟妮卡的忙，鼓勵她回去過她的日子、回到未婚夫身邊、繼續去主持講習會。但孟妮卡還沒有回到家，蕾西也能察覺到這一點。這到底是怎麼回事？是雙生姊妹之間的心電感應嗎？她不要這樣，她根本不信這一套。

回家。蕾西看見這兩個字的顏色。巨大的、顏色四濺的廣告顏料。**回去**。她拿出黑莓機，傳簡訊給孟妮卡：

妳沒事吧？

✣

這邊應該可以。孟妮卡把噴漆扔在腳邊，她不在乎這是棟什麼建築物，只要有片平滑的灰色牆面能讓她噴灑就夠了。不過，雖然她人到了這兒，卻發現了這個計畫的敗筆。她離這棟建築物太近了，至少要離個好幾百公尺遠，甚至更遠才行，但這樣一來她要怎麼噴漆？若她嘗試後退，那就會站到街道中央去了。已經有太多人圍在她四周，他們都停了下來，打量著她腳邊的噴漆罐，竊竊私語。他們都在猜她是何方神聖？她要畫什麼東西？沒有人懷疑這名美麗女子可能要破壞公物。她一定是被人雇來作畫的藝術家。況且，除非得到允許，否則任何心智正常的人都不會在光天化日之下在建築物上噴漆吧？

但就像她遇見裸體牛仔[50]的反應，她嚇得無法呼吸。想是一回事，但真要她去做，她還是辦

[50] Naked Cowboy，真實姓名為Robert John Burck，為美國街頭表演者，主要在紐約時代廣場出沒。他全身上下只穿著靴子、牛仔帽與內褲，手上的吉他則技巧性地遮在身體中央，營造出全裸的視覺效果。

不到。她一罐罐撿起噴漆，罐子不小心掉下去，她又蹲下來撿，撿撿停停，直到她牢牢抱住所有的罐子。這棟建築物不適合，她要繼續往下走，去找比較隱密些的地點，要遠離道路才行。也許她應該等到天黑。她聽見自己的手機在響，但她手上捧滿了罐子，沒辦法伸手到手提包裡面把手機掏出來。她繼續往下走。

雀爾喜飯店，二十三西街二二二號。這是一個著名地標景點，孟妮卡曾看過一部拍得非常出色的紀錄片介紹這家飯店，而這是她預定要參觀的地點之一。這座高雅且歷史悠久的磚牆建築自十八世紀晚期便矗立於此，並擁有道不盡的輝煌歷史。巴布・狄倫曾在這兒譜曲，艾倫・金斯堡[51]在這棟建築物的外牆內與其他詩人思索探討人生哲理。狄倫・湯瑪斯[52]據說在這兒死於酒精中毒，還有性手槍樂團的席德・維雪斯，在一百號房內用刀刺殺了南西・思龐根[53]。孟妮卡之前挑的地點，和這地方比起來實在相形失色。這兒正是一位新進藝術家要向世人做出聲明的最佳地點。她走進飯店，懷裡仍抱著那些噴漆罐。

一道直伸到天花板的螺旋階梯吸引住了孟妮卡的目光，這件藝術品烘托出飯店的氣質，沿著螺旋方向旋轉的台階將後方牆面上上下下切成塊狀。**太完美了**。孟妮卡想。**我自己都轉得頭暈腦脹，快失去了控制**。

她走向飯店的接待櫃檯，指著自己的耳朵，然後搖搖頭。她比出要一支筆的手勢。在櫃檯後的男子儘管眼裡盯著她手上的噴漆罐，還是遞給她一本記事本和幾支筆。

我的提箱壞了，我是替戲院畫佈景的。我得小憩一下，然後再回戲院上工。一間單人房，謝謝。孟妮卡寫道。最好還要有大片的牆面，她這麼想。男子依然面無表情，只有他突出的雙眼從孟妮卡身上瞬間轉回到面前的電腦螢幕上。他遞給她一張表格，她填上蕾西的名字與電子郵件地址。男子將電腦螢幕上的房價總額秀給她看，她以現金支付。男子遞給她鑰匙，然後指指那道螺旋梯。不需要說一個字，整場交易就這樣完成了。

✣

房間格局很簡單，但擺設很美。除了白色的四柱大床、華麗金屬架的壁爐、鮭魚紅的牆面外，還增添了現代感：一張圓形的玻璃咖啡桌，牆上掛著電漿電視。她不能對這麼美麗的房間下手吧？

回去，回去，回去……

她先在對面牆上用上黑色噴漆，然後在床上面用上紅色噴漆，再用銀色噴漆噴在窗戶下方。噴漆冒出來的漆霧讓她不能呼吸，但她卻沒辦法打開窗戶。飯店把窗戶上鎖，這樣人們才不會跳下去自殺嗎？她走進浴缸裡（真棒的台座浴缸，她該找機會回來好好享用），想把淋浴間後方的

---

51 Allen Ginsberg，美國詩人，反主流文化思潮教父。

52 Dylan Thomas，英國詩人，其詩作相當適合朗讀，深受美國人喜愛。巴布・狄倫十分崇拜他，甚至取其名「Dylan」為闖蕩歌壇的藝名姓氏。不滿三十九歲即因飲酒過量而死。

53 Sid Vicious為英國經典龐克樂團「性手槍」之貝斯手，其女友Nancy Spungen於一九七八年十月被發現陳屍於雀爾喜飯店一百號房的浴室內，當時位於同房並且昏迷的席德被控以謀殺罪，隔年二月開庭前，席德卻因嗑藥過量而猝死，使此命案成為懸案。

小窗戶扳開。她運氣不錯，在費了九牛二虎之力後，終於打開了一條縫。她靠過去，試著吸一口戶外空氣，結果只比噴漆霧聞起來好一些。她看了看浴室四周，這兒也能噴上一些。

她把藍色的噴漆罐子拿進浴室。重複是創造之美？還是創造之主？那是什麼意思啊？重複能產生新的發明？到目前為止，她還沒學到什麼新東西，也沒說服自己任何事，她只是無法停下來。也許很快她就能感覺到什麼，一探她姊妹的內心世界，真正知曉蕾西說出那句話時，心裡是什麼滋味。她永遠都不知道自己到底有沒有藝術天分，這根本就不算畫作，只是用顏料在寫字而已。她審視著這些牆，已經到處都寫滿了。

✣

她覺得頭好暈，幾乎無法讀那罐藥上的標籤。上頭寫著孟妮卡·包曼。她只要吃三顆就好了，三顆就能讓她睡著。天花板在旋轉，她的眼皮好沉重。突然間，在她頭頂上的影子看起來像是許多樹。她們在她家屋後的那座森林裡。她可以聽見兩個小女生在唱歌。她看見在唱歌的那對小女孩手握著手，有著一模一樣的烏黑頭髮，她的臉上不自覺地露出微笑。**真可愛**。孟妮卡這麼想。**她們真可愛**。其中一個小女生緊緊抓住另外一個人的手不放。她們更往森林深處走，然後唱歌唱得最大聲的小女孩把自己的手扯開。

「不要！」孟妮卡聽見自己大聲喊了出來。她真的有喊出聲嗎？也許她不應該吃下三顆安眠藥。還是她吃的是六顆？三顆給自己，三顆給蕾西？自己扯開手的那個小女生蹦蹦跳跳地往前去了。但她心裡還掛念著一樣東西，一隻藍色的塑膠玩具馬。另外一個小女生哭了起來，她雙手大開，追上手裡拿著藍色塑膠馬的小女生。

「我的！」

孟妮卡聽見其中一個小女生說。

「我的！」

她們玩起了拔河。她們看起來沒那麼可愛了。兩人來來回回地拉扯著，都在尖叫、流淚哭喊。她們的母親呢？

「不要！」孟妮卡喊了出來。她感覺到自己巨大的手加入戰局，最後有個小女生終於把玩具馬從另一個人手裡搶過來。另外一個小女生伸手又要把玩具馬搶回去。孟妮卡察覺自己的手與那個小女孩的手同步抬了起來，那匹玩具馬的前腳往後仰，彷彿要靠著後腳站立。然後便是一片漆黑。

發生什麼事情了？那聲尖叫是怎麼回事？

她終於來了，那兩個小女孩的母親。

喔，看看那小女生臉上的表情，她的嘴巴因為驚恐而張得好大，雙手也摀住了自己的耳朵，兩個小女生就坐在地上，其中一個的耳朵裡插著那隻玩具馬。她們的母親一把抱住在地上的小女孩，血液沿著那匹玩具馬湧了出來，濺染在那個小女孩的臉頰上。

孟妮卡滿身大汗地驚醒過來。那只是一場夢，只是一場夢。不是嗎？喔，老天啊。她覺得自己好像要生病了。那不可能是真的。在夢裡，蕾西不但在唱歌，還在牙牙地說個不停，而且——

蕾西在唱歌，還在牙牙說個不停。蕾西是聽得見的，直到孟妮卡將那隻玩具馬插入她的耳朵裡。

孟妮卡不禁要再度尖叫，這次是真的尖叫，但她卻發不出聲音。**蕾西會聽不見，都是因為我。我們會分開，都是因為我。**那只是一場夢，只是場惡夢，不可能是真的。不可能，不可能，不可能。

孟妮卡從床上坐起，伸手去拿那瓶安眠藥。

32

蕾西再度檢查自己的黑莓機。已經過了一小時，孟妮卡還是沒有回傳簡訊。蕾西察覺到有事情不對勁的預感比以往更強烈了。她打開電子郵件，很快寄給艾倫一則簡訊，這時另外一封電子郵件引起了她的注意，那是從紐約的雀爾喜飯店寄來的。

歡迎光臨雀爾喜飯店，我們希望您有個愉快的住宿。請問您是否能撥冗替我們填寫顧客滿意度調查表？……

蕾西從沒住過紐約的雀爾喜飯店，她將滑鼠游標移到那則郵件上，準備刪除，但某種預感讓她停下了刪除的動作。孟妮卡出事了的預感再次強烈地回到她腦海裡。

蕾西從她的畫架前起身，走到工作室的共用區域去找麥克。他人正靠在廚房流理台上，盯著自己的手機瞧。

「孟妮卡會傷害自己嗎？」他看見蕾西時這麼問。

「怎麼了？」蕾西問。

他把手機拿給蕾西看。

第一則簡訊：**都是我不好。告訴她，都是我的錯。**

第二則簡訊：**我很抱歉。**

第三則簡訊：**我好想睡。**

蕾西作勢要麥克跟上來，然後他們快步跑到她的電腦前。她把那封從雀爾喜飯店寄來的郵件指給他看，他困惑地攤了攤手。

「不是我。」蕾西說。

「妳有試過傳簡訊給她嗎？」麥克問。

蕾西舉起她的黑莓機。

「她不回覆。」

「那絕對是出事了。」麥克說：「她非常崇拜妳，一定會回覆。」

麥克拿出手機，蕾西看著他撥打四一一查號台，詢問雀爾喜飯店的電話。他打電話去飯店時，蕾西就在一旁等著。當麥克問起孟妮卡．包曼的名字時，蕾西搖搖頭。

「是蕾西．吉爾斯。」麥克連忙糾正。「她是失聰人士？事實上，她並不是。拜託直接打電話到她房間，快點！」

麥克數著電話鈴聲，他數到第六聲時，蕾西用手指敲了敲他。

「告訴櫃檯，打九一一報警，快！」蕾西說。

✣

電話在響。她數著電話鈴聲，響了六下。真該有人去接電話。她覺得身體好沉重，卻不是那麼想睡。真奇怪，因為她已經吃了夠多的安眠藥讓自己入睡，不是嗎？她的腦袋響起「砰砰」的重擊聲，還是有人在敲門？但她動不了。

「開門！」一個男人的聲音大喊：「有人說我得打九一一。快開門，不然我就要進去了。」

哇，這位好心人的聲音聽起來可真親切。孟妮卡想。**不知道他在氣什麼？他不該為小事就生氣的**。為小事生氣，對健康不好，《靈魂的建築師》裡可不鼓勵為小事情就生氣。不過，孟妮卡仍然了解外頭那個可憐傢伙的感覺。她也很煩惱有件事提早發生了，只是現在她想不起來為什麼。那是什麼事呢？

「老天啊！」

她聽見那個人這樣說。

那人的聲音聽起來更近了。

「她把所有牆壁都噴上了漆！」那人說：「她吞下了整瓶安眠藥！老天，快叫救護車！」

是誰把牆壁都噴上了噴漆？是誰吞下了整瓶安眠藥？為什麼這些人在她房間裡？他們應該要去照顧那個可憐的傢伙。

孟妮卡再也聽不到任何聲音了。一切都陷入了黑暗。

✣

「她用噴漆亂畫牆壁。」麥克說。

「為什麼？」

「我不知道。他們說她到處寫滿了『回去』這兩個字。」

蕾西猛地用手摀住嘴巴。

「我們走吧！」麥克說：「她在貝絲．以薩雷爾[54]醫院。他們說她不會有事，但我想去醫院——我不知道妳是不是想——」

「我也要去。」蕾西說。

「那她的父母呢？她的——男友呢？」麥克似乎很難從嘴裡說出最後這兩個字。

「她和喬伊分手了。」蕾西說。

「好吧！」麥克說：「我們去那兒等著，若孟妮卡想通知誰，我們再替她打電話。」

前往醫院途中，蕾西在麥克車上傳簡訊給艾倫。她祈禱艾倫不會因為她和麥克一塊兒去醫院而生氣。但麥克自願開車，而即使蕾西騎重型機車趕去，說不定還會快一點，但她現在太心煩意亂，沒辦法超速騎車。畢竟，這都是她的錯。若不是因為她，這一切都不會發生。而她再也無法拒絕承認在內心深處，她其實一直都知道雙胞胎之間一定有某種聯繫感應，因為蕾西的心完全碎了，彷彿不是她自己的。

✣

「很抱歉。」在櫃檯後的護士說：「她正在休息，除非你們是家屬——」

蕾西把臉湊到護士面前，指著自己。

「喔，天啊，妳們是雙胞胎。」護士說。

蕾西的眼裡滿是淚水，說：「是的，雙胞胎。」

護士說蕾西能去見她後，蕾西拿出記事本和筆。

禮品店在哪？

護士在記事本上畫了一張小地圖，指著走廊遠處。

蕾西站在禮品店中央，猶豫不決，不知道要買什麼。鮮花？泰迪熊？每拿起一樣，她的失落感就更大。沒有一樣禮物寫著：「我很抱歉。」沒有一樣禮物寫著：「這不是妳的錯。」她們幼時所發生的那些事，完完全全都是她們父母的責任。蕾西可以買下店裡的每一樣東西，卻彌補不了她們真正應該得到的：她們失去的那二十五年。她最後決定買一束花，還有一個馬克杯，杯子上寫著：妳騙得了這個世界，但騙不過妳的姊妹。

孟妮卡躺在醫院病床上，身上蓋著床單，雙眼緊閉，完全隔絕外界，這樣的她看起來好無助、好脆弱。蕾西拉過一張椅子坐下，只是靜靜看著她。孟妮卡的眼球在眼皮下不斷轉動，她正在做夢。她們會有相似的夢境嗎？

「妳真美。」蕾西比著手語。「我很抱歉。」

蕾西偷偷伸出一隻手到床單下，握住了她姊妹的手。醫院說她並沒有吞下整瓶安眠藥，所以

---

54 Beth Israel Hospital，為Beth Israel Deaconess Medical Center（貝絲．以薩雷爾．狄肯斯醫學中心）簡稱，為哈佛醫學院之教學醫院。

這可能並不算是真正的企圖自殺。噴漆所產生的化學噴霧會導致頭暈，可能因此讓她無法判斷自己到底服了幾顆藥。但蕾西仍然知道這並不完全只是意外，就像在所有的牆面上用噴漆寫上「回去」這件事也不是意外。被人需要的這種體驗對她而言，既陌生又迷惘，但毫無疑問的是，孟妮卡需要她。

她的黑莓機震動了，是艾倫。

蕾西，妳在哪裡？妳沒事吧？孟妮卡還好嗎？

我在醫院。她還在沉睡，醫院替她洗過胃了。

那妳還好嗎？

很好，我愛你。

我也愛妳。

有人碰了一下蕾西的肩膀，她嚇了好大一跳，手上正在回傳簡訊的黑莓機差點掉在地上。她身後站著一位護士、一位醫生與一位全身黑衣的女士。

「這位是巴恩斯醫師。」護士說，那位黑衣女士把護士的話翻譯成手語。「他是精神科醫師，他能和妳談談嗎？」

「沒問題。」蕾西說。

「這邊走。」巴恩斯醫師說。

在通往醫師辦公室的短短路程上，手語翻譯員向蕾西介紹自己，兩人簡短交談了一會兒。她的名字是梅蘭妮，是派遣在醫院裡的手語翻譯員。

很快他們就坐在一間種滿植物的小辦公室裡。

「很遺憾發生這樣的事情，使我們今天必須要在這裡。」巴恩斯醫師說。

蕾西保持沉默。

「我正準備將妳的姊妹送到醫院的精神醫療中心。」他繼續說：「我希望妳可以告訴我一些她過去的歷史。她曾經企圖自殺過嗎？」

「他們說過是噴漆霧讓她頭暈的，這可能根本就不是企圖自殺。」蕾西說。

「妳的姊妹以前曾在旅館牆壁上噴漆嗎？她是否一直有這樣的行為模式？」

「我想這是第一次。」蕾西說。

她不喜歡這位醫師，而且他也休想關住孟妮卡。

「我想把她帶回去，我可以照顧她。」蕾西說。

「妳們兩位非常親近嗎？」醫師問。

「我們是雙胞胎。」蕾西說。

「是，同卵雙胞胎，我看得出來。但這並沒有真正回答我的問題，不是嗎？」

「你想像不到我們有多親密。」蕾西說。

她往後坐，對著醫師微笑。瞧，她說了出來，她不是十分確定翻譯員是如何重述她的話，但她方才每一字每一句都不算說謊。

「這是醫院的標準程序，只要是企圖傷害自己的病患，都會被送入精神醫療中心做評估。若這僅僅只是單一的個別事件與破壞公物，還有——頭暈——如同妳說的，那麼她在二十四小時內就可以離開。我不是來這兒辯論她之後要送去哪裡，包曼小姐——」

「叫我吉爾斯。」

「吉爾斯太太——」

「吉爾斯小姐。」

精神科醫師不再說話，而是直視著她。

「我只是想從妳這裡得知她過去是怎麼樣的人。」

「是我們父母的錯，他們差勁透了。」蕾西說。

「我懂了。」他在一張紙上草草寫上東西，又說：「妳已經聯絡他們了嗎？」

「我不是才說他們差勁透了嗎？要怪就怪他們。」

「這表示妳沒有？」醫師問。

醫師拿下眼鏡，揉揉脖子，然後盯著翻譯員瞧。

蕾西猛地雙手拍在桌上，站了起來。

「你是白痴嗎？」

「吉爾斯小姐，我可不會容忍任何謾罵。」

「我剛剛才說我的姊妹會躺在醫院病床上，都是因為我們父母的錯，你還問我有沒有打電話給他們？」

醫師轉向翻譯員，問：「這是正常失聰人士的行為嗎？還是她比較誇張？」

「你說什麼？」蕾西說。

「妳不該把我剛講的那段話翻譯給她看的。不要再比了，梅蘭妮，我在和妳說話，不是在和她說話。」

蕾西雙臂橫架胸前，怒目瞪著巴恩斯，看著他徒勞無功地試圖說服翻譯員，不要在蕾西面前就把關於她的對話用手語比出來。蕾西不在乎要用什麼手段，但孟妮卡絕對要離開這家醫院。

「她什麼時候會被送進去？」

「我們幾小時內就會把床位準備好。」巴恩斯醫師說。

「很好。那我要到哪裡去申訴？」蕾西說。

巴恩斯醫師站了起來。

「申訴？」

「沒錯，我發現你的行為卑劣，而且充滿歧視。」

「我很遺憾讓妳有這樣的感覺，我想妳可以去訪客大廳找到專人處理吧。」

「謝謝。」蕾西說。

蕾西努力壓抑著想一路跑回病房的衝動。

孟妮卡仍在昏睡著。根據護士的說法，她隨時都會醒來，而除了感覺疲倦與因為洗胃造成的劇痛外，她的身體不會有任何問題。

蕾西發現麥克就坐在孟妮卡的床邊。

「我說了謊，我說我是妳哥哥。」麥克說。

蕾西眨眨眼，說：「歡迎加入家族行列。現在幫我把她弄醒。」

✣

一個小時後，蕾西與麥克走出醫院。他們離開時經過護士站，那名護士喊住他們。

「你們的姊妹還好嗎？」護士一面小聲呼喊，一面將每個字的發音唸得清楚過了頭。

麥克假裝用手語把剛剛的問題翻譯給蕾西看，蕾西也回應了。

「她還在休息。」麥克這麼翻譯：「我們去吃點東西，馬上回來。」

「你們離去後，醫院會把她送入精神醫療中心檢查。」護士說：「所以你們回來後，應該到九樓。」

麥克再次翻譯給蕾西看。蕾西對護士微笑，然後舉起大拇指。

「謝謝，我們到時會直接去九樓。」麥克說。

✣

幾分鐘後，蕾西再度走過護士站，這次她是單獨一人。護士對她說了一些話，蕾西指指自己的耳朵，聳聳肩。她繼續往前走，但就在她走近那兩扇玻璃落地大門時，她可以在倒影中見到身後的護士正拚命揮舞著手臂。蕾西停了下來，等著護士拿著一張紙條跑過來，塞給蕾西。

妳才剛離開。妳才和妳哥哥走出大門。

妳一定是搞錯了，我沒有哥哥。

蕾西臉上帶著微笑，然後繼續往前走，獨自留下那名護士一臉挫敗。

✣

蕾西在三個街口外的路邊小館與孟妮卡、麥克碰面。

蕾西走進來時，孟妮卡說：「我們辦到了！」

蕾西露出了微笑。

孟妮卡穿著她的衣服真可愛。

孟妮卡面前的桌上放著蕾西買給她的馬克杯。她從雅座上溜下來，讓出位置給蕾西。蕾西溜進座位裡，一隻手摟住她的雙生姊妹。她們一直保持這個姿勢，直到女侍回來準備要點菜。

「兩人份的咖哩雞肉沙拉三明治與百事可樂。」蕾西說。

孟妮卡露出微笑，握緊蕾西的手，兩滴飽滿的淚水滑落她的臉頰。

蕾西的黑莓機震動了，又是艾倫，想確認她們是不是都沒事。

我們很好。蕾西回傳。**我們要回家了**。

33

蕾西跪在草地上，正在把一株最近買的玫瑰花叢種在土裡。那些花漂亮極了，孟妮卡一定會喜歡。

「妳接下來打算怎麼做？只是把她留下來嗎？」艾倫問。

「她又不是小狗。我當然要把她留下。」

蕾西與孟妮卡從醫院回來已經過了一個星期，孟妮卡實際上可以說是完全搬入了蕾西家裡，艾倫也不用再每天待在購物中心工地，所以留在家裡的時間更多了。只是他是睡在長沙發上的那個人，而孟妮卡則與蕾西一起睡在一張床上。

「不能讓她睡沙發嗎？」艾倫問。

「把澆水罐給我。」蕾西說。

艾倫拿起澆水罐。

「我來。」他說。

他替玫瑰花叢澆了水，把澆水罐放下，然後雙臂橫放胸前，等著蕾西回答。

「這只是暫時的。」蕾西說。

事實上，她怕死了讓孟妮卡離開自己的視線。要是那位醫師是對的，孟妮卡需要精神科的治療呢？和飯店的協商已經夠棘手了，她得想辦法用錢私下和解，而不是被飯店告上法院。蕾西知道「她們的父母」手頭絕對寬裕，但孟妮卡不願打電話給他們。蕾西當然也不會和她爭辯，是她禁止孟妮卡把她的事情告訴他們的，而孟妮卡守住了承諾。不過，蕾西不會讓孟妮卡去坐牢，她會盡力擺平這件事。

「她需要的，妳現在給不起。」艾倫說。

「她需要和男人上床。」蕾西說。

她來到下一個目標面前，那是一整盤的各式花朵，她得把那些花放在門廊上的大花盆裡。她在花盆裡倒入泥土，希望艾倫要嘛來幫忙，要嘛就走開別理她。她知道他有權力談論這個問題，但她累壞了，而且她想要在孟妮卡睡醒前把這些花弄好。

「上床？妳在開玩笑吧？」艾倫說。

「那也許能讓她振作起來。」

「我認為那是個很糟的主意。」艾倫說。

他跪在她身邊，開始挖土放入花盆裡。兩人的手在袋子裡碰在了一塊兒。蕾西親了一下艾倫的臉頰，他則給了她一個熱情的吻，只是兩人的手都插在土裡，無法讓這個吻更深入。他先把沾滿泥土的手抽出來，說：「我好想妳。」一面用手去點她的鼻尖。「我想要和妳上床。」

蕾西笑了出來。

「我也想你。」她也用手指點他的鼻尖，然後對著那一塊褐色泥塊大笑。接著他把泥土抹在她臉上，然後她在他的額頭上做了記號。兩人再度吻了起來。

「妳知道，從她搬進來後，我們就沒有做了。」

「所以我需要她先和別人上床，這樣我才不會有罪惡感。」蕾西解釋。

「罪惡感？妳為什麼會有罪惡感？」

艾倫問出這個問題很合理，但蕾西要怎麼解釋連她自己也不是很了解的事情？凱莉曾告訴蕾西，在失去她的左腿後好幾年，有時候她還是能感覺到那條腿。這是唯一能用來解釋她現在對孟妮卡的感覺，彷彿孟妮卡是她身體的一部分，儘管被割斷了，蕾西仍能感覺得到。突然間，孟妮卡所感知的一切，蕾西也都能感知，反之亦然。蕾西若認為自己餓了，孟妮卡一定也餓了。她們睡眠的時間一樣。蕾西不斷檢查孟妮卡的口袋，看看還有沒有安眠藥。幸好，她現在還沒找到，但這並沒有讓她冷靜下來，反而讓她更加憂心。不只如此，更重要的是，孟妮卡現在是蕾西的責任了。

「妳什麼時候要打電話給妳的父母？」艾倫問。

那股浪漫的調情氣氛消失了，現在只剩下兩張泥巴臉，坐在大花盆旁邊。

「孟妮卡不想和他們說話。」蕾西說。

蕾西不知道艾倫為何又轉變心意，一開始他要蕾西和她的姊妹建立聯繫，現在又要孟妮卡離開。

「是她不想和他們說話，還是妳不想？」艾倫說。

「你說什麼？」蕾西問。

「妳沒注意到嗎？當妳們兩個在一起的時候，孟妮卡不再為自己思考或是感覺任何事，就像是她想成為妳一樣。」

「她需要放鬆，別刁難她。」蕾西說。

「我只是希望妳小心點。」

「小心什麼？」

「她曾想自殺，她需要專業協助。」

蕾西把手塞回土袋裡，把袋子扔進花盆。

艾倫猛地往後退，說：「小心我的眼睛。」

「她不需要專業協助。」蕾西說。

她放棄用手一把把挖土的方式，拿起整袋土，直接倒入花盆裡。

「她需要我，她需要花朵，而且她也需要和男人上床。」蕾西說。

「我得去沖個澡，然後出門。」艾倫說。

「對不起。」蕾西說。

艾倫轉眼就回到她身邊，他一把抓住蕾西，把她拉到草地上，用力吻她。她不再堅持，摟住了艾倫。

「別再說『抱歉』了。」艾倫退開到一定距離，好讓他能比手語。「我以妳為榮。」

「我只是想確認她平安無事。」蕾西說。

「我知道。」艾倫說：「我也是。但她已經是成年人了，那不是妳的錯，更不是妳的責任。」

「她在牆面上噴滿了『回去』，是我對她這麼說的。接下來她就想自殺。這都是我的錯。」

「不對，她要為自己的行為負責。」艾倫說：「妳是對的，我是錯的。她的確在某種程度上緊跟著妳不放，現在她還搬過來和我們住。這是誰的問題？」

「別說了。」

「我沒有說出聲音，她聽不見我。」

「她也許能感覺到你。」

「感覺到我？」

「我感覺得到她，我能感覺到她的想法。」

「我想妳才是需要和男人上床的那一個。」艾倫的手往下移到蕾西的褲子拉鍊上，但蕾西卻把他推開。

「下次。」她說。

等我的姊妹沒事。她默默在心裡加上這一句。**只有等我的姊妹沒事之後再說**。

✣

蕾西與孟妮卡在費城美術館裡閒逛著，並模仿附近雕像的姿勢，誇大雕像的體態與表情，逗對方笑。先是孟妮卡提議兩人穿得很相似，接著蕾西有個點子，她們其中一個稍微落後另外一個，好讓人們以為同樣的女人經過身邊兩次——然後看著那些人搔搔頭，想搞清楚怎麼可能發生這種事情？儘管艾倫曾警告過，但蕾西這輩子從未和另外一個人享有過這樣的樂趣。她知道自己不論說什麼、做什麼，孟妮卡馬上都會接受，而且這並不只是因為孟妮卡渴望蕾西注意到她，對吧？這才不是艾倫暗示過的那種不正常的關係。這不可能是，因為她們是姊妹，她們是雙胞胎。的確，她過去曾拒絕過孟妮卡，但現在，現在已經無法回頭了。分離，她們是各自失去的那一部分，但兩人只要在一起，她們就是一股不容忽視的力量。況且，蕾西當然注意到孟妮卡留長了頭髮、總是穿著蕾西的衣服、現在改戴隱形眼鏡，不再戴眼鏡——但這是正常的親密關係，不過如此。一旦孟妮卡確信蕾西會一直想與她保持親密聯繫，她也許就會回到波士頓，留回以前的髮型、戴上以前的眼鏡，回去做她自己。

蕾西知道自己可以現在就要求孟妮卡和她一起去搶銀行，孟妮卡絕對不會拒絕。幸好，蕾西沒這種欲望。她甚至不會讓孟妮卡騎她的重型機車，儘管孟妮卡一直拚命懇求。一切都會好轉的，她們只是需要一點時間。過去幾個夜晚，蕾西曾全身冒著冷汗驚醒，那些夢境使她心情沉重。在其中一個夢裡，她已經完全長大，但孟妮卡還是小孩，她把孟妮卡弄丟了。接下來的夢境裡，她正站在那棟小屋裡，即將要首次見到她的父母，想著要不要說出她把孟妮卡弄丟了。

在另外一個夢境裡，她忘了自己是誰，彷彿有人爬進了她的身體裡，奪走了她的靈魂——

她並沒有把這些夢都告訴孟妮卡。首先，即使孟妮卡讀手語、比手語的技巧日益進步，仍然無法足以深入探討夢境。另外一個理由，是蕾西不想讓她的姊妹擔擔驚受怕。她們在一起相處是多麼愉快。

陌生人常常會替她們拍照，那些人完全不知道她們背後那精采的故事！若有人聽說那些故事細節，她們一定會成為媒體寵兒，但她們兩人都不想成為大眾焦點，只想在公開場合一起親密出現。但這並沒有阻止她們在鏡頭前擺出各種姿勢，彷彿在努力彌補往日失去的時光，為了那些應該存在的孩童時期相片而拍照。有時候，孟妮卡會假裝自己也失聰，其他時候則盡力替蕾西翻譯。

「妳的畫真應該掛在這裡。」孟妮卡指著那些牆面說：「妳的那些馬。」

蕾西搖搖頭。

「我是說真的，妳真的很有天分。」孟妮卡說。

「妳很會寫書。」

「我恨死那本書了。」

「我也是。我不是講那本書，我是講裡面的文筆。妳回家後，可以寫妳真正想寫的東西。」

「我回家後？」孟妮卡馬上愁眉不展。

蕾西抓過孟妮卡的手，緊緊握住。

「我不是要妳回去，我只是——」

「沒關係的。」

「我要妳留下來。」

「好。」

「我是說真的，我不要妳離開。」

「我不會離開。別哭，蕾西。蕾西，蕾西，不要哭。」

她在哭嗎？這是怎麼回事？她和自己的姊妹在一起，就會想到艾倫，然後因為想和他在一起而有罪惡感。但她與艾倫在一起，又會因為想要與孟妮卡在一起而有罪惡感。也許她才是需要專業協助的那個人，因為她就快要精神崩潰了。或者，也許，就像她之前一直說的，她只是要替她的姊妹找個男人然後上床。

「妳要去見麥克嗎？」蕾西問。

孟妮卡聳聳肩，眼光看向別處。

蕾西敲敲她的肩膀，說：「妳騙不倒我，我知道妳喜歡他。」

「很抱歉，我知道你們兩個——」

「拜託，我愛的是艾倫，若妳和麥克在一起，我會非常高興。」蕾西說。

「真的？」

「絕無虛假。我們應該邀請他過來，然後四個人一起做些什麼。」

「那不會——我是說——但是……對艾倫來說會不會很奇怪？」孟妮卡問。

「有時候我以為妳能讀我的心。」蕾西說。

孟妮卡瞬間眉開眼笑。

「我們晚點再來弄清楚。」蕾西又補充一句。

她們從雕像區移到抽象畫區。蕾西在入口前猶豫了一下，等著看孟妮卡會轉向哪個方向？但孟妮卡卻裹足不前，動都沒動一下，直到蕾西選定了方向。然後，她跟著蕾西走。**這很正常。**蕾西努力想專注在這些抽象畫時這麼告訴自己。**她現在只是有些缺乏安全感，但她會好轉的。她很快就會好轉的。**

✣

「我有個超棒的主意！」

一個小時後，她們已經逛夠了一天份的文化薰陶後，蕾西這麼說。

「快說來聽聽。」孟妮卡說。

「我們去找班傑明書店那傢伙。」蕾西說。

「就是覺得我很沒禮貌的那一個？」

「就是那一個。」

「老天，那真是我今天聽過最棒的主意。」孟妮卡說。

她們一走進班傑明書店，蕾西就瞧見那位討厭她的經理，然後她揮揮手。一開始他也抬起手要回應，然後他認出了蕾西。他搖搖頭，扭過頭要往另外一個方向走去，卻一頭撞到孟妮卡。他小聲叫了出來，退後幾步，又撞到了蕾西。他的頭在兩個女孩間轉個不停。她們爆出歡快的笑聲，這實在太有趣了，連經理都跟著她們一起笑了起來。

「妳們可整倒我了。」他說：「妳們可整倒我了。」

「你根本分不出誰是誰。」孟妮卡說。

「我們可以寫一本書了。」蕾西說。

34

這實在是個考慮欠周的計畫。這甚至根本就不算是個計畫，只是剛好而已。孟妮卡的手機震動了，蕾西不小心碰到，手機蓋子就自己彈了開來。她並不是刻意要去讀那則簡訊，就只是剛好而已。

妳都不回電。一起吃午餐？拜託？我要去波士頓。母親。

太棒了。蕾西回傳簡訊。**時間與地點？**

週三？哈利燒烤餐廳，下午一點。

看到簡訊的那天是週一，她有足夠時間趕到波士頓。蕾西一直都很想去那兒。她要穿什麼衣服？髮型要弄成什麼模樣？若她把頭髮剪得像孟妮卡一樣呢？若她穿上孟妮卡的裙子與襯衫呢？孟妮卡早就不再穿自己的衣服了。若她再戴上孟妮卡幾乎已經不用的綠色眼鏡呢？

身分轉換不會維持太久，只要久到讓她母親恍然大悟眼前這個女兒是多出來的那一個。但那無關緊要，光是這舉動造成的訝異與驚愕，就能值回票價。蕾西確認過時間地點後，很快把手機塞入口袋裡。孟妮卡幾天不用手機死不了的，誰不會偶爾弄丟手機？反正孟妮卡一直都沒有接電話，大概也不會注意到手機不見了。

蕾西就要去見自己的母親了，到時會有飆淚的場面嗎？還是尖叫？一堆藉口？也許她會冷漠以對，有禮交談一會兒，然後付清午餐的錢，昂首而去。**儘管沒有妳，我還是長大成人，完全都**

是靠自己。

說不定她會在公開場合大吵大鬧。也許蕾西會告訴那女人，孟妮卡永遠都不想再見到她。也許她會告訴那女人，孟妮卡想自殺，而這都是她的錯。

✣

「妳要離家好幾天？」孟妮卡問。

「我的客戶住得有些偏遠。」蕾西說：「所以在那兒過夜會比較輕鬆。這樣我也能比較快完成肖像畫。」

「我可以跟妳一起去啊？我們可以住旅館。」孟妮卡說。

「妳答應過羅伯特，要去失聰人士的野外聚餐。」蕾西說：「妳需要多練習手語溝通。」

「妳說得沒錯。我只是討厭又要分開的感覺。」孟妮卡說。

「隨時傳簡訊給我。」蕾西說。

然後蕾西拿起她的圓筒行李袋，在孟妮卡到處找手機之前匆忙離去。

✣

蕾西坐在吧檯的凳子上，看著凱瑟琳．包曼進入餐廳。她準時到達餐廳，模樣就像孟妮卡之前形容過的，高挑、黑色頭髮，就像她們兩人。蕾西等待凱瑟琳入座，然後看著凱瑟琳調整自己的儀容與舉止。她把手提包放入身旁的空椅、整整梳成髮髻的頭髮。她對侍者說話時，每個句子的停頓都用食指輕點示意。侍者點點頭，匆匆離開。她整整面前的桌巾，啜了一小口水。她又整整自己的頭髮，然後打量餐廳四周。蕾西從凳子上滑下來，走了過去，她穿著孟妮卡的長裙與高跟鞋，努力不讓自己走起來搖搖晃晃。

凱瑟琳抬起頭，與她四目相接，然後露出了微笑。隨著蕾西漸漸走近，她站了起來。她的餐巾掉在了地板上。她張開雙臂，蕾西讓自己被她擁入懷中。蕾西盡快退了開來，然後撿起餐巾。她的母親嘴巴動得飛快。蕾西一坐下，凱瑟琳就塞過來一張剪報。蕾西看了一眼，是關於大城市裡上班女郎被食物攤小販調戲的報導，那名小販用水果作為交換，讓他能免費摸一把。**若我可以免費碰妳的哈密瓜奶，就送妳一根免費香蕉**。蕾西想像小販是這麼談條件的。她努力不笑出聲，而是認真地點點頭，接過這則剪報，塞入手提包裡。她啜了口自己那杯水，露出微笑，一面看著凱瑟琳說個不停，一面點頭。然而轉折發生得相當快，凱瑟琳說到一半突然停了下來。

她皺起眉頭說：「妳從頭到尾都沒說一個字。」

蕾西能準確讀出她的唇語。

「母親，妳好。」她說。

凱瑟琳的雙眼瞪得好大，她緊抓著桌子，彷彿那是條橡皮救生艇。她一定是發出了一聲喊叫，因為侍者匆忙趕了過來。

「您沒事吧？」他一面說一面很快望了蕾西一眼。

蕾西的眼光直視著她母親的臉，心想：**我永遠都想不起妳年輕時的模樣**。

「不，不，不，不。」凱瑟琳．包曼每說一次「不」，她的頭就垂得更低，直到她的頭抵在桌上，然後開始啜泣。

那位侍者明顯一臉困惑，但蕾西卻沒有。

「發生了什麼事情？我能幫什麼忙嗎？」他問。

「走開，走開。」凱瑟琳說。

侍者對蕾西又困惑地看了一眼，然後才匆匆離去。

蕾西聳聳肩，做出聽力正常人士喜歡用來表示「瘋子」的手勢：食指在接近頭部的地分畫著圈圈。

凱瑟琳．包曼抹去眼淚，接著深呼吸一口，就像潛水者預備要往下潛入一片幽暗不見五指的深水裡。只有她仍在不斷顫抖的雙唇與雙手洩漏出先前激動崩潰的情緒。

「蕾西。」她伸出雙手越過桌子，雙手與雙眼都充滿懇求。

蕾西比出中指。

「妳不明白。」凱瑟琳說：「妳不明白。」

蕾西．吉爾斯最明白的就是「妳不明白」這種說法。這句話和「我晚點再告訴妳」是她一直以來最常遇到的兩句話。在晚餐桌上當她努力想要加入對話時，卻只被人告知：「我晚點再告訴妳。」**反正那不重要**。替她做的決定、她四周人所做的決定、關於她的決定。真正不明白的人是凱瑟琳．包曼。一連串長長的誤解名單、那麼多年來的不智決定，永無止境的錯誤。

蕾西伸手到手提包裡拿出第一張卡片，她把所有的問題都用黑色麥克筆寫在這些卡片上面，粗厚的、誇大的字體，要問清楚那些不能回答的問題。

她像遊戲節目裡的主持人那樣舉起卡片。

是因為我失聰嗎？

「不，不，不。」凱瑟琳呻吟著。

蕾西會知道，是因為她說話時猛地垂下了頭，不斷搖擺。

凱瑟琳從手提包裡拿出手機，蕾西一把奪了過來，解除她母親的安全網，一如竊盜切斷電話線。蕾西「砰」的一聲將那張卡片正面朝下放在桌上，然後舉起第二張卡片。

妳付錢讓我上學？

凱瑟琳點點頭。

還有我的私人口語課程？

凱瑟琳再度點頭。

我的美術老師？

凱瑟琳皺起了眉頭，搖搖頭。蕾西原本很確信這個問題的答案是肯定的。蕾西很高興，因為她很喜愛李老師。感謝老天，就這一點而言，她可沒有欠這對拋棄她的父母。

我的大學學費？

凱瑟琳又點點頭。

瑪格麗特早就知道？妳也買通了她？

蕾西很高興見到她的母親點頭承認時，滿臉羞愧，久久不能自已。

「妳不能告訴孟妮卡。」凱瑟琳說。

蕾西再度伸手到手提包裡，拿出一張立可拍相片，然後把相片滑過桌了對面。那是蕾西與孟妮卡在班傑明書店合照的相片，是她們最新的好朋友班傑明照的。兩個女孩都在微笑，雙臂互擁著對方，兩人的嘴巴都張了開來，露出一模一樣的笑容。

凱瑟琳讓一聲嗚咽溢出唇角。

「我的女孩們，我的女孩們，我的女孩們。」

一個穿著西裝的男人匆匆走了過來，後頭跟著那位侍者。

「女士，沒什麼問題吧？」他問。

「他們說這樣才是最好的辦法。」凱瑟琳對蕾西說。

然後她埋頭在手提包裡找東西，蕾西猜她母親正在找紙筆。蕾西自己的紙筆藏在她的手提包裡，但她不會拿出來。她的母親最後拿出一支口紅，她打開口紅蓋，將口紅朝下對著桌巾。

「女士？」經理又說話了。

凱瑟琳將口紅頂端朝下，在餐巾上寫起字。

我愛妳。

蕾西雙臂在胸前交叉，搖搖頭。她用手指抹掉口紅寫的字，直到只剩下一片模糊。也許是察覺到接下來的舉動，經理伸手要拿過那支口紅，但她母親把經理的手推開，然後推開擋在面前的麵包籃。她站起身，在桌前彎下腰，寫道：**都是因為醫生！**蕾西很快拿起附近桌上的番茄醬，打開後把整罐都倒在桌面上，想要遮掉那些字。侍者與經理都跑走了，一定是準備要報警了。

凱瑟琳用刀子刮掉那些番茄醬，在那一片仍然黏膩香甜的紅色區域又寫道：**我很抱歉**。蕾西把手指伸入辣芥末醬，找到一塊乾淨的白色區域。**太遲了**。一些看熱鬧的人從位置上往她們的方向傾過身子，想瞧瞧到底發生了什麼事情。其他人則重拾興趣，看著自己桌上的調味料。

巨大的卡片、番茄醬、口紅、辣芥末醬──誰會知道溝通居然可以這麼困難、弄得如此一團糟？

「蕾西，蕾西，蕾西。」凱瑟琳說。

蕾西正好知道有件東西能讓她閉嘴。她從手提包裡拿出她那隻被切成一半的藍色玩具馬，她母親的臉色瞬間一片慘白。

「妳錯了。」蕾西用自己的聲音說，利用她從每一堂口語課裡學到如何讓別人聽見的技巧。「不是醫生。是妳。」她指著她的母親，說：「妳錯了。」

然後，蕾西掏出那張雀爾喜飯店的三千美元帳單，那是雙方同意賠償蕾西．吉爾斯在八一二號房所造成的損壞金額，她把帳單扔在桌上，接著準備離去。她知道自己的母親在身後又哭又喊，因為她能從那些經過身旁的人臉上看出來，她也能在自己的腦袋後感覺到。她加快了速度，彷彿這樣就能視而不見自己劇烈的心跳、緊縮的胃部與奔流的淚水，那不請自來的該死淚水正從她的雙頰滑落。她奔出餐廳，孟妮卡就站在那兒，等著她。突來的驚愕讓蕾西的淚水馬上停住。孟妮卡對她微笑，張開雙臂，蕾西不加思索就奔入她懷裡。感覺真好。這是她這輩子第一次，真正知道有一個姊妹是什麼滋味。

35

「真高興見到妳。」麥克說。

與他再度見面的所有恐懼，都在他開門的那一瞬間煙消雲散。

「我也是。」孟妮卡說。

「若妳是要找蕾西的話——」

「我不是要找她。」孟妮卡向麥克步步逼近，以免自己改變心意，或讓他察覺自己打算做什麼。

她伸出手摟住他的後頸，將他拉近然後吻了過去。他的手臂摟住了她的腰，回應著這個吻。直到很久之後，孟妮卡才退了開來。

「我們就要舉辦一次講習會，若你能來最好不過。」孟妮卡說。

「我們？」麥克問。

「我會解釋一切的。」孟妮卡說：「但首先我實在很想做一件事，而且我知道這聽起來有點奇怪——」

「說說看。」麥克說。

於是孟妮卡講了出來。麥克仔細聽著她說的每一個字，然後臉上露出微笑。

「這個嘛，這裡沒有餐桌，但廚房隨時有流理台可供使用。」他再次咧嘴而笑，然後伸出了手。

孟妮卡握住他的手，任由他領路。

✣

蕾西與艾倫雙雙躺在床上，在一場久違的歡愛時光之後，他們全身放鬆，心情愉快。

「這週六？我們有一場大型的工地會議——」艾倫說。

「取消那場會議，拜託？」蕾西說。

「妳們兩個到底在打什麼主意？」艾倫問。

蕾西騎到他身上，吻著他的頸子。

「別再問問題，來就是了。」蕾西說。

「好吧！」艾倫把她拉過來，說：「為了妳，做任何事我都願意。」

✣

「早安，歡迎各位前來。」孟妮卡說。

房間裡塞滿了人，孟妮卡設法讓自己的目光不要看向最前排，通常那是預留給親友的位置。

「我是孟妮卡·包曼。」她繼續說下去：「而我並不是自己靈魂的建築師。」

有幾個人拍了手，一些是因為他們誤解了她的意思，一些只是出於禮貌的制式反應。

「我討厭我的工作。」孟妮卡舉起她的書，說：「每次我從這本狗屁書裡引用那些話時，我都想吐。」

有幾個人緊張地笑笑，其他人則繼續等著這個笑話的哏。

「寫這本書不是我的主意，而是我前男友的。他才應該在這裡，告訴你們如何去建構藍圖、建立地基、何時與如何改建。這些話都不是我寫的，我也根本沒有去做到自己一直在鼓吹的這些觀念。」孟妮卡瞧見公司安排給她的那兩位新助理們在房間後方竊竊私語。其中一個緊抓著手機不放，另外一個則四處張望，無疑是想找遍這地方，看看有沒有個大鉤子能把孟妮卡拖走。

「我的確想要你們過更好的生活。」孟妮卡說：「因為就我所能努力找出的答案，我們的人生不過就是如此。別浪費時間在『管理時間』那種狗屁話，也別浪費在『三十天內瘦腰臀』或『沒有勝算時要如何釣上一個男人』。這場講習會花不到兩天，甚至可能連二十分鐘都用不到。別擔心，若你們沒有百分百滿意，我相信『自助綜合公司！』會很樂意退費。女孩們，是吧？」孟妮卡比向那兩位助理，她們馬上盡可能地把身子從座位上往下滑，避免引人注意。

「若你們喜歡那些閃亮亮的燈光與八〇年代音樂，買個iPod和舞廳閃光鏡片球；若你們期待聽到像是『升級銷售』[55]或『降級銷售』[56]這樣的字眼從舌粲蓮花、滿臉微笑的主持人口中說出，吹噓另外一個新點子或產品，拚命塞給容易受騙的美國民眾，那麼，只要穿過走廊就可以了。我相信那兒就有這樣的東西。儘管去大叫大吼，說服自己擁有更多東西才能快樂。新房子、新車、綴滿鑽石的手鍊。

「但那不是我要你們去做到的，也不是我要自己去做到的。我要告訴你們幾件我認為可能會阻止你們去過美好人生的簡單事情。那些人當然也一直阻止我去過我真正想要的生活。」

孟妮卡伸手到口袋裡掏出過去一年來她持續帶在身邊的那瓶安眠藥，說：「這是安眠藥，過去一年來我一直帶在身邊，這樣我才有安全感。這並不是因為我有睡不著的困擾。事實上，我曾經很確定，若我打開瓶子的封口，我會吞下每一顆。幸好，最後我終於打開時，只吃了差不多半瓶。那時我真的以為自己只吃了三顆，但因為噴漆霧的關係，我有點頭昏腦脹，不過那又是另一段故事了。我還毀掉了一間飯店房間。」

群眾間迸出窸窣的噪音、驚嘆，以及至少一句「我的老天啊！」。有幾個人轉頭張望，彷彿在懷疑孟妮卡「破壞」的是不是他們的旅館房間。他們都聽得出來孟妮卡講的是真心話，於是群眾安靜了下來，深怕漏聽任何一個字。

「就在我認真思考是否要自我了斷的同時，我卻站在這上面，假裝自己能幫助像你們這樣的人，過著更好的生活。我這個人從小不虞匱乏。我有愛我的雙親，兩個甜蜜的家，有錢、有特權，但總覺得若有所失，我的內心深處一直存著一股哀傷，無法擺脫，更無法視而不見。」孟妮卡停了下來，深呼吸一口。

「我最近很幸運，能和幾位藝術家在一起打發時間。」她說：「我問了畫家朋友，是什麼驅

---

55 Up sales，勸說顧客購買更加昂貴的商品，捧吹其附加價值。

56 Down sales，推薦顧客購買價格較便宜並能符合其需求的產品，以顧客角度而言，更有經濟效益。

使她去畫畫？我問了雕塑家朋友，是什麼驅使他去雕塑作品？我問了一位演員，是什麼驅使他去演戲？他們的答案，本質完全一樣，是為了追求兩件事：真相與美。」孟妮卡往前走。

「於是我想，自己也可以將真相與美應用在自己的人生裡。因為不確定自己是不是要活下去，所以帶著一罐安眠藥到處走，這並不美；假裝寫了一本不是真正出自我手的書，也不是真相。接著我想要對那些讓我的人生過得頹喪的醜惡謊言，追根究柢。」從一開始站上台，這是孟妮卡第一次看向最前排，她說：「我的父母今天都來了。我相信，我真實的這一面對他們而言，從頭到尾都令人難以接受。要直接面對你所愛的人，並且告訴他們真相，是多麼難的一件事？媽，不是嗎？爸，不是嗎？」

她的雙親只是回望著她。至少他們還坐在那兒，沒有起身離開。這給了孟妮卡繼續下去的勇氣。

她抬頭注視著群眾，說：「不知道你們之中，有多少人對摯愛之人有所隱瞞？不管是大祕密還是小祕密，我知道那些祕密讓你的生活過得頹喪，逼迫你在真實的自己面前，建立一個虛假的自我。」孟妮卡脫下她的外套，她的腋下全溼透了。她喝了一小口水，然後看著舞台上那四張空椅子。

「媽，爸。請上台加入我。」她說。

來了。從現在開始，她沒有把握自己的雙親會做出什麼事。他們可能會起身離開，可能會否認一切，但她樂意一試。然後，不管他們做了什麼，她所剩的人生都要活在大眾的眼皮底下了。她在第二排的位置上與麥克四目相接，他露出微笑，輕輕點了點頭。

她的母親先站了起來，接著是上校。孟妮卡看得出來，他的左腳因為久坐而有些僵硬，他的嘴因為緊張而緊抿。他看了她一眼，那表情她熟悉得很：她在大家面前羞辱他，而他絕對不會忘記。奇怪的是，她看著她父親的表情，卻不再有往常的罪惡或羞恥感。她不是在這兒羞辱他們，她只是在面對真相。她也忽然間清楚明白，這是她的雙親，不論如何她都會愛著他們。她的母親眼裡含著淚水，她看著孟妮卡，然後往舞台走去。

「凱瑟琳。」理查盡可能壓低了聲音喊：「凱瑟琳！」

凱瑟琳回過頭看著自己的丈夫，兩人互盯著對方瞧。他們一定是達成了某種協議，過了一分鐘後，理查．包曼突然點了個頭，然後跟著他的妻子上了舞台。兩人在椅子上坐好，群眾爆出掌聲。

「媽，謝謝。爸，謝謝。」孟妮卡說：「六個月前，發生了一件事，改變了我原有的人生。」孟妮卡的聲音顫抖，但仍繼續往下說：「我有一個姊妹，她的名字是蕾西。」

群眾繼續等著她往下說。

「她是我的雙胞胎姊妹，但我甚至不知道她的存在，直到六個月前。」

這一次，聽眾的身子騷動了，人們紛紛爆出喧譁。孟妮卡聽見同一位女士又說了聲：「我的老天啊！」

「孟妮卡，這不適合在公眾場合上討論。」理查說。

「這是她想要的。只有這個方法，她才會見到你們。」孟妮卡說。

孟妮卡在群眾間找到翻譯員，她坐在稍微靠中央的位置，就在蕾西坐著的椅子旁邊。

「蕾西，可以請妳上台加入我們嗎？」孟妮卡說。

理查站了起來。

「孟妮卡！」他說。

凱瑟琳把他拉下坐好。凱瑟琳已經哭了出來，但仍很有風度地坐在自己的位置上。蕾西與翻譯員走上台時，群眾紛紛轉頭看著兩人。當這對雙胞胎並肩站在一起時，底下響起更多的驚嘆與私語，並多了幾句「我的老天啊！」。照相機的閃光燈也出現了。孟妮卡與蕾西互看一眼，這下子她們從此不再有任何隱私了。

「這位是我的姊妹，蕾西。」孟妮卡說：「而這兩位，」她比向理查與凱瑟琳，說：「是我們的親生父母。我不是被領養的。」

最大的騷動效果還沒有被製造出來。

理查與凱瑟琳跳了起來，理查說：「我要把妳帶回去。」

他捉住凱瑟琳的手肘，她卻猛地扭了開來。

「妳們不懂。」她對兩個女孩說：「蕾西，我們從沒停止愛過妳。」凱瑟琳轉向理查，說：「告訴她。」

理查清清喉嚨，點點頭。

「親愛的，我們一直都很愛妳。」他說：「我們一直知道妳在哪裡，也知道妳很快樂，我們付錢讓妳念書、上大學——」

「你們把我像垃圾一樣丟棄。」蕾西說。

「不是的，他們說這才是最好的決定。」凱瑟琳說。

「他們？他們是誰？」孟妮卡問。

「我們不會在這裡討論這個問題。」理查說：「我們不會。」然後他捉住凱瑟琳的手臂，帶著她離開舞台。

「第一場結束了。」孟妮卡看著他們離去時說。

「現在進行第二場。」蕾西說。

兩個女孩很快就跟著她們的父母離開了舞台。

孟妮卡的兩位新助理在門邊試圖想阻止她。

「我們該拿這些人怎麼辦？」她們比著那群觀眾，彷彿若沒人很快再回到舞台上，他們隨時會爆走。

「慶祝好時光。」孟妮卡說：「就來慶祝好時光吧！」

✣

一如之前說好的，艾倫與麥克已經等在艾倫停在路邊的車子上，蕾西與孟妮卡匆匆坐進後座。

「他們已經走了嗎？」孟妮卡問。

艾倫指著那輛正要離去的黑色賓士車。

「我們走！」蕾西說：「但不要跟得太緊。」

艾倫啟動車子，將車子開出來。

「我知道去小屋的路，若追丟了也沒關係。」孟妮卡說。

「妳為什麼那麼確定，他們會去小屋？」麥克問。

「上校受到莫大的羞辱，他會需要開槍射點東西。」孟妮卡說。

蕾西耐心等著其他人安頓下來，準備應付長途的開車旅程。麥克與艾倫在前座聊天，孟妮卡眼睛閉著在休息，嘴裡哼著收音機裡的一首歌，蕾西猜。她悄悄摸出口袋裡那張最新的字條，再讀一次的時候，因為預期到即將發生的事情，她的胃部一陣緊縮。

雙親。小屋。把他們兩人關在地下室，直到他們說話為止。若有需要，桃子罐頭的架子底下有個銀色垃圾桶，裡頭有繩子與防水膠帶。

36

凱莉·賽樂就站在蕾西要她乖乖站著的地方。就在同一時刻，羅伯特與瑪莉亞更接近了小屋，說不定正在打破地下室窗戶，把凱莉的假腳扔進去。接下來他們會幫助凱莉把包曼夫婦誘到地下室，然後把門關上，將他們鎖在裡頭。之後，他們只需要等待，直到蕾西下達指令，再把所有人放出來。

凱莉真希望自己能有機會跟他們一起到地下室，她不介意蕾西是不是瘋了，她只想參與這場行動。他們三人之前就投宿在這條路底端的一家汽車旅館，她已經準備好把這討人厭的差事結束掉，然後把她的腿要回來。大部分的時候，她靠在樹上，但蕾西一傳簡訊給她，說他們就要到了的時候，她馬上用單腳跳到街上。她只能相信孟妮卡的保證，說上校有著絕佳的反應能力。果真如此，他在十幾公分遠的地方煞車停了下來。鄉村泥路的塵土飛進了凱莉的眼裡，她一面抹掉那些沙子，一面故意誇張地用單腳跳向車子。一個她想應該是凱瑟琳·包曼的女人，率先下了車。

「天哪，妳還好吧？」她說。

「不好。」凱莉大喊：「我一點都不好。」

就在同一時刻，艾倫的車子正開在第二條通往小屋的路上，這條路稍微長了些，但若凱莉能拖住這兩人夠久，他們應該就能先到達小屋。

「妳搞什麼鬼？站在大馬路中間做什麼？」理查·包曼大吼。

「理查。」凱瑟琳說。

「我有可能撞死妳。」理查說。

「我不在乎，我要拿回我的腿！我要拿回我的腿！」凱莉說。

理查與凱瑟琳互看了一眼。

「親愛的，我當然知道妳想。」凱瑟琳說：「我當然知道妳很想。」

「我的腿在妳家地下室。」凱莉說。

「妳剛說什麼？妳的腿在哪？」理查說。

「有兩個可惡的男生，他們本來說想看看我怎麼穿上、脫下我的腿，我相信了他們，但我一把腿拿下來，他們就飛也似地跑了！」凱莉指著小屋的方向。

「我的老天，我在報紙上讀過這類新聞。」凱瑟琳說。

理查沒好氣地看了她一眼。

「妳怎麼知道在我們家的地下室裡？」理查問。

「因為我跟蹤他們，我至少還能用跳的。」凱莉說。

「親愛的，妳當然可以。」凱瑟琳說。

「我看見他們在你們小屋外頭的地面上打破一扇小窗，然後把我的腿扔進去——我猜那是你家的地下室。」凱莉說。

「妳怎麼知道那是我們的房子？」理查問。

「包曼先生，大家都認識你。」凱莉說：「我是說，每個有空氣槍的人，誰不認識你？」

「妳也喜歡射擊？」

「是的，長官。儘管我只有一條腿，但兩隻手臂可是完好的。」

「親愛的，妳當然是。」凱瑟琳說：「妳當然是。」

「好吧！我們別站在這兒浪費時間了，跳進後座去。」理查把車門打開。

✣

這兒很暗，聞起來像是潮溼的桃子味道。當孟妮卡找到電路線，讓這小空間充滿光亮時，蕾西才知道為什麼。牆上的架子擺滿了桃子罐頭，他們腳下的石板地有些潮溼。蕾西指指那個銀色的垃圾桶，孟妮卡打開垃圾桶，彎下腰，再起身時手裡已經拿著防水膠帶與繩子。

「很高興知道這些東西還在，但我想我們不會需要。」蕾西說。

「妳確定嗎？」孟妮卡說。

「把他們關起來就夠了。」蕾西說。

「上校可能會用槍殺出一條血路。」孟妮卡說。

「唯一的槍就在這底下。」蕾西說。

除此之外，這兒只有蜘蛛網、桃子與黴菌。

「你們有聽見什麼聲音嗎？」她不知道已經問了第幾百次。

艾倫很快看了破掉的窗戶一眼，那兒是唯一能連接新鮮空氣的開口。

「還沒。」他說。

「凱莉做得很好，把他們拖住了。」孟妮卡說。

「妳們確定不要我們在樓上等？」麥克問。

「我要你在這兒。」孟妮卡說。

「你們保持安靜就好，孟妮卡和我負責說話。」蕾西說。

艾倫突然把手指放到嘴唇上。噓。他聽見了車子的聲音。

他們來了。

✣

蕾西可以感覺得到上校重重踩著階梯的腳步聲。

「燈是亮著的。」他說。

蕾西與孟妮卡互相看了一眼。蕾西看見第二雙腳，穿著黑色的平底鞋，跟著上校走下搖搖晃晃的木製階梯。蕾西也能感覺到通往一樓的門被「砰」的一聲關上。上校停了下來，她看見他的腳往回衝上階梯。孟妮卡猛地摀住自己的嘴。**緊張不安的笑聲**。蕾西看著她的姊妹肩膀抖動時這麼想著。至少孟妮卡多少還算鎮定。

「搞什麼鬼？」

艾倫翻譯給蕾西看。從他的臉部表情，她看得出來這是上校說的話。

上校重重地敲著門，大喊：「喂！喂！」

敲門聲和喊聲停了下來。他「咚、咚、咚」地重重踩著樓梯下來，他的腳一落地，孟妮卡就走了出來，手裡拿著凱莉．賽樂的假腿。蕾西也走了出來，站在她身邊。

「歡迎回家。」她用自己的聲音說。

她只要對艾倫示意，他就會替他們來回翻譯。

「妳們怎麼比我們先到這兒的？」上校問。

「你們在餐廳停車吃飯。」孟妮卡說：「我們是空著肚子趕來的。」她比比兩張從樓上帶下來的折疊椅子，說：「請坐下。」

凱瑟琳依言過去坐下，理查仍雙手放在臀後站著。

「我不坐。」他說：「現在回到樓上，到餐桌上去討論這件事，像個文明人。」

「我們才是老大。」蕾西比著手語。

一聽見艾倫的聲音，上校的頭猛地扭了過來，著實嚇了一跳。他和凱瑟琳都沒有注意到在角落還有兩個男人。

「我是蕾西的未婚夫。」艾倫說：「我來替她翻譯。之後你聽到我說的每一個字，都是蕾西講的。」

上校的眼光終於從艾倫身上移開，然後看著蕾西。

「請坐下。」她一面說一面比著那張椅子。

「我們很愛妳。」凱瑟琳從椅子上跳起來，說：「我們很愛妳們兩個。妳們都是我們的女孩，我們的女兒。」

「那為什麼？」孟妮卡問：「媽，為什麼呢？」

「夠了。」上校說。

蕾西看向孟妮卡，孟妮卡揚起眉，手裡的防水膠帶舉到只有蕾西能見到的地方。蕾西打開牆上她早已發現的另外一盞燈，燈光照亮了她身後的一個架子，在架子上頭擱著一顆碩大的雄鹿頭。根據孟妮卡的說詞，上校十二歲時射殺了這頭雄鹿，自孟妮卡有記憶以來，這顆鹿頭就一直被擺在樓上的壁爐架上。這顆給予上校無比驕傲的鹿頭，上校喚它小鹿。

「搞什麼鬼？」上校舉步走到架子前，麥克突然站在他面前，手裡拿著噴漆槍。

「再往前走一步，你的小鹿就會遭殃。」蕾西說。

上校往後退了，但他沒有坐下，而是重重踩著階梯上樓。

「媽？把妳要說的話講完。」孟妮卡說。

「妳對妳的姊妹有很不正常的執著。」凱瑟琳說：「只要蕾西一離開妳的視線，妳就受不了。」

「凱瑟琳。」理查在樓梯頂端警告。

「我們帶妳去看心理醫生，她花了幾個月觀察妳們兩人玩耍，說那樣是不正常的。」凱瑟琳說。

「我們是雙胞胎，我們很親近。」孟妮卡說。

「她說妳可能會變得很暴力。」凱瑟琳的眼神一直沒離開過孟妮卡。

「那太荒謬了，別怪罪到她頭上。」蕾西說。

「我們很害怕她會殺了妳。」凱瑟琳脫口而出。

接著，在兩個女孩有所反應之前，凱瑟琳彎下了身子。

「媽。」孟妮卡跑向了她。

「我不想相信她。」凱瑟琳呻吟著：「我不想聽那些話。」

「媽，沒事的，沒事。」孟妮卡說。

蕾西卻沒有移動身子，只是盯著孟妮卡瞧。

「我永遠都不該讓妳們去那場該死的生日派對！那隻玩具馬，那隻該死的玩具馬！」

孟妮卡從未聽過她母親說出這樣的重話。

理查用力踩著腳步從樓梯上走下來，來到蕾西面前，說：「這樣妳高興了嗎？這就是妳要的嗎？」

「我只不過是轉過頭一分鐘，妳們倆就跑進森林了。」凱瑟琳說。

「那匹馬，那匹藍色的塑膠馬。」蕾西說。

凱瑟琳點點頭。

「她這些年來一直都在畫馬。」孟妮卡的聲音近乎耳語。

「妳是牛。」凱瑟琳說。

「妳是說我脾氣倔強得像牛？」孟妮卡說。

「不是，我是說妳有一隻玩具牛。妳們已經搶那匹馬搶了一整個早上。」

「我記不起來了。」孟妮卡說。

「妳還是個幼兒，我以為那不過是段過渡期，但是接下來——」

「接下來？」孟妮卡說。

凱瑟琳很快望了一眼理查。他張開雙臂，然後坐了下來。他的雙臂交叉放在胸前，瞄了一眼小鹿，然後點點頭。

「我聽見一聲尖叫。」凱瑟琳說：「是蕾西的尖叫。只要我活著一天，就永遠忘不了那個聲音。我盡快奔了過去，但太遲了，妳已經做了。」

「做了什麼？」孟妮卡的唇上冒出了汗水，她看起來嚇壞了。

蕾西想要告訴大家就此罷手，想要對孟妮卡保證，一切都沒事。

「妳用那匹馬的腿插進了她的耳朵鼓膜。」凱瑟琳看著蕾西，說：「到處都濺滿了血，我們沒有當場把馬拿出來，他們要我們別這麼做。我們趕緊把妳送去醫院，但醫院沒辦法修復妳的鼓膜。幾天後，妳的傷口感染，突然發起高燒。妳活了下來，但也失去了另外一隻耳朵的聽力。」

「那不是夢。」孟妮卡說：「天啊！」

孟妮卡看起來彷彿隨時會倒下，她伸出手捉住離她最近的架子。木板歪了，桃子罐頭滾了下來，摔落地面。

蕾西走到她身邊，將她的姊妹轉過身來，對她比手語：「沒關係的。」

「妳怎麼能這麼說？妳會失聰，都是因為我！我們會分離，都是因為我！」孟妮卡說。

「首先，我要謝謝妳。」蕾西說：「我很高興自己失聰，記得嗎？我就應該是這個樣子。」

「原本只是打算暫時分開一陣子。」凱瑟琳說：「我們並沒有要放棄妳，只是在等孟妮卡冷靜下來。」

「那匹馬，我有一半。」蕾西說。

「那次意外發生後，妳只想要那匹馬。」理查說：「不知道為什麼，妳仍然想要那該死的玩意兒。」

「所以你給我一半？」蕾西說。

「沒錯。」理查說：「聽起來很荒謬，但父母會做任何事讓子女開心。只是我無法給妳奪去妳聽力的那一半57。」

「第一年的時候，我每個週末都去探望妳。」凱瑟琳說：「孟妮卡傷心透了。但是妳，蕾西，妳好快樂。最後變成只要妳見到我就會哭，因為妳以為我要把妳帶回家。我從未見過一個孩子發展成長得那麼快。漸漸地，孟妮卡也不再尖叫和去撞頭——」

「去撞頭？」蕾西說。

「每次妳們倆一分開，我們就得在她頭上戴頭盔。」凱瑟琳說：「孟妮卡會用頭去撞任何她找得到的平面，直到妳回來為止。」

「這都是我的錯，都是我的錯。」孟妮卡呻吟著。

蕾西坐在孟妮卡身旁，摟住她。

57 譯註：亦即是理查將玩具馬切成一半，只將後半段給蕾西（蕾西是被玩具馬的前腳插破耳朵鼓膜）。

「我不怪妳。」她說：「我已經告訴過妳，我很快樂能當一個失聰人。我熱愛我的生活、熱愛我的文化、我的語言、我的同胞。我很快樂。我們也會盡力讓妳快樂。真相與美，還記得嗎？我愛妳。」

蕾西站起來，面對雙親，說：「你們兩位可得好好補償一番了。」

「好吧。我正好知道要怎麼開始。」理查說。

「怎麼做？團體治療嗎？」蕾西問。

「想都別想。去靶場。」理查說。

「你在開玩笑嗎？我不殺生。」蕾西說。

「只是射罐子而已。」理查說：「不過別擔心，射完之後，我們會回收那些罐子。」

37

「是粉紅色的。」蕾西盯著那枝槍說。

「和我那支一樣。」孟妮卡說。

「你有黑色的嗎？」蕾西問。

理查從蕾西手裡拿過那支粉紅色的槍，遞給她一支黑色的槍。他們正站在小屋的靶場外，大家全到齊了：理查與凱瑟琳、蕾西與孟妮卡、麥克與艾倫。當然，還有蕾西的共謀們：凱莉、羅伯特與瑪莉亞。

「你們全都打完靶後，來吃午餐。」凱瑟琳看了一眼蕾西，又說：「我做了果凍呢！」她眨眨眼。

「挑一個罐子，然後排到罐子後面去。」理查說。

罐子放在柱子上，大家全拿起空氣槍，走到離罐子約六百公尺遠的地方列隊排好。蕾西先開槍，一槍就直中罐子紅心，發出清亮的一聲，罐子像打了氣泡的間歇噴泉那樣炸開。感覺好痛快，但還是不夠，其他人又動作太慢，於是蕾西把槍轉了好幾個大幅度，從右至左，用她的槍來回掃射，把每個人的罐子都打掉了，直到那些罐子全都爆了，水柱往上、下方爆出，如同拉斯維加斯的水舞燈光秀。蕾西跳了起來，發出一聲歡呼。

「妳果然是我女兒。」理查說。

原本應該要替蕾西翻譯的凱莉，正忙著哀悼自己被人盜射的罐子，所以孟妮卡接手把理查的評論告訴蕾西。蕾西聳聳肩，等著新罐子被擱上柱子。這次每個人都趕緊開槍，希望能防堵蕾西再次偷襲他們的罐子。一個罐子接著一個，他們開槍輪番射擊。時間過得飛快，蕾西當然是贏家。幾乎已經快到了晚餐時間，凱莉說她要去小憩一下。麥克與艾倫要和理查去森林裡。孟妮卡要讓蕾西看看家族相片。

✣

「我永遠都沒辦法記住這麼多人。」蕾西一面說，一面和孟妮卡走過掛滿相片的走廊。

「家族聚會時，妳會看到全部的家人。」孟妮卡說。

蕾西露出微笑。家族聚會的點子是孟妮卡提起的，蕾西不太情願地同意了。

「妳和麥克看起來很快樂。」蕾西說：「我可以從你們互望的表情看得出來。」

孟妮卡露出微笑，臉蛋飛紅。

「我從沒這樣過，但好刺激。」她說。

「也許我們應該一起結婚。」蕾西說。

「這——不要吧？提到結婚還太早。」孟妮卡說。

蕾西在走廊底端的一張相片前停下腳步，直盯著那張相片瞧。她把相片從牆上拿下來。

「妳在做什麼？」孟妮卡問。

「妳為什麼有這張相片？」蕾西問。

「妳認識她？」孟妮卡問：「這是葛蕾絲姑姑，爸爸的妹妹。」

「喔。」蕾西說。

「怎麼了？」孟妮卡問。

「我只是注意到這個家族的人長得都很像。」蕾西說。

孟妮卡從她手裡拿過那張相片，掛回牆上。

「妳喜歡的話，這些相片我都加洗一份給妳。」她說：「但現在最好還是讓它們掛在牆上。」

兩人於是離開，但孟妮卡突然又停下腳步，手指敲了敲蕾西的肩膀。她從牆上抽下葛蕾絲姑姑的相片，交給蕾西。蕾西笑了，拿過相片，塞進褲子裡。

✣

凱莉．賽樂是最後一個到達晚餐餐桌的人。她得坐輪椅過來，因為她的那隻假腿就放在餐桌正中央，上面插滿了從後院摘下的花朵。

「這實在太不好笑了。」凱莉說。

「我同意。」凱瑟琳說：「但我沒辦法阻止她們。」

大家都看著蕾西與孟妮卡，她們同時發出帶著罪惡感的笑聲。

「我很抱歉。」蕾西把那隻腳從桌上拿下，交給凱莉。

凱莉接了過來，拿起它對著蕾西搖晃。

「就因為這個，妳得免費當我一年的保姆！」她說。

大家都聚在餐桌前，理查與凱瑟琳各坐在餐桌一端，蕾西與艾倫坐在一邊，麥克、孟妮卡與凱莉坐在另外一邊。顯然羅伯特與瑪莉亞想坐在電視機前面吃飯。餐桌前的每個人都盯著眼前堆得像小山般的食物，其中包括了兩大盤果凍，上頭都寫著「歡迎回家」。

蕾西不得不笑了。

「誰要領頭做飯前禱告[58]？」凱瑟琳問。

蕾西與孟妮卡互看了一眼，然後放聲大笑。

「什麼事這麼好笑？」凱莉質問。

「抱歉，只有雙胞胎才懂。」孟妮卡說。

✣

「真不敢相信，這天終於來了。」葛蕾絲姑姑說：「我美麗的姪女，快，坐到我身邊來。」

蕾西仍舊站著，葛蕾絲姑姑很快望了一眼站在那兒準備翻譯的凱莉。接著她拍拍長沙發上她身旁的空位置。她們一起聚在後方的私人房裡，遠離人群。真是精采的一天哪！蕾西見了好多好多人，現在仍頭暈眼花。姑姑、阿姨、叔叔、舅舅、堂兄弟姊妹、表兄弟姊妹。最後是葛蕾絲姑姑。大家見到蕾西都好激動，也和她的失聰朋友處得很好。羅伯特那幫人再度不斷娛樂眾人。而且蕾西也發現，失聰人士對射擊相當拿手呢！理查絕對是遇到了勢均力敵的對手。一定是若你失去了一種官能，便會自動補強其他感官。

「蕾西？妳要坐下嗎？」葛蕾絲姑姑說。

「妳真以為我記不得妳嗎？」蕾西說。

「親愛的，妳在說什麼？」葛蕾絲姑姑說。

「我以前一直以為妳是李老師。」蕾西說：「但我錯了。是李老師[59]，對吧？」

葛蕾絲姑姑的眼睛眨都沒眨一下，身子也沒有任何動作。

「妳每週三都來看我，我美麗的美術老師，生下我的代理孕母。妳的鼓舞伴隨了我一輩子。」

「喔，親愛的，妳一定是把我和別人搞混了。」葛蕾絲說。

「廢話少說。」蕾西說。

葛蕾絲姑姑的雙手恍惚間撫上了自己的臉頰，她的手在發抖。

「妳就是那個寫信給我的人！也是妳拿走我的肖像畫，再擺好那些馬匹畫作。妳怎麼辦到的？妳怎麼進得去？」

葛蕾絲微笑了，蕾西在那抹微笑的淘氣中，見到了自己的影子。

---

[58] 飯前禱告原文為say grace，其中grace與葛蕾絲姑姑（Aunt Grace）名字相同，之前偷走葛蕾絲姑姑相片的雙胞胎有了聯想，因而偷笑。

[59] 原文為Miss G，亦即為「G老師」。G為葛蕾絲姑姑（Aunt Grace）名字的第一個字母。

「有個小妖精替我偷來了鑰匙。」葛蕾絲姑姑說。

「是婷娜，孟妮卡的助理。」蕾西說。

「也是我的助理。」葛蕾絲姑姑說。

「我以為你們已經都誤會冰釋，大家都不再藏著祕密了。」蕾西說：「還是當理查威脅不再給妳生活費時，才有了改變？他的確控制著妳的經濟，對吧？」

「但這次可沒有。我沒有上那班往義大利的飛機。我沒上飛機。」葛蕾絲哭了起來。

蕾西終於坐在了她身旁。

「妳那時還很年輕，對不對？妳什麼時候懷了我們？」

葛蕾絲姑姑看著蕾西。

「妳說得沒錯。」她嘆了口氣。

「妳學會了手語，好和我溝通，對不對？」

「沒錯。」她又嘆口氣，說：「我不敢相信他們居然把妳送到那所學校。我想帶妳回來，但他們就是不聽。」

「妳懷上我們的時候幾歲？」蕾西又問。

「我那時十六歲。」葛蕾絲姑姑說。

「他們說服妳，說妳無法獨自一人帶大兩個孩子。」

「在過去那是很羞恥的一件事。」葛蕾絲姑姑說：「而且我父親氣瘋了。」她對蕾西伸出手，蕾西握住了。

「於是妳的大哥介入了。」蕾西說。

「凱瑟琳一直想要有孩子，但她卻不孕。」葛蕾絲姑姑說。

「我們的父親是誰？」蕾西說。

「他叫做湯瑪斯。湯瑪斯．吉爾斯。他比我大十五歲，我告訴他，我想成家，然後就再也沒看過他了。」葛蕾絲姑姑說。

「這實在太令人難以接受了。」蕾西說：「真的令人難以接受。」

「拜託，別告訴孟妮卡。」葛蕾絲姑姑說。

✣

「她說了什麼？」孟妮卡與蕾西正在森林裡散步，她問：「她承認了嗎？」

「承認了。」蕾西說：「她十六歲時懷了我們，我們父親的名字叫做湯瑪斯，比她大十五歲。葛蕾絲說她想嫁給他，那男人就跑了。」

「老天，這可解釋了很多謎團。」孟妮卡說。

「她要我別告訴妳。」蕾西說。

「她當然會這麼說。」孟妮卡說。

「妳要去告訴妳的父母親，說我們知道了嗎？」蕾西問。

「妳是說我們的舅舅與舅媽？」

「少來了，他們還是妳的父母。」

「我不知道。」孟妮卡說。

「這可真令人難以接受。」

「是啊。」

「這個家族還真是喜歡隱藏祕密。」蕾西比出手語的「祕密」，和「耐心」的手語類似，只是大拇指仍然舉著，不往下比劃，牢牢封住嘴唇，表示答應的事情絕不說出去。孟妮卡一屁股坐在一棵樹下，蕾西坐在她身邊。孟妮卡把頭靠在樹幹上。

「至少我們彼此間沒有祕密。」蕾西說。

孟妮卡盯著蕾西瞧。

「怎麼了？」蕾西說：「到底怎麼了？」

「那不是祕密，我只是找不到時間告訴妳而已。」孟妮卡說。

「什麼事？」

「**今日秀**[60]打電話來了，要我們上節目當特別來賓。」

「喔。」蕾西說。

「我也和一位文學經紀人談過了，他們想知道我們是否有興趣寫一本書。」

「寫書。」蕾西說：「妳來寫。」

「我想要我們一起寫。」

「我盡力。」蕾西說。

「也是。」孟妮卡說：「我是說，妳就要結婚了，還有一堆肖像畫要畫，還有兩位母親、一位父親要去認識——更別提寶寶了。不知道妳會不會生下雙胞胎？」

蕾西驚訝地看著自己的姊妹。

「妳怎麼知道的？」她說。

「我是妳的姊妹，記得嗎？」孟妮卡說：「妳騙不倒我的。」她把手放在蕾西只略微凸起的腹部上，蕾西把手放在孟妮卡的手上。

「妳想要男孩還是女孩？」

「我不在乎，因為我們希望不管是男孩或女孩，最好都失聰。」

「這我可就難以理解了。」孟妮卡說。

「沒關係。」蕾西說：「聽力正常的人們通常不會真正了解的。但事實上，我們對於自己的失聰真的感到很快樂，就算生下了失聰的孩子也會好好慶祝，但聽力正常的人們內心深處還是認為我們想要被醫好，認為我們想要像他們一樣。」

「對不起，我還有好多要學。」孟妮卡說。

「我們有的是時間。」蕾西說：「而且我們會好好愛這個孩子，不管聽不聽得見，不管是男是女，不管是雙胞胎還是只有一個。因為不論他們是怎麼樣的孩子，有一件事是毋庸置疑的，那就是孩子永遠會知道自己的親生父母是誰，他們也會有一個酷到爆的阿姨。」

---

⑥⓪ 請見註⑯。

「不管是男是女或是雙胞胎，我都會徹底寵壞孩子。」孟妮卡說。

「要是孩子很氣我，我就假裝我是妳。」蕾西說。

「他們分得出來的。」孟妮卡說：「他們絕對分得出來。」孟妮卡的另外一隻手伸過去握住了蕾西的手，說：「妳會告訴孩子，我在做治療嗎？」

蕾西揉揉自己的肚子，在腹部上方比起手語。

「好了，我告訴他們了。他們不在乎，只希望妳能好轉。」她說。

「妳要讓誰當外祖父母？」孟妮卡說。

「我原本想辦個甄選。」蕾西說。

孟妮卡笑了出來。

「但不准使用空氣槍。」蕾西說：「到他們四歲之前都不行。」

「我希望是對雙胞胎女孩。」孟妮卡說：「我也希望她們長得像妳。」

蕾西笑了出來，她小小的肚子隨著笑聲上下起伏。

「我也希望她們長得像妳。」她說。

GroWing 21

遇見妳，聽見愛 My Sister's Voice

遇見妳，聽見愛 / 瑪莉.卡特著 ; 薛慧儀譯. -- 初版.
-- 臺北市 : 春天出版國際, 2020.10
面； 公分
譯自 : My Sister's Voice
ISBN 978-986-6000-40-9(平裝)

874.57 101019587

ISBN978-986-6000-40-9
Printed in Taiwan

作　者　瑪莉・卡特
譯　者　薛慧儀
總編輯　莊宜勳
主　編　鍾靈

出版者　春天出版國際文化有限公司
地　址　台北市大安區忠孝東路四段303號4樓之1
電　話　02-7733-4070
傳　眞　02-7733-4069
E－mail　frank.spring@msa.hinet.net
網　址　http://www.bookspring.com.tw
部落格　http://blog.pixnet.net/bookspring
郵政帳號　19705538
戶　名　春天出版國際文化有限公司
法律顧問　蕭顯忠律師事務所
出版日期　二〇二〇年十月初版
定　價　480元

總經銷　楨德圖書事業有限公司
地　址　新北市新店區中興路二段196號8樓
電　話　02-8919-3186
傳　眞　02-8914-5524
香港總代理　一代匯集
地　址　九龍旺角塘尾道64號 龍駒企業大廈10 B&D室
電　話　852-2783-8102
傳　眞　852-2396-0050